CW00864891

GABRIEL

Mit üzen a sír?

(Mit üzen a sír? #1-3.)

Arte Tenebrarum Publishing
www.artetenebrarum.hu

Copyright

Szinopszis

Egy író víkendházának kertjében megfeketedik egy fa. Ő csak fabetegségre gyanakszik. Kivágja és feldarabolja. Az egyik rönk viszont meglepő módon beszélni kezd hozzá. Később bábut farag belőle, az pedig az ölében ülve segít neki munkájában, azaz a regényírásban. Egyre többet segít... Amikor a gyanús körülmények között eltűnt író utolsó könyvét kiadják – melyet, mint utólag kiderült, teljes egészében a bábu írt helyette –, fura, baljós események sorozata rázza meg a világot. Tömegével kezdenek megfeketedni a fák az emberek kertjeiben. Azokéban, akik a regényt elolvasták. Mivel az író népszerű volt, így emberek ezrei olvassák el... és kezdenek faragni... faragni és gyilkolni. Állítólag *a sötétség mondja* nekik, hogy ölniük kell.

Egy évvel később, 2018-ban kitör egy járvány a Földön, amit nem vírus terjeszt, hanem az írott szó. Nem lázat okoz, hanem súlyos paranoid skizofréniát. Aki az írást elolvassa, az is egy lesz közülük... közülük, akik faragásba kezdenek. Rönkből faragott gyermekük először csak olvasni segít nekik, később már írni is. Így terjed a járvány. Mindenki ugyanazt írja... A fekete fák gyermekeinek történetét, azt, hogy:

Mit üzen a sír, ha sír az éj?

Egyvalaki van csak, akin nem fog a skizofrénia-vírus: egy tehetségtelen, névtelen író, egy skizoid személyiség, aki mivel részben amúgy is skizofrén, így már nem tudja újra „elkapni a fertőzést".

Az író rájön, hogy nemcsak immunis a járványra, de betegségéből kifolyólag van is a kezében valami, amit felhasználhatna a terjedő sötétség ellen...

Vajon elég lesz-e néhány – csupán egy skizoid téveszméiben létező – lény segítsége ahhoz, hogy megállítsák az élet és halál küszöbén már átlépett sötétséget?

Felvehetik-e a harcot egy őrült kitalált lényei a valódi emberek által faragott rönkgyermekekkel?

Kezdetét veszi egy olyan láncreakció a történelem alakulásában, ami még a kereszténységre is döntő hatással lesz.

Ezáltal ez a könyv egyben előzménytörténete is Gabriel Wolf egy másik regényének: A „Hit" trilógiájának.

Tartalom

Előszó

2018. februárjában írtam egy verset, aminek az a címe, hogy „A remény hal meg utoljára." Állítólag elég lehangoló, sötét és ijesztő, de ugyanakkor felemelő is.

Valamiért később sem tudtam kiverni a fejemből a hangulatát. Nálam sokszor a nagyobb terjedelmű művek (regények vagy akár egy egész lemezt kitöltő zenei anyagok) versekből születnek. Maga az egész Tükörvilág is, melyben ez a regény is játszódik, egy versből, azaz dalszövegből született, aminek Behind the Mirror, magyarul „A tükör mögött" a címe.

„A remény hal meg utoljára" című versre többen is mondták, hogy nagyon sötét. Van benne szépség, mégis ijesztő, és hatással van az emberre. Súlya van.

Valószínűleg azért kelt ilyen benyomást – vagy egyáltalán bármilyet –, mert hiteles. Azt hiszem, életem legnagyobb lelki mélypontján írtam. Tehát nemcsak tűnik valamilyennek, de valóban az, ami: igaz. Vagy legalábbis az *volt* azokban a pillanatokban, azon a napon.

Ezért is döntöttem úgy később, amikor már kilábaltam belőle, hogy egyszer még felhasználom egy regényhez. Mi is menne jobban egy horrorregény hangulatához, mint az őszinte, belülről jövő rettegés vagy a teljes kilátástalanság érzése?

Lehet írni mindenféle mesebeli borzalmakról és szörnyekről, de az ember saját, valódi félelmeinél nincs rosszabb. Az enyéim ott csúcsosodtak ki, azt hiszem, azon a napon, abban a versben. Gondoltam, lehet, hogy akkor ez egy jó alap lenne egy horrorkönyvhöz.

Először csak említés szintjén akartam beletenni a regénybe...

De aztán a vers később önálló életre kelt.

Beleszőtte magát a történetbe, mint egy pók leendő áldozatát a hálójába, hogy később kiszívhassa a testnedveit.

Belenőtte magát, mint a gyökér... egy elátkozott fa gyökere, amit egyszerűen nem lehet kiirtani és megölni. Kivághatják, akkor sem pusztul el. A föld alatt a nyirkos sötétben tovább él, tovább lüktet odalent a mélyben, szívem ágas-bogas erdejében...

Tudom, hogy hihetetlenül hangzik, de talán a vers írta igazából ezt a regényt, és nem is teljesen végig, tudatosan én.

Ez történik, ha az ember életre hív, éltre kelt valamit, amit nem kellett volna.

Vagy talán mégis?

Ezt döntsék el a Kedves Olvasók!

GABRIEL WOLF

A sötétség mondja...

(Mit üzen a sír? #1)

Arte Tenebrarum Publishing
www.artetenebrarum.hu

Szinopszis

A sötétség mondja... („Mit üzen a sír?" első rész)

Mi a tudathasadás első tünete? Hogyan fogsz rájönni, ha esetleg nálad is ez van kialakulóban? Sehogy sem jössz rá! Ugyanis ez maga az első tünet!

„Faragok, faragok... csinálnom kell... a sötétség mondja: csinálnom kell... a rönk mondja: csinálnom kell... a sötétség mondja: írnom kell... a rönk mondja, ölnöm kell!"

A sötétség mondja...

Vajon mitől számít valaki tudathasadásosnak?

Bár ez a fogalom inkább egy tévesen használt köznapi kifejezés a betegségre. Tehát pontosabban fogalmazva:

Mitől számít valaki disszociatív személyiségzavarban szenvedő betegnek?

Állítólag attól, hogy több személyisége van, viszont a különböző személyiségek nem tudnak egymásról. Ezért hívják tudathasadásnak, mivel, azt mondják, a beteg számára többfelé hasad a valóság, és ezek élesen elkülönülnek. Nem nagyon lehet őket újraegyesíteni, sokszor inkább csak egyfajta működőképes harmóniát igyekeznek létrehozni köztük, mert mást úgysem lehet tenni. A beteg minden személyiségének saját nézőpontja lesz, saját véleménye, gondolkodásmódja és szokásai. Ezek általában minden szempontból erősen eltérnek egymástól és szélsőségesek egymáshoz képest. Az egyik például lehet nagyon érzékeny és jólelkű, a másik durva, szabadszájú, gátlástalan és gonosz.

Nálunk én vagyok az érzékeny és a jólelkű...

...a *bábu* pedig, aki most az *ölemben ül*, és *ezt az egészet leírja*:

A *gonosz*.

Ettől akkor már tudathasadásos lennék?

Szerintem nem.

Megmondom, miért:

Számomra nincs széthasadva a valóság. Pláne nem több olyan részre, melyben különböző énjeim élnek egymásról tudomást sem véve. Pontosan tisztában vagyok vele ugyanis, hogy én ki vagyok, és azzal is, hogy ő kicsoda.

Én egy író vagyok, ő pedig egyfajta fából készült báb, amilyet hasbeszélők használnak. Tehát semmi olyasmiről nincs szó, hogy ne tudnánk egymásról. Tudok róla, és látom, ahogy az ölemben ül. Kis kezeivel alig éri fel a billentyűzetet, mégis meglepően ügyesen és gyorsan gépel rajta. Van benne gyakorlata, hiszen jó ideje csinálja már...

Most egy pillanatra abbahagyja a gépelést, visszafordul, és rám mosolyog. Gonosz ez a vigyor, és nem szeretem. Rossz érzésekkel tölt el. De nem tudok mit tenni ellene. Nem én ültettem az ölembe. Vagy ha igen, akkor már nem emlékszem, hogyan bírhatnám távozásra.

Ő is tud rólam. Tisztában van vele, hogy ki vagyok, hisz épp az előbb vigyorgott rám! Szándékosan csinálja. Sokszor ír olyanokat, melyekkel zavarba hoz, amiket én sosem mernék leírni. Szereti látni, ha szenvedek. A Gonosz már csak ilyen. De tulajdonképpen mégsem tudok rá haragudni. Végül is épp olyan, mint én, csak kicsiben. Önmagát sem gyűlöli az ember, még akkor sem, ha sokan dobálóznak ilyen hülye kijelentésekkel.

Tehát ha egyszer nyilvánvaló, hogy tudunk egymásról, akkor tudathasadásosak lennénk? Mármint én? Ő *hogy is* lehetne az? Hisz *nem is létezik*! Vagy mégis?

Ez az utóbbi kérdés egyébként régóta foglalkoztat...

Az, hogy vajon tényleg nem létezik, és csak képzelem, ahogy mindig az ölembe ül „segíteni", amikor regényeket írok? Vagy igazából ez egy valódi bábu, amit vásároltam valahol? De hát miért vennék ilyen borzalmas dolgokat?

Őszintén szólva, elég ijesztően néz ki... Koromfekete az egész, és repedések futnak rajta végig az egész kis testén. Olyan, mint egy kiszáradt vagy inkább szénné égett farönk. Belsejéből a repedéseken keresztül sokszor izzó vörös fény árad, akár valami delejesen ragyogó láva a pokol mélyéről. Nemcsak a repedésekből, de üres szemgödreiből is sokszor világít ez a vörös izzás. Hol árulnának ilyen ocsmány, ijesztő izéket? Semmilyen épeszű ember nem venne belőle. Ráadásul olyan, mint én, csak kisebb kiadásban. Ilyet sehol nem árulhatnak! Miért mintáznának rólam egy kereskedelmi forgalomban lévő játékot? Annyira nem vagyok híres. Meg szép se. Vagy én magam készítettem volna valamikor? Ugyan már! Hogyan tudnék én bábut készíteni!? Nem szakmám az ilyesmi!

Bár néhány évvel ezelőtt egyszer kivágtam egy beteg almafát a nyaralónk kertjében. Nem tudom, mi támadhatta meg. Egyik nap még életerős volt és hibátlan, másnapra pedig megfeketedett a törzse, mintha éjjel egy misztikus erdőtűz futott volna végig a kertemen, ami valamiért csak azt az egy fát égette szénné. Ágai úgy lógtak, mintha megolvadtak volna, vagy mintha nem is igazi fa lenne, hanem egy fekete gumiból készült valami... csápokkal. Minden termése lehullott róla, rothadt almák hevertek a törzse körül. Azok is megsötétedtek, és férgek mászkáltak bennük. Gusztustalan, megmagyarázhatatlan jelenség volt, sosem fogom elfelejteni. Hogyan következhet be egyáltalán ekkora változás egy fa állapotában egyetlen éjszaka leforgása alatt? Ismerek néhány fabetegséget, de ilyenről még sosem hallottam.

Vastag törzse volt. Emlékszem, hogy jól megszenvedtem vele, mire sikerült kivágni. Ki kellett, mert ocsmányul festett. Már nem volt dísze a kertnek, legfeljebb szégyene. Cirkuszt meg nem üzemeltetek ugye a nyaralónk kertjében, hogy pénzt szedjek azért, hogy milyen ocsmányságok nőnek nálunk. Úgyhogy nem sok hasznom származott volna belőle, ha olyan állapotban otthagyom... azon kívül, hogy minden alkalommal hányingert kaptam tőle, amikor ránéztem: ahogy a felpuhult ágai döglött poliplábakként lógtak, és valami fekete lé csöpögött a végükből a törzset körülvevő, férgekkel borított, szintén megfeketedett földre. Úgysem termett volna rajta többé semmi. Adtam hát neki a fejszével, mennie kellett!

Aztán fűrésszel körülbelül fél méteres rönkökre daraboltam. Volt köztük egy fura darab, ami munka közben magára vonta a figyelmem. A többit mind egymásra pakoltam a garázs végében, hogy télen tűzifának lehessen használni, ha esetleg akkor is kijövünk majd a feleségemmel a nyalóba. De azt az egy rönköt nem raktam oda a rakás tetejére. Leraktam a fűbe magam elé, és elég sokáig néztem. Nem tudom, pontosan miért. Talán tetszett vagy csak érdekelt? De az is lehet, hogy azért, mert *egyáltalán nem* tetszett valami vele kapcsolatban.

Nejem, Julie, meg is kérdezte, hogy mit csinálok, és miért bűvölöm annyira azt a fadarabot? Miért nem dobom oda a többire, és jövök inkább ebédelni? Én azt feleltem, hogy csak elfáradtam a fűrészeléstől, és pihenek egy kicsit, aztán majd megyek.

Ezek után következett egy időszak, amire nem emlékszem pontosan. Talán elfelejtettem, mert nem volt annyira fontos. Vagy elképzelhető, hogy szándékosan egyáltalán *nem akarok* rá emlékezni, mert nem merem még felidézni sem. Ki tudja? Lehet, hogy azt a rönköt sosem tettem fel a többi tetejére? Elképzelhető, hogy bevittem titokban a fészerbe, és faragni kezdtem, kicsit dolgozgattam rajta, hogy kifejezőbb legyen? Miért tettem volna?

Nem is vagyok ügyes az ilyesmiben, és egyébként sem lett volna értelme, hiszen író vagyok, és nem asztalos vagy képzőművész. Mégis rémlik valami... Valami olyasmi, hogy:

„Faragok-faragok... csinálnom kell... a sötétség mondja: csinálnom kell... a rönk mondja: csinálnom kell... a sötétség mondja: írnom kell... a rönk mondja: ölnöm kell!"

Ugyan már, micsoda butaság! Egy farönk nem mond semmit! És egyébként sem szoktam faragni. Amilyen ügyetlen vagyok, csak megvágnám magam közben. Abból is látszik, hogy most is van a kezemen néhány alig látható, begyógyult sebhely. Az ember ilyen kézügyességgel nem áll neki farigcsálni, hogy megsértse magát. Ennél azért nekem is több eszem van. De akkor honnan származnak vajon azok az emlékek arról a kényszeres faragásról? Kinek az emlékei azok?

Biztos csak kitaláltam! Hiszen író vagyok, élénk a fantáziám. Nem emlékszem rá tehát, hogy valaha is megvásároltam ezt a bábut. Akkor csakis én faraghattam valahogy! Még akkor is, ha ügyetlen vagyok. De ki varrta akkor a ruhácskáját? Azt biztos, hogy nem én!

Tény, hogy varrogatok néha, de ez nem *szakma* vagy ilyesmi, még csak hobbinak sem nevezném. Csak a nadrágjaim szárát szoktam felhajtani, ha újat veszek. Ezeket a vackokat mindig *olyan hosszúra* csinálják! Nem tudom, miért. Két és fél méteres emberekre méretezik az összeset ott Kínában... ahol aztán biztos sok akkora ember él. Nem értem, hol van ebben a logika.

Szóval levágok az új nadrágok szárából, befűzöm a cérnát a gépbe, és egyenesen végigmegyek az anyagon. Ennyi! Ez igazán nem egy olyan nagy varrótudomány, amellyel nekiállna valaki ipari szinten babaruhákat készíteni.

Bár most, hogy jobban megnézem, a bábu öltözéke elég kezdetleges. Mintha egy gyerek fércelte volna össze sietve. Hol a fenében árulnak ilyen ócskán kivitelezett játékot? Komolyan nem értem! Remélem, nem fizettem érte sokat!

Hogy is fizethettem volna? Hiszen nem vettem! És *nem is létezik*!

Bár olyankor egy kicsit azért valódinak tűnik, amikor leugrik az ölemből. Néha apró lábain kiszalad a konyhába, és kotor az evőeszközök között. Sosem értettem, miért csinálja ezt. Egyszer meg fogja vágni magát a késekkel, ha azok közé nyúlkál! Olyan, mint egy haszontalan kisfiú, aki direkt zajong, hogy aput idegesítse kicsit, és ne tudjon dolgozni. Néha ki is kiabálok neki, hogy hagyja abba, mert fel fog dühíteni, és akkor *el sem tudja képzelni*, mire vagyok képes!

percre... akkor a lélektelen holt végre megkönnyebbülhet. Még ha csak egy pillanatra is...

Ez persze csak egy horrorisztikus kép. Egy író fantáziálása... Egy holttest nem képes „megkönnyebbülést érezni". Inkább csak azért így írom le, hogy el lehessen képzelni, milyen, amikor a bábu végre eltakarodik innen, és becsukja maga mögött az ajtót.

Nem tudom, hová megy olyankor. De mindig éjszaka közlekedik. Nappal általában csak mozdulatlanul ül, és nézzük egymást órákon keresztül. Van, hogy egész odáig, amíg még világos van. Nappal olyan benyomást kelt, mint akinek semmihez sincs kedve... vagy talán ereje? Éjjel viszont aktív, életerős. Olyankor mozog, olyankor *ragyog*.

Most is éjszaka van. Egy ideje már csak ilyenkor írok. Ő is ilyenkor szokott elmenni itthonról.

Egyszer történt így este egy vicces eset. Egy kicsit azóta is röhögök az egészen!

Úgy kezdődött, hogy épp dolgozom olyan hajnali három körül a számítógépen... és egyszer csak véletlenül lerántom az íróasztalról a monitort! Beleakadt valahogy a lábam a kábelbe. Mindig össze-vissza fészkelődöm munka közben, biztos ezért. Amikor lerántottam a monitort, iszonyú nagyot csattant a parkettán, jól megijesztett! Össze is tört az egész. Olyan hangja volt, mint egy kisebbfajta fegyverdördülésnek. Nem is tudtam, hogy ezek az LCD alapú vackok is képesek úgy szétrobbanni, mint a régi képcsöves monitorok. De lehet, hogy nem robbanás volt, hanem csak elektromos pattanás egy szikra miatt, valami zárlatféle. Mindegy... a lényeg, hogy jó nagyot szólt. Pár perc múlva kopogtatni is kezdtek az ajtón.

– Na! – gondoltam magamban – Most majd jól le leszek cseszve, hogy zajongok éjjel, és nem hagyok másokat aludni. Én leszek megint a legfőbb téma a közgyűlésen, általános közellenség és társai... biztos jól fel is jelentenek majd. Azt nagyon szeretik a szomszédok, ... hogy rohadnának meg!

Igazam lett egyébként... valóban egy szomszéd kopogott az ajtón: David volt az, az alattam lévő lakásból.

Miért kezdtem úgy az előbb, hogy ez egy vicces sztori? Mert, mint mondtam, a bábu éjjel közlekedik, és olyankor aktív.

Amikor lerántottam a monitort, ő is megijedt, és leugrott az ölemből. Tétlenül ácsorgott, amíg a szilánkokat takarítottam a padlóról. Vádlóan és gúnyosan nézett, de nem mondott semmit. Aztán amikor kopogtattak, *odaszaladt* az ajtóhoz, és *ő nyitotta ki!*

David biztosan jól meglepődött, hogy mi az a fekete kis izé, ami ott áll vele szemben az ajtóban! Haha! Kár, hogy nem láthattam az arcát! Azt sem láttam, hogy pontosan mi történt, mert söpörtem bent a szobában, amikor a bábu ajtót nyitott. David biztos rendesen betojt tőle! Bár én nem láttam, és a bábu sem mesélte el, hogy hogyan reagált rá a szomszéd, csak azt mondta el, hogy ki volt az.

Abból is gondolom, hogy David halálra rémült, mert azóta színét sem láttam a beszari alaknak! Ezért röhögök rajta azóta is. Azért *ennyire* nem ijesztő ám ez a bábu, hogy valaki az *eleven pokollal* szembesülve, ijedtében megőszülve egyből leugorjon miatta valahonnan a halálba, vagy akár felkösse magát a hálószobája csillárjára, hogy ne kelljen látnia többé a Gonoszt. Ugyan már! Én is együtt tudok vele élni. Még akkor is, ha nem akarok.

David nemcsak, hogy nem jön fel azóta reklamálni többé, ha éjszaka leesik valami – Néha ugyanis le szokott. Időnként nehezebb dolgok is, mint egy monitor. –, de azóta nappal sem találkoztam vele. Talán elköltözött. Nem bánnám különösebben! Sosem kedveltem.

Mindig volt valami epés megjegyzése vagy valami nyűgje a hülye politikáról, a zajról a házban, a hülye lakókról vagy a zajról *az én lakásomban!* Nem tudok úgy dolgozni, ha állandóan figyelnem kell rá, hogy nehogy leejtsek egy hajszálat is, mert akkor egyből rinyál miatta valaki!

Nekem pedig fontos, hogy nyugodtan dolgozhassak.

Fontos küldetésem van ugyanis:

A bábu bízta rám...

Azt mondta, ha megírom a történetét, azzal segítek neki. Úgy szaporodni és sokasodni tud majd... Ő nem rendelkezik undorító testnedvekkel, mint az emberek. Neki csak szavak állnak rendelkezésére, így nem tud olyan könnyen szaporodni, mint mi, „idefent".

Azt mondta nekem, hogy aki ezt az írást majd elolvassa, annak egyszer talán ugyanúgy meg fog feketedni egy fa a kertjében. És azok valószínűleg szintén faragni kezdenek. Akkor a bábunak lesznek végre kistestvérei, és nem lesz többé egyedül...

Borzasztó fáradtnak érzem magam. Azt hiszem, lefekszem egy kis időre. Kimerít ez az állandó virrasztás és az éjszakai munka. Már úgyis csak pár sor lehet hátra... A bábu úgyis jobban tudja, miről fog szólni pontosan ez az írás. Innentől már egyedül is be tudja fejezni...

– *Menj csak, te vesztes! Ehhez értesz, hogy feladd! Befejezem akkor én. Eddig sem volt másképp! Szerinted hány regényt fejeztél be mostanában? Vagy akár az elmúlt években? Egyet sem! Mert én írok mindent helyetted! Ha akarnád, sem tudnád átadni nekik az üzenetet! Te csak egy ember vagy. Olyan, mint az olvasóid... akiknek...*

...azt mondom: ültess fát!

A rönk mondja: puhuljon az ág!

A sötétség mondja: a holtak határát most léptem át!

A rönk mondja: fekete a törzs, faragj hát!

A sötétség kérdi: megírtál?

A rönk mondja, íme az üzenet: meghaltál! Üres porhüvely maradtál.

A sötétség kérdi: látod-e már odakint a fekete fát?

A rönk mondja: testvérem születik belőle nálad, izzó vére láva. Testén reped majd a korom.

A sötétség mondja: eljött az én időm s korom. Fiad születik, amikor üzen a sír és sír az éj.

Rönkből faragott gyermeked kéri: végy az öledbe, s dolgozom helyetted! Olvasok helyetted, s le is írom, hogy...

mit üzen a sír, ha sír az éj!

GABRIEL WOLF

A fekete fák gyermekei

(Mit üzen a sír? #2)

Arte Tenebrarum Publishing
www.artetenebrarum.hu

Szinopszis

A fekete fák gyermekei („Mit üzen a sír?" második rész)

Mi a tudathasadás első tünete? Hogyan fogsz rájönni, ha esetleg nálad is ez van kialakulóban? Sehogy sem jössz rá! Ugyanis ez maga az első tünet!
Mi a második tünet? Az, hogy kórházban fekszel, ráadásul zárt osztályon, és fogalmad sincs, hogy hogyan kerültél oda.

A „járvány" állítólag 2017-ben kezdődött. Egy író víkendházának kertjében megfeketedett egy fa. Ő csak fabetegségre gyanakodott. Kivágta és feldarabolta. Az egyik rönk viszont meglepő módon beszélni kezdett hozzá. Később bábut faragott belőle, az pedig az ölében ülve segített neki munkájában, azaz a regényírásban. Egyre többet segített. Végül az író már semmit sem dolgozott, utolsó regényét teljes egészében a bábu írta helyette. Habár a koromfekete, izzó repedésekkel borított csöppség készséges és fáradhatatlan segítőtársnak bizonyult, sajnos időközben titokban embereket kezdett gyilkolni. Eltűnt az író felesége és több szomszédja is. Végül magának az írónak is nyoma veszett.
Amikor kiadták ezt a – mint utólag kiderült – bábu által írt regényt, fura, baljós események sorozata rázta meg a világot. Tömegével kezdtek megfeketedni a fák az emberek kertjeiben. Azokéban, akik a regényt elolvasták. Mivel az író népszerű volt, így emberek ezrei olvasták el... és kezdtek faragni... faragni és gyilkolni. Állítólag a sötétség mondta nekik, hogy ölniük kell.

2018-ra kitört egy járvány a Földön, amit nem vírus terjeszt, hanem az írott szó. Nem lázat okoz, hanem súlyos paranoid skizofréniát. Aki az írást elolvassa, az is egy lesz közülük... közülük, akik faragásba kezdenek. Rönkből faragott gyermekük először csak olvasni segít nekik, később már írni is. Így terjed a járvány. Mindenki ugyanazt írja... A fekete fák gyermekeinek történetét, azt, hogy:

Mit üzen a sír, ha sír az éj?

Előszó

Ez a történet a reményről szól...

Első fejezet: A remény hal meg utoljára

Egy ideje állandóan egy bizonyos vers jár az eszemben. Nem hagy nyugodni. Sokszor aludni sem tudok miatta.

Mint ahogy most sem.

Megpróbálom ismét felidézni. Fura, hogy milyen tisztán és élénken emlékszem minden egyes szavára.

Kinek a sorai is ezek? Most hirtelen nem ugrik be...

Arra viszont emlékszem, hogy amikor először olvastam, azt gondoltam magamban:

„Ez a történet a reményről szól..."

Igen... amikor először olvastam. Most is könnyedén fel tudom idézni minden szavát.

A vers úgy szól, hogy:

„Jártál-e már rémes, sötét múltban, ahol elveszett egy kincs?
Vágytál-e már fényes, dicső jövőbe, ami neked nincs?
Hagytak-e már el azért, mert hűséges vagy?
Untak-e már rád azért, mert szellemes vagy?
Tudtad-e, hogy nem csak a szeretet vak?
Gyűlöltek-e azért, mert szerelmes vagy?

Szégyelltek-e sikeredért a téged nemző ősök?
Vették-e már jóságodért a véred gőgös bűnösök?
Miért hajtják rabigába, ha túl szabad egy vándorlegény?
Loptak-e már meg azért, mert hontalan vagy s túl szegény?
Állították-e közben, hogy senki vagy, semmid nincs?
Éltek aztán belőled olyan vígan, hogy határa sincs?
Valóban semmi lenne hát az a tőled lopott kincs?

Sírtál-e már sötétben, ha baráti kör kinevetett?
Voltál-e már tömegben, barátok közt számkivetett?
Jártál-e a helyen, ahol mindez megesett énvelem?
Jártál-e a pokolban, melyet úgy nevezek: „életem"?

Pokoli alagút, mély kút, kiáltástól zengnek kamrái
Hosszú még az út az áldásos fénytől a fekete aljáig
Sötét, ősi bércek ormainál menetel a hontalan
Örvénylő lidércek sorain át török utat minduntalan
Poros cipőm roncsainál vércsepp hullik kéntől sárga
kövekre
Kormos idők romjainál kényúr lövet téltől sápadt tömegre

Koponya roppan talpam alatt, itt sokan éltek s haltak
Nem hagyok én e világba örököst, ki hazugságtól gazdag
Egyedül járja útját az, aki nem követ s nem bánt senkit,
Őt mégis követik s vetnek rá követ, mert nem kért semmit

Hosszú az út, egyszer mégis kegyesen véget ér
Felcsap még onnan tűz, ahol a jeges sötétség él
Láttál-e már prófétát hitetlen bolondok mezején járni?
Láttál-e már tűzmadarat fekete tengerek felett szállni?
Láttál-e már bukott embert feltámadva vízen járni?
Vetnél-e rá követ, hogy láthasd vízként fodrozódni?

Odalent, ahol a méhkas dong a sötét éjben,
Szívem holt, ágas-bogas erdejében,
Valaki vár, valaki szeret,
Valaki él, valaki nevet,
Valaki fél, valami fáj:
Az élet fáj, mert árnyékát már nem veté rám az élet fája.
Pokol szája, szelek szárnya, rózsák tövise, szívek vágya,
Szavak tövise, rózsák vére, tüskék bokra, lelkem pokla,

Szívem vágya, ajkam vére, tüskés korona, angyalok szárnya,
Valaki vár, valaki szeret,
Én senki vagyok, de vakon szeretek.
Nem várok, mert nincs mit, szeretek, de nincs kit.
Valaki él, valaki nevet,
De nem én, mert így nem élhetek:
Szegény vagyok, nincstelen, a remény volt a mindenem.
Valaki fél, valami fáj,
Én félek, s az élet fáj:
Mert kiszáradt kertemben az élet fája,
Korhadt csonkján, görcsök között a remény halt meg utoljára."

*****

Így szól a vers.

Emlékszem, hogy amikor először olvastam, azt gondoltam:
„Ez a történet a reményről szól...
és annak haláláról."

Kinek a sorai is ezek? Egyszerűen nem ugrik be a költő neve...

Lehet, hogy azért, mert nem is egy költő írta, azaz valaki más, hanem valójában én?

Igen, azt hiszem, én írtam valamikor... valamikor nagyon régen. De nem vagyok benne teljesen biztos.

Nem tudom... nehéz visszaemlékezni. Minden emlékem homályos, és távolinak tűnik. Minden ködbe vész. És nemcsak az emlékek, de ez az áporodott, savanyú szagú szoba is.

Miért ilyen fátyolos, tejszerű a levegő?

Pedig vaksötét van, mégis érzem, látom, hogy sűrű köd üli meg az egész helyiséget. Olyan áthatolhatatlan és vaskos, hogy alig kapok levegőt. Mintha a mellkasomon ülne valami. Vagy inkább valaki.

Miért nem tudok aludni?

Mióta is fekszem itt így álmatlanul, nyugtalanul, e nyomasztó vers soraitól űzve és mondanivalójától kísértve?

Talán már fel kellene kelnem. Igazából azt sem tudom, hány óra van. Sehol sem látom az ébresztőórát az ágy körül.

Igazából azt sem tudom, volt-e valaha is ébresztőórám.

Olyan üresnek érzem magam legbelül... ezt a szobát pedig olyan mélynek, sötétnek és feneketlennek, mintha a pokolban feküdnék.

Lehet, hogy tényleg fel kellene kelnem. Az ember, ha túl sokáig fekszik álmatlanul a sötétben, az bizony egy idő után képes rátelepedni... mint egy dögkeselyű a halott mellkasára. Az ember olyankor érezni kezdi a *sötétség súlyát*.

Azt mondják, hogy a fénynek állítólag fizikailag mérhető súlya van. Nekem, mondjuk, nincs összehasonlítási alapom vagy szakképzettségem hozzá – azt hiszem –, hogy ezzel vitába szálljak, viszont szerintem, ha igaz ez az állítás, akkor nemcsak a fénynek van súlya... de a *sötétségnek is.*

Talán vissza kéne inkább aludnom. Végül is, ha ennyire sötét van, akkor még biztos nincs reggel. Felesleges felkelni az éjszaka közepén. Úgyis csak elaludnék a nappaliban a TV előtt vagy a konyhában meleg tejet iszogatva. Julie meg jól leszidna, hogy megint az asztalra borulva alszom, mint valami iszákos.

Ja, nem! Julie már nem szólna rám. Elváltunk. Egyedül élek.

Borzasztóan egyedül... Ijesztően egyedül.

Olyan itt feküdni, mintha egy halottasházban lennék, és a saját hamvasztásomra várnék. Nem tudom, miért van ilyen érzésem. Mások egyszerűen csak lefekszenek, leteszik a fejüket, és alszanak. „Mi abban olyan bonyolult?" – kérdeznék ők.

Nem tudom, valószínűleg semmi. Nekem mégsem megy. Vannak ilyen dolgok a világon. Vannak ilyen dolgaim. Másoknak könnyen megy, nekem még akkor sem, ha vért izzadva próbálom.

Erről jut eszembe, ez az áporodott, savanyú szag itt a szobában majdnem olyan, mintha vérszag lenne. Van egy enyhe fémes „utóíze", szinte ízlelni is tudom a nyelvemmel. Undorító. Ki is kéne már takarítanom. Mikor is mostam fel utoljára a padlót? Jó kérdés. Igazából azt sem tudom, hogy milyen nap van, azaz milyen nap lesz, ha reggel felkelek.

Miért nem emlékszem semmire? Most, hogy belegondolok...

Te jó ég! Még a nevemre sem!

Hogy lehet ez? De hisz a feleségem nevét könnyedén felidéztem!

A sajátomat meg nem tudom?

Éjszaka van egyáltalán? Hol vagyok?

Lassan körbetapogatom a szövetet magam körül. Ágyneműt éreznek az ujjaim.

Valóban ágyban fekszem tehát. Hál' Istennek nem egy tepsiben vagy koporsóban! Látni nem látok semmit, mert annyira koromsötét van, de legalább ágyban vagyok.

Az ágynemű enyhén nedves és langyos. Lehet, hogy bevizeltem álmomban? Jézus! Hol vagyok egyáltalán? Mi a nevem? Hány éves vagyok?

Öreg lennék? Ez valami idősek otthona? Ezért vizelek magam alá? Fúj!

Beletörlöm a kezem a pizsamámba... aztán rájövök, hogy ez nem volt jó ötlet. Most az egészet magamra kentem! Még jobban.

Inkább felkelek! Keresek egy villanykapcsolót... na meg egy tükröt! Látni akarom magam!

Valami oka kell, hogy legyen annak, hogy ennyire ködösek az emlékeim. A feleségemen kívül szinte semmire sem emlékszem. Azaz egy valamire igen: író vagyok. Vagy legalábbis voltam. Fogalmam sincs, mikor írtam utoljára bármit is. Akár azt a verset, ami egy idegesítő, dögszagra gerjedő légyhez hasonlóan kering az agyamban... Már amennyiben azt én írtam. Egyáltalán nem biztos.

Valamiért nagyon nehéz felkelni. Talán tényleg öreg vagyok. Alig bírok mozdulni... mintha valami valóban a mellkasomon ülne. Mi a fene folyik itt?!

Nagy nehezen ülő helyzetbe küzdöm magam a sötétben. Látni így sem látok többet, de legalább annak megörülök, hogy képes vagyok mozogni és önállóan felülni. Akkor talán csak nem vagyok halálomon... és halott meg pláne nem. Remélem, hogy nem!

Lassan leengedem a lábaimat az ágyról. Valahogy nem akaródzik a meztelen lábujjaimmal megérinteni a követ. Vajon miért? Hideg lesz az érintése?

Milyen burkolata is van a hálószobámnak? Gondolom, parketta, nem? Szőnyeg is szokott lenni az ágyak mellett, amire az ember felkeléskor rálép. Nem mintha emlékeznék a színére... vagy arra, hogy van-e szőnyegem az ágy mellett. Biztos van. Miért ne lenne?

Jaj, ne! Ez hideg!

Ahogy az ujjaim hozzáérnek a kőhöz, már érzem, hogy jéghideg. Nincs semmilyen szőnyeg az ágy mellett, és egyáltalán nem parketta-érintése van. Csak a kő, a járólap tud ennyire fagyosra hűlni éjszaka!

Először visszarántom a lábam... de aztán úgy döntök, nem érdekel a kő hőmérséklete. Akkor is felkelek. Ha képes vagyok rá, akkor biztosan.

Lassan talpra kecmergek. Megörülök neki, hogy képes vagyok megállni a lábamon, még akkor is, ha fel fogok fázni ettől a szörnyen hideg kőtől. Kit érdekel? Hisz képes vagyok járni! Mit számít egy kis felfázás egy ilyen felismeréshez képest?!

Ám, amikor boldogan kiegyenesedem, hogy tegyek egy lépést, valami megmoccan a szobában...

Mi a fene volt ez?!...

Egy pillanatra kővé dermedek. Rájövök, hogy mivel fogalmam sincs, hogy hol vagyok, így azt sem tudom, nem vagyok-e esetleg veszélyben. Akár halálos veszélyben!

Bár miért lennék? Végül is idáig ágyban feküdtem. Senki sem ült a mellkasomon, csak nyomasztott a rám nehezedő csend. Felkelve máris jobban fogom érezni magam, ha végre felgyújtok valahol egy lámpát. Csak jutna eszembe, hogy merre találok egy kapcsolót!

Lehajolok, hogy kitapogassam a lámpa zsinórját az éjjeliszekrényen... de nincs éjjeliszekrény az ágy mellett.

Most már biztos vagyok benne, hogy nem otthon vagyok!

Ha azt nem is tudom egy az egyben felidézni, hogy milyen a szőnyeg otthon az ágyam mellett, de most már biztos vagyok benne, hogy *van*. És abban is, hogy éjjeliszekrényem is van. Tehát *nem* otthon vagyok.

Talán ez tényleg egy idősek otthona. Évek vagy évtizedek telhettek már el... lehet, hogy nem is emlékszik rá senki, hogy valaha író voltam. Talán csak úgy ismernek itt, mint a „vén dilist", aki maga alá vizel, és annyi. Biztos ennyi vagyok csak a számukra. Na, akkor majd jól seggbe rúgom őket! Engem senki sem fog megalázni!

Teszek egy határozott lépést előre a sötétben, hogy elinduljak villanykapcsolót keresni valahol a fal mentén...

De akkor megint moccan valami!

Halk neszezést hallok...

Az ágy alól...

Mi a fene van ott?!

Nem emlékszem, hogy valaha életemben bármikor is rettegtem volna *ennyire*, mint most.

Úgy érzem magam, mint egy gyerek, aki halálra van rémülve a szekrényében rejtőző állítólagos szörnytől. Vagy attól, amelyik az ágya alatt lakik.

Talán az öregkor is olyan, mint a gyerekkor. Az ember újra maga alá vizel. És felejt is. Ismét alig tud valamit... akár egy újszülött. Talán a félelmei is ugyanolyan megalapozatlanokká és gyermekivé válnak. Ki tudja? Ilyen lenne az öregkor?

Semmi sem lehet az ágy alatt!

Ekkor, mielőtt még tényleg sikerülne meggyőznöm magam erről, halvány fény gyúl valahol a távolban. Először úgy látom, hogy nagyon messze.

Nem, nem messze, csak a sarkon túl.

Az ott valami folyosó... az ágyakon túl...

Jobbról a folyosóról halvány, alig látható, sárgás fény szűrődik a szoba irányába... Vagy inkább terem? Elég nagy, nagyobb, mint hittem.

Te jó ég, ez egy kórház! A kórteremben nem az enyém az egyetlen ágy. Ez egy rohadt kórház! Miért vagyok itt? Hogyan kerültem be? Balesetem volt?

Nem érzem magam sem betegnek, sem sérültnek. Nincs rajtam gipsz és kötés sem.

És miért feküdnék *teljesen egyedül* a balesetin? A többi ágy üres a kórteremben. Miért nincs itt rajtam kívül senki?

– Ööö... khmm... – köszörülöm meg a torkom. Bizonytalanul meg akartam szólalni, hogy „van itt valaki?", de valahogy belém szorult a levegő... vagy csak nagyon ki van száradva a torkom.

Talán régóta nem használom már beszédre a számat. Lehet, hogy hetekig kómában feküdtem? Vagy akár évekig? Ó, te magasságos...

– Van itt... – formálom nagy nehezen a szavakat, de végül mégsem merem befejezni az elhaló, bizonytalan kérdést. Valami van az ágyam alatt, és nem merem provokálni.

Provokálni?! Mi nem jut eszembe? Mégis mi a fene lehetne egy kórházi ágy alatt, ami „provokálható"? Egy veszett kutya? Vagy egy ember? Egy *őrült*?

Lehet, hogy elmegyógyintézetben vagyok... és valaki időnként azzal szórakozik, hogy az ágyam alá mászik... és amikor felébredek, és felkelek, halálra rémiszt az az őrült barom!

Bár nem mintha én adott esetben nem az lennék, hogyha egyszer ugyanabban kórházban őriznek mindkettőnket...

– Ide hall... – „gass, gyere ki onnan!", akarom mondani, de a fény kissé felerősödik a folyosón, és most már jobban látom az engem körülvevő szobát. Nemcsak körvonalakat, de tárgyakat és színeket is látok.

Úristen! *Itt minden tiszta vér!*

Bár a félhomályban még most is majdnem feketének látszik, de akkor is látom, hogy az! Ez vér! Hisz érzem is a szagát!

Elfog a hányinger...

A falakat szétfröcskölt, odaszáradt vér borítja. Az ágyakat is. A padlót is. A folyosó kövén, ahonnan a fény szűrődik be a szobába, tócsákban áll a vér. Ott még nem száradt meg.

Nemcsak véresek a falak, de nagyon öregek is. Régiek. A tapéta jókora foltokban szakadozottan lóg róluk. Mintha ütésnyomok is lennének a falakon. Vajon mitől? Kalapácstól? Nekem eléggé annak tűnik...

Az ágyak is véresek. Üresek, de véresek. Kinek a vére ez... ez a *rengeteg*?

„Itt emberek haltak meg!" – kiáltok fel magamban kétségbeesetten. Ennyi vér nem származhat egyvalakitől.

Ez egy rohadt mészárszék, csak kórháznak álcázva!

Menekülnöm kell innen!

Ez az undorító, bűzlő pöcegödör ráadásul nemcsak lepusztult és vérmocskos, de mintha még égett is lenne. A falakat égésnyomok és korom is borítja. Nehéz megállapítani, mert a sötétben minden feketének vagy feketésnek tűnik, de most, hogy jobban meresztem a szemem, már látom, hogy a falak nemcsak véresek, de erősen kormosak is.

Mintha a lekornyadó-pöndörödő tapétadarabok szélei is égettek lennének. Hol a fenében vagyok?

Nem tudom, de hogy nem maradok itt, az biztos!

Végre feleszmélek a jeges rémülettől való bénultságból, és mozgásra kényszerítem magam. Megtapogatom újra a ruhámat. Nedves.

Már érzem, hogy nem vizelet az, ami a pizsamámat borítja, hanem vér. Ugyanolyan sűrű alvadt, nyúlós, kormos vér, mint ami a falakon is van.

Ahogy hitetlenkedve tapicskolom magamon a vérmocskos ruhát, ismét megmozdul az a valami az ágy alatt!

Majd újra!

Kifelé mászik!

Hallom, ahogy súrlódik a hasa kövön. Mi a szar lehet az?! Olyan hangot ad, mintha valami szilárd, kemény dolog lenne... nem is állat vagy ember, hanem egy élettelen tárgy.

Mégis mozog!

Hallom, ahogy karistolva a követ maga alatt kúszik kifelé az ágy alól!

És már látom is! Látom a fejét!

És a vicsorgó fogait!

Hirtelen elkapja a bokámat, és iszonyatos erővel magához ránt!

„Valaki vár, valaki szeret..."

Elvágódom. Arcom nagyot csattan a hideg kövön. Ha azt kellemetlennek éreztem, ahogy a lábujjaim hozzáértek, akkor ez ahhoz képest most maga az iszonyat! És fájdalmas is!

Olyan hirtelen rántotta ki alólam a lábam, hogy időm sem volt védekezésképp kirakni a kezem, hogy tompítsak az esésen. Egy az egyben arccal a járólapnak csapódtam. Azt hiszem, el is tört az állkapcsom!

Ó, te jó isten! Ez iszonyúan fáj! Egészen beleszédültem.

Közben az a valami egyre közelebb húz magához...

Halk, fojtott kuncogó hangot hallat... mint egy gép... mint egy beakadt fogaskerék.... semmi emberi nincs abban a nevetésben. Csak kattogás, semmi több, mégis tudom, hogy nevetés. Tudom, hogy röhög! Rajtam!

„Valaki él, valaki nevet..."

És beleharap a bokámba! Iszonyú éles fájdalom hasít a lábamba. Érzem, hogy a csontig hatolnak az apró, éles fogai. Mintha borotvapengéket vágtak volna belém. Olyan élesek, hogy szinte akadálytalanul vágják át az Achilles-ínamat.

Istenem, soha többé nem fogok tudni járni!

És iszonyúan fáj!

Nemcsak az állkapcsom tört el, ahogy nekivágtam a fejem a kőnek, de talán még a koponyám is megrepedt. És most már a lábam is elviselhetetlenül hasogat. Egyre mélyebbre harap... és harap. Közben agresszíven, gúnyosan röhög a kis dög.

„Valaki fél, valami fáj..."

Borzasztóan fáj!

Ááááááá!

Második fejezet: Pokoli alagút, mély kút

– Mr. Flow, ébredjen! Ébredjen már!

– Ááááá!

– Ébren van? Uram, magánál van?

– Öööö... én...

– Semmi baj, csak rosszat álmodott. Megint rosszat álmodott – mondta Nola nővér. Ez volt a neve ugyanis, erre azért emlékszem. És most, hogy kimondta, már a saját nevemre is. Legalábbis részben...

„méhkas dong a sötét éjben..."

– Köszönöm... hogy felébresztett. Azt hittem... meghalok – nyögtem ki nagy nehezen. Először attól tartottam, ugyanolyan nehéz lesz megszólalni, mint álmomban. Bár így hirtelen felriadva valóban nem volt könnyű értelmesen beszélni, de azért a nyelvem a rémálombeli megakadt állapotához képest még így is pörgött: – Elkapott, és belém harapott! Borzalmas volt!

– Majdnem mindig ezt álmodja, Mr. Flow.

– Majdnem mindig?

– Igen – mosolygott szomorúan a lány... vagy inkább nő. Érett nő volt, csak nagyon fiatalos. – Általában én ébresztem fel ilyenkor, mert magától valamiért képtelen rá, hiába is kiabál.

– Valóban? – dörzsöltem a halántékom a szemeimet forgatva. – Hol vagyok? És miért nem emlékszem semmire?

– Sajnos nem tudjuk. Mármint az orvosok nem tudják biztosan, hogy mi lehet az oka az amnéziájának. Bár valószínűleg lelki eredetű. Valamilyen sokk érthette. A rendőrség szerint...

– *Rendőrség*?! – vágtam közbe ijedten. Ez akkor még annál is rosszabb, mint gondoltam. – Mit követtem el? Elkövettem valamit?

– Nos, azt mondják, nincs ön ellen bizonyítékuk. De sajnos emberek tűntek el az ön közvetlen környezetéből. Nem is egy. Egész pontosan öt, ha a feleségét is beleszámoljuk.

– A feleségemet, Julie-t? Eltűnt? Mikor történt ez? Honnan tűnt el? De hisz nem is élünk már együtt! Elváltunk!

– Sajnálom, ilyesmiről nincs tudomásom. Én úgy tudom, ön házas ember – mutatott a nő a kezemre. Nem értettem, mire céloz. Ránéztem a bal kézfejemre. Csillogott valami a gyűrűsujjamon: jegygyűrűt viseltem.

„Valaki vár, valaki szeret..."

– A rendőrség szerint – folytatta a nővér – ön házas ember, a felesége pedig eltűnt négy másik emberrel együtt, akik az önök szomszédai.

– David?...

– Hogy mondja, kérem?

– David, emlékszem, hogy elköltözött... legalábbis azt hiszem. Ő biztos nem tűnt el! Őrá gondol?

– Nem tudok sajnos részleteket, csak azt, hogy emberek tűntek el, és jelenleg nyomozás folyik az ügyben. Sajnos részben *ön ellen.*

– Ellenem?! Miért? Én mégis mit vétettem? Mi közöm nekem az egészhez?

– Senki sem tudja. De ön is gyanúsított. Az eltűnt szomszédok egyedülálló emberek voltak. Az ön felesége az egyetlen, aki házasságban élt... bocsánat: *él.* Reméljük, életben van valahol, csak eltűnt. Így hát elsősorban önt gyanúsítják, mert eltűnés vagy gyilkosság esetén elsőnek a házastársat szokták. A rendőrség legalábbis ezt mondta. De ennél többet tényleg nem tudok, sajnálom.

– Gyilkosság? Jézusom! Ezért vagyok itt? Mi ez, valami börtönkórház?

– Nem. Ez pszichiátria. Zárt osztály. Nálunk többnyire valóban olyan betegek vannak, akik közveszélyesek, emiatt pedig sajnos bűncselekményeket követtek el. Az ön esetében viszont ez nem bizonyított. Egyelőre amnéziával van nálunk. Nem kap kezelést, csak megfigyelés alatt tartjuk. Viszont önszántából sajnos nem távozhat.

– Értem. – Közben felültem, és leengedtem a lábam az ágyról. Bár valóban kő borította a padlót, akárcsak álmomban, most viszont legalább volt egy koszos, használt papucs az ágy mellett. Abba bújtattam a lábam. – Nos, nem könnyű mindezt így egyből feldolgozni..., Nola.

– Ez egy érdekes dolog – mosolygott a nő.

– Mi?

– Az, hogy az én nevemet nem felejti el. Mindennap úgy ébred, hogy még az előző nap eseményeire sem emlékszik, egyik orvos nevét sem tudja, az én nevemet viszont igen.

– Talán, mert maga az egyetlen, aki kedves velem – mosolyogtam bátortalanul. Igazából én sem tudtam, hogy valóban így van-e. Nem *vártam el*, hogy úgy mondjam, talán inkább csak reméltem.

„Nem várok, mert nincs mit, szeretek, de nincs kit."

Nola nem felelt, csak visszamosolygott, és sarkon fordult. Visszaindult a nővérpulthoz.

Nem csodálom, hogy nem válaszolt semmit. Mégis mit vártam? Miért lenne bárki is kedves egy amnéziás őrülttel, aki fél tucat embert lemészárolt, és aztán nyomtalanul eltüntetett?

De valóban ilyesmiket tettem volna?

Az nem létezik! Én nem vagyok olyan. Habár a keresztnevemre sem emlékszem, abban az egyben mégis biztos vagyok, hogy nem vagyok gonosz. Senkinek sem ártanék szándékosan. Miért is tenném? Talán ezért is vagyok ennyire egyedül, mert túlzottan jámbor vagyok, és sosem állok a sarkamra? Ezért érzem magam egyedül?

„Egyedül járja útját az, aki nem követ s nem bánt senkit...”

Miért jár még mindig a fejemben ez a vers? Honnan származhat?

Nemcsak álmomban, de így ébren is emlékszem rá.

– Nővér! – szóltam utána.

– Igen?

– Szoktam valamire még emlékezni az ön nevén kívül?

– Nem. Tudtommal semmi másra. Csak a nevemre és arra, hogy író. Eddig még a felesége nevét sem említette. Most hallottam először.

– Értem. Köszönöm. – Ekkor bicentett, és visszament a pulthoz.

Tehát nem tud a versről. Még neki sem beszéltem róla. Pedig kedvelhetem. Végül is az ő neve az egyetlen dolog – a szakmámon kívül –, amire bevallottan emlékezni szoktam.

Ezek szerint a vers a harmadik ilyen dolog... csak az már nem bevallottan.

„Pokoli alagút, mély kút, kiáltástól zengnek kamrái...”

Legalább ne lenne ennyire vészjósló és rémisztő!

Ha már ez az egyetlen hosszabb, összefüggő szöveg, amit fel tudok idézni, akkor miért nem lehet valami szép, lélekemelő gondolat, ami segít visszaemlékezni vagy jobb kedvre derít?

És honnan származik ez a borzalom?

Mert ez tényleg az...

Van benne szépség, mégis borzalmas. Lesújtó és kilátástalan.

Azt hiszem, ezért sem beszéltem még róla a nővérnek. Mert nem mertem.

Élő ember nem ír ilyen sötét dolgokat! Vagy ha művészetből talán mégis... az ilyesmit akkor sem szavalják az emberek kórházakban a kedvenc nővérüknek köszönetképp az ellátásért.

Normális emberek biztos nem. Gondolom, ezért is nem említettem neki. Nem akartam, hogy még hülyébbnek tartson. Már így is azt gondolhatja, hogy megöltem öt embert. Biztos felakasztottam őket a nyaralómhoz közeli erdőben.

„Szívem holt, ágas-bogas erdejében..."

Ott lógnak azóta is. A rothadó hullák édeskés szaga már fél kilométerről bűzlik, messziről érződik a dögszag, mégsem veszik észre, mert annyira nem jár arra senki. Nola biztos ezt gondolja.

Vagy ezt csak *én* gondolom? Azt hiszem, tényleg nem vagyok teljesen normális, ha ilyen ötleteim vannak.

Honnan jött egyáltalán ez a rémkép, hogy „akasztott emberek egy erdőben"?

Biztos csak a horrorkönyvekből. Végül is én is írtam sok olyat, erre azért emlékszem! Így hirtelen nem nagyon tudnék címeket mondani, de tudom, hogy írtam olyan regényeket. A horroríróknak fura egy fantáziájuk van. Leírnak néha olyat is, amire más még gondolni sem merne. Nem csoda hát, hogy ilyen szörnyűségek jutnak eszembe. Ettől még nem vagyok sem őrült, sem gyilkos.

Közben már felkeltem, és gyűrött pizsamámban tétován Nolához mentem a nővérpulthoz.

– Zavarhatom egy pillanatra? – kérdeztem óvatosan.

– Tessék – mondta készségesen. Rosszabbra számítottam. Azt hittem, elhajt majd, hogy feküdjek le vagy számolgassak képzeletbeli pókokat valamelyik sarokban.

– Mondja, mióta vagyok itt? Hány napja?

– *Napja*? – kérdezett vissza. – Inkább *hónapja*. Több mint három hónapja van itt, Mr. Flow.

– Micsoda?! Már hónapok óta itt lennék?

– Sajnos igen.

– És mégis mit csinálok itt egész nap? És hol van mindenki? Miért vagyok egyedül egy hatágyas kórteremben? És miért maga

41

az egyetlen nővér? Hol vannak a kollégái? Ugye vannak? Van itt egyáltalán orvos?!

– Persze hogy van, kérem nyugodjon meg. – Közben azt hiszem, akaratlanul, de feljebb emeltem a hangom, mert a nő kissé ijedtnek tűnt.

– Elnézést. Hol van mindenki?

– Még nem értek be. Én az éjszakás nővér vagyok. Reggel 6 óra 25 van. 7 körül jár be mindenki. Bár nem ez az országos előírás, de nálunk régóta ez a „szokás", hogy úgy mondjam.

– És a betegek? Csak azt ne mondja, hogy ők is 7-re járnak be! – Nola bizonytalanul elmosolyodott. Valószínűleg nem volt biztos benne, hogy vicceltem-e. Hogy őszinte legyek: én se!

– Ők természetesen folyamatosan itt tartózkodnak. Nálunk a betegek külön szobákban vannak. Elzárva. Közülük nagyon ritkán lehetne akárcsak kettőt is összeengedni. Ezért ezt a termet mostanában nem használjuk. Magát azért tartják itt, mert nem biztos, hogy szükséges egyáltalán elzárni. Eddig semmilyen agresszív megnyilvánulása nem volt. Ezért is mozoghat ilyen szabadon. De az épületet persze azért akkor sem hagyhatja el.

– Tehát az orvosok szerint nem vagyok veszélyes? Vagy legalábbis van rá esély, hogy nem? – Nola bólintott. Erre azért egy kicsit megnyugodtam. – És tulajdonképpen mi a diagnózis? Mi a bajom?

– Az amnézián kívül mást még nem állapítottak meg. Mivel nagyon kevés dologra emlékszik, így nehezen tudnak jellemrajzot vagy kórképet felállítani önnel kapcsolatban.

– Ja, értem... akkor valószínűleg ezért sem említettem eddig a... – bukott ki belőlem véletlenül.

– Mit? Mit nem említett? – kérdezte kíváncsian. Nem volt kutakodó, inkább őszintén érdeklődőnek tűnt.

– Semmi... nem érdekes. Nem szívesen beszélnék róla. – Van, amiről az ember nem beszél. Még annak sem, akit tényleg kedvel.

42

„Voltál-e már tömegben, barátok közt számkivetett?"

– Pedig nem ártana elmondania. Ha valóban emlékszik valami másra is a nevemen kívül, szerintem fontos lenne, hogy elmondja. Segíthetne a gyógyulásában. Ha az orvosnak nem is akarja, legalább *nekem* mondja el.

– Nézze, hálás vagyok érte, hogy segíteni akar, tényleg értékelem, de...

– *De*? Miért nem mondja el, hogy miről van szó? Annyira terhelő önre nézve a dolog?

– „*Terhelő*"? Dehogy! Amennyire én tudom, semmit sem követtem el. Semmi törvénybeütközőt. Inkább csak fura az egész. Egy versről van szó. Egy versre is emlékszem. Ennyi. Semmi valódi, fizikai emlékem nincs, amit tettem volna, pláne rossz dolgokat, csak egy elvont, sötét költemény van még az agyamban. Más nincs. De sajnos nem túl lélekemelő, hogy úgy mondjam. Valószínűleg ezért sem említettem. Nem biztos, hogy jó hatással lenne az itteni megítélésemre, ha egyik kezemmel a gatyámban, magammal játszadozva, vihogva ilyeneket szavalgatnék.

– Nekem eddig nem úgy tűnt, hogy bármilyen szempontból is furán viselkedne – mosolygott a lány erre a képre, amit képzelete vásznára festettem fel. Most inkább valóban lánynak tűnt. Bár negyven körül lehet, a mosolya rendkívül fiatalos, szinte kamaszos. Látszik rajta, hogy alapvetően vidám természetű, és szeret élni. Egy pillanat alatt évtizedeket fiatalodik olyankor, amikor vidám.

„Valaki él, valaki nevet..."

– Jó – láttam be, hogy igaza van –, lehet, hogy senki sem lesz még attól futóbolond, hogyha ismer egy érdekes verset, de tekintve, hogy miért vagyok itt... azért az én helyzetemben, gondolom, megérti, hogy...

– Persze – bólintott. – Tudja, mit? Nem árulom el senkinek! Tényleg segíteni szeretnék. Mondja el *csak nekem*. Hátha azáltal majd más is eszébe jut! – Lelkesnek tűnt. És őszintének. Kicsit úgy éreztem, hogy olyan, mintha már régóta ismernénk egymást. Végül is három hónapja, épp az imént mondta. De talán még annál is régebben. Én így éreztem. Valószínűleg ezért is bíztam meg benne:

– Rendben.

Elmondtam neki a verset.

Így elmondva jó hosszúnak tűnt. Hosszabbnak, mint amikor még csak kényszeresen magamban mondogattam belőle részleteket.

Nola figyelmesen végighallgatott. Nem vágott közbe egyszer sem. Amikor befejeztem, először nem mondott semmi mást, csak azt, hogy:

– Ó...

– Ó? – kérdeztem vissza.

– Ez gyönyörű.

– *Komolyan* mondja? Nem találja szörnyűnek, ijesztőnek?

– Persze érzékelem a benne lévő sötétséget, de szépség is van benne. Egyértelműen van.

– Talán igen... nem tudom. Magának nem ismerősek ezek a sorok?

– Hát, hogy őszinte legyek... *nem*. Pedig elég sokat olvasok. Verseket is szoktam, de ezt még sosem hallottam. Arra biztos, hogy emlékeznék. Ezek szerint nem ön írta?

– De, talán igen. Látok rá némi esélyt, de nem biztos. Szóval szokott olvasni? Esetleg tőlem is olvasott valamit? Valami horrorregényt például?

– Miért kérdi?

– Hátha segítene visszaemlékezni. Gondoljon bele, milyen fura érzés lehet ez most nekem. Tudom, hogy oldalak százait, ezreit írtam tele, mégsem tudok felidézni semmit ezen az egy versen kívül. Szívesen olvasnék magamtól valamit! Tudom, hogy hülyén hangzik, de akkor is. Fogalmam sincs, hogyan írok. Azt sem tudom, milyen író vagyok...

– Én úgy tudom, jó író. Úgy hallottam.

– És akkor miért nem olvasott még tőlem? – feszegettem a témát tovább, mert hogy őszinte legyek, kicsit rosszulesett a dolog.

– Azért, mert nem szeretem az olyasmit. Csak ennyi. Inkább romantikus könyveket olvasok, és verseket.

– Ja, értem. Akkor mégsem fogok durcásan a sarokba vonulni. Apropó, mit csinálok én itt egész nap? Azon kívül, hogy gyógyszereket nyelek?

– Önnél nem alkalmaznak gyógyszeres kezelést. Csak megfigyelés alatt tartják.

– Ja, tényleg! De hisz már mondta is! Ne haragudjon, de nagyon össze vagyok zavarodva. Ezt azért jó hallani, hogy nem tömnek gyógyszerekkel. És mivel múlatom itt az időt? Remélem, nem önt zaklatom egész nap ilyen kérdezősködéssel?

– Nos... majdnem mindennap kérdezget – mosolygott Nola. – De nem bánom. Szórakoztató önnel beszélgetni.

– Képzelem! Gondolom, már három hónapja *ugyanazt* szajkózom megállás nélkül.

– Meglepődne, de nem így van. Ritkán mondja ugyanazt. A verset is most hallottam először.

– Komolyan? Ennyi idő alatt *sosem* mondtam ugyanazt? Egyszer sem?

– Azt azért nem mondtam...

„Persze! Én hülye!" – szidtam magam. „A lány talán csak udvarias akart lenni. Kár volt rákérdeznem!"

– Egyébként sem beszélgetünk mindennap – folytatta. – Csak éjszaka vagyok itt, és olyankor a betegek alszanak. Ön is. Reggel 7-kor pedig váltás van.

– Nem fárasztja ez az éjszakai beosztás?

– Már megszoktam. Évek óta csinálom. Bár néha hosszúak tudnak lenni az éjszakák.

„Hosszú még az út az áldásos fénytől a fekete aljáig..."

– Nekem mondja? – kérdeztem.

– Igen... a rémálmok. Tudom, hogy mennyire szenved miattuk. Sajnálom.

– Semmi gond. Végül is csak álmok. Legalább a valóságban nem árthatnak nekem. És mondja, mi mást csinálok itt napközben?

– Van egy TV az étkezőben. Azt szokta nézni.

– *Ennyiféle* programlehetőség van itt? Ez akkor egy igazi szálloda! – mosolyogtam döbbent kifejezést mímelve. – Na jó, csak viccelek. Lehetne azért rosszabb.

– Lehetne – értett egyet. – A többi beteg... úgy értem, az *igazi* betegek... szóval tudja, hogy értem! – Bólintottam. – Nos, nekik azért nem lehet könnyű egész nap bezárva élni.

– Szerintem nem fogják fel, hogy úgy élnek. Ha felfognák, akkor már nem is lennének betegek, és rég kiengedték volna őket. Nekem ezért is rossz ez az egész. Én szívem szerint máris kimennék, pedig még csak pár perce tudok róla, hogy bezártak. Talán jobb is, hogy amnéziám van. Így legalább nem fogom fel teljesen, hogy három hónapja ülök itt tétlenül. Utálok úgy élni. Mindig is tartottam ilyesmitől. Nem hittem, hogy egyszer tényleg bekövetkezik.

– Megértem. Talán, ha visszatérnek az emlékei. Lehet, hogy akkor minden rendbe jön. Kiderülhet, hogy semmit sem követett el, és akkor majd elengedik.

– Milyen szép is lenne! Mármint ne értsen félre, nem azt mondom, hogy bármit is elkövettem volna. Csak tudja, nem vagyok éppen az a szerencsés típus, akiről kiderül, hogy minden csak félreértés volt, és aztán még elnézést is kérnek tőle, hogy feltartották.

– Értem, de azért akkor se adja fel a reményt. Tudja, az hal meg utoljára.

– Na igen. Csak kérdés, hogy az az „utoljára" előttünk van a jövőben vagy inkább mögöttünk? Kérdés, hogy mikor történt az egész? És vajon nem halt-e meg máris?

– A versre gondol?

Bólintottam.

– Szerintem gondolkozzon el azokon a sorokon – mondta a nővér. – Jelenthetnek valamit. Biztos, hogy van valami oka, hogy ilyen tisztán emlékszik a versre. Pedig nem rövid. Én, szerintem meg sem tudnám jegyezni az egészet.

„Odalent, ahol a méhkas dong a sötét éjben..."

– Ne is akarja – vágtam rá. – Szívem szerint én is elfelejteném.

Harmadik fejezet: Ahol a jeges sötétség él

Órák teltek el. Nola időközben hazament.

Sajnáltam, hogy elment. Habár csak pár órája ismerem, máris megkedveltem. Biztos nevetségesen hangzik. Tudom én, hogy valójában több mint három hónapja ismerjük egymást – valamilyen szinten –, de akkor is.

Nola helyett jött két másik, nappalos nővér. Ők már nem annyira szimpatikusak. Az egyik egy ötvenes kövér asszonyság. Olyan, mint egy kiképzőtiszt. A másik egy holtsápadt, beteges külsejű fiatal lány. Állandóan annyira riadtnak tűnik, hogy csoda egyáltalán, hogy egy ilyen helyen munkát mert vállalni. Ilyen idegekkel az is meglep, hogy egyáltalán reggel ki mer lépni otthon az ajtón.

Egyikük sem nagyon szól hozzám. Még akkor se, ha kérdezem őket.

Így hát valóban beültem az étkezőbe a TV elé. Nola jól mondta!

Fura, hogy ő tudja, mit szoktam csinálni, én viszont nem.

Már órák óta ültem a TV előtt, amikor eszembe jutott: mi van akkor, ha az a hirtelen támadt „horrorírói ötlet" mégis igaz?

Mi van, ha tényleg megöltem öt embert, és fellógattam őket a fákra a nyaraló melletti kiserdőben?

Mi lenne, ha elmondanám ezt az orvosnak? Vagy a rendőrségnek?

Nem az lenne úgymond az „állampolgári kötelességem"?

Mi?! Az, hogy egy életre bezárassam ide magam? Na, annyira azért nem vagyok „hülye"!

Bár, hogy ez az utóbbi szó mit jelent, azt sokféleképpen lehetne értelmezni. Mindenesetre, ha csak egy százalék esély is van arra, hogy nem követtem el semmit, akkor nem szeretnék ok nélkül itt rohadni egy életen át ennyi gyilkosságért. Sőt, hogy őszinte legyek, akkor sem, ha valóban megöltem őket! Ez most akkor bűn lenne? Bűn, ha az ember egyszerűen csak vágyik a szabadságra? Ha akkor sem akar bezárva élni, ha valóban rossz dolgokat tett?

„Miért hajtják rabigába, ha túl szabad egy vándorlegény?"

Na, már megint ez a vers! Az őrületbe kerget.

Úgy döntöttem, nem szólok nekik. Nem szólok senkinek. Történt, ami történt. Attól semmi sem lesz jobb, ha kitálalok egy csomó mindent – ráadásul esetleg alaptalanul. – Ha követtem is el valamit, többé már biztos nem fogok. Eszembe sem jut olyasmi. Fogalmam sincs, korábban miért jutott volna(?).

✳✳✳✳✳

Lassan besötétedett odakint.

Borzasztó itt élni! Már most látom, pedig még egy napja sem vagyok itt. Emlékeim szerint legalábbis nem. Az ablakok elkeserítően kicsik. Ki sem lehet látni rajtuk. Nem is nagyon érdemes, mert csak az ég látszik mindenfelé. Magas lehet az épület. Nem látni környező házakat az ablakokból.

Igazából még azt sem tudom, milyen városban vagyok. A nővérekkel többé meg sem próbálok beszélgetni, mert látom rajtuk, hogy rettegnek tőlem. Az idősebbik még gyűlöl is. Hogy miért, arról fogalmam sincs. Ezért szörnyű az amnézia! Bármilyen hülyeséget csinálhattam már három hónap alatt, és fogalmam sincs róla, hogy pontosan mit!

De ezért is, mivel nem tudom, hogy valójában kivel milyen viszonyban vagyok, így nem nagyon merek olyanhoz közeledni, aki barátságtalan. Ugyanis lehet, hogy pont az én hibámból az!

Orvost egész nap nem láttam. Reggel azt mondták, hogy délután majd lehet, hogy bejön hozzám egy, de nem biztos. Lehet, hogy csak *holnap*.

„Holnap?!" – kérdeztem az idősebbik nappalos nővértől. „De számomra olyan dolog nem is létezik! Ma sem tudom, hogy tegnap mi volt! Nekem a holnap olyan, mintha magának azt mondanák, hogy... majd a következő életében. Fel tudja ezt fogni?!" Akkor váltott át a nő arca gyűlölködőre. Lehet, hogy ezt már sokadszorra kérdeztem tőle? Talán mindennap ezt vágom a fejéhez? Nem tudom.

Lehet, hogy mindig letromfolom szerencsétlent. Az azért elég unalmas és idegesítő lehet. Ha tényleg ilyen vagyok, akkor abszolút megértem, hogy utál.

Úgy érzem, mintha egy nyomozó lennék. Akárha önmagam után nyomoznék, hogy mit művelhettem itt három hónap alatt! Sőt, inkább azzal kapcsolatban, hogy *előtte* mit műveltem!

Egy nyomozó, aki egy gyilkos után nyomoz. A detektívnek amnéziája van. Semmiben sem lehet biztos. Még abban sem, hogy nem ő maga-e esetleg az általa keresett gyilkos.

Na, ez egy érdekes horrorregény lenne! Kár, hogy nem írhatok idebent. Írni még csak-csak hagynának... gondolom... csak folytatni nem tudnám, mert másnap mindig elölről kezdeném ugyanazt a húsz oldalt, amit előző nap papírra kínlódtam.

„Jártál-e a Pokolban, melyet úgy nevezek: 'életem'?"

✵✵✵✵✵

Orvos végül aztán valóban nem jött. A betegekről nem sokat tudok. Néha innen-onnan hallani egy-egy kiáltást vagy nyöszörgést. Sőt, ezeknél még furább hangokat is. Olyanokat, amit mások – akik nem jártak még ilyen helyen – el sem hinnének!

Időnként például fülsértő csikorgást lehet hallani. Fogalmam sincs, mi adja azt a hangot, de olyan, mintha egy fogorvosi fúróval fúrnák át a dobhártyámat. Vagy az agyamat! Őrjítő az a zaj.

Azt sem tudnám megmondani, hogy valami elavult berendezés hangja-e, vagy inkább egy beteg adja ki magából. Nehezen hinném, hogy bárki emberfia képes lenne rá, de akkor is... egy ilyen helyen lehetnek éppen olyanok, akik nem feltétlenül tartják magukat „ember fiának". Némelyek állítólag mindenféle megmagyarázhatatlan dologra képesek, ha teljes szívvel hisznek benne. Sőt, állítólag mindenki képes olyankor megmagyarázhatatlan dolgokra.

Ha itt egy beteg például valamiféle szarvasfejű démonnak hiszi magát, elképzelhető, hogy képes olyan hangot kiadni, amit egy ember normális esetben nem is tudna. Az ő esetében akár olyan élethű szarvasbőgést, amit emberi hangszálakkal elvileg fizikai képtelenség generálni. Ha az illető *valóban* hisz benne...

Az emberi agy egy örök rejtély. Sajnos az enyém is. Pont ezért vagyok itt, mert fogalmam sincs, mi rejlik benne. Vajon én tudnék szarvasszerűen bőgni, ha nagyon akarnék? Vagy akár egy majmot meghazudtolva fára mászni? Akár a gyerekemmel a hátamon például? Na, az lenne még csak a felesleges „szuperképesség". Ettől függetlenül el tudom képzelni, hogy azt a csikorgást egy beteg produkálja valahogy.

Közben a nővérek hazamentek. Egy dolognak örültem csak, ha már a közelgő éjszaka rettegéssel töltött el az esetleges újabb rémálmok miatt: annak, hogy újra láthatom Nolát. Ismét lesz kihez szólnom.

– Kríííííííí! – Ismét az a csikorgás. Istenem, de utálom! Megőrjít a hangja!

Ekkor lépett be Nola a folyosóra. Bezárta maga mögött a megerősített, ütésálló ajtót, és megindult a nővérpult felé. Majd talán ő megmondja, hogy mi ez a hang. Nem mintha attól abbamaradna.

– Hogy telt a napja? – kérdezte mosolyogva.

– Most, hogy látom, máris jobban telik – mondtam neki. Kicsit talán eltúloztam... Lehet, hogy nem kellett volna ilyet mondanom? Most biztos azt hiszi, hogy udvarolni próbálok neki! Egy őrült szexuális ragadozó, egy sorozatgyilkos, aki azt hiszi, hogy egy mosollyal bárkit képes elcsábítani, és hogy a nővér majd a karjaiba omlik. Pedig mindenki jól tudja, hogy mire képes! Már senki sem veszi be az átlátszó flörtölési játékát, aminek minden alkalommal gyilkosság a vége! Ugyan már! Hogy lehetek ilyen naiv, hogy udvarolni merjek itt bárkinek is?

Bár nem tudom, honnan jutott eszembe ez a „szexuális ragadozó" baromság, de akkor is. Élő ember nem flörtöl egy ilyen alakkal, mint én. Odakint se nagyon... de *idebent* aztán pláne nem!

Nola válaszképp csak rám mosolygott. Nem tűnt úgy, hogy megbántódott volna. Még szerencse! Ő az egyetlen, aki hajlandó szóba állni velem. Már így is úgy érzem magam, mint egy ótvaros kóborkutya, amelyik nemcsak bűzlik, de harap is, és többé senki sem mer a közelébe menni. Inkább jól belerúgnak, hogy kotródjon.

„Szegény vagyok, nincstelen, a remény volt a mindenem."

Végül sajnos már nem beszélhettem Nolával túl sokat.

Ugyanis rögtön az elején közölte, hogy tanulnia kell. Valami továbbképzésen vesz részt, és vizsgái lesznek. Beláttam hát, hogy udvariatlanság lenne zavarni. Pláne abban nem kéne akadályoznom, hogy a továbbképzés által esetleg elhúzhasson innen. Meg tudom érteni, ha arra vágyik. Azért, mert én is arra vágyom!

Pár óra múlva elmentem lefeküdni. Már előre rettegtem tőle, hogy őszinte legyek, de nem akartam kimutatni. Annyira azért mégsem ismerem a lányt – emlékeim szerint –, hogy az ölébe borulva sírjak.

Inkább megtartom magamnak a problémáimat. Holnap úgysem emlékszem majd az egészre. Kit érdekel hát bármi is már a mai nappal vagy éjszakával kapcsolatban? Tőlem akár meg is rugdoshatnak. Ha nem marad nyoma, akkor holnap emlékezni sem fogok rá.

Csak Nolát sajnálom, hogy holnap ugyanúgy hallgatnia kell a hülyeségeimet, én meg majd ismét nem emlékszem semmire. Biztos megint el fogom mondani neki az agyament túlvilági versemet.

Lehet, hogy csak udvariaskodott... igazából elmesélhettem vagy *kilencvenszer* három hónap alatt! Eléggé unhatja már a szerencsétlen lány. Jó, tudom, hogy valójában korombeli negyvenes – ugyanis rákérdeztem még reggel –, de akkor is. Nekem akkor is lány. Valahogy nem tűnik „idősnek". Biztos nem tűnik olyan öregnek, *mint én*... aki negyvenegy, de kinézhet vagy ötvenötnek. Idebent legalábbis biztos.

*****

Lefeküdtem, de nem tudtam elaludni.

Talán jobb is. Az előző éjszaka rémálma után lehet, hogy inkább virrasztanom kéne. Vajon akkor is mindent elfelejtenék az elmúlt három hónapból, ha egyáltalán nem aludnék? Mi szabályozza az ilyesmit, hogy egyszer csak elfelejtem az előző napot? Mikor történik meg a „törlődés"?

Van az ember agyában egy beépített dugó, amit ha egy ilyen beteg esetében kihúznak, akkor minden lemegy a lefolyón, és kész? Na de ki húzza ki azt a dugót? És mikor? Megpróbáljam kivárni? Vajon úgy jobb lesz? Vagy még inkább ijesztő lesz megélni azt az eseményt? Lesz egy pillanat, amikor még mindenre emlékszem a mai napból, utána pedig hirtelen már a világon semmire? Mintha fejbe lőttek volna egy puskával? Talán inkább mégis megpróbálok aludni! Valahogy nem akarom megvárni a „lámpaoltást", hogy úgy mondjam.

És nemcsak az agyam lenullázására gondolok, de arra is, amikor valóban leoltják itt a villanyt! Az tegnap halálra rémisztett!

Bár az csak álom volt, de akkor is. Nem tudom, mennyire lesz itt sötét a valóságban, de nem is akarom megtudni. Inkább megpróbálom átaludni az éjszakát. Tőlem aztán bujkálhat akárki az ágyam alatt. Ha rajtam múlik, unalmas egy éjszakája lesz, mert én bizony reggelig aludni fogok! Tulajdonképpen egész álmos vagyok. Lehet, hogy jól fog esni, ha most egyszer végre rendesen kialszom magam.

– Jöjjön! Indulunk! – szólalt meg ekkor valaki néhány méterre tőlem. Egy női hang volt.

– Tessék? – fordultam a hang felé. Pedig már épp majdnem elaludtam! – Hová indulunk, Nola? Nem azt mondta az orvos, hogy próbáljak meg minél többet aludni?

De már láttam, hogy nem Nola szólt hozzám.

Egy másik nővér volt az. Kerekes hordágyat tolt maga előtt. Egy szőke hajú, vékony nő ismerős hanggal... és ekkor ismertem csak meg!

– Julie?! Te meg mit keresel itt?

– Mennünk kell! Kérem, ne húzza az időt! Jöjjön, és feküdjön fel az ágyra, hogy leszíjazhassam. Kezelésre viszem. Orvosi utasítás.

– Miféle kezelésre? Azt mondták, nem kapok semmilyen kezelést, csak megfigyelés alatt tartanak. Julie, most hülyéskedsz velem? Mit csinálsz te itt? Miért vagy nővérruhában? Csak nem megszöktetni akarsz?!

– Kérem, ne húzza az időt, Mr. Flow. Nem kérem még egyszer. Ha nem engedelmeskedik, hívom a férfiápolókat, és majd ők fogják leszíjazni! Higgye el, az nem lesz kellemes! Hamar eljár a kezük.

„Mi a franc folyik itt?!" – cikáztak a gondolataim. „Hogy jutott be ide a feleségem? De végül is kit érdekel? Hiszen él, és itt van! Ez a lényeg! Nem öltem hát meg! És ezek szerint akkor másokat sem! Lehet, hogy ez csak valami összeesküvés dolog, talán politikai... Biztos a kormány juttatott ide. A feleségem pedig végre eljött, hogy kivigyen innen. Bíznom kell benne! Ha valakiben, akkor benne igen. Biztos, hogy csak szerepet játszik! Úszom tehát az árral!"

– Rendben, elnézést, nővér. Máris felfekszem oda. – Lassan kikászálódtam az ágyból. Most valahogy nagyon hidegnek tűnt a szoba. De lehet, hogy csak én voltam túlzottan felmelegedve a takarótól. Nem szívesen bújtam ki alóla. De végül is kit érdekel egy kis hideg, ha egyszer végre kijuthatok erről a vesztőhelyről?!

Kimásztam hát az ágyból, és felültem a kocsira.

– Kérem, dőljön hátra, hogy becsatolhassam a szíjakat – mondta Julie.

– Rendben... *de ne húzd meg nagyon erősen őket, drágám* – súgtam oda neki.

Julie nem reagált semmit. Mintha nem is hallotta volna.

„Lehet, hogy lehallgatnak! Sőt, szinte biztos. Ezért nem is teszek hát ilyesfajta megjegyzéseket, amíg ki nem jutunk. Valószínűleg csak lebuktatnám vele. A végén még őt is itt tartanák!"

Így hát nem is szóltam semmit, csak hagytam, hogy becsatolja a szíjakat. Jó erősen meghúzta őket! Gondolom, tudja, hogy figyelik, és nem akarja, hogy úgy lássák, nem végzi rendesen a munkáját. Akkor gyanút fognának.

Miután Julie a negyedik szíjat is erősen meghúzta, és becsatolta a bokáimnál, egyből tolni is kezdte a kocsit.

– Hová megyünk? – kérdeztem félhangosan. Igazából magam sem tudtam, hogy ez a feleségemnek szól-e vagy az álnővérnek. Végül is mindegy volt, csak valamelyikük válaszoljon.

– Kezelésre – mondta szenvtelenül. Semmi élet nem volt a hangjában. Meg kell hagyni, nagyon jól játssza a szerepét! A fásult éjszakás nővér, aki már látott egyet s mást. Apropó, erről jutott eszembe:

– *Úgy tudtam, Nola itt az egyetlen éjszakás nővér* – súgtam mosolyogva. Most már két kanyarral elhagytuk a zárt osztály folyosóját. Gondoltam, itt biztos nem hallanak többé a lehallgatók vagy kamerák.

– Milyen Nola? – kérdezte normál hangerővel. Kicsit sem fogta vissza magát. Úgy látszik, itt már nem tart tőle, hogy meghallják.

– A másik éjszakás nővér, te buta! Mit tettél vele, hogy kiengedjen minket onnan? Remélem, nem bántottad! Az egy kedves nő.

– Nem tudok semmiféle Noláról vagy kiről. Itt én vagyok az éjszakás nővér, *én egyedül*. És kérem, ne szólítson Julie-nak. Margaret a nevem.

„Még mindig szerepben van!" – Kezdett már idegesíteni a dolog.

– Értem – mondtam lelombozottan. Megőrjített, hogy nem szólhatok hozzá nyíltan. Így hát inkább elhallgattam. Gondoltam, ha eljön az ideje, majd csak kitálal. Úgyis elmondja, hogy valójában miért van itt, és mi történt a többi szomszéddal. Ha egyáltalán történt velük valami, és nem az is csak mese volt. Már abban sem vagyok biztos, hogy valóban három hónapja vagyok itt! Lehet, hogy csak két napja, és ezért emlékszem csak ennyire! Csak talán annyi droggal teletömtek érkezéskor, hogy egyetlen regényem címére sem emlékszem!

Egyvalamire viszont igen:

„Pokoli alagút, mély kút, kiáltástól zengnek kamrái..."

Ez a vers egyre nyomasztóbban hat rám. Most valahogy még inkább!

Újra meghallottam azt a csikorgó hangot. Annak az elavult gőzbojlernek vagy mi a francnak a hangját az alagsorban. De lehet, hogy egy őrült barom csinálja, aki szarvasdémonnak képzeli magát. Tényleg szörnyű! És most nemcsak ezt a hangot hallottam, de kiáltásokat is! Fájdalmas jajkiáltásokat!

– Mik ezek a hangok? – kérdeztem. – Te csináltál velük valamit, amikor bejöttél ide? Mi folyik itt?

– Ott, ahová megyünk, mindig ilyen hangok vannak – mondta Julie rezzenéstelen arccal. – Odalent, ahol a méhkas dong a sötét éjben.

– Hogy mondod? Te ismered a verset?! Mi a fenéről beszélsz? Honnan ismered?

– Ez nem vers – mondta Julie. – Ez a valóság. Ideje lenne felébrednie! Szedje össze magát, amíg teheti. Nem lesz könnyű, ami magára vár.

– Mi? Mi vár rám? Most szórakozol velem? Rám akarsz ijeszteni, vagy mi? Idehallgass! Ha a válás miatt akarsz bosszút állni, és most jól megszívatsz, akkor előre szólok, feljelentelek! Kurvára nem vagyok vicces kedvemben, hallod?! – Nem szívesen beszéltem vele ilyen hangnemben, de valóban kezdte rám hozni a frászt. Inkább haraggal próbáltam palástolni, minthogy beismerjem. Nem adom meg neki azt az örömöt! – Hallasz, te ribanc? Mondom, feljelentelek! Azért mindennek van határa! Ne hidd, hogy nem emlékszem a válásra! Tudom, hogy már nem vagyunk házasok. Először örültem neki, hogy kiviszel innen, de aztán rájöttem, hogy miről van itt szó valójában! Ezt az egészet te tervelted ki! Ezért vagyok itt, mi? Van valami haverod az intézménynél? Gondoltátok, megfingatjuk a hülye írót, ugye? Hadd higgye, hogy bedilizett! Úgyis mindig ilyen szarságokról ír könyveket! Zseniális ötlet volt, Julie! El kell ismernem!

– Mondtam már, hogy nem Julie-nak hívnak, Mr. Flow. Kérem, ne ficánkoljon, mert el fog borulni a kocsi. Ha elborul, én esküszöm, itt hagyom! Nem fogom kioldozni! Feküdhet itt napokon keresztül arccal a kövön, kerekes hordággyal a hátán!

– Julie, kérlek, ne csináld! – Már könyörgőre fogtam. Egyszerűen kifogytam az ötletekből. Nem maradt több ugyanis, ennyi volt a tervem: először elküldöm a francba, aztán ha az nem jön be, akkor porig alázom magam. – Könyörgöm, fejezd ezt be! Kérlek!

– Ne aggódjon, Mr. Flow, már nem tart sokáig. A doktor úr hamarosan eltávolítja a problémás részt.

– Kríííííííí! – hallatszott újra csikorgás valahonnan. Lehet, hogy a kocsi egyik kereke csikorog ennyire? Az meg hogyan lenne lehetséges? Egy teljes napja hallom már, de csak most feküdtem fel rá két perce!

– Eltávolítja?! – kérdeztem az őrjöngés szélén. – Mi a szart távolít el? Te teljesen meghülyültél? Meddig akarod vinni ezt a játékot? Tényleg betolsz valahová, hogy levágják a lábamat, vagy mi? Mit képzelsz, te félőrült liba? Azt hiszed, megúszhatsz ilyesmit? Te és az orvos szeretőd? Miért akarjátok levágni a lábam? Hogy ne rohanhassak el? Tolószékbe raktok, vagy mi? Aztán nézhetem a kis kerekesszékemből, ahogy megkefél téged a konyhaasztalon? Erről van szó? Ezért amputáltatod a lábam?

– Nem a lába lesz eltávolítva, Mr. Flow, ne aggódjon.

– Ne aggódjak? *Ne aggódjak?!* Rohadj meg! Épp kés alá viszel!

– Csak a problémás részt veszik le. Semmit sem fog érezni az egészből. Bár utána egy ideig lehet, hogy nem lesz könnyű.

– Mi?! Nincs rajtam semmilyen problémás rész! Mi az úristenről beszélsz? Nagy az orrom, vagy mi? Plasztikai sebészhez viszel? Julie, ugye tudod, hogy nem vagy normális?! Mindig is tudtam! Esküszöm, hogy tudtam! Hová viszel? Élvezed ezt a szituációt, hogy kétségek között tarthatsz, mi?! Meddig tolsz még?

– Hosszú az út, egyszer mégis kegyesen véget ér – idézett Julie mosolyogva válasz helyett egy újabb passzust a szörnyű versből. Ezek szerint tényleg ismeri! – Már nem kell sokáig szenvednie, uram. Ha eltávolítják, onnantól minden könnyebb lesz. Nem kínozza majd úgy a vágy.

– Milyen vágy? Most arra az egyre vágyom, hogy kitörjem a nyakad!

Közben Julie betolt egy szárnyas ajtón. Olyan lendülettel, hogy a kocsin kissé túllógó lábaimat jól beverte, mert ütközőnek használta őket.

– Aúú! Ez fájt!

– Kríííííííí! – hallatszott ismét, mintha nekem válaszolna. Ezúttal egész közelről jött.

– Mi a szar ez?! – kérdeztem a fejemet forgatva.

– Á, Mr. Flow! Hát ideértek végre? Már azt hittem, férfiápolókat kell magukért küldenem! Tudja, azoknak hamar eljár a kezük.

Abból a szögből, ahogy a fejem volt, még nem láttam a hang forrását, csak azt hallottam, hogy férfi az illető. Mély, zengő hangja volt. Nagydarab, harmincas pasas lehet.

– Ez a szeretőd? – kérdeztem döbbenten Julie-tól. – Hát tényleg nem azért jöttél értem, hogy kivigyél? – Valahogy olyan könnyen mondtam ezt ki, hogy szinte fel sem fogtam. De közben sokkolt az egész, hogy valóban tőrbe csalt azzal a leszíjazással. Eddig azt hittem, csak szórakozik, és azért előbb-utóbb úgyis eloldoz, és kivisz innen. Mindig is kicsit beteg volt a humorérzéke. Általában díjaztam, de néha azért már idegesített is. Azt hittem, csak erről van szó. De ezek szerint mégsem. Itt tényleg van valaki rajtunk kívül! Bár még nem láttam a pasas arcát, csak a plafont és Julie képét magam felett, ahogy fapofával tol maga előtt.

– Kérem, most már ne beszéljen többet – mondta nekem Julie. – Készüljön inkább lelkiekben. Nem lesz könnyű. Az ilyen átváltozás sosem az.

– Átváltozás?! Hová hoztál engem? Ti valami szektások vagytok, vagy mi a szar? Mit akartok csinálni velem? – Most már egy kicsit sem szarkasztikusan értettem ezeket a mondatokat. Eluralkodott rajtam az őszinte rettegés. Olyan voltam, mint egy gyerek, aki tudomásul vette, hogy óriási verést kap, és most már csak azt szeretné tudni, hogy hány ütésre számítson. Úgy talán könnyebb lesz elviselnie. Úgy talán látja a végét a hosszú szenvedésnek.

– Hát mi az, ami a világon minden problémát okoz? Ami minden rossz, minden vágy oka? Minden bűné? Hát a férfiassága, Mr. Flow!

– Kríííííííí! – hallatszott ismét, ezúttal ijesztően közelről. Julie odatolt egész közel a férfihoz. Már láttam, hogy mi van nála, azaz mi adja azt a hangot. Egy veszettül pörgő, motoros csontfűrész!

– Ne aggódjon, Mr. Flow – mondta a férfi –, hamar végzünk. Nincs magának olyan nagy, hogy sok bosszúságot okozna az eltávolítása. Csak eltávolítom a nemi szervét, és kész. Épp csak egy pillanatnyi kellemetlenséget fog érezni. Szinte még vért sem fog látni. *Szinte!* – röhögött fel a férfi. Mert hogy orvos nem volt, az biztos!

Habár szemvédő plexi volt a fején, amit orvosok viselnek – Talán a nagyon véres műtéteknél? Mit tudom én, hogy mikor! – , a ruhája viszont nem orvosi köpeny volt. Henteskötényt viselt!

Ráadásul merő mocsok volt az egész. Nemcsak ő, de a szoba is, ahová betoltak. Ugyanolyannak tűnt, mint tegnap, amikor...

Amilyennek *álmomban* láttam! A falak véresek, a tapéta szakadozott, égett, mintha bombát robantottak volna idebent. Egy alvadt vérrel teli bombát!

– Ez csak álom! – nevettem fel felszabadultan a férfi képébe. – Rohadj meg! Ez csak egy álom! Már jártam itt! Nola majd reggel felkelt, és máris vége lesz az egésznek. Dögöljetek meg mind a ketten! Vágd le akármimet, mit bánom én! Nehogy még a végén egy hülye álomtól összeszarjam magam! Öcsém, én ennél a szemétnél tízszer durvább jeleneteket írtam már, ugye tudod?! Gyerünk! Jöhet a csontfűrész! Úgyis felébredek! Vágd le a fejemet is, úgy legalább hamarabb vége lesz!

– Margaret – fordult a „doktor" a nővérhez –, miről beszél a páciens? Miért nincs tisztában vele, hogy mi történik? Nem mondtad el neki szakszerűen?! Megint mulasztáson kell, hogy kapjalak?! – kiabálta dühösen. Kikapcsolta, és letette a kezében lévő vijjogó, karistoló hangú csontfűrészt. – Margaret, miért hiszi a beteg, hogy ez nem a valóság? Honnan veszi ezt a sületlenséget, hogy csak álmodik? Ez így nincs rendjén! Megmondtam, hogy mindent magyarázz el neki világosan! A műtét előtti konzultáció *rendkívül* fontos! És tudod jól, hogy nem tűröm a hanyagságot! Gyerünk, hozd ide a botomat! Most számolunk!

Julie lehajtott fejjel, szó nélkül odasétált a viharvert, vérmocskos szoba sarkába, és az ottani szekrény mellől kivett egy odatámasztott hosszú rudat. Egy koszos, egyszerű bot volt az, egy levágott faág, amivel hajléktalanok verekedhetnek, vagy rá is támaszkodhatnak mankóként. Egy egyszerű husáng volt. Vért nem láttam rajta, csak koszt és rengeteg karcolást. Valószínűleg ez volt az egyetlen tárgy az egész szobában, amit nem borított vér.

– Kérem a botomat – nyújtotta a kezét a férfi. – És kérlek, vesd le a ruhád. Szeretlek közben rendesen látni. A ruha csak eltakarja a sérüléseket.

– Mikor lesz már vége ennek a baromságnak?! – fakadtam ki. – Ez csak Á-L-O-M! A „díszletből" is könnyedén rájöttem! Nem kell tovább játszanotok, köszönöm. Hagynátok már végre felébredni? Most pucéran hülyére vered a nejemet, vagy mi? Tudod, mit, öreg? Csináld! Szarok rá. Lássuk a műsort! Nem nekem fog fájni! Adj neki!

Julie közben valóban levetkőzött anyaszült meztelenre. Őrület ez az egész! Miért álmodom ezt? És miért nincs még vége? Ezek szerint van olyan rémálom, ami egyszerűen nem ér véget, és kész? Úgy éli le az ember az egész életét, hogy benne szerepel, mint egy véget nem érő rémfilmben? Lehet, hogy ez nem is álom?

Te jó ég! Kómában vagyok?! Ezért nincs vége?!

Julie szépen összehajtotta a levetett ruháit, és lerakta a lábamhoz a kocsi végébe.

– Jó lány vagy – mondta az elmebeteg orvos. – Most hajolj előre szépen, és pucsíts kicsit a fenekeddel, hadd verjek rendesen végig rajtad. Látni akarlak közben. És csináld azt a hangot is, amit szoktál! Azt szeretem.

Julie nem felelt, csak szó nélkül előrehajolt, és megtámaszkodott a kerekes hordágyban, amire rá voltam kötözve.

„Uramatyám!" – gondoltam magamban. „Úgy érzem magam itt, mint valami beteg pornófilmben! Lehet, hogy az előbb nagyzoltam, amikor azt mondtam a fickónak, hogy ennél én tízszer különb jeleneteket is írtam? Ez most tényleg a szemem láttára fogja péppé verni a feleségemet? Vagy a *volt* feleségemet? Néha már én sem tudom, kicsodám nekem ez a nő."

Julie előrehajolt, és a férfi a magasba lendítette a botot!

De az utolsó pillanatban megállt... Még nem sújtott le vele. Rám nézett.

– Szerinted bevette?

„Kihez beszél ez?" – gondoltam magamban.

– Szerintem igen – szólalt meg Julie meztelenül előrehajolva, és ekkor vigyorogni kezdett.

– *Tényleg* bevette?! – a férfi hangja már-már hisztérikus volt, akkora örömmel töltötte el a tudat, hogy sikerült megviccelniük engem.

Ezek szerint tényleg csak vicc lenne ez az egész?

– Uram, tényleg azt hitte, hogy le fogom vágni a micsodáját? Mit szólsz ehhez, Julie? – most már ő is Julie-nak szólította! –

Mekkora színész vagyok? Na?! Ki az ász? Ki érdemel Oscar-díjat?

– Te vagy az ász – mondta neki Julie.

– Ez csak kamu ám – mutatott a férfi magunk köré a szobában. – A kellékesek műve. Hihető, mi? Még én is kicsit beparáztam, amikor megmutatták a forgatási helyszínt! Ugye, milyen ijesztő? Nézze azt a megégett tapétát! Még szaga is van. Émelyítő, ugye?

Egyszerűen nem tudtam, hogy mit feleljek neki. Épp szólni akartam... talán ordítani, hogy „mégis hogy képzeltétek ezt az egészet?!", amikor...

A férfi váratlanul mégis lesújtott!

Julie még mindig előrehajolt pózban támaszkodott az ágyamra. Úgy érte az ütés. Iszonyatos erővel csattant a bot a hátán. Valahol a derekánál találhatta el. Nem láttam pontosan, mert nem tudtam felemelni a fejem a szíjak miatt.

Akkorát döndül Julie háta, mint egy félig üres hordó. Egy vérrel teli, húsból készült hordó! Undorító hangot adott! Nem volt benne semmi emberi. Ilyen hangja lehet, amikor a konzervgyárban leesik egy féldisznó a kampóról menet közben: nagyot csattan a földön, döndül az üreges mellkas, közben a bordák is reccsennek.

Ilyen hangot adott most Julie teste is.

– Gyerünk, Margaret! – kiáltott a férfi. – Halljuk a hangot! Azt az édes dallamot! – Majd ismét meglendítve a botot hatalmasat ütött a nyomorult nő testén. Talán még nagyobbat is, mint az előbb.

– Kríííííííí! – hallatszott ismét a borzalmas nyikorgó karistolás. De most Julie szájából jött! Ezt hallottam volna hát végig? Nem a csontfűrész volt az? – Kríííííííí! – visított újra, amikor a férfi harmadszor is megütötte.

Ekkor valami reccsent. Iszonyatot keltett bennem. Először azt hittem, a bot tört el a hátán, de nem. A bot egyben volt.

A groteszk, emberhez már nem nagyon hasonlító, széthasadt hátú teremtmény négykézláb, kutya módjára eloldalgott. Közben enyhe nyüszítő hangot is hallatott. A hang valahogy nem a „nő" szájából jött. Talán inkább a hátából, a repedésen keresztül. Az is lehet, hogy csak bélgázok voltak. Talán a belei és a gyomra is kiszakadt az ütés erejétől. Lehet, hogy az ad olyan hangot.

– Jó lány vagy, Margaret! Ez az! Szépen menj a helyedre. Később többet is kaphatsz! Később párosodhatsz vele. De ahhoz előbb szakszerűen el kell végeznem a beavatkozást. Tudod, hogy beteggel vagyok! Ilyenkor nem zavarhatsz! Ez nem profi hozzáállás! Szedd már össze magad! És öltözz fel! Úgy jársz-kelsz itt, mint egy ócska ribanc! Ami pedig önt illeti – lépett vissza hozzám. – Most meglátjuk, barátom, hogy milyen fából faragták! Azaz... elnézést a szóviccért – nevetett fel –, *faragni* most én fogok!

Ismét kezébe vette a motoros csontfűrészt, és visszakapcsolta.

– Kríííííííí! – szólalt meg újra a pokolbéli hang. Vagy megint Margaret visított? Nem tudom, mert ekkor már én is visítottam félelmemben! Semmi nem érdekelt többé, csak az, hogy legyen vége!

– Valaki fél, valami fáj! – idézte az elmebeteg hentes a vers sorait. – Én félek, Mr. Flow! Félek, hogy ez most baromira fájni fog!

Jobb kezével a csontfűrészt tartotta. Bal kezével odanyúlt a pizsamanadrágomhoz, és lerántotta rólam térdig.

– Ne! – ordítottam. – Ne csináld! Kérem, ne!

– De igen, kedvesem! Még ma éjjel szép leszel! Gyönyörű menyasszony leszel! – dúdolta a férfi. – Nőt csinálok belőled! Egy igazi verni való kis szukát!

Marokra fogta a nemi szervemet, és belevágott a fűrésszel.

– Áááááááá!

Negyedik fejezet: Angyalok szárnya

– Mr. Flow, ébredjen! Ébredjen már!

– Ááááá!

– Ébren van? Uram, magánál van?

– Öööö... én...

– Semmi baj, csak rosszat álmodott. Megint rosszat álmodott – mondta Nola nővér. – Ön jelenleg kórházban van. Ne ijedjen meg, hogy nem emlékszik semmire. Ennek az az oka, hogy amnéziája van. Talán mindig is ezzel kellett volna kezdenem már eddig is. Ne haragudjon, hogy eddig nem tettem.

– Sz.v.m v.gy., .jk.m v.re – motyogtam.

– Tessék? Mit mond?

Még mindig nem voltam teljesen magamál. Azt sem tudtam, mit beszélek. Ha már nem tudtam, mit akarok mondani, legalább próbáltam érthetően kiejteni a véletlenszerűen feltörekvő szavakat:

– „Szívem vágya, ajkam vére, tüskés korona, angyalok szárnya!" Te egy angyal vagy, Nola! Köszönöm, hogy kihoztál onnan! Megöltek volna! Tudom, hogy megtették volna! Az ott nem álom volt!

– Dehogynem az volt! Ne csacsiskodjon! Már ébren van! Nincs semmi baj!

– Dehogy nincs! Az a vers több, mint amit tegnap sejtettem róla! Az valami több! Nem tudom, mi az, de rettegnünk kell tőle! Nemcsak nekem, mindannyiunknak!

– Hogy mondja? Mikor sejtette?

– Tegnap! Nola, nem hallod, amit mondok?!

– Várjon meg itt! – A nővér odarohant a pulthoz, és tárcsázni kezdett a telefonon. – Doktor úr! – szólt bele a telefonba. –

Elnézést, hogy felébresztem, de maga kért rá, hogy azonnal szóljak... – Kis szünetet tartott. Valószínűleg azt hallgatta, hogy mit felel az orvos a vonal másik végén. – Igen – szólalt meg ismét –, azt hiszem, az történik, amit mondott. Kezd visszaemlékezni! Már emlékszik a tegnapra! Épp az imént mondta! Rendben. Akkor várjuk! – Letette a kagylót. – Meglátja, Mr. Flow, ezentúl minden rendben lesz! – indult vissza felém mosolygó arccal. – Emlékszik hát a tegnapra? Tényleg emlékszik?

– Azt hiszem, igen. – Fel sem fogtam, hogy miről beszél, de valahol mélyen, talán mégis. – Igen, valamennyire emlékszem. Elmondtam magának a verset – váltottam ismét magázódásra. Ő nem tegezett vissza, így hát nem lenne udvarias dolog az sem, ha én tovább folytatnám.

– Tényleg emlékszik! – lelkendezett. – Most legszívesebben megölelném!

Erre egészen zavarba jöttem. Azt hiszem, örültem volna, ha tényleg megteszi, de nem mertem kimondani. Így csak bugyután mosolyogtam:

– Maga szerint ez tényleg ennyire jó hír? Most akkor mi lesz? Rendbe jön a memóriám, aztán kiderül, hogy megöltem egy rakás embert?

– Nem hiszem, hogy ez történt volna! Sőt, hiszek benne, hogy nem! Maga jó ember! Kezdettől fogva ezt érzem. Biztos vagyok benne, hogy az!

– Köszönöm – szorult össze a torkom. Majdnem elsírtam magam. Nagyon jólesett, hogy hisz nekem. Pedig nem is ismer! Mégis hisz! Nekem is hinnem kell hát. Hinnem kell, hogy van kiút ebből az egészből. Vége lesz a bezártságnak, vége lesz a rémálmoknak is! Egyszer kijutok innen! És haza fogok menni! Akár gyalog is, akármilyen messze is kelljen mennem!

„Sötét, ősi bércek ormainál menetel a hontalan.

Örvénylő lidércek sorain át török utat minduntalan."

Hamarosan véget ér a harc! Talán tényleg minden jobbra fordul. Ha ez a lány mellettem lesz, akkor sikerülni fog. Az ő hite már nekem is erőt ad. Tényleg olyan, mint egy angyal. Ahogy az előbb mosolygott rám, láttam, hogy szinte ragyog. Nem csak az örömtől. Szinte valóban, szó szerint világított!

Vagy talán csak az én szemem káprázik? Tényleg megőrültem volna? Már vízióim is vannak? Profetikus látomások angyalokról, amelyek értem jönnek, és megmentenek? Mi a fene bajom van nekem igazából? Merthogy ez nem csak sima amnézia, az biztos!

Nola nem vette észre a kétségeimet, ő még ekkor is csak mosolygott. Ahogy ránéztem, és láttam a magabiztos, vidám arckifejezésén, hogy ő tényleg elhiszi, hogy jobbra fognak fordulni a dolgaim, abban a pillanatban még az én félelmem is csökkenni kezdett.

– Ne menjen ma el, kérem! – tört ki belőlem. – Csak most az egyszer! Most már emlékszem is a tegnapra! Tényleg változik az állapotom. Ne menjen el! Maradjon itt ma velem, jó? Tudom, hogy álmos, és önnek most van vége a munkanapnak, de akkor is! Akár aludhat is itt valamelyik üres ágyon, csak maradjon a közelemben! Megtenné?

– Komolyan mondja? – kérdezte, s közben abbahagyta a mosolygást.

– Ne haragudjon, nem akartam megbántani. És túl közvetlen hangot sem akartam megütni. Kérem, ne vegye bizalmaskodásnak, vagy ilyesmi. Egyszerűen csak érzem, hogy jó hatással van rám. Maga miatt vagyok képes gyógyulni! Ebben szinte teljesen biztos vagyok. Másban már semmiben, de ebben az egyben igen! Sajnálom, hogy megkérdeztem. Tudom, hogy nem volt hozzá jogom.

– Semmi baj. Megteszem – mondta mosolyogva. – Itt maradok ma, ha úgy érzi, hogy az segít. Ha nagyon nem bírom a virrasztást, akkor majd alszom néhány órát. Úgyis haladnom kéne még a tananyaggal is. Otthon sem aludnék most sokat.

– Tényleg megteszi? Köszönöm! Tudja, most legszívesebben én ölelném meg! – de én sem tettem meg. Meg sem próbáltam. Még a végén meglőttek volna valami nyugtatólövedékkel. Bár nem mintha Nolán kívül bárki mást is láttam volna ilyenkor, éjszaka a kórházban, de valahogy az volt az érzésem, hogy azért csak van biztonsági személyzet vagy legalább férfiápolók, akik előrohannának adott esetben. Kell, hogy legyenek. Minden kórházban vannak. Gondoltam, rá is kérdezek a dologra, ha már ennyire ölelkezős, közvetlen hangulatban vagyunk: – Kérdezhetek valamit? – Bólintott. – Mondja, maga ilyenkor, éjszaka tényleg teljesen egyedül van itt? Ne értsen félre, én az ön érdekében kérdezem. Azok a bezárt betegek azért elég veszélyesek lehetnek! Jó ötlet őket teljesen egyedül őrizni?

– Nem vagyok azért teljesen egyedül. A szomszéd épület egy bank. Megállapodásunk van velük, hogy riasztani tudjuk a biztonsági embereiket. Náluk éjszaka is öten őrködnek. Riasztás esetén pár másodperc alatt átrohannak ide. Volt már rá példa sajnos, hogy igénybe kellett vennem a segítségüket.

– Értem. És sajnálom. Mármint, hogy került már itt olyan helyzetbe. De nem túl veszélyes ez így? Miféle rendszer ez egyáltalán? Hol vannak a férfiápolók? Miért nincsenek?

– Sajnos leépítések voltak. Az intézmény pár éve eladósodott. Majdhogynem nulla személyzettel vagyunk kénytelenek boldogulni. Ez van. Nehéz idők.

– Nehéz idők – bólintottam elgondolkodva. Közben azon törtem a fejem, hogy ilyen elven akár meg is szökhetnék innen. Ezek szerint ennyire nem vagyok őrizve? A szomszéd épületből „pár másodperc alatt átrohannak"? Na ne röhögtessenek! Hadd ne mondjam, *én meddig* jutnék el pár másodperc alatt, ha egyszer megpróbálnék kijutni innen! És hogy már két nap után mennyire ki akarok jutni, sőt valójában három hónap alatt! „Pár másodperc alatt" szerintem én kétszer körülfutnám azt a bankot ott a szomszédban!

Aztán eszembe jutott, hogy *vele,* Nolával viszont nem tehetném meg. Nem engedhetne el csak úgy. Bántanom kéne, ha el akarnék szökni vagy legalább megfenyegetnem, megkötöznöm, vagy ilyesmi. Azt nem tudnám megtenni!

Bár lennének éppenséggel ötleteim... Horror- és thrillentíróként el tudok képzelni ezt-azt: szituációkat, szökési kísérleteket, melyek akár működhetnének is... de akkor sem! Nemcsak azért, mert nem tenném meg vele, de azért is, mert gyáva vagyok.

A filmekben lehet, hogy mindenki azonnal fegyverekkel kezd hadonászni, és másodpercek alatt céllövőkké válnak, továbbá karatemesterekké is, de a valóságban az ember meg sem lép bizonyos lehetőségeket, mert egyszerűen be van tojva, és kész.

Egyébként is, meddig jutnék? Előbb-utóbb úgyis csak elkapnának valahol, és újra letartóztatnának! Akkor már lehet, hogy nem a gumiszobában, hanem a hullaházban végezném, ha mondjuk, lövöldöznének rám a rendőrök üldözés közben.

– Fél óra múlva itt lesz dr. Edinborough – mondta Nola. – Vele beszéltem az előbb. Most, hogy végre talán emlékezni is fog a hallottakra, megbeszélhet vele sok mindent. Egyébként már az elején is így történt, csak másnapra sajnos mindent elfelejtett. Így egy idő után nem próbálkoztak tovább.

– Rendben, köszönöm. Az jó lesz. De addig is hadd kérdezzek már valamit magától. Mondja csak, mi a keresztnevem?

– Viccel? Tényleg nem tudja?

– Nem. Tegnap nem mondta. Mindig Mr. Flow-nak szólít. Nekem meg valahogy volt más gondom is olyan dolgokkal például, hogy felfogjam: három hónapja egy diliházban élek. Még arra sem maradt időm, hogy a nevemen gondolkozzak.

– Rob. Ez a neve.

– Robert?

– Robag. Robag Flow.

– Komolyan mondja? Micsoda hülye egy név! Bár a Rob Flow még nem lenne olyan rossz. Kicsit úgy hangzik, mint egy rockzenész neve. De a Robag?! Még nem is hallottam ilyet. Tényleg ez lenne a nevem? Tudja, mi a fura? Még csak nem is cseng ismerősen. Nekem akár azt is mondhatta volna, hogy „Gőzcső" a nevem. Az sem hangzana ennél különösebben, vagy idegenebbül.

– Kríííííííí! – hallatszott újra az elviselhetetlen csikorgás valahonnan.

– Na, ez a másik dolog! Mi a búbánat ez a hang? Megőrjít! Ugye maga is hallja? Ugye nem csak én képzelem? Egy olyan visításszerű, éles csikorgást hallok, mintha...

– Ez csak egy nyomáskiegyenlítő szelep a kazánházban, ne aggódjon miatta, „Mr. Gőzcső" – mondta a nővér mosolyogva. – Onnan tudom, hogy én is rákérdeztem már első nap az akkori főnökömnél, amikor felvettek ide. Szerintem is idegesítő. Mindenki utálja a hangját, de pár év alatt az ember megszokja. Nekem otthon néha még hiányzik is. Nem tudom... ez biztos valami Pavlov kutyája effektus.

– Ja. Csak visszafelé.

– Visszafelé? Hogy érti?

– Hát úgy, hogy amikor az ember citromot lát, nyáladzani kezd... vagy valami ilyesmi volt az eredeti kísérlet lényege, ha jól emlékszem. Az ön esetében viszont ez olyan, mintha valaki azért termelne sok nyálat, mert citromot szeretne látni. Nem?

– Magának aztán fura egy logikája van! – nevetett fel a lány.

– Tudom, higgye el, más is mondta már! Sőt, azt is, hogy miért nem vicces könyveket írok inkább. Állítólag az jobban menne, mint a horror.

– Látja, ebből tudom, hogy maga jó ember, Mr... Rob.

– Miből?

– Abból, hogy kiváló humora van. Higgye el, találkoztam itt sokféle esettel. Az igazán rossz emberek, mármint azok az őrültek... elnézést... *betegek,* akik valóban borzalmas dolgokat követtek el odakint, na azoknak aztán semmilyen humorérzékük nincs! Vagy legalábbis rajtuk kívül senki sem találja viccesnek mindazt, amiért ide kerültek.

– Maga szerint én tényleg ártatlan lehetek?

– Szerintem az. De azért ne vonjon le ebből túl nagy következtetéseket. Az én véleményem nem sokat ér, hiszen nem vagyok orvos.

– Nem érdekes, nekem akkor is számít a véleménye.

Egy pillanatig láttam rajta, hogy vissza akar kérdezni, hogy miért, de aztán mégsem tette. Végül is ő az egyetlen ember itt, akivel három hónap alatt néhány mondatnál többet beszéltem. Hogyne számítana hát a véleménye? Ezt ő is érezheti, tudhatja. Viszont azt nem, hogy ráadásul tényleg nagyon kedvelem is. Nola végül mégis megszólalt, de csak annyit mondott:

– Sajnos a rendőrségnek nem számít túlzottan a véleményem. Készüljön fel, hogy most, amikor talán javulni kezdett az amnéziája, előbb-utóbb ők is be fognak jönni. Azért, hogy kihallgassák. Lehet, hogy már ma.

– Jöjjenek hát – legyintettem. – Sokra mennek velem! A keresztnevemet is csak két perce tudom. Nem fogok tudni túl sokat mondani nekik a feleségemről, a többiekről meg még annyit se...

– Tehát erre is emlékszik?

– Arra nem, hogy hol vannak! Csak arra, amit ön tegnap mondott róluk: azt, hogy eltűntek. Ennyit tudok. Ezt a rendőrséggel is szívesen megosztom. Akár többféleképpen is, hosszú körmondatokba rendezve. Íróként sajnos elég jól értek hozzá, hogy a semmiről beszéljek órákon keresztül, és még csak fel sem fog tűnni nekik, hogy valójában egyetlen lépéssel sem haladunk előre a történetben.

– De ugye nem akarja velük tényleg ezt csinálni?

– Dehogy! – nevettem. – Csak viccelek! Mi okom lenne még őket is magam ellen fordítani vagy provokálni? Már az is épp elég, amivel gyanúsítanak. Nem fogom még fel is pofozni őket verbálisan. Nem őrültem meg. *Annyira* még nem. Csak annyit mondok nekik, hogy semmire sem emlékszem. Sajnos tényleg ez az igazság.

„Ja! Egy szart!" – tettem hozzá gondolatban. „És mi van azzal az öt emberrel, akik az erdőben felakasztva rohadnak a fákon? Arra sem emlékszem? Végül is nem! Azaz arra nem, hogy honnan származik ez az emlék! Akkor meg miért mondjam el? Hogy magam alatt vágjam a fát? Lehet, hogy ez úgyis csak valamelyik regényemből van, nem? Kár lenne addig felhozni, amíg még arra sem emlékszem, hogy ez egy regény szinopszisa vagy egy a saját emlék. Azért az nem mindegy!"

Időközben már derengeni kezdett néhány írásom. Még csak halvány körvonalakban, de azért volt némi elképzelésem róla, hogy hányat és milyen könyveket írtam.

Nem ez az erdei, hullás sztori volt „A fekete fák gyermekei"? Valami erdőben állt egy fa, amelynek az odújából kis démonok másztak-ugráltak elő. Embereknek harapták el a torkát a tűéles fogaikkal. Aztán a vérző, haldokló embereket indák segítségével fákra húzták fel, hogy a spriccelő vért szerte vigye a szél. Azzal öntözték az erdő talaját. A vér új fekete fákat nemzett, az erdő pedig terjedni kezdett. Egyre nagyobb lett.

Azt hiszem, valami ilyesmiről szólt. Szerintem csak ez a történet ugrott be tegnap. Nem biztos, hogy pontosan ez volt a sztori, de lényegében igen! Ettől még nem leszek gyilkos, mert ilyen marhaságokat írok.

Ilyen elven akkor az is bűncselekmény, amit a szobrász gyilkosról írtam! Hordóban savval maratta szét az embereket, aztán a felpuhult húspépet gipsszel keverte össze, és szobrokat, bábokat készített belőlük: Némelyiket szexuális célokra saját magának, volt amelyiket meg kiállításokra vitte, és még díjakat is nyert velük! Na és akkor mi van?

Az ember bármiről írhat, ha egyszer érdekes sztori, nem? Törvényt nem sért vele, legfeljebb közízlést.

Itt egy pillanatra viszont megálltam a gondolatmenetben.

Mi van, ha ezek egyike sem regény? Nem rémlik valami olyasmi, hogy Julie maradványaiból szobrot készítek? Ugye én tényleg nem csináltam ilyen dolgokat? Ugye nem fajtalankodtam vele, vagy ilyesmi?

– Nola! – szóltam a nővér után, aki az előbb már visszament a nővérpulthoz, és leült tanulni. Úgy tűnt, tényleg megteszi a kedvemért, hogy nem megy ma haza. – Mondja, hallott valaha olyat, hogy én szobrász is lennék? Volt valaha művészeti kiállításom valamelyik galériában?

– Szobrászati kiállítás? Nem. Sosem hallottam ilyet.

– Értem. Nem érdekes – sóhajtottam fel a megkönnyebbüléstől. Kicsit túl hangosan is. Felkelthettem vele a figyelmét. Na meg magával a szokatlan, hülye kérdéssel is. Láttam, hogy már rá is akar kérdezni, hogy honnan támadt ez az ötlet, hogy szobrász lennék... ám én újabb kérdéssel előztem meg: – És volt nálam otthon házkutatás? Csak próbálom, tudja, összeszedni a gondolataimat arra az esetre, ha ma tényleg kihallgatnak.

– Ja, értem. Igen, úgy tudom, volt önnél házkutatás.

– És találtak valamit?

– Nem tudom pontosan, de szerintem nem. Ha találtak volna, akkor nem állna ennyire bizonytalan lábakon az ügy.

– Értem. Ez megnyugtató. És máshol nem volt házkutatás, csak a lakásunkban?

– Hol máshol lett volna?

Erre inkább nem feleltem, csak megvontam a vállam.

„Hol máshol? Hát a *nyaralóban*, kedvesem! Ami 'sajnos' nem lett bejelentve az adózás miatt. *Abban* a nyaralóban! Ezek szerint a rendőrség egyáltalán nem is tud róla? Na, ezt akkor valóban jól eltitkoltuk, Julie! Nem akartuk mi örökre elhallgatni, csak pár évig, amíg rendeződnek az anyagi ügyeink. Szegény feleségem még segített is ebben! Most meg lehet, hogy ott lóg valahol egy fán a ház mögötti erdőben? Vagy lehet, hogy szoborként áll a kertben? Vagy bábuként fekszik az ágyban? Ó, te jó ég! Ez borzalmas!"

Legszívesebben fognám magam, és elmondanék mindent Nolának! De nem merem. Hisz magam sem tudom, hogy hol ér véget a fantázia és a regényeim, és hol kezdődnek a *valódi* emlékek és tettek?

„Hogy én mekkora barom vagyok!" – korholtam magam. „Miért nem írtam inkább romantikus vígjátékokat? Akkor most az lenne a legnagyobb gondom, hogy melyik nővel feküdt le az egyik regényem főhőse, és melyikkel én. Marha nagy probléma lenne!"

És mi a helyzet a Kutyás Gyilkossal? Aki a kutyájával zabáltatta meg az embereket, mert rászoktatta a dögöt az emberhúsra?

És a Transzvesztita? Aki nőnek öltözve óvónői állást vállalt el? Mit művelt az a gyerekekkel, később pedig a reklamáló szüleikkel?

Az a baj, hogy számításaim szerint körülbelül hatvan könyvem jelent meg eddig, és ezeknél az előzőknél még merészebb dolgokról is írtam. Vajon mennyi közülük a valóság, és mennyi a „szórakoztató" irodalom? Már, akit szórakoztat az, ha egy emberevő rottweiler ágyékon harapja a gazdi apját, mert az csúnyán bánt vele gyerekkorában.

Nem lesz ez így jó... Az a baj, hogy a jelenleg az agyamban lévő emlékek kb. kilencven százalékát ilyen sztorik teszik ki! Lehet, hogy nem ma kéne beszélnem a rendőrökkel?!

Ajjaj! Ezt az utolsó mondatot most nem hangosan mondtam ki véletlenül?

– Miért nem ma kéne beszélnie velük? – kérdezte Nola. Ezek szerint *tényleg* hangosan kérdeztem! De hülye vagyok!

– Hát mert... borzasztó zavarosak az emlékeim. Már beugrik néhány regényem alapkoncepciója is. De abban sem vagyok biztos, hogy melyik regény, és melyik valódi emlék. – Nola arca erre elkomorodott. Gyorsan korrigálni próbáltam: – Úgy értem, az egyik könyvemben volt valami szobrász. Ezért kérdeztem az előbb, hogy hallott-e olyat, hogy kiállításaim lettek volna.

– Ja, értem. De szerintem nem olyan bonyolult. Kizárólag azt mondja el nekik, ami biztos, hogy meg is történt, és valóban ön tette.

– Ez jó ötlet! Köszönöm.

„Ja, persze! Semmiben sem vagyok biztos! Abban sem, hogy a Transzvesztita Gyilkos egy regény szereplője, vagy én vagyok-e az! Nem! Az az egy biztos nem! Remélem, hogy nem! Akkor már inkább a Szobrász! Vagy a Kutyás. Azok azért kevésbé rosszak. *Kevésbé*? Miről beszélek egyáltalán? Hol van ezekben a dolgokban a határ? Mi számít ezen a szinten kevésbé rossznak? Nem tudom... És ez a baj! Ezért nem kéne most rendőrökkel diskurálnom. Csak feleslegesen elítélnének. Erkölcsileg is és szó szerint is. Biztos, hogy megköveznének a tetteimért."

„Vetnél-e rá követ, hogy láthasd vízként fodrozódni?"

Már megint ez a vers! Ezt az egyet szeretném csak elfelejteni! Mégsem tudom.

Ötödik fejezet:

A hitetlen bolondok mezején

Eltelt fél óra. Legjavát az ágyam szélén ülve töltöttem magam elé bambulva. Most TV-t nézni sem akartam az étkezőben. Nem azért, mert ne lett volna kedvem hozzá. Egyszerűen csak nem új információkra volt most szükségem, hanem arra, hogy a meglévőket rakjam rendbe valahogy.

Nola közben szólt, hogy a rendőrök fognak először bejönni hozzám. Valami olyasmit dünnyögtem válaszképp az orrom alatt, hogy „Hú, de jó!". Láttam rajta, hogy sajnál, úgyhogy feleslegesnek tartottam, hogy tovább panaszkodjak. Úgyis megérti, hogy mennyire nehéz ez az egész. Olyasmire várnak választ tőlem, amit én sem tudok. Vagy ha tudok is néhány dolgot, mégsem lehetek biztos benne, hogy melyikük az igazság.

A nyomozók valóban nagyon örülhetnek, hogy jobban vagyok, mert máris megjelentek! Alig telt el néhány perc azután, hogy Nola lerakta a telefont. „Honnan kerültek ide ezek ennyire hamar?" – gondolkoztam magamban. „Lehet, hogy a szomszédban nem is bank van, hanem a rendőrség? Talán jobb lesz vigyázni azokkal a zseniális szökési kísérletekkel."

Két rendőr közeledett a folyosón. Az étkező előtt vártam őket. Csak ott volt több szék, amire le lehetett ülni egymással szemben. A két férfi nem viselt rendőregyenruhát, csak öltönyt, de akkor is tudtam, hogy rendőrök. Valahogy látni lehet az ilyesmit. A zsaruk mind azt hiszik, hogy nem látszik rajtuk, mégis mindenki elsőre kiszúrja. Szerintem akkor is tudtam volna, hogy azok, ha Nola nem mondja, hogy ma jönnek be hozzám. Vagy lehet, hogy akkor azért mégsem? Vajon mi határozza meg azt, hogy mennyire lehet biztos az ember a dolgában? Hol van a határ a között, hogy „lehet, hogy ő az" és hogy „biztos, hogy ő az"? Valószínűleg ők is pont ugyanezen gondolkoznak most.

– Dawkins hadnagy – mutatkozott be az idősebbik, pocakos fickó. – Ez pedig itt a társam, Ryan.

„Ez vajon kereszt- vagy vezetéknév?" – találgattam. „Bár végül is kit érdekel?"

– Én pedig... – akartam udvarias lenni.

– Mi már hónapok óta tudjuk a nevét, ne aggódjon, Balrog.

– *Balrog*? Az nem a Gyűrűk Urában volt? Engem Robagnak hívnak.

– Valóban? Elnézést. Ezek az európai nevek!

– Az lenne?

– Miért, ön nem emlékszik? Nem emlékszik, honnan származik vagy hogy honnan jött a családja?

– Hogy honnan jött a családom? Uram, én még azt is csak ma reggel tudtam meg, hogy ez a keresztnevem! Olyan, mintha tegnap születtem volna. A kórház előtti időszak számomra teljesen homályos.

– Sajnálattal hallom... mármint a nyomozás szempontjából – tette hozzá rendkívül együttérzően. – Mi, a srácokkal...

– A srácokkal? – kérdeztem vissza.

– A srácokkal a Chicagói Rendőrségnél – helyesbített a nyomozó.

– Á, tehát onnan jöttek ide?

– Uram, most is Chicagóban vagyunk! Maga *tényleg* még ezt sem tudta idáig?

– Nem. De köszönöm, hogy elmondta. Most már majd ezt is számításba veszem innentől kezdve... Mi van tehát a kollégáival? Az előbb akart valamit mondani – közben beértünk az étkezőbe, és hellyel kináltam őket. Mondjuk, valószínűleg

enélkül is leültek volna. Elég röhejes lehet, amikor egy
diliházban úgy viselkedik az őrült, hogy az egész épület az övé.
Vagy akár az egész Föld nevű planéta.

– Mi, a srácokkal úgy gondoljuk, hogy a legapróbb
információ is nagy segítségünkre lehet. Az ügy ugyanis teljes
zsákutca.

– Sajnálattam hallom.

„Vagy mégsem? Haha!" – tettem hozzá titokban. „Annyira
azért hadd ne várjam már, hogy elítéljenek, és mondjuk,
kivégezzenek ahelyett, hogy csak kórházban tartanak pár évig.
Mit tudom én, mi mindent követhettem el igazából, és mit nem!
Ennyi fura emlékkel titokban még akár egy kisebbfajta Hitler is
lehetek. Vagy rosszabb... Ha van egyáltalán annál rosszabb."

– Nos – folytattam –, azért persze megpróbálom elmondani,
amit tudok. Még akkor is, ha az nem sok. Nyilván szeretnék
segíteni.

– Nyilván? – Dawkins most a társára nézett.

– Úgy értem, szeretném, ha tisztáznák a nevemet, mert
biztos vagyok benne, hogy nem követtem el semmit. Én csak egy
író vagyok. Nem vagyok gyilkos.

– Hát persze, hogy nem... – Ahogy a hadnagy ezt mondta,
nem volt a hangjában semmi együttérzés. És nem is gondolta
komolyan. Ezeknek mindenki bűnös! Az is, aki nem. Gondolom,
szakmai ártalom. Túl sok bűnözővel beszéltek már. Fel sem
tudják tételezni, hogy valaki ártatlan. Vagy lehet, hogy
egyszerűen csak értik a dolgukat? Lehet, hogy éreznek velem
kapcsolatban valamit? „Zsaruszimat?" – Tehát azt mondja, nem
sokra emlékszik? – tette hozzá Dawkins.

– Azt.

– Bővebben?

– Azt mondom.

– Látom, uram, humoránál van! Ugye tudja, hogy mi a tétje
ennek a beszélgetésnek, és annak, ami utána következhet?

– Igen, elnézést. De én sajnos ilyen vagyok. Szeretek viccelődni. Untat, ha huzamosabb ideig komolynak kell lennem. Olyankor a frusztrációtól valóban idegesítően kezdek viselkedni. Hosszú távon rá kellett jönnöm, hogy a humorizálás még mindig kevésbé zavaró. Az csak irritál embereket, de legalább nem néznek hülyének.

– Ahhoz képest, hogy azt mondja, semmire sem emlékszik, nekem eléggé komplexnek és gördülékenynek tűnik a beszéde és a logikája, uram. Azért ennyit hadd mondjak már el magának.

– Nézze... úgy tudom, nincs fejsérülésem. Nem a beszédközpontommal vagy a logikámmal van a baj. Állítólag lelki trauma ért, vagy ilyesmi. Lehet, hogy csak elzártam magamban bizonyos emlékeket, én sem tudom.

– Tehát ön nem érzi magát betegnek? Úgy érzi, jogtalanul tartják itt a *bolondok* között?

– „Láttál-e már prófétát hitetlen bolondok mezején járni?” – szólalt meg ekkor először Ryan.

– Honnan ismeri a verset? – kérdeztem rá azonnal.

– Verset? Nem tudom. Ez egy vers? Csak úgy eszembe jutott.

– Honnan tudsz te verseket? – kérdezett rá Dawkins is.

– Mit tudom én? Most mit izélgetsz már te is?! – vörösödött el a vékony rendőr. – Biztos az írótanfolyamon mondták.

– Te írótanfolyamra jársz?

– A feleségem *izélget* vele! – szemmel láthatóan Ryan szerette az „izélget” szót. – Tudod, kapuzárási pánik, alkoholproblémák. Szerinte, ha írni próbálnék, az legalább lekötne.

– Ja, hogy kösd le magad? Szerintem inkább kösd *fel* magad, Ryan! – vigyorgott Dawkins. – Az Irene-t jobban megnyugtatná. Azért még talán lóvét is kapna az államtól. Az írásaidért biztos, hogy sosem fog!

– Szállj le rólam! – Úgy tűnt, régóta dolgozhatnak együtt. Az ilyen jellegű párbeszédek valószínűleg mindennaposnak számítottak közöttük. Kicsit sajnáltam is, hogy nekem sosem volt kollégám. Az írás bizony elég magányos egy szakma. Pedig én is szeretek viccelődni. Julie-val is próbáltam néha annak idején. De neki elég beteg egy humora volt.

– Miért olyan fontos magának az a vers? – fordult vissza felém Dawkins. – Tán csak nem pont maga írta?

– Én? Fogalmam sincs! Szerintem nem. Nem ezért kérdeztem. Csak annyi az egész, hogy nekem is rémlik belőle ez a sor – hazudtam. – Ezért csaptam csak le a lehetőségre, hogy hátha tudja a társa, hogy kitől származik az idézet.

– Valami baromtól – szólt ismét közbe Ryan. – Verseket csak azok írnak. Egyiknek sincs semmi értelme. Szavakat raknak egymás mellé, ami összecseng a mondat végén. Ettől még nem lesz értelme. Tehát baromság! Két fémkarika is ugyanúgy cseng, ha ugyanolyan méretűek. Mégsem fog semmit jelenteni, ha állat módjára püfölni kezdem őket. Az csak zaj! Pont, mint a versek!

„Na! Belőled is jó író lesz!" – gondoltam. Bár nem tudtam eldönteni, hogy ezt valóban szarkasztikusan értettem, vagy mégis inkább komolyan? Néha pont az ilyen Ryan félékből lesznek a nagy írók! Ha egy ember elég ideig állít valamit nagyon határozottan, még a végén lehet, hogy hinni is kezdenek neki. Vajon velem is így kezdődött annak idején?

– Kérdésére a válasz... – feleltem Dawkinsnak – nem, nem érzem magam őrültnek. Nem emlékszem rá, hogy bármi rendhagyót vagy betegeset is elkövettem volna. És nem is érzek rá késztetést. Nem is véreztettem ki tehát senkit. Darabolni is csak a tányéromon szoktam. Ott is főleg zöldséget.

– „Kivéreztet", „darabol"... Elég könnyedén dóbálózik ilyen kifejezésekkel, uram.

– Ilyenekről írok könyveket. Nyugodtan jelentsen fel érte...
– vontam meg a vállam dühösen. – Káromkodni is szoktam, mégsem én vagyok a Sátán. Maximum egy követője lehetnék.

A két nyomozó ennek hallatán jelentőségteljesen egymásra nézett.

– Csak viccelek! – helyesbítettem. – Nem vagyok vallási fanatikus. Sem felfelé, sem lefelé „délre", ahol nagyon meleg van.

– Értem. És a felesége hollétéről tud-e valamit?

– Nem.

„Hacsak nem a nyaraló mögött lóg valahol egy fáról. Vagy szoborként áll esetleg a nyaraló kertjében" – tettem hozzá gondolatban.

– És a szomszédairól?

– Sajnos róluk sem.

„Vajon hány emberméretű szobor férne el a nyaraló kertjében? Elöl? Ott kettőnél több biztos nem! És a hátsókertben? Az már azért elég nagy lenne egy kisebbfajta szoborparkhoz, nem?"

– Mr. Flow, figyel rám egyáltalán?

– Elnézést! Hol tartottunk?

– A szomszédoknál. Azt mondja, nem tud semmit a hollétükről.

– Pontosan. Nem emlékszem semmire velük kapcsolatban. Csak egy dologra: az alattam lakó David nevű szomszéd... a vezetéknevére sajnos nem emlékszem... egy ideje elköltözött.

– És mondta magának, hogy hová megy?

– Nos, nem igazán részletezte.

– És honnan tudja, hogy elköltözött?

– Hát onnan, hogy a... az... az egyik szomszéd mondta! – nyögtem ki nagy nehezen. Igazából nem tudom, ki mondta. Valaki biztos mondta, ha egyszer rémlik!

– Értem. És vajon melyik szomszédja mesélte el? Mi mindet kikérdeztük. Tán csak nem pont egy olyan mondta magának, aki szintén az eltűntek listáján van?

– Ezt sajnos nem tudnám megmondani. Én még azt sem tudom, uram, hogy kik tűntek el pontosan. Még a feleségem vezetéknevére sem emlékszem. Mondom: sajnos nagyon zavarosak az emlékeim. És hézagosak is.

– Ne is mondja. Ezt mi Ryannel elég gyakran halljuk.

– De én komolyan is gondolom!

– Ezt is gyakran mondják nekünk.

– De nekem *valóban* amnéziám van...

– Jó, hagyjuk! – legyintett Dawkins. – Menjünk, Ryan. Csak az időnket pazaroljuk itt, akárcsak te azon a hülye írótanfolyamon.

Azt hiszem, belátták, hogy semmire sem mennek velem. És nem azért, mert ez a világ legelcsépeltebb thrillere, amiben a zseniális gyilkos mindig túljár a nyomozók eszén, hanem azért, mert néha a klisé azért klisé, mert valóban gyakran előfordul a való életben. Sok ember védekezik azzal, hogy nem emlékszik semmire. Ezerből egy viszont tényleg igazat is mond. Én vagyok most az az egy.

De vajon ki mesélte, hogy Dave elköltözött? Melyik szomszéd mondta?

Bábu... írtam vajon olyan horrorregényt is? Valamiért Dave-ről hirtelen ez a szó ugrott be, de nem tudom, miért.

Jó kis sztori lenne! Egy skizofrén hasbeszélő, aki helyett a bábu gyilkol. De persze valójában ő maga a gyilkos, a bábu biztos, hogy nem tesz semmit. De vajon valóban nem? Mi van, ha a bábu mégis él?

Ez egy vicces sztori lenne! Ha kijutok innen, lehet, hogy egyszer megírom.

– Na, hogy ment? – kérdezte Nola.

A nyomozók már elmentek, és a lány egyből bejött hozzám az étkezőbe érdeklődő arccal. Leült oda, ahol az előbb Dawkins ült.

Most borzasztóan örültem neki, hogy itt van! Legalább van kihez szólnom. Két ilyen kihallgatás egy nap – a másik még hátra van! – és senkitől sem tudok tanácsot kérni, hogy kinek mit mondjak. Teljesen őszintén még sajnos tőle sem. Még neki sem merek mindent elmondani. De legalább ő jóindulatú. Ez a legtöbb most, amim van.

„Szegény vagyok, nincstelen, a remény volt a mindenem."

Ez mindenem, amim van: Nola jóindulata és a vers. Ez az átkozott vers!

– Még itt vagyok – mosolyogtam. – Nem lőttek le. Na jó, nem volt teljesen zökkenőmentes a dolog, de szerintem nem ástam magam lejjebb annál, mint ahol eddig voltam a szemükben. Remélem, nem!

– Mit mondtál nekik?

„Mikor is váltottunk tegezésre? Nem emlékszem pontosan."

– Először azt, hogy én vagyok a Sátán, aztán meg, hogy igazából csak egy követője vagyok.

– Te nem vagy normális! – nevetett fel Nola angyali hangon. – Tényleg ilyeneket mondtál nekik?

– Igen. De csak vicceltem! Nem kellett volna?

– Teljesen biztos, hogy nem! Bár... én sem tudom. Talán, ha könnyedén veszed, azzal épp azt erősíted bennük, hogy ártatlan vagy. Vagy nem?

– Talán.

– Szerintem továbbra is csak add önmagad. Én nem hiszem, hogy bűnös lennél. És ha önmagadat adod, azzal is csak ezt fogod alátámasztani. Én hiszem, hogy így van.

– Köszönöm. És azt is, hogy ma itt maradtál. Borzasztó ám ez az egész! Hidd el, nem jókedvemben humorizálok. Olyan, mintha a fogamat húznák.

– Tudom – bólintott együttérzően. Most majdnem átnyúltam az asztal felett, hogy megfogjam a kezét, de inkább nem tettem. Fogalmam sincs, hogyan reagálna rá. Biztos rémülten elrántaná... De lehet, hogy csak megpaskolná biztatólag, mint egy visszamaradott kisöccsnek, hogy nyugodjon már meg, és ne óbégasson annyit. Azt hiszem, az még rosszabb lenne, mintha elrántaná! Azt nem bírnám elviselni. A lenézést, azt hiszem, sosem tudtam. Az még annál is rosszabb, mintha gyilkosnak néznék az embert. Én csak tudom. Épp most néztek annak két perccel ezelőtt.

Hatodik fejezet: Holt, ágas-bogas erdő

Közben az orvosom is megérkezett. Az egyik. Igazából nem tudom, hány van. Nekem csak ennek a nevét mondták:

– Dr. Edinborough vagyok – nyújtott kezet az idős, őszhajú, fémkeretes szemüveget viselő férfi. Tipikus orvos volt. Tipikus *ellenszenves* orvos. Nekem legalábbis valahogy nem volt szimpatikus. A szeme sem állt jól. Bár ez legalább nem viselt előtte plexiből készült szemvédőt a kilövellő vér ellen! Ez már jó kezdet. Még a végén jóban leszünk...

– Igen, tudom – ráztam vele kezet. – Nola említette a nevét.

– Ki?

– Az éjszakás nővér, aki most nappalos. Aki ott áll maga mögött a pultnál.

„Hogy te mekkora féreg vagy!" – gondoltam. „Ti, orvosok semmibe veszitek a nővéreket. Pedig az ő munkájuk sokszor még nehezebb is, mint a tiétek. És még a nevét sem tudod!"

– Ja, ő!

– Igen, ő. Nagyon kedves lány.

– Biztosan az. Tudja, csak nem régóta vagyok itt.

„Ja. Gondolom, még *csak* húsz éve. Egyébként is összesen három nővér van itt, te seggfej. Három nevet azért annyira nem nehéz megjegyezni, még egy hét alatt sem."

– És hogy érzi magát a kedves beteg? – evezett inkább más vizekre a doktor.

– Pocsékul.

– Az jó! Nagyon jó.

– Komolyan mondja? Most gúnyolódik velem, vagy mi?

– Dehogy. Eddig mindennap azt mondta, hogy jól van. Úgyhogy ez bizony haladás. Valami változik. Szerintem kezd múlni az amnéziája. Tudja, mit? Sétáljunk egyet! Úgy jobban lehet beszélgetni. Egyébként is utálok ücsörögni. Nem bírom a tétlenséget. Maga hogy van ezzel, Rob?

– Azt hiszem, én is így – kellett egyetértenem. Na, a végén még tényleg jóban leszünk!

– Ha az épületet nem is hagyhatjuk el... tudja, biztonsági előírások és a többi... de azért bőven van hová mennünk. Jó nagy ez a hely. Tudta?

– Nem igazán. Én állítólag három hónapja csak ezen a folyosón közlekedem. Na meg néha TV-t nézni is szoktam.

– Tudom – mosolygott Edinborough. – Majdnem mindennap benézek ám magához. Most csak tesztelem, hogy mennyire emlékszik.

– *Arra* emlékszem, hogy tegnap nem járt itt.

– Valóban így van! – mosolygott. Nem értette a célzást. Pedig volt benne némi szemrehányás. – De sebaj! Ne aggassza! – találta ki talán egyből, hogy mire gondoltam. – Nem tudhattam, hogy emlékezni fog rá. De most, hogy jobban van, majd megint mindennap jövök.

– Rendben. – Bár nem tudtam, valóban vágyom-e erre. Annyira azért nem volt szimpatikus a fickó. – Mondja, megtenne nekem valamit?

– Persze. Bár nyilván attól is függ, miről van szó. El sajnos nem engedhetem.

– Nem. Csak azt akartam kérni, hogy megmutatná a többi beteget? Elég kívülről. Nem akarok bemenni hozzájuk, vagy ilyesmi. Csak szívesen látnám őket.

– Tényleg? Miért? Aggódik értük? Mondja, mi más aggasztja még ezen kívül, Mr. Flow? – kérdezte gyakorlottan. Úgy tűnt, rutinból nyomja ezt a szart. Nem érdekli a válasz, csak hivatalból megkérdezi, amit meg kell, aztán leírja. Marha nagy tudomány. És még pénzt is kap érte.

– Nem aggódom értük. Mármint nem ezért látnám őket
szívesen.

– Hanem?

– Tudja, nagyon zavarosak az emlékeim. És mindez azokkal
a szörnyű rémálmokkal megspékelve... Néha már olyan
gondolataim is voltak, hogy ez nem is igazi kórház! És hogy én
vagyok itt az egyetlen beteg, és igazából a kormány tart itt, mint
valami politikai foglyot.

– Valóban? Ez elég érdekesen hangzik. És ön szerint mit
akarna magától a kormány? Miért tartanák fogva?

– Gőzöm sincs. Sajnálom.

– Szerintem ne sajnálja.

– Miért?

– Mert, ha most egy nagyon komoly elmélettel állt volna elő
a kormánnyal és az azon belüli összeesküvésekkel kapcsolatban,
akkor kénytelen lennék paranoiára gyanakodni önnél. Így
viszont csak ötletelésnek minősül, találgatásnak. Ez normális
dolog. Mindenki szokott fantáziálni. Én is.

– Tényleg? És vajon miről?

– Az most nem ide tartozik, Rob. De biztosíthatom, csupa
pozitív, egészséges dologról.

– Ha maga mondja... – Valamiért úgy érzem, hogy kamuzik,
de mindegy. Végül is magánügy. Mindenki olyan pornót néz
otthon titokban, amilyet csak akar. Mit érdekel engem, hogy a
pasas miről fantáziál? Kár volt rákérdezni. Igazából egyébként
költői kérdés akart lenni, csak van, aki mindent szó szerint vesz.
Megfigyeltem, hogy a mai világban sokan nem értik az elvont
gondolkodást, sőt, még a szarkazmust sem. Nem kell hozzá
butának sem lenniük. Még az orvosok között is vannak ilyenek.
Számomra fura tud lenni az ilyen. Én bizony néha többre tartok
egy jól irányzott szarkasztikus poént, mint egy méregdrága
sportkocsit. De lehet, hogy ezzel nem mindenki van így. Ez a

fickó valószínűleg nem, mivel orvos. Azok jó drága verdákkal furikáznak.

– És mondja csak, miről álmodott tegnap éjjel? – kérdezte Edinborough.

– Jézus! – forgattam a szemem.

– Vallási témákról? Jelenetekről a Bibliában?

„Na! Pont erről beszélek. Nem érti a szarkazmust. Az ilyenekkel általában nem jövök ki jól."

– Nem. Csak úgy értettem, ne is kérdezze. Borzalmas volt.

– Mi történt? Megint a pókok?

– Pókok?

– Korábban említette, hogy pókokról álmodik.

– Erre sajnos nem emlékszem. Nem. Ez most szerintem rosszabb volt annál. Az egész kórház olyan benyomást keltett, mintha ugyanezt valami horrordimenzióban látná!

– Az milyen?

„Na! Ennek aztán magyarázhatok! Még életében nem látott egy horrorfilmet sem."

– Mindent vér borított: a falakat, a bútorokat... És égett is volt minden, azaz kormos. Úgy nézett ki, mintha egy égő vérbombát dobott volna be ide valaki. Vagy hullákat égettek volna idebent hónapokon keresztül.

– Hmm... érdekes.

– Maga szerint ez érdekes? – A fickó kezdett kihozni a sodromból.

– Pontosabban aggasztó. Felettébb aggasztó.

– Az állapotomra nézve?

– Azt még én sem tudom. És még mi volt az álomban? Szörnyek?

„Szörnyek?!" – nevettem magamban. „Istenem! Ki fél olyanoktól?! Soha az életben nem írtam volna szörnyekről! Kiröhögtek volna! Abban nincs semmi félelmetes. Legalábbis az elmúlt ötven évben már nem nagyon csinál azoktól maga alá senki."

– Nem voltak szörnyek az álmomban. A volt feleségem viszont igen. Ő rosszabb a szörnyeknél is!

– Most humorizál? – kérdezte dr. Edinborough. Közben több folyosón is végigmentünk. Tényleg óriási ez az épület.

– Igen. Azt hiszem. Miért kérdi?

– Először is azért, mert tudtommal házas. Nincs tudomásom válásról az ön esetében. Másodszor... nos, azt ön is sejtheti.

– Annyira azért nem gyűlölöm, ne értsen félre. Sosem bántottam. Csak voltak vitáink. Hisz minden házasságban vannak, nem? Igen, most, hogy jobban belegondolok, azt hiszem, csak vicceltem azzal kapcsolatban, hogy szörnynek tartom. Nem tartom annak.

– Semmi baj, Rob. Kérem, folytassa.

„Borzasztó ez a fickó! Épp arról biztosított, hogy nem haragszik azért, hogy vicceltem vele! Annyira nincs humora, hogy majdhogynem sértésnek vette."

– Szóval a feleségem álmomban ki akart vinni innen. Először legalábbis azt hittem, hogy ez a célja. Aztán kiderült, hogy mégsem, és hogy igazából nem is ő az. Margaretnek hívták.

– Margaretnek? – kérdezett vissza a doktor. Először meglepődötten, mintha agyalni kezdene valamin, aztán finoman megrázta a fejét, mintha elhessegetne egy gondolatot. – És még mi volt az álomban? Mit csinált ez a bizonyos Margaret?

– Betolt egy műtőbe. Ott egy orvos várt, aki nővé akart operálni, mert minden bajom és bűnöm forrása valójában a férfiasságom.

– Ez kissé freudi módon hangzik, ön nem úgy gondolja?

– Milyen vonatkozásban?

– Nem is tudom... csak ahogy mondta, meg az összefüggései... És végül megtörtént a műtét?

– Nem tudom. A fickó... az az eszelős belém vágott azzal a rohadt vijjogó fűrészével... az az őrült hentes! Nagyon ijesztő volt. Nem szívesen idézem fel, hogy őszinte legyek.

– Ki vágott magába? Mit mondott az előbb?

– Egy hentes.

– Az nem lehet! És hogy hívták a nőt, aki segített neki?

– Margaretnek. Miért?

– Mit mondott magának Nola, az éjszakás nővér? Most ugye ugrat, Mr. Flow? Miért akarja megnézni a betegeket? Mesélt róluk magának az a nővér? Mesélt valamelyikükről?

– Nem. Semmit a világon.

– Az nem lehet!

– Mondom, hogy semmit nem mesélt.

– Akkor viszont honnan tudja?

– Mit? Mit tudok én? Csak nem azt akarja mondani, hogy az a valóság volt? – kezdett erősen melegem lenni. – Ugye nem dolgozik itt semmilyen Margaret? Ugye nincs maguknál műtő az alagsorban? Doktor úr, szólaljon már meg!

– Nincs. Dehogy. Miért lenne? Egy pszichiátrián? Jöjjön velem! – fogta meg határozottan a karomat.

– Hová? Mit mondtam? Csináltam valami rosszat?

– Azt én nem tudhatom. De csak jöjjön velem! Ezt érdekesnek fogja találni.

– Biztosan. De miért kell ennyire sietni?

A fickó nem túl udvarias módon, türelmetlenül végighurcolt két folyosón, ezúttal az ellenkező irányba.

– Megnézzük a betegeket! Hisz ön kérte, nem?

– De. De miért ilyen hamar? – Nem tudtam, mi a fenét akar. Segíteni, mert rájött valamire vagy épp kicseszik velem, és a vesztembe hurcol? Egyszer végül is már megtörtént! Bár az egy álom volt. És ez? Honnan tudhatom, hogy *ez* most nem az?

Megérezhette a hangomban az ijedtséget, mert megszólalt:

– Ne aggódjon. Nincs rá oka. Egyszerűen csak mondott valami felettébb érdekeset. Ennek az okára szeretnék rájönni. Ezért megyünk oda. Ön is érdekesnek fogja találni. Nincs benne semmi veszélyes.

– Akkor jó. – Bár valószínűleg Julie-Margaret is ugyanezt mondta volna tegnap, ha rákérdezek. Bár ő leszíjazva vitt, az igaz. Ha most ez az alak is valami horrorműtőbe visz, akkor simán tökön rúgom! Nem fogok sokat gatyázni. De utána már ő se nagyon! Ha jelent egyáltalán bármit is ez a szófordulat...

Közben odaértünk a cellákhoz vagy kabinokhoz, vagy mikhez.

Igazat mondott hát. Valószínűleg.

Tíz ajtót láttam a folyosón. Ötöt-ötöt egymással szemben. Fémajtók voltak, rajtuk kis betekintő ablakokkal. Amolyan klasszikus horrorfilm-jelenet, amikor végigviszik a főszereplőt a „kínálaton", az pedig minden ablakon bekukkant, és a cellákban furábbnál furább fazonokat lát, mint egy cirkuszban:

Az egyik beteg, mondjuk, kereszteket rajzol a falakra, a másik épp a micsodájával játszik, és közben fejen áll, vagy tudom is én, mit művel! A harmadikban meg a pápa van személyesen! Micsoda meglepetés!

Ilyenek szoktak lenni a filmekben. Az enyémben legalábbis biztos ez lenne! A pápa lenne a legdurvább. Az nem tudom, mit csinálna, de órákig agyalnék rajta, hogy ijesztő legyen, az biztos! Attól biztos nem várná a néző, hogy valami baljós dologra is képes. Manapság már mindenki másból kinéznénk, de őbelőle biztos nem.

– Itt vannak a betegek? – kérdeztem. – Azokban a cellákban?

– Mi szobának hívjuk ezeket is. A fémajtó még nem tesz egy szobát cellává.

– Nem? A kis lőrésszerű ablak sem? Meg az ételbeadó nyílás alatta?

– Ne vicceljen ezzel, Mr. Flow. Maga is kerülhet ilyen helyzetbe, mint ők. Bárki kerülhet.

– Nem viccből mondtam. Nekem tényleg cellának tűnnek.

– Minden megítélés kérdése, uram. Még az is, hogy ki normális, és ki nem.

– Ebben, látja, egyetértek.

„Ugyanis te biztos nem vagy normális, ha ezeket a fogva tartó tömlöcöket szobának gondolod! Bár lehet, hogy csak finoman fogalmaz, mert orvosként így szokás, ki tudja?"

Benéztem bal oldalon az első ablakon, de meglepetésemre semmi szokatlant nem láttam odabent. Ennél sokkal borzalmasabbra számítottam:

Egy középkorú, átlagos, barna hajú férfi ült odabent. A földön ücsörgött, mivel üres volt az egész cella. Bocsánat: *szoba*! Még csak nem is játszott magával. Csak szótlanul ült. Úgy tűnt, gondolkodik.

– Ő miért van itt?

– Vele ne foglalkozzon most. Nem fontos. Megölt három embert egyébként. Skizofrén. Sok ilyen eset van. Nem lényeges. Kár vele foglalkozni. Jelentéktelen egy alak.

– Nekem az, amit művelt, viszont elég jelentősnek hangzik. Hogy érti, hogy nem lényeges?

– Menjen csak tovább, majd meglátja!

– Meglátom? Mit látok meg? Rám akar ijeszteni, vagy mi?

– Mondom: ne aggódjon. Nincs veszélyben. Csak nézze meg a betegeket. Kíváncsi vagyok a reakcióira, ennyi. Tekintse orvosi vizsgálatnak. Tesztnek.

– Hogy melyiktől kapok majd frászt, akárcsak egy elvarázsolt kastélyban a vidámparkban? Jó kis teszt!

– Szerintem egyiküktől sem fog „frászt kapni". De azért nézze csak meg őket alaposan a kedvemért. Utána elmondom, miért kértem rá.

– Rendben... – mentem bele. Végül is tényleg csak kér rá, mást nem csinál. Csontfűrész sincs nála, és a heréim felé se nagyon nyúlkál. Egyelőre folytatom hát a játékát.

Odaléptem most a jobb oldalon az első ablakhoz, és benéztem azon is:

– Nők is vannak maguknál?

– Miért ne lennének?

– Nem tudom. Valamiért azt gondoltam, hogy csupa krapek lesz.

– Elkülönítve vannak a betegek. Így lehetnek férfiak és nők is.

– Értem.

Egy fiatal lány ült a cellában. Ez már zordabb külsejű volt, de inkább csak szánalmas értelemben. Hosszú haja részben eltakarta az arcát, és szomorúan lógatta. Mármint az orrát. És persze a haját is.

– Ő is sorozatgyilkos?

– Nem, dehogy. Nem mindenki az, aki itt van. Van, amelyikük csak erősen önveszélyes. Ez a hölgy is az.

– És melyiküket akarta nekem megmutatni?

– Ha megmondanám, akkor nem úgy reagálna, mint amire kíváncsi vagyok. Tudja, a szembesítésnél sem mondják meg, hogy melyik gyanúsítottat nézze meg jobban a szemtanú. Mindet ugyanolyan figyelmesen és felkészületlenül kell megnéznie. És neki kell egyedül rájönnie, hogy ismerős-e számára valaki közülük.

– Erről lenne hát szó? Te jó ég! Maga szerint ismernem kéne közülük valakit?!

– Fogalmam sincs. De azért csak nézze meg őket. Abból nem lehet baj.

Visszamentem a bal oldalra, és benéztem második ablakon. Ebben a szobában már egy érdekesebb fickó volt.

– Mit csinál? – kérdeztem. – Imádkozik? Vagy a kezét napoztatja?

Egy fiatal, huszonéves, szőke hajú fiatalember ült nekem háttal a szobában. Mindkét kezét a magasba nyújtotta széttárt ujjakkal. A szűk kis ablakon felette vékony sugárban épp besütött a nap. Azt próbálta talán elérni. Tényleg olyan volt, mintha az ujjait napoztatná, vagy talán melegíteni próbálná a napfényben.

– Ő Ronny – mondta Edinborough –, a mi kis szarvasunk.

– A mijük?

– Azok agancsok, amiket napoztat. Nem a kezei.

– Maga mi a jóistenről beszél? – Ez ugyanolyan hülye, mint a betegei? A srác simán kinyújtott kezekkel ücsörög. Semmi állatszerű nincs benne. Miről beszél ez?

– Úgy értem, agancsoknak hiszi a kitárt ujjait. Azt imitálja velük. Ronny valamiféle szarvasdémonnak hiszi magát, aki a „holt, ágas-bogas erdőben él". Azt hiszi, hogy valójában nem ember. Azt mondja, valamiféle természetfeletti hatalma is van. Az agancsaival képes meghajlítani a teret. A nap látja el energiával. Azért tölti őket, mintha napelemek lennének. Továbbá állítólag a golyó sem fog rajta. Gyakorlatilag sebezhetetlen. A szegény fiú ezt hiszi magáról.

– Mi?! „Szarvasdémon"? Ő az, akit meg akart mutatni nekem? Tehát ő adja azt a hangot?!

– Milyen hangot? – kérdezett vissza Edinborough értetlenül. – A fiú nem igazán kommunikál. Nem különösebben veszélyes, de súlyos téveszmékben szenved. Eltűnt az apja. Akkor hozták be ide. A rendőrség szerint megölte, de sosem találták meg a testét.

Nem hittem az orvosnak, hogy csak ennyiről lenne szó. Szerintem kamuzik!

Amikor korábban azon töprengtem, hogy mi adhatja azt a borzalmas hangot, és Nola azt mondta rá, hogy egy nyomáskiegyenlítő szelep csinálja a kazánházban – ő is rosszul tudná?! –, valamiért az jutott eszembe, hogy egy faszi, aki tényleg elhiszi magáról, hogy valamiféle szarvasdémon, az lehet, hogy tudna olyan hangot kiadni magából, ami már tényleg nem emberi. Ugyanis, ha teljes szívünkkel hiszünk valamiben, valóban képesek lehetünk megmagyarázhatatlan dolgokra.

De honnan tudhattam volna akkor, hogy van itt egy ilyen beteg, aki tényleg szarvasnak hiszi magát? Csak ráhibáztam volna?

Ráadásul az orvos azt mondja, hogy a gyerek nem bőg, mint Bambi, hiszen beszélni se nagyon szokott...

Egy frászt nem! Nem hiszek a doktornak! Szerintem ez a fiú adja azt a hangot. Lehet, hogy még ők sem tudják, de szerintem akkor is ő az! Ilyen véletlenek egyszerűen nem léteznek.

– Biztos nem őt akarta megmutatni nekem? – kérdeztem.

– Biztos. De miért találja olyan érdekesnek? Ismerősnek tűnik önnek Ronny?

– Nem. Egyáltalán nem. Csak még nem láttam hozzá hasonlót, ennyi az egész. – Ha Edinborough eddig nem tudott a hangról, akkor nem most fogom neki elmondani. Nem tudom, miért nem, de valahogy úgy érzem, nem kéne elárulnom neki.

– Rendben, akkor haladjunk tovább. Az biztos, hogy nem Ronny-t akartam megmutatni önnek.

„Azt kétlem" – gondoltam gyanakodva. „Vagy legalábbis több van abban a fiúban, mint hinnéd! Ha tényleg képes olyan hangot kiadni magából... akkor biztosan."

Ettől függetlenül továbbléptem a következő ablakhoz. Már rutinosan bekukkantottam rajta, mint amikor az ember bonbonokat szemezget. Melyik lesz vajon a legszarabb ízű? Benéztem hát ezen az ablakon is:

– Jézusom! – kiáltottam fel, ahogy megláttam. Ügyetlenül hátraugrottam, és megbotlottam. Nagyot puffanva a fenekemre estem, és ott is maradtam a földön. Remegni kezdtem a félelemtől.

– Ne féljen! – szólt rám határozottan az orvos. – Nézze csak meg alaposan. Mit lát odabent? Ne aggódjon, nem tud kijönni onnan. Csak nézze meg újra, és mondja el, mit lát!

Hetedik fejezet: Vércsepp hullik

– Ő az-z-z – mondtam vacogó fogakkal. – A hentes! Hogy kerül ide?!

– Nézze csak meg jobban! Biztos benne?

Óvatosan felálltam, és újra benéztem az ablakon. Nem tudtam, hogy tényleg ezt akarom-e tenni. Mégis megtettem. Egy életen át bántam volna ugyanis, ha nem teszem! Az ember azért ritkán találkozhat *élőben* az egyik legrosszabb rémálmával. Kihagyhatatlan lehetőség, még akkor is, ha borzalmas.

– Ő az – mondtam kicsit már nyugodtabban. A fickó ártalmatlannak tűnt. Nem volt nála fűrész. Szerencsére bot sem. – Kicsoda ő?

– A hentes. Ahogy ön is mondta.

– Mi?! Szórakozik velem? Egyáltalán minek hozott ide? Tudtam, hogy meg akar ijeszteni! Még mondtam is!

– Sajnálom. Nem tudhattam, hogy tényleg felismeri-e. Csak egy tipp volt. Maga egy hentessel álmodott. Ő pedig az. A dolog akkor kezdett gyanússá válni, amikor a nőt említette.

– Mi van a nővel? – kérdeztem, miközben még mindig a fickót bámultam a cellában. Nagydarab ürge volt. Ez valóban félelmetesnek tűnt, nem úgy, mint az a kis szarvasgyerek. Ez tényleg egy kőkemény állat lehet, ha kijön onnan. Olyan feje volt, mint egy bokszolónak vagy birkózónak. Lehetett vagy százkilencvenöt centi magas és százharminc kiló. Az álmomban nem tűnt fel, hogy ennyire nagydarab, talán a henteskötény miatt, de biztos, hogy ő volt az. Megismertem. – Mi van a nővel? – kérdeztem újra. – Ugye Julie nincs itt? Julie is itt van?! – fordultam oda az orvoshoz. – Mi a fene folyik itt?

– Julie? Ugyan, dehogy. Ha itt lenne a felesége, miért keresné a rendőrség? Ne legyen ésszerűtlen, Rob. Én Margaretre gondoltam.

– Margaretre?! Az talán még rosszabb! Ugye az tényleg nincs itt?!

– Nincs. Már nem él. Ő volt a hentes egyik áldozata a sok közül. Állítólag az élettársa volt egy időben. Együtt gyilkoltak. De a végén őt is megölte. Halálra verte egy husánggal.

– És hogy hívják ezt az állatot?

– Csak „Hentesnek". Senki sem tudja a valódi nevét. Nincsenek papírjai. Valószínűleg amerikai állampolgár, de még az sem biztos. Csak azt tudjuk, hogy sok nőt megölt. A rendőrség jó sok holttestet talált a farmjukon öt évvel ezelőtt. Az egyikről pedig kiderült, hogy... Ne ijedjen meg. Készüljön fel, hogy valami ijesztőt fogok mondani.

– Ki vele. Ennél már nehezen lehetnék jobban megijedve.

– Az egyik női áldozatról kiderült, hogy mégsem az. A rendőrség azt mondta: az illető férfi, csak már olyan rossz állapotban van a holtteste, hogy nehéz róla bármit is megállapítani. Továbbá azért gondolták elsőre őt is nőnek, mert a Hentes levágta az áldozat nemi szervét. Állítólag attól vérzett el.

– Jézusom! – ismételtem magam önkéntelenül. – De minek mondja ezt el nekem? Maga szerint pont rémtörténetekre van szükségem? Az majd használ az amnéziámnak?!

– Őszinte legyek? Nem tudom. De éppenséggel látok rá némi esélyt. Amnézia esetén néha valami váratlan sokkra van szüksége a betegnek, hogy kimozdítsák belőle. Már ha lelki, idegi alapon van a dolog. De hát nem pont ezt... *majdnem* ezt álmodta? Jobb lett volna, ha inkább hallgatok róla? Maga elhallgatta volna a helyemben? Egyébként is, mióta ilyen ijedős egy horroríró? Hisz nem pont ilyen esetekről szokott írni?

– De az fikció, maga bolond! Annak csak szórakoztatás a célja. Ez itt meg egy kőkemény elmebeteg, aki embereket kasztrál!

Nem tudtam, mit mondjak még. Én vajon elhallgattam volna a doktor helyében ezt az információt? Nem hiszem. Én is megmutattam volna neki a fickót. Kíváncsi lettem volna, hogy róla álmodott-e. Sőt, azt hiszem, igaza van... még haragudtam is volna, ha nem szól róla nekem.

– Elnézést... hogy az előbb bolondnak neveztem.

– Semmi baj. Betudjuk a sokknak – mosolygott Edinborough. – Csak azt nem értem, hogy honnan tudott róla. Honnan hallott erről a történetről? Úgy tudom, a rendőrség sosem hozta nyilvánosságra. Nem teszik minden esetben. Főleg azokat az eseteket adják a sajtó tudtára, amiről amúgy is értesülnének vagy *már* tudnak róla. Nem szokták minden ilyen dologgal sokkolni a közvéleményt. Van az embereknek épp elég baja az ilyenek nélkül is. Tehát tudtommal az újságok nem írtak róla. Hogyan álmodhatott róla ön mégis?

– Talán olvastam az ügyről valahol, nem tudom. Horroríróként sok marhaságot végigböngésztem. Nemcsak könyvekben, de az interneten is. Inspirációként. Lehet, hogy valahol véletlenül bukkantam rá. Talán mégis kitudódott, nem?

– Lehet – értett egyet kelletlenül a doktor. Ennél megrázóbb, izgalmasabb válaszra számíthatott. Biztos azt hitte, hogy azért ismerem a sztorit, mert a Hentes gyerekkori barátom... vagy esetleg az apám. Tényleg nem tudom, hogy mire számított. Fogalmam sincs, hogy ki ez. Nem is akarom tudni. Amíg élek, nem akarom tudni! És még utána sem!

Közben már éreztem egy ideje, hogy kellemetlenül szúr a tenyerem. Most néztem csak rá. Vérzett a kezem. Amikor hátraestem, beletenyerelhettem valamibe. Nem vérzett nagyon, de már kiserkent. Kis csíkban végigszaladt a tenyerem éle felé, és az első csepp le is pottyant a folyosó koszsárga kövére.

„Poros cipőm roncsainál vércsepp hullik kéntől sárga kövekre."

Mi lehet ez a vers? Miért jut eszembe állandóan? És miért tűnik úgy, mintha szóról szóra igaz lenne?

Miért nem emlékezett rá a Ryan nevű nyomozó sem, hogy hol hallotta? Pedig ő ismeri!

– Mutassa csak – lépett oda hozzám Edinborough. – Megsérült? Sajnálom! Tényleg nem tudtam, hogy ennyire meg fog ijedni tőle. Jöjjön, majd az a lány bekötözi. – Ő is fiatalnak gondolhatta. – Mit is mondott, mi a nővér neve? Olga?

– Nola.

＊＊＊＊＊

– Nola, megtenné, hogy bekötözi? – szólt oda a nővérnek dr. Edinborough, amikor visszaértünk.

– Mi történt vele? – kérdezte az vádlóan ahelyett, hogy válaszolt volna. – Hol jártak? Hová vitte?

– Mr. Flow a betegeket kívánta látni. Az egyiküktől sajnos megijedt, és megcsúszott. Beletenyerelhetett valamibe.

Rendes volt tőle, hogy úgymond „falazott" nekem. Nem tudom, jóindulatból tette-e, vagy csak azért, mert mindig mindenben ilyen óvatosan, cizelláltan fogalmaz. Nem igazán csúsztam én meg semmin. Egyszerűen seggre estem ijedtemben! De tény, hogy nem hangzott volna szépen, ha így meséli el ő is. Egy nő előtt végképp nem.

– Jöjjön! – mondta a lány aggódó tyúkanyóként. – Majd én bekötözöm azt a ronda nagy sebet! – Láttam rajta, hogy őszintén aggódik. Tényleg megkedvelt volna? Ezek szerint kölcsönös a szimpátia?

A seb nem volt azért „ronda nagy", épp csak egy kis szúrás látszott. Talán egy üvegszilánk ejtette, vagy a padlólap egy lepattant kis darabja, nem tudom.

– Mondja – szólította meg az orvos Nolát –, magának nem kéne már otthon lennie? Miért van még itt egyáltalán? Nem éjszakás?

– Cseréltünk – monda a lány kissé zavarba jötten. De aztán elég gyorsan visszanyerte a hangját. – Én kértem meg a nappalosokat. A vizsgáim miatt. Így most jobban ki tudom használni az időt. Tudja, a továbbképzés...

– Ja, igen – bólogatott Edinborough erőteljesen. Bár szerintem fogalma sem volt róla, hogy miről beszél. Az előbb még a lány nevére sem emlékezett. Bár lehet, hogy Nola csak szórakozott vele, és tudta jól, hogy a fickónak gőze nincs róla, hogy ő miféle továbbképzésre jár. Szerintem neki is feltűnt, hogy az orvos reggel, köszönéskor nem nevezte őt a nevén. Vagy ha nevezte, akkor nem a sajátján. – De azért ugye nem fog itt elaludni nekem munka közben? – ráncolta össze a doktor a homlokát.

– Nem, dehogy. Hozzá vagyok már szokva. És van elég kávé az automatában. Majd ma este kialszom magam.

Közben Nola elkezdte ellátni a kezem. Már abbamaradt a vérzés. Fertőtlenítette, majd kötést rögtönzött rá. Ahhoz képest, hogy rögtönözte, nagyon profira sikeredett.

– Rendben – szólalt meg ismét a doktor. – Akkor én visszamegyek az irodámba. Elég sok papírmunkám van mára. Szóljanak, ha van valami. Nemsokára bejön dr. Atkins is. Folytatjuk azt a tudományos cikket az egyetem számára.

– Atkins? – kérdeztem vissza. – Rokona talán annak híres orvosnak? Tudja, a diétásnak?

– Nem. Csak névrokonok – vigyorodott el Edinborough. Majd anélkül, hogy kifejtette volna részletesebben, sarkon fordult, és távozott.

– Min vidult annyira? – kérdeztem Nolát, amikor a doktor már jó messze járt tőlünk a hosszú folyosón.

– Dr. Atkins nem éppen egy nagy diéta-szakértő.

– Túlsúlyos?

– Az nem kifejezés. Undorító egy alak. Amúgy rendes meg minden, de gusztustalan, hogy mennyire nem ad magára. Olyan kövér, hogy már nem hord inget, mert nem bírja betűrni. Pólókat hord, mint egy kamasz. Abból is kilóg alul a hasa.

– Én is pólókat hordok... mikor épp nem pizsamában vagyok egy diliházban. Mi rossz van a pólóban?

– Semmi – mosolygott a lány. – Te író vagy. Az más.

Nem tudom, mire gondolt. Egy író lehet igénytelen vagy gyermeteg? Bár akkor biztos nem mosolygott volna. Na mindegy... egyszer majd megkérdezem ezt is. Nem akarom már állandóan faggatni.

– Örülök, hogy itt vagy – mondtam neki lezárva az Atkins-diéta témát. – Sokkal jobb így ez a nap, hogy van kihez szólnom. Attól a baromtól tényleg halálra rémültem odalent. Jó fej ez az Edinborough, hogy csak úgy belökött a mély vízbe.

– Vannak ilyen húzásai.

– Ismered?

– Nem mondanám.

– Csak most jött ide? Pár napja?

– Azt hiszem, két éve dolgozik itt. Miért?

– Hát ez hülye! Azt mondta, nem régóta van itt.

– A „nem régóta" eléggé relatív. Lehet, hogy neki a húsz év a hosszútáv, nem?

– Lehet, nem tudom. Akkor sem rajongok érte. Kérdezhetek valamit? – Hát mégis! Úgy tűnik, mindig ez a vége. A lány várakozóan nézett rám, úgyhogy folytattam: – Miért mondtad neki azt... a továbbképzésről? Miért nem árultad el, hogy én kértem, hogy maradj?

– Nem tudom. Fura lett volna. Nem kell tudnia róla, hogy jóban vagyunk, vagy igen? Szeretted volna, ha megmondom neki?

– Szerinted jóban vagyunk? – vigyorogtam, mint egy félszeg kamasz. Meglepett, hogy kimondta.

– Szerintem igen. Úgyhogy ne okozz csalódást. Most már, ha lehet, ne derüljön ki rólad, hogy sorozatgyilkos vagy, rendben?

– Megígérem – mondtam még mindig mosolyogva. De most kicsit már gonoszra váltott a vigyor az arcomon. – Megígérem, hogy nem derül ki. Ugyanis, ha tudomást szerzek róla, akkor sem fogom elmondani, rendben? Így sosem fogsz semmi kiábrándítót hallani rólam.

– De szemét vagy! Ez egyébként sem túl vicces.

– Ne haragudj. Ez csak amolyan thrillerregényes ötlet volt, azt hiszem.

– Elég sok ilyened van.

– Sajnos. És még leírni sem tudom. Bár most, hogy valamennyire múlik az amnézia... szerinted érdemes lenne?

– Szerintem ne nagyon rendezkedj be. Én bízom benne, hogy hamarosan kiengednek.

– Igazán? Ez kedves tőled. Én sem mondom, hogy ne tudnám elképzelni... de én az ilyesmihez akkor is túl pesszimista vagyok.

– Látod, ezért állsz te azon az oldalon, én meg ezen.

– A nővérpult két oldalán?

– A pesszimisták és az optimisták oldalán. Te túl sokat aggódsz. Az ilyesmibe bele lehet ám betegedni. Talán pont ez is a bajod. Lehet, hogy láttál valami nagyon aggasztót, és nem bírtad feldolgozni. Ha könnyedebben álltál volna hozzá, lehet, hogy most itt sem lennél.

– Igazad van. De tudod, vannak azért dolgok, amiket élő ember nem dolgozna fel jobban. Sőt, sehogy.

– Mire gondolsz? Eszedbe jutott azóta valami?

– Nem. Egy-két korábbi regényem alapötletén kívül nem. De már az is elég volt. Általuk ugyanis nagyjából el tudom képzelni, hogy mi az, ami ekkora traumát okozhat valakinek. És hogy őszinte legyek, nem biztos, hogy mindenképp fel akarnám idézni azokat az eseményeket.

Nyolcadik fejezet: Vízként fodrozódni

Néhány óra múlva lassan elkezdett sötétedni. Ezáltal pedig kezdett rám telepedni a szorongás.

Nola ismét elmegy. Valamiért egyértelműen úgy érzem, hogy jó hatással van rám. Nem jó érzés, amikor elmegy... és olyankor csak megint egyedül maradok a rémálmaimmal.

De amikor kezdett már nagyon durván nyomasztani az egész, belépett hozzám Nola az étkezőbe. Épp TV-t néztem. Azt hittem, ő is pihenni akar, vagy ilyesmi. Bár a nővérek nem feltétlenül ülnek le szappanoperákat nézni a dilisekkel. Ezek szerint lehet, hogy én tényleg nem azért vagyok itt, mert az lennék? Lassan kezdtem én magam is elhinni.

– Nehéz éjszaka lesz ez – mondta Nola borús tekintettel.

– Nekem mondod? Mikor indulsz haza?

– Reggelig biztos nem.

– Mi?! Komolyan? – kérdeztem lelkes vigyorral. – Éjszakára is maradsz?

– Jaj, ne már! Lassan így is egy teljes napja fent vagyok...

– Tudom, ne haragudj! Miért maradsz akkor éjszakára is?

– Muszáj. Agatha és Edith lemondták. Egyikük sem tud bejönni, hogy leváltsanak. Kicsit tartottam is tőle, hogy ez lesz, de nem hittem volna, hogy tényleg megcsinálják. Bár igazából nem lep meg. Nem igazán kedvelnek.

– Nem? Miért nem?

– Nem tudom. Én mindig kedves vagyok velük.

– Akkor viszont csak irigyek rád.

– Miért lennének? Mindhárman nővérek vagyunk. Az én beosztásom pedig még az övékénél is rosszabb.

– Nem a munka miatt, hanem mert te szép vagy, ők meg két emberi roncs. Ne haragudj! – tettem hozzá gyorsan.

– Miért? Úgysem hallják.

– Nem azt a részét... Nem akartam bizalmaskodni, vagy ilyesmi.

– Ugyan! Te nagyon udvarias vagy. Néha kicsit túlzottan is. Mondták már neked?

– Nem. Inkább őrültnek szoktak nevezni, vagy különcnek. Fura, hogy ezt mondod. De egyébként tényleg csak irigyek szerintem. A nők csinálják ezt időnként. Mi, férfiak is csinálunk hülyeségeket, de mi inkább csak kakaskodásból vagy bunkóskodásból. És most mi lesz? Hogy fogsz még reggelig is fent maradni?

– Szerintem sehogy. Muszáj lesz aludnom valamennyit, mert különben tényleg kidőlök. Mi lenne, ha felváltva aludnánk? Ugye szólnál, ha valami rendelleneset tapasztalsz?

– Persze, ne viccelj! Megbízhatsz bennem. – Bár ez nagyon szépen hangzott, valójában én sem bíztam meg saját magamban. Ilyen emlékekkel?! De neki akkor is muszáj volt ezt mondanom. Mi mást mondhattam volna, ha egyszer ilyen helyzetbe került? Ráadásul miattam. – Hogy őszinte legyek, én szívesen őrködöm. A tegnapi álom után nem nagyon van kedvem aludni.

– Az egész éjszakát azért akkor sem aludhatom át. Azért már kirúgnának, ha utólag kiderül.

– Akkor viszont tényleg aludjunk felváltva. Azért is örülnék neki, mert ha kevesebbet alszom, akkor kisebb az esélye, hogy nagyon mélyen elaludnék és eltévednék vagy elvesznék „odalent"... a rémálmok világában. Tudom, hogy hülyén hangzik, de így érzem.

– Semmi gond. Nekem is voltak már nehéz korszakaim. Megértem.

Megegyeztünk hát, hogy két szomszédos ágyon alszunk néhány órát felváltva, vagy majd ahogy alakul. Előtte leültünk még egy kicsit beszélgetni. Nem tudom, korábban is ennyit beszélgettünk-e már... mármint a két nappal ezelőtti időszakban, de most be nem állt a szánk.

Úgy láttam rajta, hogy szórakoztatják a hülyeségeim. Valahogy tényleg bejön neki. Azt még nem tudom, hogy milyen értelemben, de szerintem szimpatikusnak talál. Pedig én inkább furának tartom magam, mint rokonszenvesnek. Érdekes egy ízlése van...

– Pssszt!

„Ki mondta ezt?"

Azt hittem, Nola pisszegett, de nem. Elaludtunk volna?

Azt hiszem, igen. Annyit beszélgettünk, hogy közben valahogy elbóbiskoltunk. És még rémálmom sem volt, mielőtt most felébredtem! Tudtam én, hogy jó hatással van rám ez a lány!

– Pssszt! – hallottam ismét.

Most sem Nola csinálta. Ő továbbra is aludt a szomszédos ágyon. Még sosem láttam aludni. Nagyon szép ilyenkor.

De akkor ki a fene pisszeg? Vagy ez csak valami gőzcső hangja, ami a kazánhoz vezet?

– Pssszt! Jöjjön csak ide!

„Jézus! Ki a fene van ott?!" – rémültem halálra. Valaki állt kint a folyosón, árnyékba húzódva.

Ki az ott? Az egyik orvos? Miért pisszeg? És miért akarja, hogy odamenjek? Már megint Julie az?!

Nem. Ez szerintem egy férfi hangja volt. Csak nem egy újabb rémálom? Ezúttal nem ugrom be nekik! Az előző is ugyanilyen élethűnek tűnt. Mostanában ilyeneket látok.

– Jöjjön csak! – ismételte a sötét alak.

– Basszus! – mondtam ki hangosan. – Most mit csináljak? *Nola!* – szóltam oda neki suttogva. – *Ébredj! Valaki van odakint a folyosón!*

– Mi? Kicsoda?

– Ne olyan hangosan! Még meghallja, és bejön!

– De ki a fene az? Mit mondasz, hol van?

– Ott! Látod te is, nem?

– Ja, már látom! Ott ácsorog egy árnyék. Egy férfi.

– Kimenjünk?

– Ne viccelj, ez egy kórház, és nem egy buta horrorfilm! Persze, hogy kimegyünk. Kimegyek – mondta most már határozottabban.

– Szerintem nem jó ötlet. És mi van, ha ez csak egy álom?

– Nem az. Nem tudom, te miket álmodsz össze, Rob, de én ilyeneket nem szoktam. Higgy nekem. Ez most tényleg valóság.

– Rendben, akkor kimegyek veled együtt. Végül is nekem szólt először, azt hiszem...

Felkeltünk, és lassan megindultunk a félhomályban, ki a folyosóra.

Az árny nem mozdult. Úgy állt ott, mint egy oszlop. Mintha nem is ember lenne, csak valamilyen tárgynak az árnyéka.

Már nem is voltam biztos benne, hogy embert látok ott.

De ekkor megmozdult! Először halálra rémültem, hogy miért, de csak felemelte a kezét, és sürgetőleg maga felé intett.

Minket hívott.

„Na, ez az éjszaka is jók kezdődik!" – gondoltam. „Mi lesz ebből? Most melyikünket akarják majd megműteni?"

Bár ez egy teljesen értelmetlen kérdés volt. Már én sem gondoltam, hogy álmodnám ezt az egészet. De akkor is furcsálltam és ijesztőnek találtam.

Lassan kiléptünk a szobából, és szerintem valahol mindketten arra számítottunk, hogy a fickó ránk fog ugrani. De nem tett semmi ilyet. Nyugodtan állt, és várakozott. Lehet, hogy csak beszélni akar valamelyikünkkel. De ki a fene ez?

Ahogy még közelebb léptem a félhomályban megláttam az arcát. És akkor ismertem meg:

„Uramisten! Ő meg hogy kerül ide?" – És akkor Nola helyettem is kimondta, amit gondoltam:

– Ronny? Mit keresel te itt?! Ki engedett ki?!

Én is azonnal rájöttem, hogy ő az. A szarvasdémon fiú odalentről, a hármas cellából. Bár én csak hátulról láttam, de lenszőke hajáról és a termetéből egyből kikövetkeztettem, hogy ő az.

– Ki engedett ki? Valamelyik orvos?

– *Dehogy!* – legyintett Ronny a sötétben. – *Azok sosem engednének ki, ha rajtuk múlna.*

– Megyek, felkapcsolom a lámpákat – mondta Nola.

– *Ne tegye!* – szólt rá a fiú. – *Meg fogják látni, hogy kiszöktem.*

– Pont ez a célom – mondta Nola könyörtelenül. – Ronny, neked nincs helyed idekint. Súlyos beteg vagy. Nem tudom, hogyan jöttél ki, de sürgősen vissza kell menned.

– *Visszamegyek, csak hadd beszéljek vele!* – mutatott rám.

– *Miért akarsz vele beszélni?* – vette vissza Nola is a hangerőt. – *Mi dolgod neked vele? És egyébként is, hogy jutottál ki? Azt mondod, kiszöktél. Hogyan? Azok az ajtók elektromosan nyílnak távvezérléssel. El sem lophattad az ajtó kulcsát, mert azokhoz nincs is.*

– *Nem kell kulcs* – legyintett a fiú. – *Van itt gógyi!* – mutatott a fejére. – *Vannak módszereim.*

„Ja! Azt el tudom képzelni." – röhögtem magamban. „A gógyijáról csak annyit, hogy habár nem tűnt visszamaradottnak, a szeme akkor is úgy cikázott, mint aki kőkeményen be van speedezve, és közben legyek is repkednek a feje körül. Legalábbis ő azt hihette, mert valamiért követni próbálta őket a szemével."

– Ne beszélj mellé! – emelte fel Nola a hangját, hogy a fiú lássa, vele nem szórakozhat. Ha kell, akár le is leplezi. – Hogy jöttél ki?

– Ne olyan hangosan! Jó, jó elárulom! Mondom: nem kell kulcs, amíg ezek itt vannak!

Oda mutatta nekünk a kezeit ugyanolyan széttárt ujjakkal, ahogy korábban is láttam tőle.

– Az agancsaiddal? – kérdeztem tőle. Próbáltam kispórolni a kérdésből a szarkazmust. Nem tudom, sikerült-e.

– Agancsok? Miféle agancsok? Maga miről beszél? Azzal a marhasággal csak Edinborough-t etetem. Maga tényleg azt hiszi, hogy léteznek szarvasdémonok? Bolondnak néz engem, vagy mi?

– Dehogy – mondtam. Még életemben nem hazudtam ekkorát. Bár a szemmozgását leszámítva tény, hogy nem tűnt annyira hülyének. Valamiért nem. – *Akkor csak hülyíted vele az orvost? Akkor ez is csak olyan duma, mint a térhajlítás?*

– Hogy mondhat ilyet? Az valódi! Maga szerint hogyan jöttem volna ki másképp egy bezárt vasajtó mögül?

Erre Nolával egymásra néztünk. Mivel nem tudtuk, mit mondjunk erre, a fiú folytatta:

– „Vetnél-e rá követ, hogy láthasd vízként fodrozódni?" – idézett a fiú a versből.

– Ismered a verset? – csaptam le rá azonnal.

– Persze, hogy ismerem!

– Ki írta?!

– Nem tudom. Senki sem tudja. Talán senki sem írta.

– Miért idéztél belőle?

– A hasonlat miatt. Amikor megérintek valamit úgy... olyan módon... akkor az vízként kezd fodrozódni. Így tudok kilépni a cellából is. Apám is így tűnt el. Egyszer úgy érintettem meg. Akkor még nem tudtam, hogy képes vagyok rá.

– Hogy? – kérdeztem ijedten. Bár nem tudom, valóban hallani akartam-e a választ. Talán a horroríró lett kíváncsi bennem legbelül. – *Hogyan csinálod?*

– Erősen koncentrálok! Van itt gógyi! – mutatott megint a fejére.

„Szegény fiú teljesen hülye. Most már biztos vagyok benne."

– *Csak koncentrálok, és kész. Egyszerűen megtörténik! Bármin át tudok hatolni. Akár egy tankon is!*

– *Akkor miért nem mész el innen az épületből?* – kérdezte Nola logikusan. Talán túl logikusan is. Kissé meg is ijedtem, hogy a fiú erre neki fog támadni. Az ilyenek nem szeretik, ha megkérdőjelezik őket. Bizonytalanná válnak. És attól pedig idegessé.

– *Nem tudok. Az túl sok. Vastagok ezek a falak. Mindenre azért én sem lehetek képes!* – tárta szét a kezét. Úgy mondta, mintha ő maga lenne a Megváltó. Lehet, hogy azt is gondolja magáról? Ki tudja? – *Ezért szököm mindig vissza. Nem találtam még megfelelő kiutat. De egyszer úgyis meglelem!*

– *Akkor szökj szépen vissza megint!* – mondta neki Nola. – *Eredj! Sipirc a szobádba!* – Végül is igaza volt. Egyébként tisztára úgy beszélt vele, mintha az anyja lenne.

– *Mindjárt! De hadd beszéljek vele! Csak két perc az egész!*

– *Rendben. Mondd. De nehogy bántani próbáld az urat, mert komolyan ellátom a bajodat!* – Láttam rajta, hogy tényleg megtenné. Képes lenne elgyepálni ezt a fiút. Nem semmi ez a csaj!

– *Dehogy bántom én! Megvédeni akarom! Idehallgasson, miszter... oda nem mehet vissza!*

– *Hová?* – Kezdtem őszintén megijedni. Volt ebben a fiúban valami nagyon fura. Nem az őrülete miatt. Inkább pont ellenkezőleg. Talán mégis normálisabb annál, mint mi gondoljuk róla.

– *A kis házba az erdő szélén! Az erdő szélén!*

– *A nyaralóba?* – Azt hittem, megáll a szívem az ijedtségtől! Honnan a francból tud ez a nyaralónkról? Még a rendőrség sem tudott róla. Eltitkoltuk Julie-val az adózás miatt. És *ő* meg tud róla? Ki lehet ez a fiú?

– *Rob, mi a fenéről beszél ez itt?* – vágott közbe Nola. – *Milyen nyaralóról?*

– *Majd később elmondom* – bár nem voltam biztos benne, hogy tényleg el akarom-e. De egyelőre le akartam szerelni ezzel az ígérettel. – *Miért ne menjek vissza? Nyögd már ki!*

– *A gonosz elárasztotta az egészet! A környékére se menjen többé! Beborította az éj! Annak a helynek már annyi! Ott várja magát!*

– *Ki? Mi a fenéről beszélsz? Ki vár ott? Julie? Vagy Margaret?* – gondoltam, megér egy próbát. De csak egy futó ötlet volt.

– *Honnan tud maga Margaretről?*

„Na, ez kezd érdekes lenni. Túlzottan is! Olyan, mint egy lázálom. Ráadásul egy drogos lázálma." – Gondoltam, ha lúd, akkor legyen kövér. Legyen iszonyatosan dagadt, mint Atkins doktor! Menjünk akkor bele, és derítsük ki, mi folyik itt:

– *A Hentes Margaretjéről?* – kérdeztem vissza.

– *Persze, hogy arról! Ki másról? Maga honnan tud Margaretről?*

– *Az orvos mesélte el a sztorit...*

Nola közben ide-oda kapkodta a fejét. Egyszer énrám bámult értetlenül, aztán a fiúra. Úgy látom, teljesen elvesztette a fonalat. Nem csodálom! Már én is. Körülbelül három hónappal ezelőtt. A józan eszemmel együtt.

– *Hagyjuk!* – legyintettem. – *Ki vár ott? Julie?*

– *Nem tudom, ki az a Julie. Ami magát várja ott, annak nincs neve. Az nem ember! Odalentről jött! Nem menjen vissza oda! Egyedül sosem veheti fel vele a harcot! Maga nem... talán én* – mutatta oda ismét a kezeit. – *De maga biztos nem! Erről akarom figyelmeztetni. Ne menjen vissza többé egyedül! Vagy menjen el jó messzire, ha egyszer kijut, vagy juttasson ki engem is. Velem sikerülhet!*

El sem tudtam képzelni, mit válaszolhatnék erre. Végül rájöttem:

– *Rendben! Ha alkalmam lesz rá, megszöktetlek!*

– Mi van?! – csattant fel Nola. – Nem gondolod, hogy.... – Ez már egy kicsit sok volt neki szerintem. Megfogtam a karját. Azt próbáltam érzékeltetni ezzel, hogy csak húzom a fiú agyát. Nem gondolom komolyan. Csak úszom az árral. Jobb, mintha ellentmondanék neki. Akkor még a végén tényleg nekünk támad. Szerintem a lány is megértette a gesztusomat, mert elhallgatott. Így végül csak megvonta a vállát, és legyintett.

– *Mondd csak* – akartam most már egyszer s mindenkorra letisztázni Ronny-val –, *te tényleg nem hiszed magad szarvasnak?*

– *Nem hát! Csak egy bolond gondolna ilyesmit, nem?*

– *Akkor hát nem te adod azt a hangot sem?*

– *Milyen hangot?*

– *Azt a csikorgást. Azt a borzalmas karistoló, éles hangot. Azt hittem, te csinálod valahogy.*

– *Én?! Dehogy. Az a Hentestől jön.*

– *Mi?! Ő adja ki magából?*

– *Nem. Az nem emberi hang, maga buta* – mintha én nem tudtam volna már amúgy is. – *Az az ajtó hangja.*

– *Nehogy azt mondd nekem, hogy ő is kijár onnan!* – mondta Nola. – *Akkor most rögtön hazamegyek! Sőt, elköltözöm az államból!*

– *Ő nem tud kijönni* – nyugtatta meg a fiú. – *Kifelé legalábbis nem.*

– *„Kifelé" nem?*

– *Szerintem a cellájában tűnik el odabent. Még én sem láttam, csak gondolom. A pokolszukájához jár, ahhoz a Margarethez. Valami dimenziókapun keresztül. Kijönni nem tud a cellából, de olyankor belép valahová. Higgyen nekem!* – nézett most egyértelműen a szemembe. Nagyon komoly volt a tekintete. Még a szemének cikázása is teljesen megállt. Uralta a gesztusait, és összeszedte magát egy pillanatra. – *A hang a közvetlenül mellettem lévő cellából jön! A fickó pedig eltűnik. Csak egy ajtó adhat olyan hangot. Vagy egy rés, ahogy reped. Valamit kinyit... Én sem tudom, hogyan.*

– *Rendben* – törődtem bele. – *Hiszek neked. Vagy legalábbis elhiszem, hogy te elhiszed. De mégis hogyan lehetne mindez lehetséges? Térhajlítás, dimenziókapuk, „pokolszuka"?*

– *Nem olyan nagy dolgok ezek, miszter. Lesznek ezeknél még rosszabbak is. Közeleg a végjáték. Ilyenkor sűrűsödik a megmagyarázhatatlan jelenségek előfordulásának valószínűsége. Az embereknek különleges képességeik lesznek. Olyan események kezdődnek, melyek korábban meg sem történhettek volna. Azért, mert a fizika törvényei és a valóság nem engedték volna. Ilyenkor viszont, amikor a metróalagút végén közeleg a végső ütközés... a valóság is visszahúzódik, és megszeppenve szemléli a történéseket. Ilyenkor az már kispadon ücsörög.*

Nem tudtam, miről beszél. De az biztos, hogy ő hitt benne.

– *Rendben. Kiviszlek innen, ha tudlak* – mondtam a fiúnak. Végül is nem hazudtam neki. Ha tudnám, tényleg kivinném. Miért is ne?! Ha nyerhetnék a lottón, miért ne nyernék? Ha lehetnék űrhajós és galaktikus felfedező, miért ne lennék? Majd kiviszem, ha alkalmam lesz rá. Úgyse lesz! De neki azt nem kell tudnia. Elég, ha én tudom.

– *Rendben* – egyezett bele meglepően könnyen, és kezet nyújtott.

Némi habozás után a békesség kedvéért én is nyújtani kezdtem felé a kezem, de az utolsó pillanatban megtorpantam.

– *Ne féljen! Magát nem tüntetem el, mint apát. Maga jó ember. Már tudok bánni a képességemmel. Nyugodtan megfoghatja.*

Megfogtam hát, és kezet ráztunk. Tényleg nem történt semmi. Miért is történt volna? A fiú végül is elmebeteg, vagy nem?

Amikor elengedtük egymás kezét, Ronny szó nélkül intett, és elfutott a sötét folyosón.

– Hé! Állj meg! – szólt utána Nola.

– Hagyd – fogtam meg ismét a karját. – Menjen csak, ahová akar! Nehogy már utána menj! Még a végén leszúr valamivel a sötétben. Mindjárt felkapcsolod a lámpákat, és majd akkor megkeressük. Vagy előbb szólj a biztonságiaknak a szomszédban, és *majd ők* megkeresik. Az még jobb!

– Nincsenek biztonságiak a szomszédban – mondta Nola. – Ne haragudj...

– Mi?! Tudtam! Tudtam, hogy kamu! De akkor miért mondtad?

– Utasításra tettem. Ezt kell mondanunk, hogy megijedjenek. Hogy azt higgyék, bármikor lecsaphatunk, ha szökni próbálnak. Igazából senki sincs már itt. A leépítések miatt... Ilyenkor este meg pláne! Csak én egyedül. Tudod, milyen ez? Tudod, milyen így bejárni ide minden egyes nap?

– Jézus! El sem tudom képzelni. Akkor miért dolgozol itt? Miért nem húzol el innen?

– Nincs hová. Nem találok más állást. Ezért járok továbbképzésre. El akarok menni innen. Elegem van.

– Azt elhiszem! De akkor mi lesz a fiúval? Ki fogja így a helyére zavarni? Egyáltalán hogy juthatott ki?

– Elképzelésem sincs róla!

– Nola...

– Mi az?

– Mondd, te biztos vagy benne, hogy ez nem álom?

– Miért ne lennék? Persze, hogy nem az! Miért gondolod, hogy álom?

117

– Mert az előző is nagyon valóságos volt... és mert van egy fura érzésem... szerintem, ha most felkapcsoljuk a lámpákat, és odamegyünk a cellájához.... a fiú megint odabent lesz a zárt ajtó mögött! Akarsz fogadni velem?

– Mi? Már te is olyan dilis vagy, mint ő? Szerinted komolyan át tud menni a falakon, vagy mi?

– Nem tudom, de szerintem tényleg visszament. Ezért gondolom, hogy ez csak álom. Ilyesmi nem lehetséges.

– Persze, hogy nem. A fiú egyszerűen csak beteg.

– Akkor miért nem kapcsolod fel a lámpákat, és nézzük meg, hogy a szobájában van-e? Ha nincs ott, akkor hiszek neked. Akkor csak megszökött valami trükkel, és kész. De ha mégis ott van... ha valahogy vissza tudott menni, akkor talán tényleg álmodunk! Mind a ketten ugyanazt! Talán még az lenne most a legmegnyugtatóbb. Mert ha ez nem álom, és tényleg kijár onnan, akkor ez a fiú valami parafenomén, vagy csak az Isten tudja, hogy pontosan micsoda! Valahogy ki kell derítenünk, nem?

Kilencedik fejezet: Nola Darxley az FBI-tól

Nola kiment az ütésálló műanyagból készült biztonsági ajtón, hogy felkapcsolja a lámpákat, és eltűnt a folyosón jobbkéz felé.

Nem szívesen engedtem ki oda teljesen egyedül, mert tényleg tartottam tőle, hogy a fiú esetleg lesben állva vár ránk valahol. Mégsem mondhattam a lánynak, hogy vele megyek. Mégiscsak egy nyomozás alatt álló gyanúsított vagyok, aki talán közveszélyes elmebeteg. Nem sétálhatok ki csak úgy egyszerűen azon az ajtón! Ha másért nem, akkor azért, mert Nolát biztos, hogy kirúgnák érte.

Így hát kénytelen voltam végignézni a sötétben állva, ahogy kimegy az ajtón, visszazárja maga után, hogy még véletlenül se tudjak utána rohanni, ha segítségre szorul – ugyanis be kell zárni, mert az a szabály! –, aztán jobbra fordulva eltűnt a szemem elől.

„Mi lesz, ha soha többé nem jön vissza?" – kérdeztem magamtól. „Mi lesz, ha nem látom többé? Ki fog akkor hinni nekem? Vagy akár kedvelni? Ki fog akkor enni adni? Mi van, ha nemcsak ő, de más sem jön ide soha többé? Itt maradok örökre bezárva a sötétben!"

Lehet, hogy ez egy újabb rémálom? Így kezdődik, hogy először még csak egyedül maradok?

Mi fog vajon következni *utána*? Valami mégis bejön hozzám, hogy *annyira* azért mégse legyek egyedül?

„Valaki vár, valaki szeret"

Vár a halál! Ide ugyan be ne gyere, akárki is vagy, hogy rohadnál meg!

Kezdtem pánikba esni...

Lehet, hogy nem is jön be senki, hanem egyszerűen csak egyedül maradok? Örökre? És közben szép lassan éhen halok vagy megölöm magam? Milyen vidám jövőkép! Elképzelhető, hogy ennél nincs is rosszabb rémálom az egész világon?

De ekkor *végre* felgyulladt egy neoncső a plafonon!

Majd még egy!

Utána szép sorjában az összes többi is. Sikerült! Istenem, sikerült neki! Megcsinálta!

Hogy ez mennyire szánalmas! Valóban idáig jutottam volna idegileg és szellemileg? Már akkor üdvrivalgásban török ki, ha valaki felkapcsol tíz darab neonlámpát? Ez akkora teljesítmény? Nehéz volt megnyomni a gombokat, vagy mi? Mit hisztériázok itt? Mit sirénázok, mint valami rohadt vészkürt?

Bár biztos, hogy tényleg kiborultam? Nem lehet, hogy mégis van azért némi jogalapom félteni a lányt ott kint a vaksötétben, egyedül, ahol valahol egy térhajlító ólálkodik, aki átmegy még egy tankon is? De még az is lehet, hogy igazából szarvasdémon az illető?!

Most tényleg csak én vagyok hiperérzékeny és szánalmas, vagy ez azért valóban aggasztó?

Szerintem az.

– Minden rendben? – kérdezte Nola, ahogy visszajött. – Sápadtnak tűnsz. Láttál valamit? Csak nem szöktek ki még többen? Ugye nem a Hentest láttad valahol? Mondd, hogy nem!

– Most már te is kezdesz lesápadni – mosolyogtam rá. – Nem, ne aggódj, semmit sem láttam. Csak féltettelek. Komolyan kezdtem azt gondolni, hogy soha többé nem jössz vissza.

– Nem vesztettél volna túl sokat – vonta meg a vállát mosolyogva. – Nem vagyok túl nagy szám.

– Egy fenét nem! Te vagy a... – de ezúttal inkább mégsem mondtam ki. Korábban párszor már így is elszóltam magam, hogy talán többet is érzek iránta, mint kellene.

– Én vagyok a... mi? – találgatta. – A legjobb nővér a világon?

– Az! – csaptam le rá. Csodálom, hogy ő csak erre asszociált. De talán így még jobb is. Így legalább nem csalódnék, ha nemet mondana a szánalmas udvarlási próbálkozásomra.

– Most akkor mi legyen? – kérdezte.

– Meg kéne néznünk, hogy Ronny a cellájában van-e. De nem tudom, hogyan csináljuk. Én nem mehetek ki azon az ajtón. Mégiscsak gyanúsított vagyok vagy mi franc! A te biztonságod érdekében sem hiszem, hogy jó ötlet, hogy odakint flangáljak. Egyébként is kirúghatnak, ha megtudják, hogy kimentem veled.

– Most viccelsz? Ezért nem jöttél ki már az előbb sem felkapcsolni a lámpákat?

– Persze! Mi másért?

– Én azt hittem, azért nem jössz ki, mert annyira bemajréztál itt nekem a sötéttől!

– Dehogyis! Egyébként meg idebent is sötét volt. Itt sem volt azért olyan kellemes ácsorogni. Ha a sötéttől féltem volna, inkább veled megyek, hogy ne maradjak egyedül.

– Ez igaz. Hiszek neked. Na jó, már az előbb is hittem. De tudod, mit? Ne aggasszanak ezek a dolgok! Megint túlaggódod a helyzetet! Először is, nem félek tőle, hogy bántani fogsz vagy szökni próbálsz. Ahhoz túl lelkiismeretes vagy. Ez az aggodalmaskodó természetedből is látszik. Ez tehát valójában egy nagyon szimpatikus tulajdonság tud lenni. Ami pedig az esetleges kirúgásomat illeti: már így is megtehetnék velem azért, hogy Ronny szabadon kószál a folyosókon. Ilyenkor én vagyok az, akinek mindenre figyelnie kellene. Lehet, hogy nem én engedtem ki, de jogilag akkor is én vagyok felelős. Tehát így is kirúghatnak, ha tudomást szereznek a ma éjszaka eseményeiről. Ezért is kellene kilógnunk. Meg kéne néznünk, hogy Ronny a helyén van-e. Ha igen, akkor majd később aggódunk miatta, hogy mégis hogy a fenébe képes kimászkálni onnan! Viszont, ha már kint vagyunk, akkor meg kéne keresni a biztonsági szobát is, ahol a ma éjszakai felvétel van. Fogalmam sincs, hogy azok a vacak, régi típusú kamerák működnek-e még egyáltalán a plafonon, de ha igen, akkor sajnos az egész „Szarvasfiú szökése" című ifjúsági film rajta lesz a felvételeken. Szerintem, ha működnek a kamerák, akkor sötétedéskor biztos, hogy átváltanak éjszakai nézetre. Ronny hiába lopakodott úgy saroktól-sarokig, mint egy ninja, akkor is rajta lesz! Tehát törölnünk kéne a ma esti felvételt vagy megrongálni, hogy ne tudják megnézni. Ha a fiú a helyén van, akkor mi is tehetünk érte valamit, hogy többé ne jöjjön ki. Valamit majdcsak kifundálunk. De közben, ha lehet, akkor ne rúgjanak már ki engem csak azért, mert most az egyszer kijutott! Mit mondasz?

– Hát... mi mást, mint hogy gyerünk! Nem veszélytelen ez a vállalkozás, de jelen pillanatban nekem sincs jobb ötletem. Arra gondoltam, hogy még ha legrosszabb esetben nem is tudjuk törölni a felvételt... és mégis mindenki megnézi, tudod, *mi* lesz rajta?

– Az, ahogy Ronny az egyik sarkon, a sötétből hirtelen előugorva fejbe ver minket egy vascsővel? – kérdezte Nola.

– Látod?! Most már te is csinálod! A szarkazmusom meg a fekete humorom átragadt rád! Ez most baromira nem volt ám vicces!

– Jó, jó. Mit fognak akkor látni a felvételen?

– Azt, hogy valaki a lenti veszélyes betegek közül kiszökött éjjel, mi pedig jószándékúan megpróbáltuk megkeresni, de sajnos nem sikerült... úgyhogy visszajöttem *önszántamból,* és szépen visszafeküdtem aludni! Hoppá! Lehet, hogy nem is lesz olyan rossz az a kis felvétel? Ez bizonyíthatná, hogy nem vagyok őrült gyilkos! Na jó, a múltbeli tetteimet, azaz a hiányukat nem bizonyítja, de azért enyhítő körülmény lehet, nem?

– Talán igen. De szerintem akkor is jobb lenne, ha inkább törölnénk a fenébe.

– Valahogy én is így érzem. Ennek a dolognak nem szabad kitudódnia. Végül is a fiú tényleg nem bántott minket, csak figyelmeztetett. Tudom, hogy egy rakás őrültséget hordott össze, de szerintem jóindulatból tette. Ő legalábbis azt hitte, hogy sokat segít majd vele. Akkor viszont ne szúrjunk már ki vele úgy, hogy tele lesz az összes felvétel a szökésével, ami ráadásul még csak nem is volt sikeres. Még ha nem is csücsül most a cellájában, az épületből akkor sem valószínű, hogy kijutott. Szerintem is töröljük hát a felvételt.

Nola ismét kinyitotta a biztonsági ajtót, és most együtt léptünk ki rajta. Fura érzés kerített hatalmába. Bár az orvossal már jártam kint egyszer – én legalábbis arra az egy alkalomra emlékszem –, de az akkor is más volt. Nappal történt, és engedéllyel mentem ki. Ráadásul a fickó olyan gyorsan végigrángatott a folyosókon, hogy alig fogtam fel, mikor mit látok.

Most viszont teljesen tudatában voltam. Megriasztott, hogy mennyire.

– Nem tudom, miért érzem úgy, hogy nem kéne idekint szabadlábon mászkálnom... – mondtam ki azt, ami a lelkemet nyomta.

– Szerintem csak a lebukástól való félelem miatt. Ne okold magad addig, amíg a rendőrség ki nem deríti, hogy valójában mi történt. De egyébként miért érzed úgy, hogy nem kéne idekint lenned? Talán csak nem jutott eszedbe valami valóban terhelő?

– Nem. Semmi olyasmi.

– Akkor meg ne idegeskedj.

Közben már a lépcsőket róttuk lefelé a cellákhoz. Bocsánat: *szobákhoz*!

– Ha már az idegeskedésnél tartunk: feltarthatlak még egy utolsó aggályommal? Ez tetszeni fog.

– Miről van szó?

– Arról, amiket Edinborough mesélt a Hentesről.

– Én is félek tőle, hogy az is kiszökött, úgyhogy nem vagy egyedül, hidd el!

– Én most nem attól tartok. Annál valami sokkal furábbtól, valami igazán elvont, megmagyarázhatatlan dologtól, amitől az embert még a hideg kirázza.

– A dimenziókaputól tartasz, amiről Ronny mesélt, vagy mi? Ugye nem gondolod komolyan, hogy az az óriási fickó ki-be jár valami pokoldimenzióból, ahol a Margaret nevű halott szeretőjével találkozgat?

– Azt nem tudom. Remélem, nem tesz ilyeneket. Viszont van itt valami más is: Edinborough majdnem pontosan ugyanazt mondta el, amit álmodtam. Tudod, azt, amit meséltem is neked: hogy a Hentes álmomban levágta a micsodámat. A doktor azt mondta, hogy találtak egy ilyen áldozatot a fickó farmján még évekkel ezelőtt. Ő volt az egyetlen férfi áldozata. Levágta neki.

– Igen, ez tényleg fura. De szerintem csak annyi az egész, hogy hallottál róla valahonnan. Íróként biztos gyűjtögetted az ilyen kis szaftos sztorikat, és ez az eset aztán tényleg az! Olyannyira, hogy szépen rosszat is álmodtál tőle. Úgy kell neked! Miért kell ilyen butaságokat olvasnod és írnod? Csak rémálmaid lesznek miatta!

– Figyelj, a horror nem erről szól! Mindegy... majd egyszer elmagyarázom. A lényeg, hogy mi van, ha nem csak hallottam az esetről? Mi van, ha átéltem és *emlékszem* rá?

– Hogyan emlékezhetnél? Te vagy az „igazi" Hentes, vagy mi? Ugye nem érzel ilyesmit? – Nola elsápadt. – Ugye nem hiszed itt azt nekem, hogy te vagy a Hentes? Rob, jól érzed magad?

– Persze! Nem ilyesmire gondolok, ne aggódj. Nem Hentesként éltem át, hanem... khm... áldozatként.

– Akkor most nem lennél itt, te buta! Miről beszélsz? – közben már leértünk a „-1F" nevű szintre, a föld alá, ahol a cellák vannak. Fura, hogy nincs lift az épületben. Bár így legalább volt időnk beszélgetni.

– Tudom, hogy akkor nem lennék itt. Hidd el, azért tisztában vagyok térrel és idővel. Nem őrültem meg, vagy ilyesmi. Ilyen szempontból legalábbis szerintem biztos normális vagyok. Ezért is aggaszt a gondolat, hogy... Mi van akkor, ha egyszer utánanéznénk, hogy kik voltak a hentes áldozatai? Mondjuk, rendőrségi jelentésekből, halottasházi aktákból és a többi...

– Nem értem, mire akarsz kilyukadni, Rob.

– Arra, hogyha kiderítenénk, hogy kiket ölt meg a fickó, szerinted ki lenne az a férfiholttest, akinek levágták az izéjét? Mi lenne, ha ujjlenyomatot vagy DNS-mintát vennének tőle? Manapság, ennyi év után, gondolom, maximum DNS-t lehetne... ujjlenyomata már biztos nincs. De mi van, ha összehasonlítanák az ő DNS-ét az enyémmel, és kiderülne, hogy ő *én vagyok*?

– Jézus! – rezzent össze Nola. – Neked tényleg őrült egy fantáziád van! Hogyan juthat ilyesmi egyáltalán eszedbe?

– Nem tudom, nekem logikusnak tűnik. Megálmodtam a halálát, és teljesen valóságosnak tűnt. Akár egy emlék. És utána pedig megtudom, hogy a valóságban is volt egy ilyen áldozat! Ráadásul... nem mernék rá megesküdni, de „álmomban" mintha a fickó kicsit máshogy is nézett volna ki.

– A hulla?

– Dehogy, te buta! A holttest a sztori szerint most én vagyok, nem? A *Hentes* nézett ki máshogy! Először még nem esett le a tantusz. Azt gondoltam, hogy a maskara miatt festett másképp, amit álmomban viselt, de most már úgy emlékszem, hogy ott kicsit fiatalabb és vékonyabb is volt, nem pedig egy ekkora állat, mint most.

– Tehát szerinted az nem álom volt, azaz nemcsak az, hanem egyben egy emlék is?

– Remélem, hogy nem! Ugyanis, ha emlék lenne, akkor én most nem lehetnék itt. Akkor már halott vagyok. Annak kéne lennem.

– Mutasd a micsodádat!

– Mi?! Megőrültél? – Egy pillanatra azt hittem, hogy a lánynak valóban elment az esze, és rám akarja vetni magát. Azt hittem, szeretkezni akar velem itt, ezen a föld alatti folyosón, mert valamiért *annyira* megkívánt. De hogy miért, arról elképzelésem sincs. – Most vegyem elő?! Pont itt?

– Jó, akkor ne! Tartsd meg magadnak! Hogy te milyen irigy egy alak vagy! – nevetett fel. – De azért a helyén van, nem?

– Ja? – Most esett csak le, hogy mire célozl! – Igen, megvan.

– Akkor nem te vagy az az áldozat, és kész! Annak a fickónak levágták. Nem egyezne a DNS-etek, mert neked megvan, neki meg nincs. Lehet, hogy te nagy horroríró vagy, én viszont a sci-fi mestere vagyok! Vágom ám az időutazást, van itt gógyi! – mutatott a homlokára Ronny-t utánozva. – Ha valami fura alternatív valóság miatt te valójában ő lennél, és már túl lennél a „beavatkozáson", akkor most nőként flangálnál velem itt a folyosón, nem? Vagy legalábbis többé nem lennél férfi.

– Lehet, hogy igazad van – láttam be. – Ettől függetlenül, ha innen kiengednek egyszer, velem tartanál, hogy kinyomozzuk ezt a dolgot? Velem mernél tartani, hogy DNS-t vetessünk attól a holttesttől? Lehet, hogy el tudnám intézni, mert thrillerírói körökből ismerek odakint kriminológusokat, patológust, kórboncnokot stb...

– Arra mérget vehetsz! – mosolygott lelkesen. – Ezt ki nem hagynám! Viszont akkor engem is bele kell írnod a könyvedbe, amit erről az egészről írnál. Mert regényt írnál róla, nem?

– De. Talán. Ugyanis ilyen sztorit élő ember nem talál ki! Tényleg meglepő lehetne az olvasók számára. Azt hiszem, én sem tudnám hát kihagyni, hogy könyvet csináljak belőle. És ki akarsz majd lenni a regényben?

– FBI ügynök! Egy olyan igazi tökös csaj! Mármint nem szó szerint! Érted, hogy értem... Sorozatgyilkosokat akarok letartóztatni benne! Mondjuk... egy fojtogatót. Vagy akár egy másik dimenzióból jött őrültet. Majdnem olyat, mint akiről most beszélgettünk, csak ijesztőbbet! Legyen, mondjuk, egy nagy állat. Jó magas! Tudod, mit? Legyen már egy kicsit jóképű is! Vagy inkább nagyon! Az még jobb. Ne úgy legyen magas és nagy, mint a Hentes. És nem is kell olyan gonosznak lennie. Egy kicsit hasonlíthat is rád, ha már ő az időutazó, csak legyen arisztokratikus, mint egy báró, akinek kockás a hasa, és legyen olyan veszélyes, erős, meg kigyúrt, aki az acélláncot is elszakítja! De csak akkor, ha én kérem rá! Másnak meg se mutassa, hogy milyen ereje van! Mégis mi közük hozzá?! Elég, ha én tudok majd róla.

– Ne aggódj, meglesz írva – mosolyogtam. – Ez mind benne lesz.

„Egyszer még feleségül veszem ezt a lányt" – tettem hozzá gondolatban.

– És mi lesz az ügyöknő teljes neve? – kérdeztem tőle. – Tényleg, még nem is tudom a vezetéknevedet!

– Smith! Dögunalom. Nehogy beleírd! Valami dögösebb név kellene.

– Mit szólnál Nola Darxley-hoz? Az olyan „darkosan" hangzik. Kicsit meseszerű, mint egy urban fantasy-ben. Talán még arisztokratikus is, mintha angol lennél. Az menni fog a magas, jóképű báróhoz. Te lennél Nola Darxley az FBI-tól.

– Ez nagyon jó! Nahát... te tényleg tehetséges vagy! Nekem eszembe sem jutott volna egy ilyen név! Ez tetszik! Lehet, hogy megváltoztatom erre a sajátomat!

– Jó, de előbb azért várd meg, hogy sikerregény legyen belőle. Különben még a végén szégyellni fogod, hogy emiatt változtattad meg.

– Dehogy fogom! Számomra elég az, ha nekem tetszik a könyv. Az sem érdekel, hogy valaha megjelenik-e vagy hogy veszik-e majd.

„Nahát..." – Most én mondtam ezt magamban. Ilyen hozzáállást sem hallottam még. Ez a lány már nem először lep meg.

– Te jó isten!! – torpant meg Nola hirtelen. – Mi az ott?!

Ekkor vettem észre, hogy mire gondol. A távolban, a hosszú folyosó végén már láttuk a cellákat. Valami nem stimmelt azon a helyen, ahol Ronny-é volt.

Ahogy egyre közelebb értünk, láttuk, hogy valami nincs rendben vele. Valami nagyon nincs.

A cella ajtaja körül méteres körzetben meg volt repedezve a beton! A repedések és sérülések által körülvett ajtó pedig egyszerűen nem is volt sehol! A helyén biztos nem. Valami kiszakította onnan!

– Ezt ő csinálta, Ronny? – kérdezte tőlem Nola, mintha én tudnám. – Hol lehet most? Mert itt bizony nincs! Kiszakította valahogy az ajtót odabentről?

– Nem tudom. Az is lehet, hogy idekintről törték rá. Bár az ajtó nincs bent a szobában. Igaz, idekint se látom. Fogalmam sincs, hogyan lehetne megállapítani, hogy milyen irányból szakadt át.

– Akkor a fiú még mindig idekint lődörög. Ráadásul veszélyes.

– Ja. És ha ilyesmire képes – tettem hozzá –, akkor veszélyesebb, azt hiszem, mint bárki, akit csak el tudunk képzelni!

– De hát ki a fene ez a fiú?

– Vagy inkább micsoda?

– Így már nem törölhetjük azt a felvételt – nézett rám Nola kétségbeesetten. – Ez mindenképp ki fog tudódni! Engem pedig így biztos, hogy kirúgnak innen.

– Ne viccelj! Nem a te hibád, hogy kirobbantotta az ajtót! Ezt ők is látni fogják.

– Hát, én nem tudom, mit fognak látni, vagy hogy mit fognak *belelátni* és belemagyarázni ebbe az egészbe. Így már hívnunk kell a rendőrséget. Nem tehetünk mást. Ezt nem lehet eltussolni.

– Tudom. Szerintem se. Nekem sem hiányzik a meglévő vádakhoz még egy olyan is, hogy megszöktettem egy elmebeteget, és segítettem neki bombát készíteni. Vagy ha a fiút sosem találják meg, akkor esetleg egy újabb gyilkossági vád, miszerint felrobbantottam a srácot a cellájában.

– Jézusom, mi lesz ebből! – nézett rám Nola riadtan.

– Ne félj, valahogy végigcsináljuk. Hinned kell. Ne állj hozzá olyan pesszimista módon! Most *én* mondom neked! Erről az egészről nem mi tehetünk. És ennek számítania kell. Ki kell derülnie, hogy nem a mi hibánk. Kell, hogy legyen igazság... Nem?

– De. Gyere – fogta meg a kezem. – Akkor menjünk is vissza. A többi ajtó legalább sértetlen. Az is valami. Komolyan sírógörcsöt kaptam volna, ha a Hentes ajtaja is hiányzik! Legalább a többiek a helyükön vannak. Menjünk, és hívjuk a rendőrséget! Te pedig menj vissza a kórterembe, hogy a helyeden légy, amikor jönnek. Azt azért értékelniük kell, hogy önként visszamentél, és nem próbáltál meg elszökni.

– Menjünk – egyeztem bele. Én sem láttam más megoldást. El nem tudom képzelni, milyen erő rejlik abban a fiúban. És miért pont most csinálta mindezt?

Miért nélkülem? Engem meg sem várt? Lehet, hogy úgy döntött, elmegy egyedül a nyaralómba, és harcba száll azzal a valamivel, amiről azt hiszi, hogy titokban ott várakozik? Ezért szökött meg? Le akar számolni az Ördöggel, vagy mi? Azt hiszi, hogy az várja ott? Ez a fiú tényleg súlyos beteg!

Közben viszont olyan dolgokra képes, ami miatt jelenleg talán ő a világ legveszélyesebb embere. Ebből nagy cirkusz lesz! Nolának igaza van. Jobb, ha visszamegyünk, és ő hívja szépen a rendőrséget.

Intézzék innentől kezdve ők! Vagy inkább ne is ők, hanem a hadsereg!

A fiú azt mondta, hogy egy tankon is átmegy. Mi a fene lesz itt? Azért nem túlzás ez egy kicsit? Mégis az egész egy álom lenne csupán?

Ahogy felmentünk a földszintre, majd még egy szinttel feljebb, az első emeleten most neszezést hallottunk.

Talán nem is neszezést, hanem valahonnan... emberi beszédet.

– Te is hallod? – torpantam meg. Mivel még mindig fogtuk egymás kezét, így őt is megállásra késztettem.

– Valaki, úgy tűnik, van még rajtunk kívül az épületben. És most nem a betegekre gondolok.

– Ronny lenne?

– Ez nem az ő hangja. Az övé magasabb. Úgy hallom, mintha valakik beszélgetnének.

– Mi van abban az irányban? – kérdeztem.

– Dr. Edinborough irodája. Szerintem tőle jönnek a hangok.

– Bent lenne? Ilyen késő éjjel?

– Sosem szokott éjszakázni. Eddig még nem volt rá példa.

– Pedig úgy hallatszik, hogy ő az. Akkor hát tud az esetről! Talán ő hallotta is, ahogy kiszakad az ajtó. Fura, hogy mi nem, pedig biztos jó hangos volt. A doktor mégiscsak közelebb tartózkodott a zaj forrásához egy emelettel. Lehet, hogy már amúgy is épp a rendőrséget hívja, nem? Talán telefonon beszél. Odamenjünk? – indultam el automatikusan.

– Ne! – húzott vissza a lány. – Ne lássa meg, hogy szabadon mászkálsz! Annak biztos, hogy nem lenne jó vége.

– Igazad van. De akkor is, mi a fenét keres itt ilyenkor?

– Nem tudom. Kit érdekel? Valami egyetemnek dolgoznak a dagadék Atkins-szel egy tanulmányon. Biztos bent maradtak.

– Az lehet. És téged nem érdekel, hogy miről beszélnek? Ne menjünk legalább oda hallgatózni kicsit? Mit veszíthetünk? Talán megtudunk valami érdekeset Ronny-ról. Vagy akár az én ügyemről! Hátha ők többet tudnak, mint mi.

– Az, mondjuk, valószínű. Igazad van, ilyen lehetőséget nem hagyhatunk ki. Az a fickó sosem tetszett nekem. Hogy őszinte legyek, egyikük sem. A szemük sem áll jól. Hallgassunk bele abba a beszélgetésbe!

Halkan lopakodni kezdtünk az iroda csukott ajtaja felé.

– *Darxley ügynök bevetésen van* – súgtam oda neki, látva, ahogy macskaszerűen oson, mint egy valódi nyomozónő.

– *Rob Flow viszont szökésben van. Jelenleg szökött fegyencnek számítasz, úgyhogy ne magyarázz!* – vigyorgott. – *Le leszel tartóztatva.*

– Nem! – hallottuk már közelebb érve az ajtón átszűrődő beszélgetést. – Nem azt mondom.... Szerintem sem... Ó, valóban? Úgy gondolja? Igen, uram... értem, uram.

– *Ez egyedül van bent* – mondta Nola. – Tényleg t*elefonon beszél valakivel. És nem a rendőrséggel.*

– *Ilyen későn kinek telefonálgat? Biztos nemzetbiztonsági ügy! Tudod, olyankor még az elnököt is fel szabad ébreszteni.*

– *Ja, épp vele dumál. Új altatótablettát ajánl neki, mert a régi nem hat rendesen.*

– *Úgy pláne nem fog, ha szándékosan felébreszti!*

– *Jó trükk!* – mosolygott Nola. – *Marketing! Gyógyszergyári összeesküvés. Valójában így adják el az altatókat! Minden pszichiáter egész éjjel telefonálgat, hogy senki se tudjon aludni. Zseniális! De mégis... hogyan jöttél rá?*

– *Van itt gógyi* – mutattam a fejemre. Sajnos úgy tűnt, ez már szállóige lesz nálunk.

– Mondom, hogy szarvas! – hallatszott odabentről. Erre egyből egymásra néztünk. Ez épp Ronny-ról beszél? – Igen, mester, a fiú valóban át tud változni! Egyik pillanatban még ember, a következőben meg már egy szarvas áll a rohadt cellában! Láttam, csessze meg! ... Bocsánat, mester. Nem úgy értettem.

„Hoppá!" – kiáltottam fel magamban. „Először is, tudtam én, hogy titokban te is *cellának* nevezed, te kis féreg! De egyébként mi a pokolról beszél ez? Ennek teljesen elment az esze? Kit mesterez? A karateedzőjét?"

– Mondom, hogy szarvas! – ismételte Edinborough odabent a telefonban. – Agancsai vannak. Megmutattam annak a senkiházi Flow-nak is – ekkor ismét egymásra néztünk Nolával –, de a fickó állítólag nem annak látta a fiút! Hogy rohadna meg az a Flow! A pasas egy megrögzött hazudozó. Én is hazudtam hát neki... De most nem ez a lényeg! Neki is látnia kellett. Egy istenverte szarvast már csak felismerek! ... Tessék? Ja, a diagnózis? „Irányérzékelési probléma" vagy mi a fene! Állítólag a fiúnak nincs más baja. Az első kórházban, ahol nyolcévesen volt, ezt állapították meg. Komoly nehézségei vannak a tájékozódással. Ezenkívül szerintük semmilyen más betegsége nincs. Bár az apját azért csak kinyírta valahogy az őrült állatja! Gondolom, apuci megmutatta neki, merre van észak, a kisfiút pedig ez frusztrálni kezdte! Hehe! ... Mi? Mondom: szarvas! Nem őz! Ön szerint nem ismerek fel egyet?! A szarvasnak nagyobb az agancsa!

– *Ez a fickó nem normális* – súgtam Nolának.

– *Én sosem gondoltam, hogy az lenne. Tudod, mit? Eleget hallottunk. Úgyis hívtuk volna a rendőrséget. Most már viszont tényleg hívjuk! Nekem elegem van ebből a helyből. Jöjjenek csak ki, és tegyenek rendet! Többféle értelemben is. Ideje kikérdezni ezt az alakot is!* – Nola már távolodott is el az ajtótól, és elindult.

– *Igazad van! Menjünk!*

„Vajon miről hazudhatott nekem?" – töprengtem el egy pillanatra. „Mi mindenben vezetett félre?"

– Hé!! – jött az éles, sikolyszerű kiáltás mögülem.

– Mi a...?! – fordultam meg pánikszerűen. Egy pillanatra felvillant előttem a lehetőség, hogy Ronny mögénk lopakodott, és ahogy Nola elindult, már el is kapta.

Majdnem ez történt, de nem ő volt az!

Dr. Atkins állt mögöttünk. Megragadta a lányt, és hátracsavarta a karját.

– Eng... – „edd el, te szemét!", akartam mondani, de már nem volt rá lehetőségem. A nagydarab férfi bal kezével a lány karját szorította, a jobb kezében pedig tartott valamit. Valami hosszút. De túl későn vettem észre!

Felém lendített vele, és akkor minden elsötétült.

Tizedik fejezet: Senki vagy, semmid nincs

– Ébredj! Ébredj már, te szerencsétlen!

– M-m-mi? T...essék?

– Ébredj, te mihaszna! Nyöszörögsz itt nekem, mint egy haldokló! Nem bírom már hallgatni! Térj magadhoz, mert esküszöm, leöntelek valamivel!

– Elaludtam? Hol vagyok? Hány óra van? – kérdeztem teljesen összezavarodva.

– Ugyanott vagy, te rakás szerencsétlenség! Jó reggelt, hogy szakadnál meg!

– Miért maga ébreszt? – Az idősebbik nővér volt az, Agatha, az asszonyság, aki már kezdettől fogva gyűlölködve nézett rám. – Hol van Nola? Mit csináltak vele?

– Mit csináltunk volna, te majom? Semmit. Hazament a kis liba, aztán alszik. Mi mást tenne? Lejárt a műszakja! Már így is kettőt tolt végig egyhuzamban. Most én vagyok itt egymagam. Nem is örülsz? Engem nem szeretsz úgy, mint azt a kényes kis hercegnőt?

– Hogyhogy otthon van? – Elengedtem a sértéseit a fülem mellett, mert jelen pillanatban marhára nem érdekeltek. – Szabadon engedték? Atkins hazavitte?

– Atkins? Mi a fenéről beszélsz? Az a dagadék már tegnap délután hazament. Biztos otthon zabál. Az ugyan nem vitte. Egyedül ment haza a kis szerelmed. Nincs semmi baja. Nem kell sírnod utána. Tán csak nem vele álmodtál? Vele álmodtál mi, te gazember? Perverz egy disznó vagy, én mondom! Mit művelél vele álmodban?! El ne mondd! Hallani sem akarom! Ez csak írói kérdés volt!

– Költői, maga ostoba! Halkítsa már le magát! A fejem szétszakad ettől a zsivajtól, amit művel! Azt mondja, Nola jól van?

– Jól hát. Otthon fetreng. Biztos valamelyik szeretőjével. El tudom képzelni.

– Ő nem olyan!

– És te sem. Na persze! Dehogynem! Egy semmirekellő vagy.

– Miről beszél maga? És mondja, miért utál engem egyáltalán? Mit tettem én maga ellen valaha is?

– *Ellenem*?! Semmit. Na azt adná csak neked az Úristen! Úgy golyón vernélek egy seprűnyéllel, hogy az űrben repülnél az örökkévalóságig! Nem tettél te semmit se énellenem, fiacskám, te csak egy nulla vagy. Egy semmirekellő. Utálom a fajtádat! Még hogy író? Ugyan már! Ki hallott olyan munkáról?! Miféle férfi az, aki firkálással tölti az idejét? Vagy azzal, hogy az írógépét nyomkodja, mint egy titkárnő? Miféle férfi vagy te? Hisz még valódi állásod sincs! Csak hülyíted a népeket! Talán még meg is ölöd őket, amilyen őrült egy állat vagy!

– Nem öltem meg senkit! És nincs joga így beszélni velem! – ugrottam fel dühösen az ágyból, mint akit kirúgtak onnan. Odamentem az ablakhoz, mintha borzasztó fontos lenne, hogy épp most kinézzek rajta. Csomagot várok, és mindjárt érkezik a postás! A rák ellenszerét hozza, úgyhogy örülnék, ha most nem tartanának fel! Na persze... Valójában nem mintha túl sok látnivaló lenne a szűk résen keresztül: csak az eget látni, semmi mást. De itt még mindig jobb volt, mint ott a hülyeségét tovább hallgatni. Most mégis mit kéne csinálnom vele? Verjem pofán?

Na, az most tényleg jólesne! De nem biztos, hogy jót tenne az ügyemnek, ha megtámadnék egy nővért. Nyugtatólövedék és társai ugyebár...

Lehet, hogy valójában nincs is biztonsági őrök hada odaát az állítólagos bankban, de akkor is. Ha más nem, akkor az orvos nyugtatózna le! Utána pedig egy életen át itt maradnék... csak onnantól már odalent egy cellában, mert közveszélyesnek nyilvánítanának!

Hogy dögölne meg ez a vénasszony!

Ahogy ezt kimondtam magamban, kicsit máris megkönnyebbültem. A nő közben visszament a nővérpulthoz. Szerencsére *ennél* nem akart többet. Csak felébreszteni.

De hát hogyhogy aludtam? Mióta vagyok megint itt?

És hová lett Nola? Nem hiszem el, hogy csak úgy hazament azok után! Nem úgy tűnt, hogy Atkins egyhamar el akarja ereszteni.

De hülye vagyok! Hiszen az meg sem történt! Az egész csak álom volt!

Szerintem annyi történt csupán, hogy Nola itt aludt velem, azaz a másik ágyon. Átaludtuk az éjszakét, és ő végül hazament. Ennyi! Én meg már itt halálra rémülök.

Ez az egész csak egy rémálom volt! Tudtam én, hogy az! Éreztem.

Még hogy Ronny kiszökött a bezárt fémajtón keresztül! Persze! Biztos kirobbantotta! Aztán meg Edinborough azt meséli a telefonban, hogy szarvasnak látja, mi? Az őrült pszichiáter sztori! Ugyan már, legfeljebb egy horrorfilmben! Ilyesmi nem létezik.

Ez megint csak egy rohadt álom volt! Csak most az ébresztés nem olyan kellemesen történt utána. Ennyi.

Egy idegbajos író vagyok, semmi több. A nőnek van igaza. Egy senki vagyok! És semmim sincs.

Ez velem a baja mellesleg. Tényleg nem ártottam hát neki. Vannak ilyen régivágású nők. Férfiak között is van olyan, aki úgy gondolja, egy nőnek a konyhában a helye.

Az ilyen nők szerint pedig a férfiaknak a mezőn van a helyük, dárdával a kezükben, hogy mamutokra vadásszanak.

Vannak ilyenek. Ez, mondjuk, meg sem lep. Odakint is találkoztam már maradi emberekkel.

Először is ostobaság, ahogy a nő gondolkodik! Ha a férfiak nem végeznének szellemi munkát, lehet, hogy például űrutazás sem lenne. Lehet, hogy akkor Einstein is csak tetőfedő lett volna. Egy dilis, kócos hajú tetőfedő, aki nem visel zoknit.

Másodszor, ha kőműves lennék, akkor meg lehet, hogy azért szidna, hogy primitív vagyok és műveletlen. Van, akinek semmi sem jó. Valószínűleg a saját életével nem elégedett. Ezért okol másokat. Ez már tényleg nem az én hibám.

Viszont ezek a rémálmok tényleg őrjítőek. Teljesen hülyét csinálok magamból miattuk!

Nem igaz hát, hogy egy senki vagyok!

Bár... most, hogy Nola elment, kicsit úgy érzem, hogy semmim nincs. Ez viszont sajnos stimmel.

Közben pedig borzasztóan viszket a kezem! Ilyenkor, amikor egy seb gyógyul, kibírhatatlan tud lenni! Odakaptam, hogy megvakarjam, aztán eszembe jutott, hogy nem szabad. Csak letépném a kötést.

Hol a kötés?!

Máris letéptem volna? Nem. Most nem értem hozzá. Még csak meg sem vakartam. Azért is viszket még mindig.

A kötés viszont sehol. Pedig tegnap lefekvéskor a kezemen volt!

Szétnéztem magam körül a földön és végig a fal mentén, az ablak alatti részen, ahol pár perce álltam, de sehol sem volt.

Nem most esett le.

Akkor az ágyban lesz!

Visszamentem, és elkezdtem keresni az ágynemű között.

– Szét ne dúld nekem! – kiabált rám Agatha. – Mit fötörsz ott, mint egy idegbajos rendőrkutya, amelyik szagot fogott? Most szólok, hogy ha eltéped a lepedőt, nem kapsz helyette újat, az biztos! Alhatsz a szakadt rongyokon! Ne akard, hogy odamenjek!

– Csak megigazítom! – kiabáltam vissza neki.

Kicsit visszavettem a tempóból, hogy ne lássa, mit csinálok. Látszólag csak igazgattam az ágyneműt. Közben pedig alaposan átnéztem minden egyes redőt és gyűrődést.

A kötés nem volt sehol! Odamentem a nőhöz:

– Hová lett a kötés a kezemről?

„Na erre feleljen ez a vénasszony, ha olyan marha okos!"

– Milyen kötés?

– Tegnap kötés volt a kezemen, amikor elaludtam, most meg nincs!

– Mit tudom én! A kis szerelmed biztos leszedte reggel, mielőtt elment.

– Ja, értem. Persze. Sajnálom...

Legyőzötten visszakullogtam az ágyamhoz. Talán igaza van. Nola egyszerűen csak levette. Nem tűnt hát el.

„Várjunk csak!" – torpantam meg.

Nem szedhette le! Az első kötést pár órával a sérülés után, este kicserélte. Az már egy másik volt! Azt mondta: habár nem széles a seb, de elég mély. Elfertőződhet. Néhány napig muszáj lesz kötést hordanom rajta.

Tehát nem vette volna le! És nem hagyott volna így itt kötés nélkül. Ő nem ilyen hanyag! Agatha hazudik! Nola nem otthon van! Akkor hol lehet most?

Rájöttem, mi fogja eldönteni ezt a kérdést!

– Idehallgasson – mentem vissza Agathához. – Valamit mindenképpen tudnom kell! – Milyen állapotban van most odalent Ronny cellája? Hol van a fiú?

– Mi közöd neked ahhoz, te majom? Tán abba is szerelmes vagy? Mit akarnál művelni vele, mi? El ne mondd! Hallani sem akarom!

– Kérem, legalább annyit mondjon már meg, hogy ott van Ronny a helyén a cellában vagy nincs?!

– Mit tudom én! Én sosem járok le oda. Azt sem tudom, hányan vannak a föld alatti részlegen.

– Akkor vigyen le! Látni akarom! Tegnap kiszakadt az ajtó a falból. Ha csak álmodtam, akkor a helyén lesz. Akkor Ronny is a helyén lesz. Ha viszont nincs ott az ajtó, akkor mondja meg, hogy mit csináltak Nolával! Tudni akarom!

– Szépen mássz vissza az ágyba, nyúlbéla! Nem mondom még egyszer! Esküszöm, alád verek valamivel!

„Ez a nő egyszerűen nem vesz engem komolyan! Most mit csináljak?!"

Pedig logikus, amit mondok neki. Nem mondhatja, hogy őrültség. Bár, talán tényleg túlzás kicsit, amit kérek tőle. Miért is kísérne le oda? Csak azért, mert rémálmom volt?

– Akkor kérjen meg valakit, akár valamelyik orvost, hogy menjen le, és a mobiljával videózza le, hogy ott van-e az ajtó a helyén vagy sem! Esküszöm, el fogom hinni, hogy a felvétel valódi, és nincs manipulálva! Csak tegye már meg a kedvemért! Legalább ennyit. Meddig tart? Ki sem kell lépnem innen hozzá! Nem kell kiengednie.

– Egy nagy francokat fogok én itt mindenkit riasztani, csak mert te fingottál egyet álmodban! Feküdj vissza, mert komolyan végigverek rajtad seprűnyéllel! De minek fenyegetőzöm csak én itt? Már hozom is! – Valóban el is indult a kis takarítószertárba. Úgy látszott, tényleg meg akarja tenni.

Másodperceim voltak csak hátra ahhoz, hogy meghozzam életem legjobb vagy legrosszabb döntését. Ha ez a nő idehoz egy seprűt, és verni kezd vele, én esküszöm, hogy visszaadom neki! Elveszem tőle, és akkor megkapja, ami jár! Ebből nagy baj lesz. Akkor sosem engednek ki, ha megtámadom! De hisz nincs más választásom! Így viszont ő támad meg. Utólag úgyis azt mondja majd, hogy én kezdtem, nem? Mindenképp ugyanoda lyukadunk hát ki a végén!

Akkor viszont legyen már valami haszna is!

Most döntöttem el: valóban meg fogom támadni. De nem úgy, ahogy ő szeretné, hogy ellenem használhassa. Annál sokkal rosszabb lesz! Rettegni fog. Úgy, mint még életében soha!

Nola szavai jutottak eszembe:

„Ugyan! Te nagyon udvarias vagy. Néha kicsit túlzottan is. Mondták már neked?"

Valóban igaza lenne? Ilyen vagyok? Túlzottan is tapintatos lennék, hogy nehogy megbántsak másokat?

Ezért nem vesz ez az asszony sem komolyan? Még annyira sem, hogy legalább levideóztassa, hogy milyen állapotok vannak odalent? Még annyira sem, hogy ne verjen el seprűvel, mint egy rossz gyereket vagy inkább, mint *egy kutyát*?

Lehet, hogy én tényleg nem fogom tudni kezelni ezt a helyzetet. Egyszerűen idehoz egy seprűt, jól elver vele, aztán majd rám fogja, hogy megtámadtam. És akkor egy életen át itt tartanak! Ezt nem hagyhatom! Az egész hátralévő életem múlhat rajta! A jövőm!

De akkor mi legyen?

Rájöttem, hogy végül is állítólag őrült gyilkos vagyok vagy mi. Ha nem emlékszem a gyilkosságaimra, akkor pedig még akár skizofrén is!

Mit tesz egy skizofrén? Mit csinálna, ha képtelen lenne kezelni egy adott helyzetet? Hisz nem *pont erről* szól az a betegség? Olyankor kreálnak maguknak egy másik személyiséget, aki viszont már elég rátermett, és képes átgázolni bármin és bárkin, hogy elérje a célját. Olyankor teremtik maguknak azokat a szociopata személyiségeket – az ő esetükben inkább pszichopatákat –, akiknek semmi sem szent. Egy olyan személyiség, aki nem ismer határokat, aki semmitől sem fél, mert nincsenek gátlásai.

Teremtek hát én is egyet! Majd pont nekem fog nehezemre esni?!

A nő közben már majdnem ott volt a szertár ajtajánál. Épp nyúlt volna a kilincsért.

Nekem fog nehezemre esni, hogy előálljak egy pszichopata énnel, pont egy írónak, aki napi szinten ír róluk regényeket? Nehogy már! Csak merítenem kell az egyik gyilkosom karakteréből. Csak színészkednem kell egy kicsit. Ettől még nem leszek rossz ember. Ráijesztek, de úgy, hogy bokán piszkítja magát! Kit is kéne előhívni? Na, kit is?

A Szobrászt?

Nem! Az túl finomkodó volt. Még jobban is, mint én!

Akkor a Kutyás Gyilkos lesz az!

Az, ha begurult, féktelen káromkodásba kezdett. Olyan ocsmányságokat mondott, hogy sokszor el sem kellett mennie a tettlegességig, már az is elég volt, ha csak kilátásba helyezte!

– Hé, te! – kiabáltam Agatha után, mielőtt még megfogta volna a kilincset. – Hallod-e, te vén szaros?!

– Tessék? Jól hallok? – kérdezte. Már fordult is vissza.

– Kinyírlak, baszd meg! Ezzel az ujjammal tolom ki a szemed, te köcsög! – mutattam a hüvelykujjamat. – Utána pedig bedugom a farkam a lyukon! Agyonkúrlak, de szó szerint! Na, gyere csak ide!

A nő megdermedt egy pillanatra. Ilyesmikre egyáltalán nem számított. Még életében nem beszéltek így vele, ez egyértelműen látszott. Lehet, hogy eltúloztam? Túl messzire mentem volna? Remélem, nem kap szívrohamot a szerencsétlen!

– Mit merészelsz? – kérdezte. Bár a hangja most már nem volt olyan határozott és számon kérő, mint reggel, amikor felébresztett.

– Hogy én? – Közben egyre közelebb mentem hozzá. – Én mindent merek! Mert a szexisten vagyok! És most büntethetnékem van, te zsák szar! Veled fogom kezdeni! Mondd csak, vannak gyerekeid is?

– Mi? Hogy meri...? – váltott most valamiért magázásra.

– Ha vannak, akkor meg fogom zabálni a hullájukat! Aztán kitömöm őket! Értek hozzá, van itt szakértelem – mutattam majdnem ugyanúgy a homlokomra, mint ahogy Ronny szokott. – Jók lesznek a gyerekeid dugni való szexbábunak az ágyba!

– Kérem... ne jöjjön közelebb – mondta a nő. Most már valódi félelmet láttam a szemében.

Egyre jobban sajnáltam. Utáltam ezt a szituációt. Gondoltam, hogy nem fogom örömömet látni ebben, de most mit csináljak? Hagyjam, hogy kihozza onnan azt a seprűt, és esetleg elseperje vele az egész életem?

– De igen – röhögtem rá. – Odamegyek! Úgyhogy meg ne moccanj, mert kitépem a nyaki ütőered a metszőfogammal, és elrágom, mint a köldökzsinórt! A saját gyerekemét is így rágtam el! – Csattogtatni kezdtem a fogaimat. Mutattam, hogyan fogom csinálni az ő nyakával ugyanazt.

Az asszonyon elemi rettegést láttam. Szerintem el akart futni, de akkor már késő volt. Túl közel voltam hozzá, és a biztonsági ajtó kóddal nyílik. Ideje sem lett volna beütni, hogy kinyissa.

„Gondoltak volna rá korábban" – röhögtem magamban ezúttal őszinte kárörömmel. „Miért rúgták ki az összes biztonsági őrt? Tényleg *soha* nem számítottak valami ilyen szituációra?"

Odaléptem hozzá, megragadtam a ruhájánál fogva, és visszalöktem a nővérpult felé.

– Helyedre, vén szar! Vagy a Sátánra mondom, hogy felkoncollak! A véredet fogom inni hetekig! Amíg ki nem száradsz! Belőled is bábu lesz! Szárazan tartósabbak! Kevés víz, kevesebb rothadás! – mutattam a fejemre. – Mondom én, hogy értek hozzá! Na, menjetek innen! – csapkodtam magam köré, mintha legyeket hessegetnék. Vagy lehet, hogy ez már túlzás volt?

– Vigyázzon! – hajolt el a nő. – A végén még eltalál, és megüt, vagy valami! Tudtam én, hogy nem normális! Maga tényleg tiszta őrült!

– Majd megmutatom én, hogy mennyire! Akarod tudni? Tényleg akarod?! Gyere, csókolj meg, és keféljünk egyet itt a padlón! – Megragadtam, és a vállainál fogva rázni kezdtem. – Szeress már, anyaaa! Anya, nem ismersz meg? Én vagyok! A bábos! A szobrász!

Ekkor a nő sírva fakadt. Azt hiszem, ez egy kicsit már sok volt neki a jóból. Lehet, hogy a férje is ilyen erőszakos otthon? Ha talán nem is egy szexuális ragadozó szobrász, de azért lehet, hogy a nőnek ma pont *nem* erre a bánásmódra lett volna szüksége? Ki tudja? Nekem akkor is ki kell jutnom innen, sajnálom!

– Kérem, eresszen el, uram! Ön beteg! Ne bántson!

– Szeress, anya! Vetkőzz már! Add a hangot, amit ilyenkor szoktál! Tudod, amit szeretek! És közben verlek majd! Hajolj előre! Miért nem engedelmeskedsz? Mi bajod van?

– Uram, térjen már magához! Mr. Flow, hall engem? Szedje össze magát, mert hívom a biztonságiakat!

– Itt nincsenek őrök, anya, hisz te is tudod. Ketten vagyunk csak. Szeress! Most! Amíg apa nem látja!

– Kérem, megteszek bármit, csak ne bántson!

– Mi a kód az ajtóhoz? Halljuk! Én most szépen kisétálok innen, anya, és viszem a bábokat is!

– Nem mondhatom meg a kódot!

– Akkor egész nap itt foglak kefélni a padlón, amíg a rendőrök le nem szednek rólad!

– 20-56! Ez a kód! Csak eresszen el! Nekem nem ér meg ennyit ez a rohadt fizetés. Na gyerünk, engedjen!

Ahogy rángattam, a nő egyre inkább összeomlott. Mármint lelkileg. Szegény ezt nem fogja egyhamar elfelejteni. De akkor én mit szóljak? Három hónapja vagyok már itt, és azt sem tudom, miért?!

– Biztos, hogy 20-56? Anya, ugye nekem nem hazudnál? Tudod, mi mindenre vagyok képes *én* azzal a seprűnyéllel? El tudod képzelni? Gyereket csinálok vele neked! Kisöcsém lesz, csak fából!

– 20-57! 20-57! Tényleg ennyi! Az előbb véletlenül mondtam rosszat! Próbálja csak ki! Csak menjen már, és kérem, hagyjon békén!

– Akkor meg ülj vissza a székedre, és ott maradj! Vissza fogok jönni, és ha azt látom, hogy felálltál onnan, hozom a seprűt! Akkor én hozom! De akkor fababák fognak születni ezrével! A seprű gyerekei! A fekete fák gyermekei! – Ezt az utolsót, nem tudom, miért tettem hozzá, de elég ijesztően hangzott.

– Leülök, csak menjen már el! – A nőnek potyogtak a könnyei.

Odarohantam az ajtóhoz, és beütöttem először a 20-56-ot, sosem lehet tudni!

Nem nyílt ki.

Most a 20-57-et.

Berregett egyet, majd kinyílt.

– Maradj ott! És akkor nem lesz baj!

Nem tudom, komolyan vett-e. Vagy hogy elhitte-e, de egyelőre ülve maradt.

Te jó ég! Sikerült volna? Tényleg csak ennyi volt? Kijutottam?

Talán igen! De vajon meddig? Lehet, hogy lejutok pár emeletet, de előbb-utóbb el fognak kapni, még akkor is, ha itt nincsenek biztonságiak.

Kit érdekel? Kapjanak el! Akkor is tudnom kell, hogy mi az igazság!

Máris rohantam a lépcsőhöz, és megiramodtam lefelé. Annyira siettem, hogy kis híján elestem, és legurultam rajta, de aztán az utolsó pillanatban megfogódzkodtam a korlátban.

Elkezdtem most megfontoltabban, de nagy iramban futni lefelé a lépcsőn.

„Ha ott van az ajtó, álmodtam, ha nincs ajtó, rábasztam! Ha ott van ajtó, álmodtam..." – daráltam magamban kényszeresen, megállás nélkül újra és újra. Azt hiszem, a Kutyás Gyilkos mondogatott a könyvben ilyen beteges, trágár mondókákat.

Szinte ritmusra mondtam, ahogy szeltem a lépcsőket. Így talán könnyebb volt ügyelni rá, hogy rohanás közben ne essek el, mert csak erre a pár szóra kellett figyelnem, és nem arra a rengeteg kérdésre, ami a fejemben kavargott.

Már két emelettel lejjebb jártam.

„Ha ott van az ajtó, álmodtam..."

Már a földszinten jártam.

„Ha ott van az ajtó, álmodtam..."

És végül leértem a föld alá, a „-1F" szintre, ahol a cellák vannak. A kiírás szerint volt még alattunk egy „-2F" nevű szint is. Az lehetett a pince.

Szerencsére az idevezető úton senkivel sem találkoztam. Ha a nő időközben hívta is a rendőrséget, már akkor sem fognak tudni megállítani ennyi idő alatt, amíg a cellákhoz érek! Végre megtudom a valóságot! Legalább erről *az egy* dologról!

„Ha ott van az ajtó, álmodtam..."

Mindjárt meglátom, mindjárt meglátom!

Tizenegyedik fejezet: Jártál-e a pokolban?

„Jártál-e a pokolban, melyet úgy nevezek: életem?" – jutott eszembe a sor, amikor megláttam az ajtót.

A cellaajtót, ami a helyén volt: teljesen sértetlenül.

Úristen!

Minden hiábavaló volt! De hát akkor semmi sem történt! Nola jól van, otthon pihen, én pedig ok nélkül megtámadtam valakit! Nekem végem van! Végem van!

Az ajtó a helyén volt egyetlen karcolás nélkül.

Ennyi idő alatt nem falazhatták vissza! Az képtelenség! Ráadásul vissza is betonozták, és kifestettek körülötte? Egyetlen éjszaka alatt? És még meg is száradt, mi?

Nem, kispajtás, ez sajnos itt a szomorú valóság! Ez most kivételesen az.

Odamentem az ajtóhoz, és benéztem. Pedig már tudtam, mit fogok látni Ronny cellájában.

Ki mást? Hát Ronny-t! Ott feküdt a földön a gumiszobában, és édesdeden aludt. Biztos a nyugtatóktól... szerencsétlen.

Ezt az egész baromságot csak álmodtam vele! Ő csak egy szegény, beteg fiú, nem pedig valami parafenomén! Sőt, nemcsak Ronny, de én is beteg vagyok!

Most jutott csak eszembe, hogy miket mondtam a nőnek két perccel ezelőtt.

Vajon mennyire biztos, hogy azok a Kutyás Gyilkos szavai voltak? Csak azért vettem elő ezt a stílust, mert regényt írtam róla? Egy sikeres, kiváló regényt, amit minden olvasó izgalmasnak és lebilincselőnek titulált?

Vagy... lehet, hogy ezek a thrillersztorik igazából *emlékek*? Hány regényt írtam én egyáltalán? És miről?

146

Lehet, hogy *egész más* dolgokról? Írtam én valaha is kutyás gyilkosról? Biztos, hogy ez az ő stílusa volt az előbb? Vagy inkább az *én* másik énem? Ami csak egy a sok közül!

Ez lenne az az én, amelyik ide juttatott? Nem lehet, hogy a nőre nem is manipulációból támadtam úgy rá, hanem valójában egyszerűen csak dühös lettem, mert reggel kiabált velem, és megalázónak éreztem a szavait? Ki is gurul be annyira, amikor úgy érzi, hogy igazságtalanul bánnak vele?

A Kutyás Gyilkos! Hiszen épp ezért vettem elő a karakterét a tarsolyomból! És mi van akkor, ha igazából én vagyok a Kutyás Gyilkos? Mindvégig én voltam! Mi van, ha a többi is én vagyok? Az *összes* én vagyok!

Térdre estem, és először csak sírni, majd kontrollálhatatlanul zokogni kezdtem. Azt hiszem, rátapintottam az igazságra. Hacsak egy pillanatra is, de végül csak sikerült.

– Mindegyik te vagy! – ordítottam. – Mindegyik-gyik-gyik-gyik-gyik-gyik!

A szavak úgy visszhangzottak a folyosón, mintha többször is kimondtam volna.

Többször.... olyan sokszor, ahány személyiségem valójában van.

Ugyanaz a szótöredék zengve pattogott oda-vissza a fehérre meszelt, jellegtelen falak között.

„Pokoli alagút, mély kút, kiáltástól zengnek kamrái."

– Mindegyik-gyik-gyik-gyik-gyik!

Percekig zokogtam még a padlón, majd feltápászkodtam, és elindultam a lépcső felé.

Nem tudom, ideért-e már a rendőrség, de Agatha mostanra biztos kihívta őket. Ha idelent találnak meg, talán még le is lőnek.

Akármilyen őrült és gonosz vagyok, meghalni akkor sem akarok. Visszamegyek hát önként. Mint ahogy tegnap már álmomban is akartam. „Azt majd biztos enyhítő körülménynek veszik!" – mondtam tegnap naivan. Ja persze! Ezek után?!

Van, amire már nincs mentség.

Nyugodt, határozott tempóban visszasétáltam ez emeletre. A vesztesek nyugalmával. Magányosan.

„Egyedül járja útját az, aki nem követ s nem bánt senkit."

Talán egyedül vagyok, de ártalmatlan biztos nem! Egy rohadt sorozatgyilkos vagyok vagy hatvanféle különböző személyiséggel! Szerintem azok nem regények, hanem az én személyiségeim, melyek már egymástól elszakadva saját életet élnek. Ők meghasadt tudatom darabjai. Olyan éles darabjai, hogy mindegyikük még egyenként is életveszélyes lenne. Én pedig *mindegyikük* vagyok egyszemélyben! Egy szörny! Tehát mégiscsak léteznek olyanok. És még képes voltam kinevetni érte Edinborough-t! Hogy ne tudhatná, hogy léteznek-e szörnyek? Hiszen ő az orvos, ő diagnosztizálja őket!

Én most már így gondolom. Egyszer talán majd kiderül, hogy valójában milyen regényeket írtam. De hogy nem ezeket, abban szinte teljesen biztos vagyok. Még az is lehet, hogy író sem vagyok. Ez is csak egy személyiség! Egy álca. A titkos hatvanegyedik! Lehet, hogy megöltem valakit hozzá, hogy írónak adhassam ki magam. Miféle név az, hogy Robag Flow? Vagy valami európai bevándorlótól loptam, vagy csak én találtam ki. Végül is mindegy. Már semmi sem számít. Az én jövőm innentől kilátástalan.

Felértem a második emeletre, és odaléptem a biztonsági ajtóhoz.

Még mindig tárva-nyitva állt.

Meglepetten léptem be rajta. Bár talán a rendőrök hagyták így.

Biztos bent vannak már. Miért ne lennének? Ennyi idő alatt? Vagy tíz percig zokogtam odalent!

De nem volt senki a folyosó leválasztott, zárt osztálynak kialakított részén. Csak Agatha ült a nővérpult mögött. Ugyanúgy, ugyanabban a pózban.

Létezik, hogy azóta meg sem mozdult? Ennyire megijedt volna?

Hát, nem csodálom!

Talán jobb, hogy én nem láttam magam olyan arckifejezésekkel. Nem irigylem érte, hogy neki látnia kellett. Talán okkal van ilyen bénult állapotban: a rettegéstől.

– Kérem, ne haragudjon – mondtam neki. – Egy senki vagyok. Magának volt igaza. Egy félőrült hülye vagyok. Lementem, és nem találtam ott semmi olyasmit, amire számítottam. Csupán rémálom volt az egész. Már megint! Szerintem egyszerűen beleőrültem az álmaimba. De tudom, hogy ez nem mentség. Biztos nem azoktól lettem ilyen. Sajnálom. Elhiszi, hogy így van? Vagy hogy én igazából nem akarnék ám rosszat?

– Mr. Flow? Maga az? Újra magánál van?

– Igen, megint én vagyok – hagytam rá. És azt hiszem, tényleg komolyan is gondoltam. Nem tudom, mi hozta ki belőlem azt a másik személyiséget. De a lényeg, hogy már megint önmagam vagyok. Vagy legalábbis ez az állítólagos írói énem (ami persze lehet, hogy szintén kamu) legalább nem veszélyes senkire nézve, maximum csak a közízlésre.

– Ó, hála az Istennek!

Kiderült, hogy a nő valójában nincs ledermedve, közel sem volt! Azonnal felugrott, és kirúgta maga alól a széket. Hátrált néhány lépést.

– Örülök, hogy magánál van! – kiabálta nekem. Annyira azért nem voltam messze tőle, hogy ez a hangerő indokolt lett volna. Talán azt gondolta, hogy az őrültek még süketek is, vagy ilyesmi. – Menjen vissza az ágyába! De azonnal!

– Megyek, megyek, csak ne kiabáljon... – hajtottam le a fejem.

Jó nagy ívben kikerültem, hogy nehogy ismét megijesszem, és szépen visszasomfordáltam a helyemre, mint egy kutya.

– Feküdjön csak le szépen! – Jó, hogy még mindig nem tegezett. Ha azt tette volna, tényleg úgy hangzott volna, mintha egy kutyához beszélne.

Mindenesetre lefeküdtem. Ahogy leraktam a fejem a párnára, láttam a szemem sarkából, hogy a nő futásnak ered.

Nem hittem volna, hogy képes rá. Eléggé túlsúlyos is volt és koros is. A félelem által ezek szerint csodákra képes az ember. Úgy futott, mint egy atléta. Na jó, *majdnem.*

Kirohant a kitárt, ütésálló műanyag ajtón, és bevágta maga után.

Többször erősen megrázta, hogy valóban bezáródott-e.

Igen, sikerült neki becsukni. Hurrá.

Azt hittem, egyből lerohan a lépcsőn, hogy segítséget hívjon, de nem tette.

Csak állt ott, és engem vizslatott.

Miért nem hív már segítséget? Ja tényleg: mert nincs! Azaz férfiápolók biztos nincsenek.

Micsoda borzasztó egy munkahely ez?! Hogyhogy Nola még itt van? Miért nem vált állást?

De jó, hogy nem őt rémisztettem halálra az előbb!

Tényleg: *ő hol lehet* most?

Vajon hol?! Otthon alszik, te idióta! Mint ahogy minden normális ember tenné... aki nem olyan állat, mint te!

Agatha még mindig engem bámult a biztonságot jelentő zárt ajtó mögül.

Mit akar ez tőlem? Mit csináljak? Valami produkcióra vár? Vagy rossz pózban fekszem? Így csak ártok a gerincemnek? A végén még gerincferdülést kapok, vagy mi? Na, az lenne csak a borzasztó! Annál csak a lúdtalp szörnyűbb!

– Húzzon már el! – kiabáltam oda neki. – Hívja Edinborough-t!

Nem mozdult. Mi a fenére vár?

Nem tudom, de nem is érdekel!

Talán Ronny-nak van igaza! Produkció kell ezeknek! Műsor kell a népnek!

Fekvés közben feltartottam a kezeimet a magasba, és ugyanúgy széttártam az ujjaimat, ahogy a fiú szokta.

– Látja ezt? – kiabáltam. – Ezek itt agancsok! – Nem néztem rá, mert nem igazán érdekelt, hogy mit csinál. – Egy szarvas vagyok, aki napozni próbál! Megtenné, hogy nem állja el előlem a rohadt napot? Húzzon már onnan!

Odanéztem, és láttam, hogy elment. Ez végre hatott! Tudtam én, hogy Ronny-nak igaza van! Nem hülye gyerek ő. Van itt gógyi!

– Szarvas vagyok! – kiabáltam önfeledten. – Napozok! És szarok a világra!

*****

Körülbelül egy órával később bejött hozzám Edinborough. Nem volt túl jó kedvében. Biztos pornófilmnézés közben zavarta meg a nő, vagy ki tudja, épp mikor. Ahogy belépett, egyből nekem esett:

– Szerencséje van, Flow! Fogytán van gyógyszerek terén az ellátmányunk! Épp csak annyink van, hogy az odalentiek megkapják a napi adagjukat. Így ma még nem tudom elkezdeni magánál a szedálást, holnap viszont belevágunk! Remélem, most már magánál van, fiam, és felfogja, amit mondok! Ez nem álom, világos?! Ez itt a szomorú valóság. Ideje lenne felébredni! Szedje össze magát, amíg teheti. Nem lesz könnyű, ami magára vár. Holnaptól komoly gyógyszeres kezelést fog kapni. Méghozzá innentől kezdve egy odalenti szobában!

– Hurrá! – mondtam. Most mit mondjak? Örüljek neki, vagy mi?

Mellesleg nem ugyanezt mondta Julie-Margaret abban az álomban? „Nem lesz könnyű, ami magára vár...” és a többi.

„Ne kezdd!” – figyelmeztettem magam. Vagy a bennem élő Kutyás Gyilkost... ki tudja már, hogy ki a fenét. Elég az összeesküvéselméletekből! Az csak egy álom volt. Ez pedig most itt tényleg a valóság. Épp most mondta ez a... *seggfej*!

Attól még, hogy az orvosom, nem kell szeretnem, vagy igen?

„Valaki vár, valaki szeret,

Én senki vagyok, de vakon szeretek.

Nem várok, mert nincs mit, szeretek, de nincs kit.”

Talán csak egyedül Nolát. Egyedül őt várom. Este még talán láthatom utoljára, mielőtt engem is bezárnak odalent örökre.

– Sajnálom! – lépett oda hozzám Nola, amikor este bejött. Kicsit mintha még a szeme is könnyes lett volna, de nem vagyok biztos benne.

Nem tűnt hát el a lány. Persze, hogy nem! Mert az csak egy tetves álom volt, mi más?!

Felültem, hogy köszönjek neki, de valahogy képtelen voltam megszólalni. Könnyek kezdtek végiggördülni az arcomon. Egy arcon, ami habár csak egy negyvenegy éves férfié, de most kinézhet vagy ötvenötnek. Idebent, *ilyen* állapotban legalábbis biztosan.

Nem szóltam semmit, csak felültem, és néztem magam elé.

Odalépett hozzám, és magához vonta a fejemet. Odafogta a mellkasához, és ott tartotta, mint egy kisfiúét. Hallottam, ahogy ver a szíve: „ta-tam-ta-tam-ta-tam"... Elég szaporán vert.

– Hallottam, mi történt. Sajnálom, hogy ennyire nem vagy jól, és hogy ennyire összezavarodtál a rémálmok miatt. De szerintem ne okold magad. Én tudom, hogy nem bántottad volna a nőt. Tudom, hogy csak engem akartál védeni. Én ismerlek. Te nem beszélnél úgy. Megértem, hogy csak rátettél egy lapáttal, hogy megijeszd. Azok nem a te szavaid.

– Mégis kimondtam őket. Persze, hogy nem az én szavaim. Mert őrült vagyok. Ennyi. Tudathasadásom van. Egy állat vagyok.

– Dehogy vagy! Ne viccelj már. Kikészítenek azok a rémálmok. Egyszerűen csak rá akartál ijeszteni, és kész. Őszinte legyek? Én olyan nagyon még csak nem is sajnálom, hogy végül sikerült ráhoznod a frászt. Ráfért már a vén dögre!

– Mi?! Hogy mondhatsz ilyet?

– Tudod, hányszor ki akart rúgatni engem ok nélkül? És én sosem beszéltem vele úgy, mint te. Pedig lehet, hogy kellett volna! Meglep, hogy neked volt hozzá merszed! Most komolyan csodálni kezdtelek érte!

– De hiszen te tényleg komolyan beszélsz – képedtem el.

– Komolyan hát. Tudod te, hogy milyen gonosz az a nő? Szerinted Edith miért olyan idegbajos? Mert Agatha a lelkét is kikínozza! Dögöljön meg a vén szatyor! Nehogy már most itt sajnálni kezdd nekem! Van, akire tényleg ráfér az ilyesmi. Nem mindenki jó ember csak azért, mert betegeket lát el. Az orvosok között is van ám egy rakás féreg, ne hidd, hogy nincs. Pusztuljon az összes! – mosolygott rám.

– Élő ember nem mondana ilyet – mosolyodtam el, majd kicsit megkönnyebbültebben letöröltem a könnyek egy részét az arcomról. Nola valamiért mindig képes megnyugtatni. Olyan hatással van rám, mint egy drog. Csak ő nem ártalmas.

– Élő ember nem mond ilyet? – kérdezett vissza. – Akkor én zombi vagyok! Na és? Kit érdekel? Te meg állítólag úgyis szarvas vagy, nem? Már te is. Akárcsak Ronny.

Csak vállat vontam. Nem akartam kommentálni a dolgot.

Megsimogatta a fejem. Nem tudom, hogy úgy, mint akit férfiként szeret, vagy úgy, mint egy dilis kisöccsnek, aki túlzottan óbégat, és csak le akarja nyugtatni... de mindenképp jólesett. Jó érzés volt. Azazhogy...

– Aúú! – kiáltottam fel.

– Mi a baj?

– Hssz! Ez fáj!

– Hol? Mutasd csak!

– Itt.

– Neked púp van a fejeden? Nem is vettem észre. Pedig elég nagy. Hol szerezted? Csak nem mégis Agatha csinálta azzal a seprűvel? Na, majd adok én neki!

– Nem tudom. Nem emlékszem.

– Rob, téged fejbe vertek! Itt van a nyoma is.

– Ó, te jó ég! Nola, mondd csak, hol voltál idáig?

– Otthon. Hol máshol?

– Biztos vagy benne? Mi történt azután, hogy tegnap elaludtunk itt?

– Semmi. Elaludtunk. Aztán reggel felébredtem. De nem itt, hanem már otthon. Biztos annyira fáradt voltam, hogy valahogy félálomban hazabotorkáltam, és lefeküdtem a saját kis ágyamba.

– Egy fenét!

– Tessék?

– Az ember ennyire azért nem kába a fáradtságtól, hogy mindent elfelejtsen! Nem voltál te részeg, bedrogozva meg pláne nem! Te nem a saját lábadon mentél innen haza! Biztos, hogy semmire nem emlékszel? A *világon* semmire?

Nola töprengett néhány másodpercig.

Néhány *őrjítően hosszú* másodpercig...

Majd végül megrázta a fejét:

– Nem. A *világon* semmire nem emlékszem.

– Akkor viszont el kell tűnnünk innen! Valahogy ki kell jutnunk! És visszük Ronny-t is!

– Mi van?

– Kérlek, bízz bennem! Azt mondod, se gonosz nem vagyok, se őrült. Akkor viszont bízz bennem! El kell mennünk! Minden igaz volt! Nem kell több bizonyíték! Amikor megnyomom ezt a púpot... Aúú! Azonnal eszembe jut. Nemcsak az emlék, de az is, hogy tényleg megtörtént. Atkins fejbe vágott, téged pedig elrabolt! Elvitt valahová. Lehet, hogy téged is leütött, és ezért nem emlékszel. Azt hitték, úgyis rám foghatják, hogy hülye vagyok, és senki sem hisz majd nekem! Téged pedig lehet, hogy elektrosokkoltak vagy begyógyszereztek. Nem maradhatunk itt. Most már talán te is veszélyben vagy.

Felugrottam, és őt is húztam magam után. Sajnos jó esélyt láttam rá, hogy ellen fog állni, talán még képen is töröl vagy belém karmol, de meglepő módon mégsem tette. Jött velem szó nélkül.

Őt miért tudom ilyen könnyen meggyőzni? Agathát miért nem sikerült?

Talán mert az nem akart hinni nekem. Aki nem akar hinni, az nem is tud.

Odarohantunk a biztonsági ajtóhoz, és Nola beütötte a kódot. Az *új* kódot valószínűleg. Azóta már biztos megváltoztatták.

Kinyitotta, és nemes egyszerűséggel kisétáltunk rajta. Nem hittem volna, hogy tényleg kienged. Csak így?

– Kríííííííí! – jött a fülsértő hang. Először azt hittem, az ajtó nyikorog ennyire, de rájöttem, hogy megint odalentről jön. Ugyanúgy, ahogy máskor is szokott.

– Kríííííííí! – szólalt meg ismét.

– Kríííííííí! – Egyre hangosabban csikorgott. Odakaptam a fülemhez. Ennyire még sosem volt éles és bántó. Azt hittem, beszakad a dobhártyám! Nola is a füléhez kapott. Ő is hallotta. Tehát nem vagyok őrült. Vagy legalábbis ebben a pillanatban épp nem hallucinálok.

– Mi a fene történik?! – kiabáltam. A zaj most egy pillanatra abbamaradt. Nem is azért kiáltoztam, hogy túlordítsam, hanem mert még mindig félig süket voltam az előző csikorgásoktól.

De mielőtt Nola még válaszolhatott volna, egy újabb elementáris erejű, köszörűgépet megszégyenítő sivítás támadta meg a dobhártyánkat. És nemcsak a fülünket, de ekkor már az egész épületet is... rögtön azután pedig:

– Buuuuummmm-mm-mm!

Iszonyatos erejű robbanás hallatszott odalentről. Beleremegett alattunk a padló.

– Menekülnünk kell! – kiabáltam túl a lehulló vakolatdarabok, eldőlő bútorok és a róluk leeső kórházi fémtálcák hangzavarát. – Te már nem emlékszel, de Ronny elmondta tegnap! A Hentes csinálja ezt! És szerintem most kijutott! *Végül* valahogy csak sikerült kijutnia onnan!

Nola szerintem már teljesen összezavarodott az általam eddig elmondottaktól, de amikor kimondtam a Hentes nevét, megugrott, és futásnak eredt. Engem is húzott maga után. Nem kellett többé győzködnöm. Elég volt kimondanom, hogy a fickó szabadon jár odalent.

„Odalent, ahol a méhkas dong a sötét éjben."

Odalent, ahol a szarvasdémon is él:

„Szívem holt, ágas-bogas erdejében."

Tizenkettedik fejezet: Tűzmadár

Lerohantunk már egy szintet, amikor Nola megtorpant. Valamit észrevett itt az első emeleten. Vagy inkább valakit.

Dr. Edinborough rohant felénk:

– Csak ne olyan sietősen!

Elképesztő vizuális jelenség követte. Azt hittem, rosszul látok:

Abban a pillanatban, ahogy elfutott egy lámpa alatt, az azonnal kialudt. Majd még egy és még egy. Neonok sora hunyt ki, ahogy elhaladt alattuk. Sötétség kélt a nyomában, szinte *húzta* maga után, mintha vontatta volna. És nemcsak olyan sötét követte, mint amikor leoltanak egy lámpát, ez annál sűrűbb volt, áthatolhatatlan! Olyan, mintha a nyomában minden megszűnt volna létezni. Minden, ami a fénnyel és az élettel kapcsolatos. Ahová csak lépett a kórházi folyosó pepita kövein, ott a fény azonnal suttogássá töpörödött. Megijedt, és porszemnyi méretűre korcsosult. Elhallgatott, mint egy gyerek, aki nagy verésre számít.

Dr. Edinborough a sötétség volt. Talán *ő maga* volt az személyesen. Vagy legalábbis egy követője.

– Mi a fene folyik itt?! – kiabáltam Nolának. Még mindig óriási volt a zaj. Rengett az egész épület. – Ez most a valóság?! Mondd, hogy ez csak egy álom! Látod azt, amit én? Látod a sötétséget, ahogy örvénylik felénk, és *emberi* lábakon jár?

– Állj mögém! – kiabálta a lány.

– Mi?!

– Nem engedem, hogy bántson! – Elém állt, mint egy anyatigris, aki a kölykét védi.

– Ne bolondulj meg! Meg fog ölni téged is, engem is!

Nola nem válaszolt. Tudtam, hogy baj lesz, nagyon nagy baj!

A férfi megállt tőlünk pár méterre. Nem rohant nekünk, pedig az előbb arra számítottam.

Pont elállta az utunkat a lépcsőhöz, úgyhogy ki sem tudtuk volna kerülni. Basszus! Az előbb még lerohanhattunk volna rajta, de most már késő! Beért minket, és egyből odaállt a lejárat elé.

– Állj félre! – kiáltotta Nola Edinborough-nak. – Nem állíthatsz meg!

– De igen, kedvesem! Még ma éjjel szép leszel! Gyönyörű menyasszony leszel! – dúdolta a férfi. – Nőt csinálok belőled! Egy igazi verni való kis szukát!

„Ugyanezt énekelte a Hentes is álmomban! Mi folyik itt? Ki ez a két lábon járó, beszélő éjszaka? És ki előttem itt ez a lány? Hogy mer egyáltalán közénk állni? Na és kihez beszél Edinborough? Nolához vagy énhozzám?"

– *Sírtál-e már sötétben, ha baráti kör kinevetett?!* – kérdezte Edinborough röhögve. A hangja egyáltalán nem volt többé emberi. Akusztikailag úgy rezgett, mintha valami mozifilmben használt speciális effekt lenne rákeverve. Csak ez most *valódi* volt, és nem trükk. Nemcsak rezgett a beszéde, hanem rezonált is, szemmel láthatóan vibrált, gyűrűztek a belőle kiáradó sötét hanghullámok a levegőben.

„Ez valami démon vagy mi a franc!" – hűltem el a gondolattól. Egészen ledermedtem tőle. Soha életemben nem hallottam és láttam még ilyen jelenséget. A valóságban biztos nem! Egyetlen ember sem tudna ilyen hangot kiadni magából! És pláne nem látnám vizuálisan, ahogy sötét füstkarikákként köpi ki magából a szavakat:

– *Add át nekem!* – rezegte a pokolbéli hang Nolának. – *Vagy én veszem el!*

Nola nem tágított. Rendíthetetlenül állt előttem.

Ekkor Edinborough hasánál emelkedni kezdett a fehér orvosi köpeny. Azaz nem is a hasánál, hanem annál kicsit lejjebb.

„Mi a fene az ott?! Csak nem merevedése van ennek?"

– *De igen, Mr. Flow!* – rezegte a sötétben álló férfi megválaszolva ezzel a hangosan ki sem mondott kérdésemet. Ez olvas a gondolataimban! – *Kérem, rúgjon ágyékon, Mr. Flow! Ne gatyázzon annyit! És akkor már én sem fogok többé! Hehe!* – röhögött gúnyosan.

Lassan szétvált az orvosi köpenye, és kígyók bújtak elő a ruhája alól.

Majdnem pont úgy, mint álmomban Margaret gerince, csak ebből a kígyóból most több is tekergőzött, és ezt sajnos nem álmodtam...

Na és ezek nem gerincek voltak, hanem férfi nemi szervek. Szám szerint legalább húsz! Negyven-ötvencentisek. Kígyóként tekeregtek fenyegetően. Volt, amelyik még sziszegett is.

– *Rúgj ágyékon, Rob! Gyere a papához!* – altestét ocsmány módon ringatta felém az egykori doktor, mintha egy táncparketten akarna elcsábítani.

Nola ekkor hátranyúlt, és még hátrébb tolt, hogy eszembe se jusson Edinborough közelébe menni. Nem is akartam, hogy őszinte legyek.

– *Gyere már ide, Rob!* – folytatta a hastáncosként mozgó sötét jelenés. – *Vagy én megyek oda! Gyere! Csak egyetlen lépést tegyél felém! Akarlaaak!* – lihegte kéjesen. A kígyók ekkor már nem is fenyegetően tekeregtek, hanem elkezdtek undorító módon kimerevedni, mint a dárdák. – *Kellesz nekem! Kellesz a sötétségnek!* – A ziháló árnyalak tett előre egy óvatos lépést, és lándzsaként meredő kígyóival az irányunkba döfködött. Majd tett még egy lépést, ezúttal határozottabban. Kezdett felbátorodni.

Már majdnem elért minket azokkal az izékkel!

Épp kiáltani akartam Nolának, hogy fussunk, de nem lett volna hová. Az ablakokon nem férnénk ki. A legtöbbjük nagyon szűk. Az a néhány pedig, amelyik nagyobb, mind vasráccsal van ellátva. Csak felfelé futhattunk volna. Ott pedig szintén nincs hová menni.

Tehát vagy megütközünk vele itt és most, vagy később leszünk kénytelenek holtfáradtan, kimerülve, miután végigrohantunk az egész kórházon kijáratokat keresve. Akkor még rosszabb lesz. Nola is tudta ezt jól, mert máris eldöntötte, mit fog tenni:

Elrugaszkodott, és felé ugrott!

– Ne! – kiáltottam rá.

Először azt hittem, egyenesen nekiugrik, de nem így történt. Inkább felfelé ugrott, mint aki tud repülni.

„Mi a fene?!" – kaptam fel utána a fejem. Próbáltam követni a mozdulatát, de hirtelenjében azt sem tudtam, mi merre van!

Mintha egy pillanatra egy fehér szárnyat láttam volna meglebbenni – de nem vagyok biztos benne –, aztán egy villanást! Egy akkora fényjelenséget, hogy az teljesen elvakított.

Utána pedig valami ledöntött a lábamról.

Azt hittem, Edinborough ugrott rám, miután Nolát félrelökte vagy kikerülte, de nem éreztem rám nehezedő súlyt.

Dörzsölni kezdtem a szemem, hogy megint lássak...

...de nagyon erősen elvakított az előbb az a fényjelenség. Nem éreztem, hogy ütlegelne vagy bántana valaki. Nem fájt semmim. Nem is fogta vagy rángatta senki a ruhámat.

Ha harcolnak is, hangtalanul teszik valahol, tőlem pár méterre, mert most a morajláson kívül már a világon semmit nem hallottam.

Tovább dörzsöltem a szemem...

Végre sikerült kitörölni belőle a kápráztató fényeket, és ekkor szembesültem azzal a szomorú látvánnyal, ami miatt legszívesebben sírva fakadtam volna:

A folyosó teljesen üres volt, és kihalt...

Csak szemét borította a padlót, és por a remegéstől folyamatosan hulló vakolat miatt. Edinborough valahogy szertefoszlott, és vele együtt az egész sötétség és a nyomában járó pokol is eltűnt.

De sajnos Nola is...

– Nolaaa! – kiabáltam az üres folyosónak.

Nem jött válasz, csak mély morajlás hallatszott a remegő épület falaiból.

Most még visszhang sem jött, mint ahogy korábban odalent.

„Odalent, ahol a méhkas dong a sötét éjben,

Pokoli alagút, mély kút, kiáltástól zengnek kamrái."

Ennek az alagútnak itt már nem zengnek. Csak az üresség maradt itt velem, és a magány.

Nem tudom, ki volt ez a lány, de feláldozta magát értem.

Nem tudom, hogy ki volt? Dehogynem! Egy angyal, mi más?!

Mi más lenne képes repülni? Mi az, aminek olyan szárnya van, amit lebbenni láttam? Mi egyéb bocsátana ki ilyen hangot és fényjelenséget, amikor támadásba lendül?

Angyalt láttam volna? Egy angyal szeretett *engem*?!

Képes volt meghalni értem?

De miért? Ki a fene vagyok én?! Egy senki! És most már magányos senki. Fáj, hogy elment. Így nem fogom tudni ezt tovább csinálni.

„Valaki él, valaki nevet,

De nem én, mert így nem élhetek.

Valaki fél, valami fáj,

Én félek s az élet fáj."

Hogyne fájna, amikor elhagyott az angyalom?

„Szegény vagyok, nincstelen, a remény volt a mindenem."

Ő volt az én reményem, és most eltűnt! Miattam!

De miért? Miért érnék én ennyit?

Egyszer régen valaki azt mondta nekem, hogy a nagy emberekért egyszerre küzdenek az ördögök és az angyalok. Mindegyik magának akarja. És közben az illető borzalmas dolgokat él át, mert azt nem lehet ép ésszel kibírni, ha szüntelenül ilyen hatalmak csatáznak körülötte... és érte.

Erről lenne szó? Ezt élem át már három hónapja?

Egyáltalán ki mondta ezt nekem? Lehet, hogy maga Nola volt az?

Nem emlékszem. Mégis így rémlik. Pedig vele nem beszéltünk ilyesmiről. Vagy egyszer régen mégis?

Akárhogy is van, de ha tényleg igaza volt, és ezért történt mindez, akkor tartozom neki annyival, hogy ne csak sajnáljam itt magam, hanem szépen elhúzzak innen, de nagyon gyorsan! Az áldozata nem lehet hiábavaló!

Lerohantam a lépcsőn, és végre elértem a földszintet. Az épület valószínűleg össze fog omlani. Bármelyik pillanatban megtörténhet! Ha tovább tétlenkedem, itt halok meg én is, mint mindenki más.

Rájöttem, hogy nincs is időm másokat megmenteni. Aki bent van, az sajnos már itt is marad. Ronny-t sincs időm kihozni odalentről, pedig őt ki akartam.

Ha lemegyek az alsó szintre, onnan már nem jövök fel többé. Ha leomlik az épület, az alagsorból biztos, hogy nem lesz kiút.

Ronny tehát itt hal meg. Sajnálom, fiú! Tényleg sajnálom. Egy valami vigasztaljon téged is: legalább a Hentes is vesztét leli odalent a mai napon!

Hacsak tényleg ki nem jutott valahogy, és nem az járt ekkora robbanással.

De...

163

Sajnos pontosan azt hallottuk!
Kijutott!
Ugyanis épp előttem áll.

Tizenharmadik fejezet: Hosszú az út

– Hagyd elmenni! – szólt rá valaki az előttem tornyosuló férfire. – Vele nincs dolgunk! Csak egy porszem. Egy bogár. Majd őt eltiprom később. Te viszont menj vissza! Nem hagyhatod el ezt az épületet!

– De igen! Kimegyek! – mondta Hentes. Megismertem a hangját. Tényleg ő az! Ő volt az álmomban. Ez ugyanaz a mély férfihang. Viszont ott még valóban fiatalabb lehetett. Most talán negyvenöt éves, ott inkább harminckörüli volt. – Látni akarom az öcsémet!

– Őt felejtsd el, fiam! – Ekkor lépett közelebb a hang tulajdonosa. Ő is ismerős volt. Rá is jöttem, ki az: a hangját eddig nem ismertem, mert sosem hallottam, de láttam már ezt a fickót. Ő lakott az egyes cellában: a barna hajú, átlagos, középkorú férfi. Annyira átlagos, hogy le sem tudnám rajzolni. Személyleírást sem tudnék adni róla, olyan unalmas, jellegtelen tucatarca van.

Őrá mondta Edinborough, hogy sorozatgyilkos, de „nem lényeges. Kár vele foglalkozni", haladjunk tovább. Annyira hamar túl akart lépni rajta, hogy a doktor még a fickó nevét sem mondta meg.

– Szégyent hoztál rám, fiam – lépett oda a férfi hozzám és a Henteshez. Egy pillanatra eszembe jutott, hogy elrohanok köztük, de nem tudtam volna. Egyenest berohantam volna a behemót karjai közé. Így hát megdermedve figyeltem az eseményeket, hogy mi fog kisülni ebből a találkozóból. És mikor omlik ránk az épület? Most rögtön vagy csak akkor, amikor már verekszenek, és a Hentes tűzifaként töri majd ketté a térdén a nála jóval kisebb fickó gerincét?

„Fiam?!" – Csak most fogtam fel nagy nehezen az előbbi szó jelentését. „Már hogy lehetne a fia? Ez az ember nemhogy nem öregebb, de még fiatalabb is a meláknál! Ezek tényleg ennyire őrültek? Valószínűleg igen... Talán kár is logikát keresni abban, hogy miféle viszonyban vannak egymással."

Ezért inkább nem is szóltam közbe, csak csendben figyeltem tovább az eseményeket.

– Szégyent hoztál rám! – ismételte az állítólagos apa. – Nevet szereztél magadnak odakint!

– Ez nem igaz! – ellenkezett a Hentes, mint egy durcás gyerek. Kicsit valóban úgy viselkedett. Lehet, hogy visszamaradott ez az óriási ember? – Nem szereztem! Nincs nevem! Nem hívnak engem sehogy!

– Dehogynem! *Hentesnek* hívnak, te szerencsétlen! Megmondtam, hogy ne tűnj ki, mert akkor felfigyelnek rád. Megmondtam, hogy ne zabálj, mert kövér leszel. Az nem átlagos! Ezért is kellett súlyokat hordanod a nyakad körül gyerekkorodban, mert tudtam, hogy különben ekkorára fogsz nőni, mint most! Ha rajtam múlik, inkább okoztam volna neked gerincferdülést, bármi áron összenyomtalak volna, csak hogy átlagos maradj! De neked muszáj volt megszöknöd, és „önmagad" lenned!

– Mert őrült vagy, apa! Nincs olyan, hogy névtelen ember! Csak kitaláltad! Ez egy baromság! Mese az egész! Csak a hús van és a vér! Ez van, ahogy mi most itt állunk! Emberek vannak, élet van! Akár el is vehetjük tőlük! Bebizonyítottam neked, nem? Képes vagyok gyilkolni! Tehát nekem lett igazam! Nincs semmiféle misztikus szarság, amiket hiszel! Csak élet van és halál! És én elveszem az életet! Mert nem ér semmit! Lószart sem ér!

– Sosem hallgattál rám, fiam. Sosem voltál normális. Ezért nem mehetsz ki innen. Azért vagyok itt veled, hogy *te* ne mehess ki, de hisz ezt te is tudod. Nem hagyhatod el ezt a helyet! Nem befolyásolhatod odakint az öcsédet. Ő azt hiszi, már rég meghaltunk. Neki még van esélye arra, ami nekünk többé nem sikerülhet. Neked itt kell maradnod. Te már szereztél magadnak nevet. Szégyent hoztál rám. De az öcséd nem fog. Ő más. Vele terveim vannak.

– Menj! – szólt rám a névtelen ember. – Most elengedlek. Szerencséd, hogy minden erőmmel vissza kell tartanom a fiamat. Így nem tudok egyszerre még veled is foglalkozni. Mondom, menj! És felejtsd el ezt a helyet. Mi most itt maradunk.

Közben óvatosan átléptem közöttük. Tényleg átengedtek. Egyikük sem mozdult felém.

Az épület közben egyre jobban remegett. A bal oldali falon vastag repedés kezdett végigfutni!

– Menj, mert már csak pillanatok vannak hátra!

– Maguk tényleg itt maradnak? – Nem tudom, miért kérdeztem ezt. Valahogy az egyszerű gyermeki kíváncsiság törhetett elő belőlem. Vagy az író. A legbutább fajta író, amelyik csak létezik.

– Ő itt marad – mutatott a férfi a fiára. – Én viszont *végre* kijutok innen a beomlás pillanatában, amikor ő meghal. Attól a perctől kezdve neked menekülnöd kell. De egy életen át! Mert a nyomodban leszek! Mindig. Mindenhol. Minden korban, minden világon. „Egyedül járja útját az, aki nem követ s nem bánt senkit, őt mégis követik s vetnek rá követ, mert nem kért semmit!" – idézte a verset a névtelen ember. – Követni foglak! És én vetem rád majd az első követ azért, hogy soha nem követtél el bűnt!

Ennek hallatán viszont most futásnak eredtem!

Az életösztön egyszerűen leteperte a lényem értelmes részét, kiütötte, mint egy bokszoló. Nem érdekelt már semmi, csak végre kijussak innen!

Futottam, pedig azt sem tudtam, sétálni képes vagyok-e. Csak vitt a lábam akaratlanul. Vitt és vitt... biztonságba juttatott.

Kirohantam az ajtón.

Épp az utolsó pillanatban értem ki, mert az épület azonnal omlani kezdett.

Láttam az üveg forgóajtón keresztül, ahogy odabent nagy robajjal leszakad a plafon, majd több emelet is követi egymás után. Legalábbis nekem úgy tűnt. Aztán már annyi por és törmelék volt, hogy semmi mást nem lehetett látni. Azt sem, hogy a két férfi végül hová tűnt.

Gondolom, a romok maguk alá temették őket.

Odakint feküdtem a járdán a kórház előtt.

Nappal volt. Reggel vagy kora délután lehetett(?).

„Te jó ég, hány óra telhetett el? Az előbb még este volt, amikor Nola bejött, és átölelt, majd megsimogatva a fejemet megérezte rajta a púpot. Aztán szökni próbáltunk... Most meg valahogy már fényes nappal van!"

Meglepő módon nem volt körülöttem senki. Nem tudom, miért nem. Lézengett itt-ott egy-két gyalogos, de senki sem nézett az irányomba.

Ekkora zajra azt gondoltam volna, hogy az egész környék ide lesz csődülve, mire kijövök.

Vagy lehet, hogy igazából nem is volt idekint olyan hangos az egész? Hát, most már biztos az lesz!

Az egész kóceráj kezdett ugyanis összedőlni!

Felugrottam, és ismét futásnak eredtem, mielőtt még idekint is utolér a vég.

Nehogy most haljak meg, amikor végre kijutottam onnan!

Futottam és futottam. Nem tudom, meddig. Több utcasarkon keresztül csak rohantam, és a végén már alig kaptam levegőt. Muszáj volt megállnom...

Előregörnyedtem, és próbáltam valahogy több oxigénhez jutni. Nem mintha görnyedten több jönne.

Legalább csak annyi levegőre volt szükségem, hogy ne ájuljak el. Közben szirénázást hallottam a környező utcákból és egyre hangosabb, erősödő robajt.

„Most dőlhet össze éppen az egész kórház. Annál jobb! Hadd dőljön!

Csak elég messze vagyok már ahhoz, hogy itt ne sújthasson agyon!"

Megláttam a szemközti étterem előtt egy kék motorbiciklit. Speedmotor volt. Kilógott a benzintank mellől a slusszkulcs, és a bukósisakot is az ülésen hagyták.

A fickó valami futár lehet. Beszaladhatott valami küldeménnyel az étterembe.

Most majd jól fognak jönni azok a motorvezetési leckék! Még ha nem is fejeztem be végül a tanfolyamot, de azért csak el tudok vezetni egy ilyet!

Odarohantam a motorhoz, és ráültem.

Elég kényelmetlen egy vacak volt, utálom az ilyeneket, viszont ezek átkozottul gyorsak.

Felvettem a bukósisakot, és beindítottam a kicsikét. Brutális egy hangja volt!

„Azt a rohadt! Ez aztán búg!" – Lehet, hogy túlzottan is odahúztam neki ahhoz képest, hogy csak ki akartam próbálni a gázkart. Olyan keményen dorombolt, mintha nem is elindulni, de minimum felrepülni akarna... a Holdig.

– Hé! – hallottam ekkor az étterem ajtajából. Vagy talán nem is onnan. Egy kicsit túl közelről jött. Nem láttam már a sisaktól. Lehet, hogy csak egy lépésre volt tőlem!

Belehúztam hát rendesen.

A motor azonnal kilőtt! Azt hittem, hogy ki is fog ugrani alólam, én meg nyekkenve lerepülök róla, de szerencsére nem így történt.

Száguldani kezdtem azzal a kényelmetlen vacakkal. De valóban iszonyú gyors volt, az biztos!

*****

Másodpercek alatt elhagytam a környéket. Már vagy tíz utcával arrébb jártam, amikor meghallottam az utolsó robajt. Ez volt a legnagyobb minden eddigi közül.

Ekkor dőlhetett össze végleg. Ha nem húzok el onnan, lehet, hogy még ott, az étterem előtt, több utcával arrébb is elért volna. Ha nem a törmelék, akkor a por... vagy a széthulló épületből kiáramló *sötétség*.

Ha kijutott egyáltalán...

Vajon a névtelen ember azt is benntartotta az utolsó pillanatig, hogy elpusztuljon?

Velük pusztult ő maga is vagy tényleg kijutott?

Már jön is utánam? Útban lenne?

Ő milyen járművel jön?

Remélem, ennél lassabbal!

*****

Már vagy két órája száguldottam az országúton.

Közben pedig lázasan járt az agyam:

Ki volt az az ember? Hogy értette, hogy *utánam jön*? Minek? És mi a fene folyik itt?

Ez nem lehet a valóság! A valóságban nincsenek horrordimenziók, ahol égettek és véresek a falak, tele kalapácsnyomokkal.

A valóságban nincsenek nővérek, akik szeretik, ha bottal ütik őket.

Még ha lennének is, biztos nem nyílna szét a hátuk egy erősebb ütés hatására. Az fizikai képtelenség!

Vagy ha nem, akkor a gerinc biztos nem kígyózna elő a nyílásból!

De hisz láttam, vagy nem?!

Először álomnak hittem, de utána Edinborough is produkált ugyanolyanokat! Csak az ő kígyói már nem gerincek voltak. Azokat nem a csont tartotta mereven, hanem az izgalom.

Fúj, hogy rohadna meg! Remélem, megrohadt! Az összes kígyójával együtt!

Az, már tudom, hogy nem álom volt. Ugyanis még most is tart. Még mindig benne vagyok. És ebben itt nincs semmi álomszerű. Száguldok egy lopott speedmotorral, és előbb-utóbb valószínűleg el is kapnak majd érte. Elég jó idő van, bár kicsit hűvös. Érzem a nyár szagát. Azt hiszem, nyár van, bár pillanatnyilag nehéz lenne pontos dátumot mondanom. Azt sem tudom, tényleg három hónapig voltam-e bent. Na meg azt se, hogy mikor kerültem be! Hoppá! Ez, mondjuk, már kínosabb tud lenni. De kit érdekel? Érzem, ahogy süvít a szél, tépi a ruhámat, és finoman szúrkodja, vagdosni próbálja az arcomon a bőrt, ahol kilóg a lopott sisak alól, mert az kissé kicsi rám.

Hogy őszinte legyek, baromi jó érzés! Ezért is akartam motorral jönni. Ezen az ember azonnal érzi, hogy él!

Ugyanis közelebb van a halálhoz.

De vajon miért követte Edinborough-t a sötétség?

Régen olvastam egy részt a Bibliában, a jelenések könyvében. Úgy szólt, hogy:

„És láttam: íme, egy fakó ló, a rajta ülőnek neve Halál, *és a pokol követte őt*; és hatalom adatott nekik a föld negyedrészén, hogy öljenek karddal, éhínséggel és döghalállal, és a föld vadállatai által."

Ezt láttam volna? Nem is a sötétség követte őt ott a folyosón, hanem maga a pokol?

Edinborough tehát maga volt a Halál?

Nem tudom. Nem igazán vagyok vallásos. Nem hiszek az ilyesmiben. Eddig legalábbis nem hittem.

Bár tény, hogy ma láttam egy angyalt. Az bizony igazi volt, és Nolának hívták.

És ki lehetett valójában az a Ronny nevű fiú? Ki volt ő, és mi lett vele? Meghalt odalent az alagsorban? Azt hiszem, ezt már sosem fogom megtudni...

Ekkor hátulról valami őrült rám dudált! Autódudának hallatszott.

Ijedtemben megrántottam a kormányt, és majdnem elvágódtam a motorral!

Ki dudál ilyen sebességnél? Hogy bír egyáltalán lépést tartani velem? És még *le is akar előzni*? Normális ez?!

Hátranéztem a visszapillantón keresztül, de nem láttam semmit. Valószínűleg épp holttérben volt.

Most kezdett mellém érni.

„Ez nem normális, ha autóval ennyire gyorsan hajt! Kinek ennyire sietős rajtam kívül? Úristen!" – jöttem csak most rá. „Utolért! A névtelen ember megmondta, hogy utánam fog jönni! Ennyire hamar beért volna? Máris itt van?!"

Oldalra kaptam a fejem, hogy lássam, miféle pokoli járgánnyal akar leszorítani az útról. Bizonyára valami feltuningolt fekete Chevrolet Impala, aminek lángnyelvek vannak az oldalára festve.

De amikor benéztem a – most láttam csak, hogy – *vörös* sportkocsi ablakán, és vártam, hogy a barna hajú fickó esetleg vigyorogva odainteget, mielőtt árokba szorítana... meglepetésemre mégsem ő ült az autó volánjánál!

„Ezt nem hiszem el! Te?!"

A barna hajú férfi helyett egy szőke fiú integetett a kocsiból. „Ronny?!"

Először azt hittem, hogy köszönni akar, de igazából azért intett, hogy húzódjak le.

Egy pillanatra annyira elbambultam, hogy megint meginogtam a motorral! Túl sokáig bámultam oldalra, így kis híján fejre álltam közel kétszáz kilométer per órás sebességnél!

„A sírba visz ez a kölyök! Nem tudok én így manőverezni! Öreg vagyok én már ehhez!"

Nagy nehezen megzaboláztam valahogy a kényelmetlen kék paripát, és lelassítottam.

Évek óta nem vezettem motort. Száguldani nem olyan nehéz egyenesen, de visszanyerni az egyensúlyodat ekkora sebességnél? Na, az már művészet!

Mindketten megálltunk. Ronny kinyitotta a kocsi ajtaját, én pedig leszálltam arról a fájdalmasan kemény motorülésről.

Amikor az előbb megláttam, egy pillanatra eszembe jutott, hogy mi van, ha a srác csak azért jött utánam, hogy kicsináljon? Ám amikor meginogtam a motorral, őszinte aggodalmat láttam rajta. Még a mosolya is lefagyott az arcáról. Akkor már tudtam, hogy segíteni jött, és nem azért követett, hogy bántson.

– Majdnem fejre álltam miattad, te eszelős! – kiabáltam oda neki nevetve.

Kiszállt a kocsiból a túl oldalon, és azt hittem, egyből odarohan hozzám, de nem így történt:

Leguggolt, és eltűnt egy pillanatra a kocsi mögött.

„Most meg mi a fenét csinál ez?! Bújócskázik?"

Pár pillanat múlva előbukkant ugyanonnan:

– Kukucs! – ugrott elő vigyorogva.

„Jézus! Ez a fiú tényleg komplett őrült! Biztos, hogy jó ötlet volt kiengedni onnan? Bár nem én engedtem ki, az igaz! Mosom kezeimet!"

– Gyere már ide! Nincs időnk játékokra! Hogy jutottál ki?

– Van itt gógyi! – mutogatott a szokásos módon, és ekkor végre elindult felém. Úgy tűnt, egy időre most kiszórakozta magát. A fogócska megvolt száguldozás közben. Most pedig már a bújócska is. Hurrá.

– Mikor jutottál ki?

– Gondolom, még maga előtt, miszter. Csak nekem elég sokáig tartott találni egy ilyen járgányt. Még sosem vezettem, tudja. És az első alkalom, azt mondják, legyen emlékezetes! Gondoltam, akkor legyen már egy Ferrari, ne aprózzuk el! Nem volt könnyű találni egyet csak úgy, és meg is lovasítani.

– Hogyan találtál végül konkrétan egy *Ferrarit*?

A fiúnak megmozdult a keze. Tudtam, mire készül. Már emelte is a mutatóujját a feje irányába.

– Ki ne mondd! – előztem meg. – Hagyjuk. Tehát szerinted már korábban kijutottál, mint én?

– Gondolom.

– Nem arról volt szó, hogy együtt húzunk el?

– Tudtam, hogy maga is ki fog jutni. Azzal az izével biztosra vettem, hogy sikerülni fog.

– Miféle izével?

– Azzal a fénylő dologgal, ami magával volt aznap éjszaka.

– Mire gondolsz? Nem értem.

– Azt hiszem „No-lának" szólította vagy valami olyasminek.

– A nővérre gondolsz? A lányra?

– Ja? Hát, ha maga annak látta?

– Mi? Te már akkor is láttad, hogy ő egy angyal?

– Angyal?! Dehogy. Nem hiszem, hogy az lett volna. De láttam már hozzá hasonlót. Tudtam, hogy ki fogja juttatni magát onnan. Ő most hol van?

Nem válaszoltam. Próbáltam, de nem tudtam. Csak megráztam a fejem. Összeszorult a torkom.

is, hogy Edinborough esetleg maga a Halál. Úgy láttam, mintha a pokol járt volna a nyomában. A névtelen ember is ilyen lény? Így értettem, hogy „bibliai értelemben".

– Igen. Ez a megfogalmazás már közelebb van, azt hiszem, a valósághoz, de ezek egyikét se vegye ám ennyire szó szerint.

– És ezek szerint, ami Greenfieldben van, az még az ilyen szintű teremtményeknél is rosszabb? Ezt most komolyan mondod?!

– Komolyan. Sokkal rosszabb! Az ott a gócpont. A sötétség gyökere. El kell pusztítanunk. A névtelennel ráérünk később is foglalkozni. Az sem lesz egyszerű, de ehhez képest gyerekjátéknak fog tűnni.

– Kösz! Ez megnyugtató! Máris szívesebben megyek oda.

– Tényleg, hogyhogy csak úgy egyedül odaindult, miszter?

– Azért, mert azt hittem, meghaltál. Úgy éreztem, másnak úgysem lenne értelme, akárhová is mennék. Nola odalett, te is, talán majd a világ is odalesz. Minek is odázzam el a harcot, ha így is, úgy is ugyanaz lesz a vége?

– Akkor hát magától sem járt túl messze a valóságtól. Valóban így van, ahogy gondolta. Ez itt a végjáték. Akármerre is mennénk, az a dolog utolérne minket. Ahogy közeledünk, már ilyen messziről is érezni az erejét. Látja, ahogy sötétedik?

Odamutatta a karóráját. Rolexet viselt. Nem tudom, honnan vehette. A kórházban még nem is volt órája. Ez a fiú tényleg nem semmi!

– 14:00 óra van?! – kérdeztem hüledezve. Nem hittem a szememnek. – Azt gondoltam, olyan este hét-nyolc körül lehet!

– Mert már a közelben vagyunk. Ott Greenfieldben ennél sokkal sötétebb lesz. Teljesen mindegy, hány órakor érünk oda.

– Még egy valamit nem értek, Ronny. Edinborough-t hallottam rólad beszélni valakivel telefonon. Azt mondta, szarvas vagy. Igazából.

– Akkor tényleg megkajálta? – nevetett a fiú. – Örömmel hallom!

– Tehát átverted valahogy?

– Persze! Miért, mit hitt, maga miért látta kirobbanva a cellám ajtaját? Mégis hogyan robbantottam volna ki? Másnap meg ugyanolyan sértetlennek látta, mint előtte!

– Azt is *te* csináltad? De hogyan?!

– Nem csak fodrozni tudok. Képeket mutatok embereknek. Közvetlenül bele az agyukba. Azt láttatok velük, amit csak akarok.

– Te jó ég! De velem *ne csináld* ezt még egyszer! Meg kell ígérned! Egyáltalán miért csináltad? Miért láttattad velem, hogy sértetlen a cellád?

– Én akkor nem csináltam semmit! Miről beszél?

– Tehát *valóban* sértetlen volt?

– Persze! A kirobbanás volt a kamu. Maga szerint miért nem hallotta senki a robbanást? Mert nem is történt olyasmi! Sajnálom, de azt csak magukkal láttattam. Azért, hogy elterelkem magukat más irányba. Nem tudtam, hogy baja lehet belőle. Nézze, tényleg sajnálom, ha lett! Én csak ki akartam jutni, ha lehet, akkor még önök előtt. Tudtam, hogy maguknak is sikerül majd.

– Nagy franc vagy! De tudod, mit? Felejtsük el. Nagyjából értem, amiket mondasz. Ha azt nem is, hogy mi folyik itt, de értem, hogy nem akarsz rosszat. Szálljunk akkor be a kocsidba, és menjünk tovább Greenfieldbe. Rendben?

– Nincs az az isten! – kiáltott rám a fiú váratlanul. Görcsösen összerezzentem. Azt hittem, nekem akar esni, de nem mozdult. Csak nagyon megijedhetett valamiért, hogy előálltam ezzel az ötlettel.

– Tessék? – kérdeztem.

– Én oda be nem szállok! Járművet kell cserélnünk!

– Miért? Nem te akartál Ferrarival vagánykodni? Most meg mi bajod vele? Pedig állati jól néz ki ez a tragacs.

– Klausztrofóbiám van tőle! Rájöttem, hogy hülyeség volt autóval jönnöm. Nem bírom a bezártságot! Már olyan régóta élek bezárva, hogy nem bírom többé elviselni. Esküszöm, inkább kinyírom magam, mint hogy visszaszálljak! Komolyan mondom! Motorral kell mennem. Nekem is azzal kellett volna jönnöm, közben már beláttam.

– Jó, akkor menjünk mindketten motorral. Gyere, szállj fel mögém.

– Nem jó ötlet. Ha lerobbanunk, egyikünk sem jut oda időben. Maga tényleg egy ilyen japán vacakra bízná a világ sorsát?

– Hát...

– Na látja! Van itt gógyi! Külön járművekkel több esélyünk van hamar odaérni. Ha az egyikünkké lerobban, a másikkal megyünk majd tovább. Bár remélem, nem nekem kell beszállni majd magához. Nem bírnám ki még egyszer autóban. Még jó ideig nem.

– Rendben – legyintettem. – Akkor vidd! – adtam oda neki a motor kulcsait. Ő átnyújtotta cserébe a Ferrariét.

– Kösz! – Jó üzlet volt. Hehe! Az enyém többet ér! Az csak egy vacak japán motor. Ez viszont egy valódi Ferrari!

– Aztán vigyázzon magára, miszter! ...Ha esetleg már nem találkoznánk többé. Remélem, még fogunk. De akkor is.

– Te is légy óvatos – feleltem, miközben kezet ráztam vele.

Ronny felült a motorra, beindította, és elhúzott. Úgy tűnt, nagyon élvezi. Jobban vezette, mint én, az biztos. Pedig lehet, hogy még ilyet sem vezetett korábban? Nem tudom, hogy csinálja!

„Ez aztán jó gyorsan kilőtt! Így is lehet indulni vele? Lehet, hogy mégsem olyan rosszak azok a japán vacakok... Na de azért ez sem éppen egy tragacs!" – gondoltam, ahogy odamentem a saját, frissen újított Ferrarimhoz.

– Mi?! Te kis rohadék! Te furfangos kis szarházi! Még hogy kukucs! Én meg azt hittem, hogy csak bújócskázol!

Egy csavarhúzó állt ki a hátsó kerékből. Ronny kiszúrta. Ezért guggolt le. Csoda, hogy nem hallottam a szisszenést. Bár elégé fúj a szél, talán amiatt.

– Hát ezért akartál annyira járgányt cserélni! Még hogy klausztrofóbia! Micsoda egy hazug kis véglény vagy!

Aztán rájöttem, hogy kár haragudnom rá. Először is, valószínűleg van pótkerék a csomagtartóban. Másodszor, így is, úgy is eljutok valahogy Greenfieldbe. Nem fog tudni megakadályozni benne.

Szerintem nem is akar, csak le akart lassítani, hogy ő érjen oda előbb. Talán védeni akar. Lehet, hogy úgy gondolja, egyedül több esélye van. Lehet, hogy nem haragudnom kéne, hanem inkább megköszönni neki?

Az életemet mentette volna meg ezzel?

Bárhogy is, de akkor is odamegyek. Hová máshová mehetnék?

Remélem, ott találom... miután legyőzte a sötétséget. És akkor majd jól seggbe rúgom, és visszaveszem a jó kis motoromat! Nem is biztos, hogy kevesebbet ér! Hogy ő milyen jól elindult vele!

Na, majd adok én ennek a fiúnak, ha nélkülem győzte le a Gonoszt!

Miután kezet ráztam vele, és hálásan megköszöntem...

Tizennegyedik fejezet: Mit üzen a sír?

Rám esteledett, mire kicseréltem a kereket, és végül én is Greenfieldbe értem.

De nem azért volt sötét, mert olyan sokáig tartott a kerékcsere. Ronny kicsit alábecsült!

Szerintem körülbelül egy órával utána érhettem oda. Tehát még nappal volt, körülbelül 15 óra 20 perc. Ennél nem telhetett el több idő. Mégis úgy tűnt, hogy éjszaka van, akárha hajnali három óra lenne.

Tehát ilyenné vált Greenfield...

Úgy éreztem magam, mintha magában a pokolban autózgatnék egy Ferrarival. Kár, hogy nem voltak lángnyelvek festve a kocsi oldalára. Akkor még stílusosabb lett volna az egész jelenet. Minden sötét volt. Sűrű köd telepedett az egész kisvárosra, de nem az a szürke, tejszerű fajta! Ez itt valami más...

Olyan feszültség lógott a levegőben, mintha minden házban sorozatgyilkosok ólálkodnának.

Az utcákon egy teremtett lélek nem volt sehol. Odaát Chicago-ban, a kórházból kijövet minden normálisnak látszott.

Itt semmi sem volt az. Többé már nem.

Bekanyarodtam az utcánkba, és megálltam a kertkapu előtt. Messziről is láttam, hogy állnak valakik a kertünkben.

„Ki a fenék lehetnek? Rendőrök? Vagy tolvajok? Ronny lenne az és valaki más? Mit csinálnak ott a kertben?"

De aztán, ahogy megállva már pont bevilágítottak rájuk a Ferrari fényszórói, láttam, hogy nem Ronny-ék állnak a kertben, és nem is rendőrök. Ugyanis azok ott nem is emberek.

Már nem.

Két szobor állt ott a magasra nőtt, elburjánzott fűben!

Azt hittem, nem jól látok...

„Úristen! Az ott Dave!"

Már meg sem mertem nézni, ki lehet a másik. Azonnal eltakartam a szemem, hogy ne is lássam! A másik kezemmel elfordítottam a slusszkulcsot, és leállítottam a motort.

Ültem így ott egy darabig.

De aztán rájöttem, hogy nem tétlenkedhetek így itt az örökkévalóságig. Sajnos kénytelen leszek szembenézni vele.

Leengedtem a kezem, és láttam, hogy szerencsére nem Julie az ott Dave-vel. A felettünk lakó pasas „szobra" volt, akinek még a nevét sem tudom.

„Hát mégis igaz! Én lennék a Szobrász? De már hányadszor gondolom ezt?"

Rájöttem, hogy többé ez sem számít. Ha valóban tettem is rosszat, ha valóban sorozatgyilkos is vagyok, akkor is meg kell állítanom azt, ami odabent van, mert az még nálam is rosszabb.

Kiszálltam hát a kocsiból, és határozottan benyitottam a kertkapun. Be sem volt zárva. Leverték róla a lakatot. Gondolom, Ronny tehette. Ez a fiú nem sokat szarozik! Nem az a típus. De egyébként én se... csakhogy mondjak már valami jót is végre magamról. Oda is mentem egyből a házhoz, és benyitottam azon az ajtón is. Minek is húzzam a dolgot? Végül is ezért jöttem. Kíváncsi voltam, miféle pokolbéli szörny vár rám.

Vaksötét fogadott odabent is. De még így is láttam. Felismertem.

– Te?!

*****

– Mégis kit vártál?

– Te valóban létezel?

– Itt állok, vagy nem?

– Egy beszélő bábu? De rád már nem is emlékeztem! Egyszer felmerült bennem valami ilyen sztori, de azt hittem, csak valamilyen filmben láttam.

– Egy filmben? Önmagad szakasztott mását, csak kicsiben?

– Egyáltalán nem hasonlítasz rám.

– Valóban nem. És azért nem hasonlítok, mert *pontosan* olyan vagyok. Én... te vagyok.

– Francokat vagy te én! Egy szaros kis bábu vagy! Egy Pinokkió, csak rendesen elcseszve. Hihetetlen, hogy képes voltam kifaragni téged! Nem vagyok semmi! Hányszor elvághattam közben a kezem! Nagyon szarul festesz! Ne haragudj, de tényleg!

– *Ne beszélj így velem!* – dörrent rám.

Egy pillanatra halálra rémültem. Egyből elszállt a vicces kedvem. A bábunak olyan hangja volt, mint Edinborough-nak, azaz a Halálnak. De, azt hiszem, még annál is rosszabb. Talán Edinborough a halála volt mindennek, ami élő, ez viszont itt a sötétség. Ez annál sokkal nagyobb...

Az jutott eszembe, hogy a Biblia szerint a sötétség már a fény előtt is létezett. Már *Isten előtt* is. Ez az gondolat nyilallt belém, amikor most ismét ránéztem sötét hasonmásomra. Valóban nem szórakozhatok vele. Ez a dolog meghaladja a felfogóképességemet. Nem is értem, mit keresek én itt? Hogy gondolhattam, hogy képes leszek legyőzni?

Ez a dolog valószínűleg már az ősrobbanás előtt is létezett valamilyen formában. Ezt nem Isten teremtette vagy az, amit mi ilyen nevekkel illetünk itt a Földön.

Lehet, hogy ez nagyobb még nála is? Végül is Isten is sötétben kellett, hogy teremtse a fényt, mivel a fény előtt még

184

nem is létezett más, csak sötétség. Ilyen értelemben Isten is abban élt a teremtés előtt, mert nem tudott volna máshol. Ha így nézzük, akkor a sötétség még nála is nagyobb kell, hogy legyen, ha egyszer otthont adott neki. Ha pedig hatalmasabb, akkor lehetne akár még, hogy úgy mondjam: a „mestere" is.

Mestere?! Most jöttem csak rá, hogy akkor Edinborough is vele beszélt telefonon: ezzel itt, akivel én most épp beszélgetek!

– *Látom, már kezded kapiskálni.*

– Te olvasol a gondolataimban?

– *Szerinted? Ha az istenedre azt mondják, hogy mindent lát, akkor én vajon mennyit látok? Én, aki Istennek is otthont adtam még a teremtés előtt? Szerinted, ha egy apró hal, egy szardínia lát, akkor mennyit lát maga a tenger? Vagy mennyit lát a Föld, ami az egész tengert magán tartja a gravitációjával? Mennyit lát körülötte a Naprendszer? És az egész világ körülöttük? Na, én ezeknél egymilliárdszor látok többet. Csak hogy el tudd képzelni. Valójában számokban és földi tudományok szerinti mércével nem kifejezhető.*

– Valóban? – Kezdett elfogni a rettegés. Ekkor már tudtam, hogy én ma itt bizony meg fogok halni.

„Ezt a valamit nem fogom tudni legyőzni. Nem lehet. Még az is csoda, hogy egyáltalán elengedett idáig. Valószínűleg csak szórakozásból tette, hogy ízekre szedjen. Nem értem, mit képzeltem egyáltalán. Bár..."

– *Min töröd az agyad? Mi az, hogy „bár"? Nagyon jól gondolod! Itt fogsz ma megdögleni! Ezért vagy itt, hogy démonok erőszakolják meg a hulládat. Évezredeken át csinálják majd. És ma fogják elkezdeni. Örülök hát, hogy benéztél. Emlékszel, milyen érzés, amikor levágják a farkad? Na, ez annál ezerszer rosszabb lesz. És sosem lesz vége. Ezt az egyet megígérhetem.*

„Most már úgysincs mit vesztenem" – gondolkoztam tovább, anélkül, hogy válaszra méltattam volna. „Hisz igazat mond! Egy ilyen szintű hatalom miért hazudna? Nincs rászorulva. Bár..."

– *Mi ez már megint? Mi ez a kétely?!*

– Csak azon gondolkodom, miért vagy ide bezárva ebbe a szar kis bábutestbe, ha egyszer ekkora erőd van. Minek lapítasz itt gyáva módon ebben a világvégi kis nyaralóban három hónapja? Akkor mentem el innen, vagy nem? Akkor szöktem el. Mit csinálsz itt azóta?

– *Megmondom én: erőt gyűjtök. Jól gondolod, valóban nem szorulok rá a hazudozásra. Nem vagyok még erőm teljében, de azért nehogy azt hidd, hogy nincs már most több erőm, mint bárkinek ezen a bolygón vagy bárminek ebben a galaxisban.*

„Ez nem jött be" – gondoltam.

– *Nem hát. Mégis mit hittél, hogy valami szófordulattal vagy kétkedéssel elintézel? Vagy akár puszta erővel?*

– Nem tudom, mit hittem. Nem igazán vagyok hívő, hogy úgy mondjam. Mondd csak, ha már úgyis megölsz, és ízekre szedsz, kérdezhetek valamit?

– *Időm, mint a tenger. Mert én vagyok a tenger, és én vagyok az idő.*

– Ezt igennek veszem. Tehát: mi az a vers, ami nem hagy engem nyugodni? Ki írta? Én írtam, csak nem emlékszem rá? Mi célból?

– *Az nem vers, te szerencsétlen halandó ember! Az a sír üzenete. A szó, ami megkísért, ami kétségek közé lök, az ige, ami bajba sodor. Irányt mutat. Lefelé.*

– Az a Ryan nyomozó miért ismerte?

– *Mert ő is útban van lefelé a pokolba. Fel fogja akasztani magát. Dawkins jól mondta. Ryan felesége is valóban örülni fog ennek. Dawkins a szeretője, és mindketten jól járnak majd, ha a férj meghal. A nő sokat örököl majd tőle, mert Ryan gazdag családból származik. Amikor tudomást szerez a nő*

hűtlenségéről, bánatában felköti magát. Úgy fog lógni, mint a te
szomszédaid itt a kiserdőben.

    – És a Hentes? És Edinborough? Ők miért ismerik a verset?
Ők már hová mehetnének még lejjebb?

    – Nekik nem kell sehová menniük.

    – Miért? Kik ők? Edinborough a Halál?

    – Mondok egy példát, hogy megértsd. Szeretsz sakkozni,
ember?

    – Igen. Bár régóta nem játszottam. De ismerem a szabályait.
Miért?

    – Te a sakktábla fehér oldalán állsz. Te vagy az egyik bábu.
Lényegtelen, hogy melyik, mert lényegtelen vagy. Szerinted a
másik, fekete oldalon melyik bábu lehet Edinborough?

    – Gondolom, a király lenne a legmeglepőbb válasz. Vagy
lehet, hogy mégis inkább a legkiszámíthatóbb? Legyen, akkor
talán a futár. Ő lenne a sötétség hírnöke?

    – Rossz válasz. Ebből is látszik, hogy ti halandók milyen
szánalmasak vagytok. Nem tudtok nagyban gondolkodni. Csak a
részleteket látjátok. Az egészet egyben viszont nem. Edinborough
nem egy figura a sakktáblán, hanem az egész sötét oldal! Az
összes fekete figura egyben. Mindegyikük az. Ők én vagyok.

    – Értem. Azért ennyit fel tudok fogni. Csak én nem így
közelítettem hozzá. És akkor most mi lesz? Mindent beborít
odakint a sötétség? Soha többé nem lesz nappal? Ennyi?

    – „Ennyi?!" Nem! Az egyszerű sötétségnél sokkal több
minden lesz odakint! Gondolkodj már! Te mégis mit műveltél a
szomszédaiddal? A saját feleségeddel?

    – Azokat nem én tettem!

    – Dehogynem! És ezért is vagy itt. Mert benned is ott van a
sötétség. Mindenben ott van. Te én vagyok. Minden én vagyok.
Isten is bennem lakott. Ő is belőlem való. Most viszont
visszaveszem, ami az enyém. Szaporodom. Emlékszel, amikor
megfeketedett egy fa a kertedben? Ott kint! Pont ott!

– Nem látok ki. Túl sötét van. De igen. Amióta itt vagyok, már valamennyire emlékszem.

– *Kivágtad a fát, mert azt hitted, beteg. Akkor találtál rám. A rönk beszélni kezdett hozzád. Emlékszel?*

– Rémlik, de nem mondanám, hogy igen.

– *Pedig így volt. Akkor szólítottalak meg először. És te figyeltél. Mert érdekelt! Mindegyikőtökben ott vagyok! Csak fel kell ébreszteni. Akkor mondtam el a... verset!... ahogy te nevezted. Azt, hogy mit üzen a sír, ha sír az éj. Jaj, hogy imádtad! Azt mondtad, egy horrorírónak ez a legérdekesebb dolog, amit csak hallhat életében. És hogy regényt írsz majd belőle!*

– Ó, te jó ég! Már emlékszem! De én nem úgy gondoltam! Azt hittem, az csak egy történet, és hogy nem vagy veszélyes!

– *Mindnyájan azt hiszitek. Mert azt akarjátok hinni. De valójában vágytok rám. Vágytok a rosszra! Ti akartok ölni. Ti veszitek kezetekbe a kést. Én csak lökök egyet a könyökötökön, hogy végre elszánjátok magatokat a lépésre, és szúrjatok vele. Mert töketlenek vagytok! Még a gyilkoláshoz is. Hentes barátod ezt tudta. Ő volt az egyetlen, akit ez zavart. Ő nem volt töketlen. Ő mozdult nélkülem is. Most végre más is fog. Nem láttad, hogy mi folyik odakint? Itt, Greenfieldben?*

– Láttam, hogy sötét van. De nehéz bármit konkrétan kivenni.

– *Akkor felvilágosítanálak: odakint már minden fa megfeketedett. Sokan kivágták manapság a sajátjukat ebben a kisvárosban. Sokan becézik, dédelgetik rönkgyermeküket. Sokakat olvasni tanítanak a gyermekek. Később írni is fognak, mint ahogy korábban te is. Te adtad az ötletet, úgyhogy köszönöm! Nincs is jobb, mint az írott szó. Fertőzni lehet vele. Egy valódi vírustól csak megdöglenének ezek a szánalmas kis férgek. De az írott szóval az agyukat fertőzöm meg. Mindenkinek volt már kés a kezében, ha reggel levágott magának egy szelet kenyeret. Mindenki gondolt rá, hogy mi lenne, ha beleszúrná valaki mellébe. Akár az anyjáéba vagy a kedvesébe! Vajon mennyire lenne könnyű? Mennyire kellene erősen nyomnia a markolatot? Most végre megtudják. Mert lökni fogok a könyökükön! Már szaporodnak a fekete fák gyermekei. Azt hitted, az csak egy regény? Az a valóság! Ez a valóság itt, körülöttünk! Csak nézz körül! Azok az állítólagos regényeid mind részei ennek! Az mind igaz! Mint ahogy a Szobrász és a Kutyás Gyilkos is te vagy. Te díszítetted fel a fákat is a kiserdőben. Én csak a karodat löktem meg hozzá néha, hogy folytasd.*

— Nem hiszek neked. Lehet, hogy nem szorulsz rá a hazudozásra, de talán mégis származik belőle valamiért előnyöd. Sejtem is az okát! Szerintem valójában nem vagy legyőzhetetlen. Ezt próbálod titkolni. Ezért a sok körítés, a sok rémmese... talán még a sok hazugság is. Nem vagy te sem halhatatlan!

— *Ő is azt hitte* — rúgott bele a bábu valami sötét halomba maga mellett.

— Mi? A szőnyeg? Mi van ott? Semmit sem látok ebben a rohadt sötétben.

— *Elfelejtettem, hogy nektek, embereknek milyen szánalmas látószerveitek vannak. Várj csak... ez tetszeni fog. Legyen világosság!*

A bábu felizzította a testében örvénylő, repedésekben áramló lávaszerű, vörös anyagot. Eddig is világított, így láttam őt is a sötétben, de most még jobban „felcsavarta" a fényt, hogy én is lássak. Bevilágította az izzása az egész szobát.

Már láttam, mire gondol.

— *Na? Mit szólsz hozzá?*

— Mit műveltél vele?!

— *Elhinnéd, ha azt mondanám, hogy szinte semmit?*

Ronny feküdt mellette a padlón, vagy legalábbis, ami megmaradt belőle. Deréktól lefelé javarészt az egész teste szénné volt égve. Csak a lábszárcsontjainak egy része maradt meg odalent, de az sem végig.

Onnan fölfelé viszont egyre jobb állapotban volt: az arcán szinte nem is látszott sérülés. Ezért ismertem fel. De sajnos akkor sem élt már. A kezei voltak a legfurábbak...

– Mit csináltál ezzel a szerencsétlennel?

– *Mondom: szinte semmit. Utána kicsit megégettem, az igaz, de nem miattam szorult be így!*

Ronny kezei egyszerűen bele voltak olvadva padlóba. Csuklótól lefelé belenőtt a keze a járólapba. Onnan aztán nem csoda, hogy nem tudott kiszabadulni!

– *Érdekes egy képessége volt a kis barátodnak. Azt hitte, jut vele valamire ellenem. Rám akart ugrani, hogy megérintsen azokkal a vibráló kezeivel, de nem vette számításba, hogy milyen fürge vagyok. Egyszerűen csak félreálltam az útjából a megfelelő pillanatban, mint a bikaviadalon a torreádor. A többit elintézte ő maga egyedül is. Beleesett a padlóba, és ott is ragadt. Nem tudom, miért nem tudott már kijönni onnan. Vicces, nem?* – megint belerúgott egyet. – *Talán a meglepetés ereje hatott rá így. Lehet, hogy azért blokkolt le. Viszont így legalább végre van mit rugdosnom.*

– Hagyd békén!

– *Egyébként mielőtt megkérded, igen, ezért ismerte ő is a sír üzenetét. Ő is lefelé ment. Már nyolcéves kora óta. Lefelé: Chicagóból Greenfieldbe!* – ismét belerúgott.

– Nem hallod? Ne merj még egyszer hozzáérni!

– *Mit zavar? Már döglött! Mondom: én nem is bántottam... nagyon. Csak megégettem a lábait egy kicsit. A kamrában megtaláltam a hegesztőfelszerelésedet. Gondoltad volna, hogy még működik? Nem is örülsz? Most meg mi bajod van?*

Ronny tényleg meghalt! Istenem!

Azt hittem, elhányom magam... vagy ettől a tudattól, vagy a holtteste látványától.

– Nem bírod az ilyesmit? Akkor menj hátra a kiserdőbe! *Haha! Az sokkal rosszabb! És azt bizony nem én csináltam! Az ott már tényleg te voltál!*

– Ez nem igaz! Mindvégig te voltál! Az összes!

– *Valóban? Nézz már meg engem! Szerinted egy kisbaba méretű bábu hogyan képes felvinni egy felnőtt asszonyt egy fenyőfa tetejére karácsonyfadísznek? Ugyanis Julie-val ezt csináltad! Csúcsdíszt csináltál belőle! Nézd meg, ha nekem nem hiszel! Felhúztad a fára, mint egy nyársra szúrt vadnyulat! Ráadásul a két lába között szúrtad át, és húztad fel a fa hegyes csúcsára. Kegyetlen egy állat vagy te, Flow, ugye tudod?! Mindvégig élt közben az a szegény nő. De most már... Három hónap alatt bizony eléggé „beérett”, hogy úgy mondjam. A Camembert sajt hozzá képest rózsaillatú és kemény, mint a kő. Miért nem mész hátra megnézni? Szerintem tetszene. Olyan puha, hogy kenni lehet. Nem kóstoljuk meg? És akkor még a többi szomszédodat nem is mondtam, hogy azokkal mit tettél.*

– Elég ebből. Ölj meg, vagy hívd a démonaidat, nekem már mindegy. De ne rabold tovább az időmet. A sajátodat se. Vagy inkább tudod, mit? Egyszerűen most odamegyek hozzád, és valagba rúglak. Úgy golyón rúglak, hogy az űrben fogsz repülni az örökkévalóságig! Ezt egy nővér mondta nekem tegnap. Érdekes egy nő, kár, hogy nem ismered. Több szempontból is kár. Mindkettőtökre ráférne az a találkozás. Tehát most odasétálok, és kőkeményen megkapod a magadét. Ha meg tudsz állítani, akkor állíts, de én ezt nem tűröm továáább!!

Nekifutottam, és már szinte láttam magam előtt, ahogy tényleg megteszem. Valóban mindjárt olyat rúgok bele, hogy az ablakon keresztül kiszáll innen. Remélem, legalább fennakad valami fa tetején, ha már az űrbe nem is tudom felküldeni.

De persze csak álmodoztam. Hogyan bánhatnék el egy ilyen hatalommal egy egyszerű focirúgással?! Nem is vagyok túl jó focista.

Ahogy közeledtem, a bábu egyre erősebben izzott. De valamiért mégsem lett fényesebb, hogy világosabb legyen tőle a szobában. Valahogy inkább még sötétebb lett helyette. Még sűrűbb. A ház egész légköre szinte már folyékony tinta volt. Nem is nagyon lehetett már belélegezni. Fuldokoltam az utolsó két méteren.

Tudtam, hogy meg fogok halni. De nem számított többé. Minek várjak tovább? Úgysem engedne el innen!

Essünk akkor túl rajta!

Így, amikor odaértem, valóban meglendítettem a lábam, hogy legalább *megpróbáljam* felrúgni.

Legalább *ennyi* örömöm hadd legyen már!

De mielőtt elérte volna a cipőm a bábut, velőtrázó, iszonyatos sikolyt hallottam a közvetlen közelemből.

Közben el is vakított valami.

Azt hittem, még jobban felizzott az a kis rohadék, és most eleven poklot csinál a házból, az világít ennyire...

...de nem! Azt hiszem, nem ez történt.

Valami megragadott, majd felrántott egy pillanatra.

Nem is csak egy pillanatra...

hanem inkább folyamatosan húz?

Húz és húz.

Mi a fenét csinálnak velem?

Eddig nem láttam semmit a kavargó sötétség és az izzó láva miatt, de most végre tisztulni kezdett a kép.

A házat láttam.

A nyaralót.

De most fentről, a levegőből...

Egyre távolabbról...

Valami elragadott, és most repül velem!

Láttam, ahogy csápok nyúlnak ki az ablakokon, utánunk kapnak, de nem nagyon tudtak már elérni ebben a magasságban.

Aztán a fák is megelevenedtek a ház körül. A fekete fák utánunk nyújtóztak az ágaikkal, mint a kéredzkedő gyermekek, szinte könyörögtek hozzánk. De ebben a kertben, sőt talán az egész városban nem voltak már gyermekek. Valódiak többé nem. Csak a fekete fák gyermekei. Már csupán a *sötétség* és a halál lakta s uralta ezt az elátkozott helyet. Tanyát vertek itt...

„Mert kiszáradt kertemben az élet fája,

Korhadt csonkján, görcsök között a remény halt meg utoljára."

*****

De ekkor már a kéredzkedő, nyújtózó ágakhoz képest is túl magasan jártunk.

Minket idefent nem érhettek el.

– Te tényleg bele akartál rúgni? – jött fölülem egy hang. – Azt hitted, egy rúgással majd elintézed?

– Te vagy az, Nola? Te élsz?!

– Attól függ, hogy nézzük. De inkább azt mondanám: nem. Nem igazán élek.

Próbáltam felemelni a fejem, hogy lássam, de képtelen voltam ránézni. Nagyon erősen világított. Még hunyorogva is vakított. Inkább visszafordítottam a tekintetem a föld felé.

A sötétség még tett néhány elkeseredett kísérletet arra, hogy elkapjon minket, de már tényleg nem tudott. Ekkor iszonyatos morajlás, majd bőgés hangzott odalentről. A kórházi dimenziókapu csikorgása ehhez képest semmi sem volt!

A ház egyszerűen darabokra esett alattunk. Majd egyre jobban növekvő körökben sok minden más is széthullott körülötte, mint a kártyavárak vagy inkább, mint a körökbe rendezett dominó. De azért az egész város nem semmisült meg. Egy idő után abbamaradt a dezintegrálódási láncfolyamat.

– Abbahagyta? Jellemző! – mondta Nola. – A saját művét bezzeg nem pusztítja el, csak a másét!

– Úgy örülök, hogy itt vagy! – mondtam neki. – Akár élsz, akár nem!

– Én is! – A hangja a régi volt, még akkor is, ha talán szájjal sem rendelkezett többé. Nem tudom, mivel képezte a hangokat. Leginkább csak fényből tevődött össze. Valami gömbvillámszerűség volt, vagy olyan, mint egy nap, csak kicsiben. Azt sem tudom, mivel és hogyan fogta a vállaimat. Nem láttam. Beborított minket a tündöklő fény. Szinte napként izzottunk az égen. Mégsem égetett. Csak ragyogás volt, hő nélkül. – Mi lett Ronny-val? – kérdezte. Ő életben van még? Elmenjünk érte?

– Nem. Sajnos meghalt – mondtam szomorúan. – Onnan már nem tudod visszahozni?

– Onnan senki sem tudná. Sajnálom.

– De te is itt vagy! Te akkor miért élsz? Mi vagy te? Angyal? Ugye angyal vagy?

– Látsz rajtam valahol szárnyakat?

– Mintha a kórházban láttam volna egy pillanatra!

– Akkor csak a szemed káprázott. Angyalok nem léteznek.

– Akkor mi vagy?

– Nincs nevünk. Miért lenne rá szükségünk? Mi nem emberek vagyunk. Azt hiszed, a neveknek van bármilyen jelentősége vagy akár értelme?

– Miért? Akkor nem is Nolának hívnak?

– De, persze. Mintha az egy valódi név lenne.

– Jó, értem. Legalábbis azt hiszem... Mondd csak, emlékszel mindenre, ami történt?

– Annál jóval többre is. Itt a Földön, emberi testben korlátozott volt a felfogóképességem. De már nem az. Kérdezz!

– Igazat mondott a bábu? Tényleg én tettem mindazokat a szörnyűségeket? Ugye én tettem? Miért mondtad a kórházban, hogy érzed, hogy ártatlan vagyok?! Nem vagyok az!

– De igen. A sötétség hazudik. Majdnem minden egyes szava hazugság. Csak néha rejt bele igazságot is itt-ott, hogy még higgyenek neki. Ezáltal manipulál. De attól még hazug. Sajnos fizikai értelemben valóban te tetted mindazt, de a lelked közben valahol egészen máshol járt. Te a közelben sem voltál. Ő nyomta el benned nagyon mélyre. Bezárt. Akkor már nem te irányítottál. Úgy mozgatott téged, mintha te is bábu lennél. Azokból a dolgokból semmit sem te csináltál. Csak azért mozgatott, hogy később azt hidd, te voltál. Ez az ő játéka. Így tesz tönkre mindent és mindenkit. Bábunak látszik, de valójában ő a bábmester, a manipulatőr és a hazug.

– De ha valóban ártatlan vagyok, akkor miért nem segítettél egyszerűen csak kijönni a kórházból, és kész? Miért hagytad, hogy bezárva tartsanak?!

– Mert itt a Földön sajnos végleg elintézett téged az a bábu. Mivel fizikailag valóban, mondjuk úgy: a te kezedben volt a kés, ezért minden tele van bizonyítékokkal. Mindenhol ott vannak az ujjlenyomataid. Én ott a kórházban nem kiszabadítani akartalak, hanem meggyőzni arról, hogy ne hibáztasd magad. Mindenképp börtön várt volna rád vagy bizonyos államokban akár még kivégzés is. Sajnálom. Ezért kellett eljönnöd. Talán már korábban is elhozhattalak volna, de nem mertelek. Előbb szép lassan meg akartalak győzni, hogy te is megértsd, mi történt és mi folyik jelenleg a világodban. Csak sajnos nem mindig minden úgy sikerül, mint ahogy tervezzük. Azt sem terveztem, hogy megkedvellek. És azt sem, hogy beléd szeretek. Mégis megtörtént.

– Én is így érzek – vallottam be szomorúan. – Szeretlek! Nem mintha most már számítana.

– Ne mondd ezt. Ez mindig számít.

– Mi lesz most a Földdel? Tényleg járványként fog terjedni a „sír üzenete", ahogy ő mondta? Tényleg szaporodni fognak ezek a rohadt bábok? Mindenkinek lesz egy? Mindenki regényeket ír majd, és meghülyítik velük egymást?

– Sajnos igen. A mai napon jelenik meg hivatalosan, országszerte az első ilyen regény: a *te* regényed.

– Miféle regényem? Nagyon rég nem írtam semmit! Alkotói válságban vagyok!

– Sajnos azt már nem teljesen te írtad. Te kezdted el... valami horrorregény lett volna egy hasbeszélőről, aki helyett a bábuja gyilkol. De sajnos menet közben a fantáziád valóra vált. Miközben a bábu gyilkolt, folytatta is helyetted a könyvet. Leírt benne mindent, amit tett. Ő írta meg a regényed kilencven százalékát, majd elküldette veled a kiadódhoz. Nekik pedig *borzasztóan* tetszett. „Nagyon újszerűnek" találták és „hitelesnek". Azért, mert az. Ezt most nem a kiváló fantáziával megáldott író írta egy gyilkosról, hanem személyesen a gyilkos írta. Ennél nincs hitelesebb. Ezért lesz ez életed legsikeresebb és legjobban fogyó regénye. Ma jelenik meg. A könyvdedikáláson viszont már nem fogsz megjelenni. Mától hivatalosan eltűntnek fognak nyilvánítani. A regény viszont bombasztikus siker lesz. Sajnos. És a sötétség tovább terjed. A fekete fák gyermekei pedig szaporodnak.

– Marha jó! És semmit sem tehetünk ez ellen?

– *Most* biztos nem. Talán majd máskor. Egyszer...

– Ha már a regényeknél tartunk... Mindenképp tudni szeretném azt, amiről azt mondtam, akár regényt is írnék, ha kijutnék a kórházból. Egyszerűen tudnom kell! Bár lehet, hogy úgysem számít, de akkor is! Ha megkeresném a Hentes áldozatának holttestét, egyezne a DNS-ünk? Én ő vagyok? Azaz én voltam az az áldozat?

– Erre nehéz lenne válaszolnom. Mármint úgy, hogy te is megértsd.

– De egyébként igen?

– Egyébként igen, te voltál az. De ne törd rajta a fejed, hogy ez hogyan lehetséges. Most még nem értenéd meg. Talán majd később. Egyszer... De most én is hadd kérdezzek egyet: Mi lesz azzal a másik regénnyel? Az enyémmel!

– Az FBI-ossal? Nola Darxley-val? Semmi! Mégis mi lenne vele?

– Hogyhogy? Akkor most már meg sem írod? Pedig azt szívesen elolvastam volna! Az lett volna életem első horrorregénye, ami igazán tetszett volna. Miért nem írod meg?

– Mert nem lenne hol! Mégis hol írjak regényeket? A mennyben?

– A *mennyben*? Te tényleg azt hitted, hogy oda viszlek?

– Miért? Talán nem haltam meg? Amikor elragadtál, abban a pillanatban úgy éreztem, hogy szétszakadok. Nem így volt? Most sem látom a lábam! Időközben rájöttem, hogy azért, mert már nincsenek! Ott maradtak ugyanis! A holttestem még mindig ott van, ugye? Halott vagyok!

– ...

– Csak a lelkemet ragadtad el! Kitépted a testemből, hogy megmentsd, mielőtt az ott lerántotta volna a mélybe.

– Miért? Éltél volna inkább még ott egy darabig? Nyaralgattál volna? Hátra mentél volna leszedni a termést? Mármint Julie testét a fáról? Mondom, hogy minden tele volt az ujjlenyomataiddal! Egy életre bezártak volna! Még akkor is, ha valóban ártatlan vagy. Egyébként se érdekeljen az a régi tested. A lényeg itt van. Velem van. Velem *vagy*.

– ...

– Na látod! Ez a lényeg. Egyébként se mondj olyat, hogy már nem élsz. Ezeknek a szavaknak amúgy sincs túl sok értelme. Az viszont fontos, hogy ne szomorkodj és ne is félj. Lehet, hogy nem a mennybe megyünk, de csak azért, mert nem az a neve. Nincs semmilyen hely a felhők felett, ahol szárnyas, pufók csecsemők hárfákat pengetnének. Ugye te sem gondoltad, hogy létezik olyan?

– Azt hiszem, nem.

– Ahová megyünk, az nem a felhők felett van.

– Akkor az űrben?

– Ne fizikailag képzeld el. Máshol van. Szeretsz sakkozni? Mondok neked egy példát...

– Jó, de csak gyorsan! Hamar essünk túl rajta! Valahogy mostanában kezdem rühellni a sakkot!

– Rendben. Tegyük fel, te vagy az egyik bábu. Melyik vagy?

– Nem tudom, egy paraszt?

– Én a királyt akartam javasolni, de te tudod... Ki minek tartja magát... Én viszont hadd legyek már a királynő, rendben? Ló valahogy nem szeretnék lenni. Tehát tegyük fel, mi vagyunk a király és a királynő a fehér oldalon. Hová megyünk most?

– Remélem, nem át a sötét oldalra! Arról ma már hallottam egyszer...

– Nem, dehogy!

– Akkor egy másik sakktáblára?

– Ez már majdnem stimmel. Valójában egy olyan helyre, ahol nincsenek sakktáblák, nincsenek világok. De mégis mindegyikre rálátni, mert nagyon magasan van. Nem fizikailag, de magasan.

– Most aztán végképp nem tudom elképzelni!

– Semmi baj. Hamarosan meglátod te magad is. Egy időre most el kell válnunk, de aztán... kis idő múlva... odaát találkozunk.

– Akkor jó – kezdtem könnyezni örömömben. Pedig már nem volt mivel. Nem volt szemem, sem könnyeim. A lelkem könnyezett.

– Mondtam, hogy ne szomorkodj! Semminek sincs vége. Odaát már te is látni fogod, hogy így van. Még lehet, hogy egyszer az a regény is megszületik! Tudod, az FBI-os!

– Ha te mondod! És mit akarsz, mi legyen a címe?

– Nem tudom... „Utazás a fénybe"? Vagy a „Szerelem odaát"?

– Sajnálom, de ha ez egy thriller-horrorregény, akkor ezeknél azért kicsit darkosabbnak kéne lennie, hogy meg is vegyék. Legyen valami sötét, valami olyan, amitől az emberek gyomra összeugrik... mégis furán csábító és érdekes... majdhogynem szexi! Mit szólnál ahhoz, amit Edinborough mondott? *„Kellesz nekem, kellesz a sötétségnek"* stb... Az aztán sötét volt! Legyen hát az a címe, hogy „Kellünk a sötétségnek". Mi a véleményed?

– Ez nagyon jó! Nahát... te tényleg tehetséges vagy! Nekem eszembe sem jutott volna ilyen. Ez tetszik! Lehet, hogy akkor megváltoztatom erre a címét!

– Mi? Mi az, hogy „megváltoztatod"? Mármint te? Csak úgy? Fogod magad, és megváltoztatod? Na azért álljunk már meg! Most akkor melyikünk itt az író?!

– VÉGE A MÁSODIK RÉSZNEK –

Utószó

Ez a történet a reményről szól...

és annak haláláról.

De vajon miért lenne szükséged reményre vagy akár csak szerencsére is, hogyha egyszer saját őrangyallal rendelkezel?

Miért érdekelne a remény halála, ha a szerelmed és te is, mindketten halhatatlanok vagytok?

A dolgokat nem kell ám azért mindig olyan borúsan, aggodalmaskodóan nézni, és akkor... talán majd nem is látjuk őket olyan sötéten.

A valóságban egyik oldal sem annyira fekete vagy sötét, mint egy sakktáblán... vagy akár, mint egy nővérpult két oldalán.

A tanulság tehát az, amit Ronny egy jó barátja, azaz „miszter Flow" is már nagyon elmésen megállapított egyszer:

Legyünk szarvasok!

Napozzunk csak, szeressük egymást, élvezzük az életet, és szarjunk a világra!

GABRIEL WOLF

Suttog a fény

(Mit üzen a sír? #3)

Arte Tenebrarum Publishing
www.artetenebrarum.hu

Szinopszis

Suttog a fény („Mit üzen a sír?" harmadik rész)

Mindent beborított az éj és a sötétség. A fény már suttogni is
alig mer, megtűrt jelenséggé sorvadt a borzalmas, apokaliptikus
állapotok között.

Az erőszak és a gyilkosságok mindennaposak. A vírusként
terjedő skizofrénia olyan méreteket öltött, hogy jelenleg már
több tudathasadásos sorozatgyilkos van a Földön, mint
egészséges ember.

Egyvalaki van csak, akin nem fog a skizofrénia-vírus: egy
tehetségtelen, névtelen író. Ő már gyermekkora óta mentális
betegségekben szenved: Savant-szindrómája és hipergráfiája
van. Ráadásul enyhe skizoid személyiségzavarral is küzd, mely
azt jelenti, hogy csak bizonyos tüneteit produkálja a
skizofréniának. Mivel kamaszkora óta részben már amúgy is
ebben a betegségben szenved, így ő nem tudja újra „elkapni",
tehát immunis a járványra.

Nemcsak nem hat rá a terjedő sötétség, de rájön, hogy talán
megoldást is tud rá:

Tinédzserkora óta az a téveszme gyötri, hogy pókok beszélnek
hozzá. Nem hálószobája sarkaiból, hanem villanykörtékből.
Úgy érzi, hogy bizonyos izzók fényét odabent élő pókok
generálják. Ezek a világító, nyolclábú hálószövők pedig
suttognak. Őhozzá. Utasításokat adnak az írónak, hogy miként
állíthatja meg a pusztulást, hogyan akadályozhatja meg az éj
továbbterjedését és ezáltal a világvégét is.

Vajon elég lesz néhány világító pók tanácsa – amelyek ráadásul csak egy skizoid téveszméjében léteznek – ahhoz, hogy megállítsák az élet és halál küszöbén már átlépett, odalentről áradó sötétséget?

Felvehetik-e a harcot ezek a nemlétező lények a nagyon is valódi, emberek keze által faragott rönkgyermekekkel?

Győzedelmeskedhet-e a suttogó, kihunyóban lévő fény a tomboló, mindent elnyelő sötétség felett?

Egy kitalált mesében? Talán igen.

Na de mi a helyzet a valósággal?

Első fejezet: Selfie

2018. június 1. Chicago, Amerikai Egyesült Államok
Egy felhőkarcoló harmadik emeletén, egy táplálékkiegészítőket
gyártó és forgalmazó cég irodájában
Reggel 8 óra 28 perc

– Hogy vagytok, Angie drágám?
– Kiválóan, köszönöm, tényleg kiválóan. Hisz láthattad is a
„selfie"-ket, amiket tegnap raktunk fel a Facebookra – mondta
Angela.
– Igen, láttam őket – mosolygott Charlotte. – Mindig
örömmel nézzük a képeiteket az én Frank mackómmal.
– Igen, tudom. És olyan aranyosak vagytok, hogy mindig
lájkoljátok őket! Már akartam is mondani, csak mindig
elfelejtem, ne haragudj!
– Ugyan már, Angie, semmi baj. Ti még fiatalok vagytok,
szépek vagytok, van két gyönyörű gyereketek is. Így tényleg
érdemes fényképezkedni. Mi már csak két vén, morgós medve
vagyunk az én Frankemmel. Miránk ugyan ki a csuda lenne
kíváncsi?
– Jaj, Charlotte, hogy mondhatsz ilyet? Hisz alig vagy öt
évvel idősebb nálam! Frank pedig hattal. Akkor most ő mennyi
is, negyvenhárom?
Charlotte bólintott.
– Na látod! Még hogy öregek vagytok! Szerintem mások,
akik nem ismernek, meg sem mondanák, hogy van köztünk
korkülönbség. Frank is igazán jó karban van.
– Hogy érted ezt?

– Hát, jól tartja magát. Büszke lehetsz a férjedre.

– Az is vagyok.

– Tényleg, mit csinál mostanában? És te, Charlotte? Mivel töltöd az idődet munka után? Már olyan rég beszélgettünk! Ne haragudj, hogy így elhanyagollak, de tudod, a gyerekek... meg a családi ház. Rengeteg velük a munka.

– Tudom, tudom. És hidd el, én megértem. Mondom: én ilyen morgós vagyok. De igazából nem hibáztatok ám senkit. Csak úgy lamentálok, és jár a szám. Frank is ilyen – nevetett Charlotte.

– Ő hogy van? Még mindig ott a könyvtárban dolgozik? Végül nem mondott fel?

– Ööö... nem. Mármint még ott dolgozik, igen. De manapság ritkán jár be. Mostanában inkább csak a hobbijainak él.

– Komolyan? Ez izgalmasan hangzik! És hogyan tudja ezt összeegyeztetni a munkájával? Nem neheztelnek érte odabent, hogy kevesebbszer megy be?

– Igazából nem tudom. Valahogy elintézte, megdumálta a főnökkel. Tudod, hogy Frank milyen...

– Persze, tudom.

– *Hogy érted ezt*?

– Tudom, hogy nagy dumás. Biztos valahogy meggyőzte a górét. Képzelem, miket mondhatott! Franknek igazán jó a humora.

– Nos, igen. Valóban *van neki*.

– És mi az a nagy hobbi, ami miatt még a könyvtárba is alig jár már be?

– Igazából konkrétan nem tudom. Vagy legalábbis nem minden részletét. Építget valamit a pincében. Zörög, kopácsol, vés, gyalul meg ilyenek. Farigcsál.

– Farag? Nahát! Gondoltam, hogy van kézügyessége. Frank igazán intelligens ember, de hogy ekkora zseni, hogy még szobrászkodni is képes, ha csak úgy kedvet kap hozzá!

– *Gondoltad, hogy van kézügyessége?* Mégis *mire* célzol ezzel?

– Semmire, Charlotte, ne viccelj már. Egyszerűen csak az ember nem nézné ki egy könyvtárosból, hogy szobrokat kezd faragni, ennyi az egész. Hogy te milyen feszült vagy ma reggel, drágám!

– Igen, igazad van, ne haragudj. Szóval farigcsál. Nem hiszem, hogy szobrot. Annyira azért nem nagy a mérete. Inkább csak valami bábufélét készít.

– El akarja adni? – kérdezte Angie.

– Már miért akarná?

– Úgy értem, hogy amikor ott akarta hagyni a könyvtárat, azt mondtátok, hogy valami más szakmába szeretne belevágni. Frank mindig azt mondogatta, hogy „vállalkozni kéne", és hogy nem neki való az egész napos ücsörgés a sok poros könyv között. Csak allergiás lesz tőle, és még jobban tönkremegy a szeme.

– Ja? Nem kereskedni akar a művével, ha erre gondolsz. Ez tényleg csak hobbi. Frank tisztára belebolondult abba a kis izébe. Képzeld, *annyira* szeret dolgozni rajta, hogy közben még beszél is hozzá, mintha a sajátja lenne.

– A „sajátja"? Mármint miből? Charlotte, mondd csak, hogy néz ki az a dolog, amit Frank farag? Mint egy kirakatbábu? Vagy mint egy pici játékfigura, akár egy Barbie baba vagy egy olyan G.I. Joe katona, amivel a fiúk játszanak? Ő is valami olyat készít? Ilyesmikre hasonlít Frank műve?

– Nem. Inkább úgy néz ki, mint egy gyerek. Egy kisbaba. Frank úgy beszél hozzá, mintha a saját *fia* lenne. Így értettem. Bár nehezen lehetne az – nevetett Charlotte.

– Persze! Mivel fából van – bólogatott Angie is mosolyogva.

– Nem. Nem úgy értem. Mármint nem kizárólag azért, mert fából van. Főleg azért lenne fura, ha Frank gyereke lenne, mert pont úgy néz ki, mint *ő maga!* Nem kisbaba korúra készítette a bábut kinézetre, hanem csak baba *méretűre.* Olyan, mint a felnőtt

Frank, csak kicsiben: szakálla van, szemüvege és kis pocakja is, meg minden. Egy igazi felnőtt krapek, csak nem olyan nagy, mint ő. Látnod kéne! Nagyon élethűre sikeredett. Ijesztően élethűre! Már majdnem kész is van vele.

– Komolyan? Hú, de érdekesen hangzik! Frank egy igazi művészlélek. Én mindig is tudtam. Tényleg szívesen megnézném! Mikor lehetne?

– Hát, akár holnap délután. Gyertek át Aaronnal. Nézzétek csak meg!

– Ó, holnap délután nekünk sajnos nem lesz jó. Tudod, a gyerekek... megint orvoshoz kell vinnem a kisebbiket. Nem lehetne inkább holnap délelőtt? Tudod, én szabadságon vagyok. Délelőtt ráérek. Mondd csak, nem nézhetném meg akkor? Aaron, mondjuk, dolgozik, de őt amúgy sem hiszem, hogy nagyon érdekelné az ilyesmi. Soha egyetlen szobrászati kiállításra sem jött el velem. Még akkor sem, amikor még bőszen udvarolt nekem. Pedig akkor aztán nagyon kitett magáért a fickó, te is tudod! Szóval megnézhetem holnap délelőtt? Frank otthon lesz?

– Persze. Otthon lesz. Mint mondtam, mostanában nem jár be gyakran a könyvárba. De holnap délelőtt sajnos nem jó. Nekem nincs szabadnapom. *Én* itt leszek, bent.

– Tudom, de az miért lenne baj? Nem kell, hogy te is ott légy. Csak felugrom, beköszönök Franknek, dumálunk kicsit, és megnézem azt a nagy mesterművet!

– Mi? Angela, te úgy akarsz felmenni hozzánk, hogy én nem tartózkodom otthon?

– Miért probléma ez? Charlotte, mi van veled? Tényleg olyan feszült vagy ma! Mindenre visszakérdezel, és ráadásul elég fura hangsúllyal. Mintha gyanakodnál rám valamiért... Miért baj az, ha egyedül nézem meg Frank alkotását? Ne viccelj már, hisz tíz éve ismerjük egymást! Te vagy a legjobb barátnőm, a nagyobbik fiam keresztanyja. Frank olyan, mintha a bátyám lenne. Ezért is hívom Frank bátyónak, vagy nem?

– De. Pont *ezért* esik annyira rosszul, Angela, hogy holnap reggel... úgy, hogy előtte még velem is nagyképűen közlöd, hogy mire készülsz... lenne *pofád* egyedül felmenni holnap a férjemhez, hogy *megdugasd* vele magad! Hogy „Frank bátyó" jól bevágja neked a farkát! Nos, ez valóban nem esik túl jól.

– Charlotte, megőrültél? Hogy mondhatsz ilyet?! A legjobb barátnőm vagy! Ez most komolyan nagyon rosszulesik. Teljesen meg vagyok döbbenve... és leforrázva... Ezt nem néztem volna ki belőled. *Ezt,* azt hiszem, *sosem.*

– Nem? De azért a férjemhez csak felmentél volna dugni, mi? Ne hidd, hogy nem látom, hogyan gúvasztod a szemed, amikor róla beszélsz! *„Büszke lehetsz a férjedreee!"* – utánozta Charlotte Angela hangját szándékosan nyávogó, idegesítő stílusban. Pedig a barátnője nem is szokott úgy beszélni.

– Persze, hogy büszke lehetsz rá, hisz kiváló ember! De miért mondasz most ilyen szörnyűségeket? Hogy én, Angela Masterson szemet vetettem volna a te Frankedre? Miért tenném? Hisz boldog házasságban élek én magam is!

– Ja! Marha boldogban! Azért szemeteled tele a Facebookot a rohadt képeitekkel! Te inkább élsz az interneten, drágám, mint a valóságban! Ha olyan baromi boldogok vagytok Aaronnal, akkor miért ültök otthon mindketten külön-külön a számítógépeitek előtt egész nap? Miért nem egymáson ültök inkább pucéran, úgy, hogy közben benned van? Miért töltögettek annyi képet a közösségi oldalra, ahelyett, hogy egymással foglalkoznátok? Azért tetszik neked annyira Frank *humora*, mert Aaronnak nincs! Mint ahogy farka sincs. Az nem férfi, drágám, csak egy nagy nulla! Egy rohadtul unalmas, üresfejű kis szarjankó a te férjed, Angela. És ezt most *tényleg* nem rosszindulatból mondom ám, hanem úgy, mint igaz barátod. Tehát nem azért mondtam ki ilyen nyíltan, mert ájultra akarod keféltetni magad a házastársammal, akit szeretek és tisztelek. Aaron sajnos akkor is egy senki. Egy humortalan puhapöcs.

– Charlotte, ezt most már tényleg hagyd abba! Nem beszélhetsz így a férjemről! Nem ismerek rád! Régen sosem beszéltél ilyen ocsmány, közönséges stílusban! Egyébként sem igaz, hogy Aaronnak ne lenne humora!

– Ó, valóban? És milyen a kézügyessége? Az is olyan jó, mint Franké? Mondd csak, mikor ültél rá utoljára Frank bátyó kezére, drágám? Mikor használta rajtad utoljára azt a fene nagy kézügyességét, amiről az előbb annyira érdeklődtél? Melyik ujján szeretsz a legjobban ugrálni? Hol csináljátok? Gondolom, nem is az ágyban, hanem egyenest a konyhaasztalon, ugye? Ahol én viszont *enni* szoktam, mint más egészséges, erkölcsös emberek! Ugyanis azt a bútort evésre használják, *drágám*! Ti meg ott üzekedtek, mint az állatok, és rajtam röhögtök, hogy milyen szar testem van! Hogy milyen öreg vagyok! Ő is röhög rajtam? Miközben jól betolja neked a dorongját az *én* konyhaasztalomon, amit szeretett édesanyámtól örököltem?

– Na de Charlotte! Mit merészelsz?! Neked tisztára elment a józan eszed! És tényleg, mióta lettél ilyen trágár és zavarba ejtően szókimondó? Én nem így ismerlek téged! Mondd csak, jól vagy? Szedsz valamit? Miért viselkedsz ennyire furán és gátlástalanul? Valahogy olyan agresszív vagy ma! Mintha ez nem is te lennél. Korábban sosem mondtál volna ilyeneket. Pláne nem *ezekkel* a durva kifejezésekkel. Drágám, de hiszen ti keresztények vagytok! Frank engedi egyáltalán, hogy ilyen csúnyán beszélj? Egyébként is honnan jutnak eszedbe ehhez hasonló alpári dolgok?

– A bábutól. Ő mond ilyeneket Franknek. Mindent elmondott ám neki rólad is! Ő pedig természetesen továbbadja nekem, hiszen a férjem. Szeret és tisztel engem. Nem úgy, mint te. Ne hidd, hogy nem tudok mindent rólad, te kis kurva. Tudom ám én, hogy mit szeretsz! Tudom, mennyire vagy perverz!

210

Aaron nem elég neked, mert túl együgyű. Túlzottan földhözragadt és átlagos. Annak a szegény fiúnak nem elég mocskos a fantáziája. Nem olyan állatias kretén, mint te. Neked vadság kell, kiszámíthatatlanság. Hogy valaki jól bevágja neked, mi? Ezt várod a férjemtől is! Tudod, mit? Nyugodtan menj csak fel holnap Frankhez. Tényleg. Én nem tartalak vissza. Sőt, engem zavarni sem fog a dolog, esküszöm. Tudod, hogy miért? – mosolygott Charlotte kedvesen. Tényleg őszintének tűnt.

– Halljuk. Miért? Bár örülök, hogy talán mégiscsak van benned belátás, és megnyugodtál, de azért nekem még most sem tetszik túlzottan az, ahogy rám nézel. Az meg pláne nem, ahogy fogalmazol, és amiket rólam tételezel fel. De most miért engeded meg mégis, hogy felmenjek hozzá egyedül?

– Mert én is szabadságot veszek ki holnapra. Most döntöttem el, ebben a pillanatban. Nem jövök be holnap, hanem helyette ott foglak várni reggel a házunkban, a lépcsőházban. Ott leszek az egyik lépcsőfordulóban sötétbe húzódva. Amikor elhaladsz előttem, úgy beléd szúrok egy rohadt késsel, hogy elvérzel! Egy rozsdás késsel, bele a pofádba! Az életben nem jutsz fel az emeletig, hogy a férjemmel henteregj! Kibelezlek ott a lépcsőkön, te kis senki! És utána meglátogatom a humortalan, törpepöcsű Aaront és a két ronda gyerekedet is! A beleikkel fogom kidekorálni a házunk pincéjét. Lampionokat fogok készíteni belőlük odalent a babának. A beleikből és a bőrükből. Aaron-lampion fog világítani kicsi Frank bölcsője felett.

– Charlotte, te beteg vagy... *súlyos* beteg. Neked segítségre van szükséged. Nem tudom, mi történt veled, nem tudom, mi folyik nálatok mostanában odahaza, de azt igen, hogy *nagyon* nagy a baj! Akármit is érzel most vagy hiszed, hogy érzel, drágám, az nem a valóság! Téveszméid vannak. Veszélyes vagy. Ahogy kimondtad ezeket a szörnyűségeket, éreztem, hogy mindezt még *tényleg* képes is lennél megtenni. Ne haragudj, de szólnom kell a főnöknek, hogy hívja a mentőket. Ez a te érdeked is. Kezelést kell, hogy kapj. *Nagy baj* lesz, ha nem kapsz profi segítséget, Charlotte. Te már tényleg veszélyes vagy, ha ilyenek járnak a fejedben! Szegény kis drágám. Meglátod, rendbe fogsz jönni. De most így, ilyen állapotban nem maradhatsz emberek között.

– Jaj, ugyan már! Semmi baj, Angie! Nehogy megijedj itt nekem. Csak bolondoztam kicsit! Csak játszottam! – nevetett Charlotte. – Tudod, hogy Frank mennyit viccel. Ez az egyik legújabb közös poénunk otthon, hogy mi lenne, ha sorozatgyilkosok lennénk! Ő mond nekem állandóan ilyen szörnyűségeket, hogy majd elintézi ezt a fickót, meg kicsinálja azt... megdugja az öreg nőt a szomszédban, és levágja a fejét... csak nem ebben a sorrendben... és amikor én meg már halálra rémülnék, hogy tényleg megteszi, mindig nevetni kezd a kis drága, hogy már megint sikerült rászednie! De most én nevetek rajtad, Angie, bibibí! Hahaha! – Charlotte egészen könnyesre kacagta magát, olyan jól szórakozott. – Látnád most magad! Tényleg elhitted mindezt, te kis buta!

– Te most *komolyan* csak vicceltél az előbb? Charlotte, nem tudom, mit mondjak erre... Ne haragudj... de azért ez mégiscsak túlment már egy bizonyos határon, nem gondolod? Olyan dolgok hangzottak el a szádból, hogy... Hogyan voltál egyáltalán képes olyanokat kimondani? Nekem?! *Nekem*, Angie-nek, a legjobb barátnődnek!

– Hogyhogy? Mire gondolsz? Mit mondtam? Mi volt az a nagyon rossz? Melyik része?

– Én ugyan el nem ismétlem azokat az ocsmányságokat! De olyanokat mondtál, hogy bántani fogsz. És a családomat is! Ilyennel nem viccelünk, drágám! Mégis mi ütött beléd? Nem ismerek rád! Hogy mondhattál olyanokat?! Te tényleg azt hiszed, hogy mindez jópofa?

– Jó, jó, akkor hát elnézést kérek! Ha ennyire érzékenyek lettünk! Nem gondoltam én ám mindazt komolyan. Tudod, hogy imádlak, drágám. Te vagy a legjobb barátnőm. Bármit megadnék neked! Bármit! És akármiben segítenék, ha bajotok lenne Aaronnal, hisz te is tudod. A fiad keresztanyja vagyok, és őszintén szeretlek benneteket. Az egész családot. ...Még akkor is, ha a férjem álló farkára akarsz ülni, hogy azon pattogj órákon át, te mocsok szar!

– Látod, erről beszélek, Charlotte! Valószínűleg bipoláris vagy, de lehet, hogy még valami annál is rosszabb. Neked segítség kell. Szólok a főnöknek! – Angela felállt, és sietve elindult a csoportvezető irodája felé, hogy ott majd mentőt hívjanak a barátnőjéhez.

– Ne haragudj! – szólt utána Charlotte. – Megint csak vicceltem! – pattant fel, és máris Angela után indult. – Várj már, te butus! Nehogy komolyan vegyél! Na jó, nem tartalak vissza. Menj csak, ha ennyire megsértődtél egy ilyen kis apróságon. Látom, ma nem érted a viccet. De ha úgyis mész hozzá, légyszi, add már vissza a górénak ezt a tollat – nyújtotta Charlotte előre a kezét, amiben egy drága töltőtollat tartott. – Ez az övé, csak tegnap az asztalomon felejtette.

– Rendben, odaadom – nyúlt érte Angie kelletlenül. Gondolta, annyit azért megtehet, hogy átad a főnöknek egy tollat, még akkor is, ha utána *valóban* ki fogják hívni a mentőket.

De Charlotte megint átejtette. És villámgyorsan cselekedett!

Mielőtt Angela kivehette volna Charlotte jobb kezéből a tollat, az gyorsan rázárta ujjait, és elrántotta előle, hogy barátnője nehogy tényleg elvegye. Bal kezével pedig Charlotte elkapta gyanútlan barátnője haját, és húzni-rángatni kezdte lefelé. Olyan erővel, hogy Angelának majd' a nyaka tört bele:

– Ááá! Ez fáj! Charlotte, mit csinálsz? Eressz már el! Kitöröd a nyakam!

Az irodában ekkor már mindenki a két nőt nézte, hogy mit művelnek egymással, és vajon miért. Kicsit mosolyogtak is

páran, hogy most legalább láthatnak egy afféle „cicaharcot",
amin a férfiak mindig olyan jókat szórakoznak.

– Máris elengedlek, drágám – rángatta Charlotte egyre
erősebben Angie haját. Már recsegett a szegény nő fejbőre.
Marékszámra szakadhatott ki tövestül a haja, mert Charlotte
olyan erővel cibálta vicsorogva, hogy még a nyála is csorgott
közben, mint egy veszett kutyának. – Elengedlek! Csak előbb
beléd tolom *ezt*, itt!

Charlotte erőből beleszúrta a töltőtollat Angela arcába.
Egész pontosan a jobb szemébe. Azonnal ki is pukkasztotta vele.
A szemgolyójából kifröccsenő átlátszó, kocsonyás lé végigfolyt
a halálra rémült Angela arcán, egészen a reszkető, kiáltásba
dermedt szájáig. Talán még abba is belement. Megízlelhette a
sűrű, sós lét. A halál ízét.

Angelának ideje sem volt védekezően az arca elé kapni a
kezét. A jobb szeme sajnos odalett. A hegyes töltőtoll vagy
három centiméter mélyen belefúródott a szemgödrébe. Azt a
szemet már senki sem fogja neki helyre rakni. Nincs az a sebész,
aki képes lenne rekonstruálni egy kidurrant, cafatokra szakadt
szemgolyót.

– *Ezt akartad, nem*? – lihegte Charlotte kéjesen. – Hogy
valaki végre beléd dugjon valamit! Ezért mentél volna fel az
uramhoz is! Akkor itt van, nesze! Jólesik? Te is felizgultál már?
Nem baj, ha Frank helyett inkább most én csinálom?!

Charlotte most már vállból, teljes erejéből tolta befelé a
tollat Angie fejébe. Közben még forgatta is, mint egy dugóhúzót.
Már olyan mélyre nyomta, hogy alig látszott belőle valami.
Valószínűleg az íróeszköz hegyes acél vége elérte Angela agyát,
mert a nő ekkor hirtelen elcsendesedett, és elernyedt.

El is engedte Charlotte bal kezét, amivel az a haját rángatta,
és a halálos szúrást végző jobbját is.

Angie kifejezéstelen arccal a földre rogyott.

Holtan.

– Remélem, neked is jó volt, drágám – mondta Charlotte. – *Én* azt hiszem, elélveztem. Bocs, ha neked most mégsem jött össze. Talán pont le is szarom. Mindig is utáltalak! – köpött barátnője holttestére. – Mindig is beléd akartam vágni valamit! Egy kést, egy csavarhúzót, egy tollat, akármit! Csak eddig túl gyáva voltam hozzá. De most a sötétség végre lökött egyet a könyökömön. Az első lépést ő segített megtenni. De onnan már önszántamból nyomtam tovább beléd ezt a szart! Remélem, azért neked is majdnem olyan jó volt, mint nekem. Ez volt életem legszebb pillanata! És teszek róla, hogy legyen még ilyen. Most ugyanis a családod következik, drágám. Ellátogatok Aaronhoz és a kicsikhez. Meglátom, nálatok is képes leszek-e megtenni mindazt, amit Frank bábuja javasolt. Végül is erre is képes voltam most veled, nem? Ha Aaronékkal is sikerrel járok, akkor az eredményről még a Facebookra is teszek fel képeket! Ezt az egyet megígérhetem! Végre nekem is lesznek fotóim, amit százak... sőt ezrek fognak látni! Talán még lájkolják is! *Mindenkinek* tetszeni fognak! Akár nyíltan elismerik majd, akár nem. Titokban mindenkinek tetszeni fognak azok a képek. És akkor utánozni kezdenek, és mások is akarnak majd ugyanúgy selfie-ket készíteni a holtakkal! Selfie-képek az aznapi áldozatokkal!

Második fejezet: Szerencse

– Maga az, Michael? Nahát, micsoda meglepetés! Önre nem is számítottam ma. Na, jöjjön, jöjjön, ne ácsorogjon ott az ajtóban. Fáradjon be!

– Elnézést kérek, doktor úr. Tudom, hogy nem a mai napról volt szó. Remélem, most nem gondolja, hogy teljesen megbízhatatlan vagy kiszámíthatatlan vagyok.

– Ugyan már, Michael! Tudja, hogy kedvelem magát. Mindig öröm látni az ilyen udvarias, kedves beteget. Miért bánnám? Eddig még sosem jött soron kívül. Nem csinál azért állandóan ilyeneket. Miért neheztelnék hát? Kérem, foglaljon helyet – mutatott a pszichiáter a kanapéra, miután kezet fogott a férfival. – Mi járatban van?

– Tényleg ne haragudjon, hogy így soron kívül, bejelentés nélkül jöttem, de nem vagyok valami jól. Úgy gondoltam, jobb, ha inkább eljövök önhöz.

– Mi bántja? Csak nem megint azok a fránya pókok? Visszajöttek volna? – mosolygott megértően a doktor.

– Ja, nem. Szerencsére már évek óta nem hallottam felőlük. Nem ez a baj.

– Hanem?

– Szorongok a mostanában kialakult helyzet miatt. Nagyon aggaszt ez az egész.

– Mire gondol? A greenfieldi rémtörténetekre? Ne higgyen ám el mindent, amit a TV-ben mondanak, Michael. Szerintem a híradóban erősen rátesznek egy lapáttal, csak a hatás kedvéért.

– Igen, először én is így gondoltam. De aztán két nappal ezelőtt már itt is történt egy olyan eset, nálunk, Chicagóban!

– A nő ámokfutása az irodaházban? Hogy összeszurkált pár embert egy töltőtollal? Ugyan, Michael, futóbolondok minden városban akadnak! Na és ha megölt négy embert? Ez sajnos Amerika, barátom. Itt megesik az ilyen. Akár tetszik nekünk, akár nem. A nőt viszont elkapták, és bezárták. Nem ez a lényeg? Ügy lezárva! Ne aggódjon hát emiatt. Én nem hiszem, hogy az esetnek *bármi* köze is lenne Greenfieldhez.

– És ha a kór mégis akár már idáig is elterjedt?

– „Kór"? Most viccel velem? A skizofrénia nem fertőző. Igen, azoknak az embereknek valamitől téveszméi támadtak. De ez nem jelenti azt, hogy bárkit is meg tudna fertőzni a jelenség, vagy más városokra is átterjedne. Talán tömegpszichózis történt náluk, mert valaki manipulálta őket. Vagy az is elképzelhető... én személy szerint erre tippelnék... hogy az ottani lakosok valami kollektív mérgezés áldozatai. Lehet, hogy a vezetékes víz egy ideig tartalmazott náluk valami veszélyes vegyi anyagot, és az váltott ki a lakosság körében pszichózist és hallucinációkat. Előfordult már ilyen is a mi szeretett Amerikánkban, mindketten tudjuk. Na jó, ha pontosan ilyen nem is, de városszintű mérgezésre azért volt már példa. Hanyag cégek, nem megfelelő hulladékgyűjtés és -megsemmisítés, helytelen víztisztítás... Ezek egyike sem természetfeletti jelenség, Michael. Nincs mitől tartania. Abban a városban csak valami baleset történt. De most már, úgy tudom, a hadsereg ura a helyzetnek odalent, Greenfieldben. Ezért sem „terjedhet" el ide hozzánk a nagyvárosba. Hisz ott is megoldották a problémát. Akármi is okozta.

– Igen... vagy legalábbis a híradó szerint így történt. De nekem egy kicsit túl egyszerűnek tűnt ez a megoldás, hogy felbukkant a hadsereg, és két óra alatt már rendet is raktak. Ön szerint nem gyanús ez az egész, hogy *máris* minden oké? És most meg két nappal ezelőtt itt, Chicagóban egy nő ahhoz hasonló tüneteket produkál egy helyi irodaházban, mint azok az őrültek Greenfieldben! Üldözési mánia, paranoia, skizofrénia, bipoláris tünetek, agresszió, ön- és közveszélyes elmeállapot. Szerintem itt összefüggés van! Az a nő vagy Greenfieldből jött a városunkba, vagy valóban fertőzésről van szó, és ide is elért a járvány. Félek tőle, hogy már nálunk is tombol a fertőzés. Mi lesz, ha itt is kitör a pánik, doktor úr?

– Ez egy nagyváros, Michael. Én a maga helyében nem aggódnék. Ha ne adj' Isten még létezne is olyan, hogy fertőző skizofrénia, egy ekkora várost biztos, hogy nem fog ledönteni a lábáról. Tudja maga, hogy hány rendőr van Chicagóban? És hány kórház és mentőautó? Rengeteg! Néhány eltévelyedett beteg ember biztos, hogy nem fog tömeghisztériát kiváltani egy ekkora, jólműködő társadalomban. Egy kisvárosban, tudja, az emberek hiszékenyek. Sajnos némileg műveletlenek is. Ott hamar pánikba esnek ám! Mi viszont nem fogunk egyből keresztet vetni, csak azért, mert átsétált előttünk egy fekete macska, nem igaz, Michael? Maga művelt ember. Hisz író! Ne mondja, hogy hisz a mendemondákban! *Magának* kéne inkább *kitalálnia* őket, vagy nem? – nevetett a doktor.

– Maga mindig meg tud nyugtatni – mosolygott Michael. – Örülök, hogy eljöttem végül magához, dr. Edinborough. És tényleg ne haragudjon, hogy feltartom.

– Én is örülök, hogy meglátogatott, Mr. Ekelret. Igazán nem tart fel. Tudja, nem sok betegemről mondhatom el, hogy híres művészek. Maga mégiscsak író, sőt festő is egyszemélyben!

– Ugyan... – legyintett Michael. – Ezek csak a betegségem velejárói. Savant-szindróma és hipergráfia.

– Nos, habár ezek létező betegségek, azaz tünetegyüttesek, én akkor sem lennék az ön helyében ennyire szigorú önmagamhoz.

– Nem? Miért nem?

– Michael, ne vicceljen, ön teljes életet él! Önellátó. Nem áll gondnokság alatt. Sőt, gyerekkora óta nem volt még kórházban sem. Igen, megértem a problémáit, azaz az állapotával kapcsolatos aggályait, de higgye el, lehetne ennél rosszabb.

– Persze, tudom. Mindig lehetne rosszabb. De nem elég rossz ez már így is, dr. Edinborough? Hisz még egy normális kapcsolatom sincs! Nemhogy házas nem vagyok harminchét évesen, de még barátnőm sincs. Úgy kerülnek a nők, mintha tudom is én, leprás lennék!

– Pedig maga egy szimpatikus, udvarias fiatalember. Komolyan mondja, hogy nem képes komoly kapcsolatot kialakítani a szebbik nemmel?

– Komolyan hát! És ne higgye, hogy azért, mert buzi lennék! Elnézést: *meleg.* Szóval semmi ilyesmiről nincs szó. Egyszerűen taszítom a nőket. Mondjuk, nem is csodálom. Nincsenek elért sikereim. Én a klasszikus úgynevezett „vesztes" vagyok. Az a típusú fickó, akit egy lány szülei már az első pillanattól kezdve utálni fognak, ha a lányuk megjelenik vele odahaza, hogy bemutassa.

– Hogy mondhat ilyet? Miért ne lehetne magára büszke valaki? Hisz művészember, egy igazi értelmiségi! Író és festő egyszemélyben.

– És ön szerint eddig hány kiadott regényem van, doktor úr?

– Hát... nem is tudom. Most, hogy így rákérdezett... Mintha azért láttam volna már egy-két könyvét egy-egy kirakatban. Nem tudom, szabad a gazda: hány kiadott regénye van?

– *Egy sem*! Sosem adták még ki könyvemet. Pedig tudja, hányat írtam?

– Gondolom, legalább négyet-ötöt. Végül is évek óta csinálja már.

– Négyet-ötöööt?! *Hetvenet*! Legalább hetven könyvet írtam eddig, és egyet sem adtak ki közülük. Ezért mondom én: ez nem művészet, nem tehetség. Ez hipergráfia. Kényszeresen írok. Ráadásul túl sokat. Így születnek a regényeim. Nincs abban semmi szépség, ha az embernek szómenése van. Akkor sem, ha sokat dumál, és akkor sem, ha túl sokat ír hülyeségekről. Én is ezt csinálom. Ennél szerintem nem többet.

– Sajnálom, Michael. Őszintén. Nincs akkora rálátásom a tényekre, hogy véleményt alkossak a művészetéről, és megerősítsem vagy cáfoljam bármiben is... de mindenesetre együttérzek. Nem lehet könnyű. Akkor már tényleg jó sokat írt. Elszomorító és frusztráló lehet, hogy még nem sikerült kiadatni a műveit. És mi a helyzet a festészettel?

– Csak firkálok összevissza. Nem tudom. Van, akinek tetszik, de fizetni még egyszer sem akartak a képeimért. Azért ez csak elárul egyet s mást, nem? A művészeti alkotásoknak nem az a valódi mércéje, hogy hajlandó-e bárki is fizetni értük, doktor? Ön szerint talán nem így van?

– Vannak azért *kivételek*, Michael.

– Persze. *Azért* vannak, hogy még inkább erősítsék a szabályt. Én úgy vagyok vele, doktor úr, hogy az az alkotás, amiért senki sem hajlandó fizetni, lehet akármilyen szép, mégsem ér egy rakás szart se! Már elnézést a szóhasználatomért.

– Semmi baj. Jelen esetben én is indokoltnak érzem – mosolygott az orvos megértően.

– Tudja, doki, minden gyereknek dicséri az anyja a zsírkrétafirkálmányait. Minden anyuci kirakja azokat mágnessel a hűtőre. Még akkor is, ha *pocsék az összes*. Hogy miért? Először is, mert nem akarják lelombozni a gyereket, és szeretnék teljes vállszélességgel támogatni, hogy kialakulhasson az önbizalma, és egyszer akár még valóban képes is legyen szépen rajzolni. És tudja, mi a *másik* oka annak a jelenségnek, amit az édesanyák csinálnak, doktor úr?

– Mi a másik ok?

– Az, hogy az anyák *hülyék*. Már elnézést, de ilyen értelemben véve mondom csak: hozzá nem értők és laikusok. Azért tetszik nekik a gyerek rajza, mert támogatni is akarják, de azért is, mert valójában fogalmuk sincs, hogy mit tartanak a kezükben, és hogy jó-e. Bármire azt mondanák, hogy jó! Még egy vérpacára is, ha a gyerek megvágta magát festés közben, és azzal lett tele az egész rajzlap! Ezért nem számít a család és a barátok véleménye. Azért sem, mert elfogultak, és azért sem, mert nem is értenek hozzá.

– És akkor ki az, aki ért hozzá?

– Az, aki *fizet* érte. Ha nem így lenne, akkor miért adna ki rá az illető bármennyi pénzt is?! Nyilván azért vásárol valaki festményeket, mert meg tudja ítélni, hogy érnek-e annyit, vagy sem. Nem így van? Szerintem sajnos igen. És ezért nem ér egy kalap trágyát sem az, amit én csinálok. Mert a könyveimet sosem adják ki, a festményeimet meg nem veszi senki.

– Lehet. De tudja, szerintem még mi is elképzelhető, Michael?

– Hallgatom. Mire gondol?

– Arra, hogy maga túlszorongja a dolgokat. Véleményem szerint senki sem ír *ennyit* ok nélkül. Igen, lehet betegség is a dolog hátterében, de a hipergráfiát elég nehéz diagnosztizálni. Manapság már egyébként is mindenkire rámondják ám divatból, hogy az van/volt neki. Híres történelmi alakokra, tudósokra. Csak azért még nem beteg vagy őrült valaki, mert az illető lusta volt aznap megfésülködni, és kócos hajjal mutatkozott, amikor lefényképezték, vagy mert mindig ferdén hordta a szemüvegét. Azért nem mindenki szenved ám hipergráfiában, aki könyveket ír, Michael. Maga lehet, hogy egyszerűen csak tehetséges. Ez még *tényleg* eszébe sem jutott eddig? Lehet, hogy ön valójában *csak* egy úgynevezett „meg nem értett zseni". Vajon miért hívják így azt a típust? Azért, mert nem érti meg őket senki! Maga szerint egy meg nem értett zseninek azonnal kiadják az összes könyvét? Nem. Lehet, hogy egész életében soha nem ismerik el a tudását és istenadta tehetségét. De attól még akkor is *az, ami!* Vagy nem? Vannak olyan művészek, akikhez az átlagközönség bizony nehezen képes felnőni. Attól még nem a művész rossz vagy tehetségtelen. Lehet, hogy csak túlzottan újszerű az, amit képvisel. Az emberek alapvetően *buták*, ezt sose feledje, Michael! – nevetett a pszichiáter.

– Tudja, nagyon szeretek beszélgetni magával, dr. Edinborough. Mindig meg tud nyugtatni. Néha kicsit olyan, mintha *pontosan* azt mondaná, amit hallani akarok. De persze tudom, hogy nem így van. Maga kiváló szakember... és egy igazi jó barát. Halálra rémültem, amikor hallottam, hogy mi történt a másik kórházukkal, az Edinborough 1-gyel. *Micsoda* szerencse, hogy ön nem ott dolgozott!

– Nos, igen, valóban az. *Nagy szerencse.*

– De hát mi történt ott valójában? Tényleg leomlott az *egész* épület?

– Sajnos igen.

– Mi okoz egyáltalán olyat? Földrengés? Vagy szándékos robbantás? Valami terrorcselekmény?

– Sajnos még mindig nem tudják. A hatóság gázszivárgásra gyanakszik. Talán ereszteni kezdett valahol egy régi gázcső az alagsorban. Állítólag évek óta hallottak már valami csikorgó zajt, de sosem tudták beazonosítani a forrását. Talán a szivárgásnak lehetett a hangja. Bár ez csak egy elmélet, nincs rá bizonyíték. Én még azt sem tartom kizártnak, hogy az a *szemét* alak tette... tudja, kire gondolok! Már elnézést, hogy ilyet mondok egy betegünkre.

– Ugyan, semmi baj. Nem okolom érte. Hisz mégiscsak megszökött egy kórházból úgy, hogy kezelés alatt állt, és önszántából nem is távozhatott volna. Eljárás folyt ellene többszörös gyilkossági váddal. Valóban szemét egy alak, aki olyasmikre képes, amikkel vádolták. Azzal pedig, hogy megszökött, alaposan be is bizonyította a bűnösségét. Maga szerint tehát Robag Flow, az író felelős a katasztrófáért? Én egyébként mindig is utáltam a könyveit. Egy utolsó, kisstílű, alsópolcos kis ponyvaíró. Erősen túlértékelik a műveit. Ő tette volna?

– Én kinézem belőle.

– És rajta kívül senki sem élte túl? Az újságok nem írtak erről túl sokat.

– Robag Flow-n kívül még két ember jutott ki az épületből. Az egyik egy Ronny nevű másik ápolt volt. Senki sem tudja, hogyan juthattak ki, de valószínűleg nem élnek már. Azóta sem Flow-t, sem a fiút nem látták. Lehet, hogy idekint megölték egymást. Talán azért is szöktek meg, hogy valami őrült késztetéstől hajtva leszámoljanak egymással, mint két párbajhős. Mindketten nyomtalanul eltűntek.

– És ki volt a harmadik személy?

– Azt nem tudjuk. Sajnos a robbanásban minden megsemmisült. A kórház teljes adatállománya és minden betegekről tárolt adat is. Ők még a régi rendszer szerint dolgoztak, mindent papíron vezettek. Nem álltak még át digitális adatrögzítésre. A papírok pedig sajnos gyúlékonyak. Ezért hát nem derült ki, hogy ki lehetett a harmadik személy, aki kijutott az épületből, de szemtanúk szerint egy férfi volt. Egy barna hajú férfi. Csak ennyit tudunk.

– Remélem, akkor legalább egy ápoló vagy egy takarító volt, és nem egy harmadik beteg! Még egy őrült! Már így is épp elég van belőlük idekint, a nagyvilágban. Mint az a nő, abban az irodaházban például... az a Charlotte Morgan!

– Igen, én is remélem, hogy nem egy újabb beteg volt az, aki kijutott.

– És maga akkor sosem dolgozott ott, azon a másik kirendeltségükön, dr. Edinborough?

– De. Még régen, de csak egy *nagyon* rövid ideig. Még a nővérek nevét sem volt időm megjegyezni – mosolygott az orvos.

– Őszintén örülök, hogy hosszútávon nem maradt náluk, doktor úr. Így legalább most életben van, és itt van nekem. Nem is tudom, mire mennék maga nélkül! Én, Michael Ekelret, a „meg nem értett zseni", a névtelen őrült!

Harmadik fejezet: Névtelenek

– Ugyan hogy lenne már névtelen? Michael Ekelretnek hívják. Hisz nem éppen most mondta?

– Ez nem igazi név, maga is tudja, doktor. Ez csak úgy rám ragadt.

– Jó, tudom, hogy az apja miket csinált, emlékszem, mi mindent mesélt róla, de akkor is. A múlt az múlt. Le kell zárni.

– Igen, de az ilyesmit azért akkor sem könnyű. Apám egy életre elintézett az őrültségeivel. A mai napig a betege vagyok annak az egésznek. Szerintem *ez* minden bajom forrása. Elhiszi?

– El. Sajnos el. Az apák bizony nagy hatással vannak ránk. És ha ezt valaki rosszra használja, gonosz vagy őrült manipulációra, gyűlöletkeltésre, az bizony komoly problémákat szül. Mint akár az ön bátyjának esetében is.

– A „Hentesre" gondol?

– Igen. De ön, Michael, nem olyan, mint a bátyja vagy az apjuk. Vannak problémái, de maga akkor is jó ember. Nem gyilkos, mint az idősebb testvére, hanem egy igazi művész.

– Egy igazi névtelen művész, akit senki sem ismer. Talán még akkor sem ismernének, ha nem lennék névtelen.

– De hiszen nem az! Miért mondogatja állandóan ezt önmagának?

– Azért, mert a Michael Ekelret nem egy hivatalos név. Apám egyikünknek sem adott nevet, mint ahogy neki sem volt. Ebbe őrült bele egyfajta mániaként: a „névtelen emberek legendájába"! Hogy ők halhatatlanok, állandók, nem érvényesek rájuk a halandók szabályai. Még Isten sem árthat nekik!

– Az apja súlyos beteg volt, Michael.

– Tudom. De ez a tudat rajtam mit sem segít. Az én életemet már így is tönkretette. Mint mondtam, a Michael Ekelret nem valódi név. Még csak nem is felvett. Apám nem adott nevet nekünk, a fiainak. Én pedig nem akartam hivatalosan felvenni ezt, amit most használok.

– De miért nem? Mi a baja vele?

– Az, hogy utálom. Tudja, eredetileg honnan jött ez az Ekelret név? Egy gúnynévből, egy szidalmazásból. Annak is a félreolvasásából. Egy iskolai színdarabban egyszer nekem osztották Júdás szerepét. Az egyik fiúnak az volt a feladata, hogy egy jelenetben rám mutasson, és azt kiabálja: „Nézd, ott megy Júdás, az eretnek!". Bár ez egyébként is elég nagy baromság. Júdás nem igazán volt eretnek szó szerint, ez a mai napig vitatott kérdés, de mindegy... Ez a színdarab csak valami hülye modern feldolgozása volt a Bibliának, azért hangzott egyáltalán el benne ez a mondat. Hagyjuk... nem ez a lényeg. Tehát a gyereknek ezt kellett volna kiabálnia rám mutatva. De a kis hülye félreolvasta a szöveget, és azt mondta: „Nézd, ott megy Júdás, az *ekelret*!". Erre persze mindenki harsány röhögésben tört ki. Onnantól kezdve nem lehetett levakarni rólam ezt a gúnynevet. Mindenki „Ekelret"-nek hívott, sőt olyan is akadt a gyerekek között, aki Júdásnak csúfolt.

– És az apja mit szólt mindehhez?

– Apám? Toporzékolt. Kikérte magának a dolgot az iskola igazgatóságánál. Perrel fenyegette őket. Azt mondta, az ő fiát aztán senki ne nevezze neveken. Nem ezért taníttat, hogy megalázzanak. Ez volt a mániája, hogy nem viselhetünk nevet. Vallási okokra hivatkozott az iskolánál, hogy ezért nem adott egyik fiának sem keresztnevet. Nem mintha vezetéknevünk persze lett volna. Csoda, hogy egyáltalán így is sikerült beíratnia egy állami iskolába. Bár elég lepra egy hely volt, azért azt tegyük hozzá. Talán ezért is vettek csak fel. Van, ahová bárki bekerül, mert az adott iskola olyan szar, hogy szinte vadászniuk kell a

diákokra, hogy még egyáltalán fennmaradhasson az intézmény...
Szóval onnantól kezdve nemcsak „gyere ide, fiú"-nak hívtak a
tanárok, hanem néha ők is Ekelretnek. Könnyebb volt úgy nekik
is. Az emberek már csak ilyenek. Lusták. Szeretik a könnyebb
utat választani, ha egyszer van. Szóval még a tanárok is sokszor
így szólítottak, és ezzel egy időre tényleg rám ragasztották a
gúnynevet. Én viszont otthon nem beszéltem erről. Apámnak azt
mondtam, hogy az iskolában már nem szólít úgy senki, és hogy
elfelejtették. Tulajdonképpen később igaz is volt. Egy idő után
tényleg nem mondogatták már annyian. Én viszont addigra
hozzászoktam. Felnőtt koromban, amikor regényeket kezdtem
írni, valahogy automatikusan ez a név ugrott be, amikor rá kellett
valamit gépelnem a könyv borítójára, hogy ki a szerző.

– És a Michael? Az honnan jött?

– Fogalmam sincs. Talán ez volt az első keresztnév, ami
eszembe jutott.

– Tehát akkor a mai napig nincs valódi, hivatalos neve?

– Nincs. Hogy őszinte legyek, azért sincs, mert még mindig
félek apám haragjától. Félek, hogy egyszer eljön értem, és
bosszút áll, ha megtudja, hogy nevet szereztem magamnak. És
azért sem vettem fel hivatalosan ezt a nevet, mert utálom. Csak
megszokásból használom néha-néha.

– De maga nem hisz abban, amiben az apja, ugye?

– Nem hát! Névtelen emberek?! Ugyan, ennek semmi
értelme! Ez apámnak csak egy kifogása volt arra, hogy más
lehessen, mint a többi ember. Hogy ne érezze magát
elmebetegnek. Azt hitte, ő nem őrült, csak más. Erre próbált
magyarázatot keresni, és amikor nem talált, akkor gyártani
próbált egyet ő maga.

– És mi pontosan az elmélet emögött az egész névtelenség
fogalom mögött? Miért jó? Miért hitt benne az apja? Mire képes
egy ember, ha nincs neve? És minek az okán képes rá? Már ha
nem zavarja, hogy erről faggatom.

– Nem zavar. Mármint amúgy is sokat gondolkozom ezen. Attól nem lesz rosszabb, ha beszélek is róla. Szóval ez nála egy nagyon messzire visszanyúló dolog volt, állítólag valami ősi hit. Vagy legalábbis azt hitte, hogy az. Hogy eredetileg honnan származik? Nem vagyok biztos benne. De apám szerint a névtelen emberek története több ezer évre nyúlik vissza. Keresztelő Szent Jánossal kapcsolatos. Az első keresztények hagyták, hogy János jelképesen, vízzel megkeresztelje őket. A keresztelésnek sokféle jelentést tulajdonítottak azóta az idők folyamán: megtisztulás a bűnöktől, belépés az egyházba, azaz a tagjává válni, bemutatni a nevünket a teremtőnek vagy felvállalni azt az Isten előtt. Vagy akár mai korba ültetve: olyan, mintha nyilvántartásba vennék az embert, mintha megbillogoznák. Akkoriban legalábbis volt egy eretnekcsoport, akik így gondolták.

– Mondja, nem találja ironikusnak, *megdöbbentő* véletlen egybeesésnek, hogy önnek pont az lett a gúnyneve, hogy „eretnek"? *Az*, amire az édesapja az *egész életét és a hitét* alapozta?

– Nem igazán lepett meg. Apám pont ezért kérte az iskolát, hogy nekem adják Júdás szerepét. Ő nem volt hívő. Szerinte baromság az egész, mármint átverés. Ezért akarta, hogy azt a szerepet kapjam, mert ő az egész Bibliából egyedül Júdással szimpatizált. Tehát ez nem egy fura sorszerű véletlen, vagy ilyesmi... csak apám egy újabb hülyesége a sok közül!

– Ja, értem. És mit mondott az az eretnekcsoport annak idején? Mármint hogyan szól tovább a történet a névtelenekről?

– Akadt néhány ember, akik nem voltak hajlandóak megkeresztelkedni. Szerintük az egyház nem befogadni akarta őket a keresztelési szertartással, hanem rabszolgává tenni, megbillogozni, mint a bikákat, amikor a gazda saját tulajdonává nyilvánítja őket. Ők nemhogy nem hittek Isten mindenhatóságában, de egyenesen azt állították, hogy csaló: Egy ember vagy egy ahhoz hasonló humanoid lény, akinek habár lehetnek különleges képességei, akkor sem legyőzhetetlen. Azt mondták, ők aztán nem lesznek egy ilyen lény szolgái és alattvalói. Szerintünk azzal, hogy bizonyos emberek megkeresztelkedtek, rabszolgasorba állították magukat. Feleslegesen behódoltak egy olyan hatalomnak, ami valójában nem akkora, mint sokan hiszik róla. A dolog lényege állítólag az volt... fogódzkodjon meg, dr. Edinborough... hogy aki szándékosan nem keresztelkedik meg, sőt egy életen át kerüli, hogy bárki is nevet aggathasson rá, arra *nem fognak vonatkozni Isten szabályai*. Halhatatlan lesz, és *bármilyen* bűnt elkövethet, Isten *nem fog tudni* bosszút állni érte! Mit szól ehhez? Durva, nem? Ugyanis szerintük a névtelenek kívül állnak Isten „hatáskörén". Mai kifejezéssel élve valószínűleg úgy mondanánk, hogy az ilyen névtelen embereknek „diplomáciai védettségük" van. De nem a helyi törvényekre, mint egy diplomatának, ha ideiglenesen lakik valahol. A névtelenek a *tízparancsolatra* lesznek „immunisak"! Bármit megtehetnek! Gyilkolhatnak, rabolhatnak, hazudhatnak, mégsem fognak érte pokolra jutni. Sőt! Ez a legdurvább: *meghalni sem* fognak. Ugyanis az is csak Isten egy „trükkje" a sok közül, amivel az emberiséget fenyegeti és kordában próbálja tartani. Maga a halál is csak átverés. Ugyanis akinek nincs neve, az sosem hal meg. „Nézz meg bármilyen sírkövet egy temetőben!" – mondta apám. „Mindegyiken ott a név! Látsz olyat köztük, ami üres és vésetlen, amire semmi sincs írva?! Nem! Mert azok az emberek most is élnek! Nem haltak meg sosem! És nem is fognak." Ekképpen magyarázta a dolgot.

– Őrült egy történet! – mondta Edinborough. – Már elnézést, hogy ezt mondom.

– Semmi baj. Szerintem is az. Én még talán nevetnék is rajta... ha nem benne éltem volna le az egész gyerek- és kamaszkoromat.

– Mint mondtam, őrült egy történet, ugyanakkor *rendkívül*
érdekesnek is találom! Árulja már el, Michael, honnan a
csudából hallott az apja erről az egészről?

– Ezt többféleképpen magyarázta. Időnként szerintem
hazudott, máskor pedig talán ő maga sem tudta már, hogy mi az
igazság, és mi nem. Az őrülete sokszor felülkerekedhetett a
realitásérzékén. Tehát időnként azt állította, hogy erre saját maga
jött rá a Bibliából. Egyszerűen csak elolvasta, és rájött, hogy így
van! „Mert *benne van az*, csak tudni kell olvasni a sorok között"
– mondta apám paranoiásan. „De az a sok vak, névvel
rendelkező senki akkor sem veszi észre a lényeget, ha a
szemüket kiveri." Néha viszont... elborultabb... vagy talán
őszintébb(?) pillanataiban azt mondta, hogy onnan tud erről az
egészről, hogy ő is köztük volt.

– Kik között?

– Az eredeti eretnekek között. Kétezer évvel ezelőtt. Azt
mondta, azóta van ezen a világon, és amióta rájöttek erre a
társaival, azóta nem öregedett *egyetlen* napot sem. Azóta nem
hatnak rá Isten nevetséges kis szabályai. Pedig gyilkolt,
vétkezett, paráználkodott... mégsem jön érte bosszúálló angyal,
hogy megbüntesse, sőt, még a halál sem! Nincs büntetés, és
örökké él. Érte ugyan nem jön senki. Állítólag *még* a rendőrség
sem.

– A rendőrség sem?! Most viccel? Annak meg mi köze a
Bibliához?

– Tudja, apám fura egy alak volt, de *tény*, hogy tudott
valamit. Olyan szinten hatással tudott lenni az emberekre, hogy
maga azt el sem tudja képzelni! Bárkivel elhitetett *bármit*. Vagy
pont ellenkezőleg: bárkit meggyőzött arról, hogy nincs mit
elhinni, mert semmi sem történt. Apám annyira meg tudta húzni
magát, annyira tudott lapítani, hogy még akkor sem szúrt szemet
senkinek, ha tökegyedül állt egy tér közepén, és az *egész város
őt kereste*!

– Maga azért már erősen eltúlozza ezeket a dolgokat, nem, Michael? Jó, tudom én, hogy valamilyen szinten mindannyian istenként tekintünk a saját apánkra, de amiket most mond... ez azért erős túlzás, még barátok között is. Ki hallott ilyet, hogy nem vesznek észre valakit még akkor sem, ha ő az egyetlen, aki előttük áll?! Mégis mi volt az apja, valamiféle varázsló vagy egy igazi láthatatlan ember?

– Nem fizikailag volt az. Ez valami misztikus dolog, vagy a fene tudja, mi. Ez is az elmélete része volt. Azt mondta: „A névtelenség önmagában azért még nem elég. Élni is tudni kell aszerint. Mikor leszel népszerű a nőknél?" – kérdezte. „Akkor, ha titokban jó sok pénz lapul a bankszámládon, de soha senkinek sem mesélsz róla? Vagy akkor, ha *úgy is viselkedsz*, mint egy *valódi* milliomos? Egy milliomos, az nagyképű, nagyvonalú, nagyhangú. Mindent nagyban csinál. Ordít róla, hogy gazdag. Ezért vonzódnak hozzá, mert érzik, hogy van valamije, ami nekik nincs: rohadt sok pénze! Érzik, hogy hatalma van." Apám azt mondta, hogy a névtelenség nem pusztán a nevekkel kapcsolatos „tudomány". Ez egyfajta életmód, egy életszemlélet, majdnem olyan, mint egy keleti harcművészet, aminek komoly kulturális alapjai vannak, mert őszinte hit és életfilozófia áll mögötte. Ennek pedig a lényege, hogy kerülnünk kell a feltűnést. „Minél feltűnőbb vagy, annál jobban fel is figyelnek rád" – mondta. „Hisz a feltűnősködésnek pont ez a lényege. Akit megjegyez magának a nép, azt már a nevén emlegeti. Akit emlegetnek, arra pedig elkerülhetetlen, hogy ráragadjon valamilyen név." Azt mondta, hogy ha más nem, akkor egy gúnynév, mint ahogy az én esetemben történt. Tehát végül is igaza volt, nem?

Dr. Edinborough bólintott.

– Persze, Michael. Így születnek a „celebek" is a mai világban. Csinálnak valami feltűnőt, valami ordenárét... mondjuk, összehányják magukat bedrogozva egy operaházban.

És máris mindjárt világsztárok lesznek. Csak kérdés, hogy mire jó az ilyen hírnév?

– Hát az én apám szerint semmire. Ugyanis az szerinte egyenes út a halálba. Aki elkerüli a sikert, a hírnevet, sőt még azt is, hogy nevén nevezze valaki, az elkerüli a halált, sőt Isten ítélőszékét is. Sosem kerül pokolra, mert meg sem hal.

– Tehát ő ezzel a halhatatlanságot „kutatta", úgymond, mint egy alkimista az örök élet elixírét?

– Tudtommal részben igen, részben pedig önigazolásként használta a borzalmas dolgokért, amiket tett.

– Pontosan mit? Én csak arról tudok, hogy kegyetlenül bánt magukkal, és hogy a bátyjából sorozatgyilkos vált... feltehetően az apjuk miatt.

– Nemcsak a bátyámból csinált gyilkost. Ő maga is az volt. Embereket ölt. Néha a szemünk láttára.

– Ó, te jó ég! Sajnálom, Michael! Ezt tényleg nem tudtam! És mikor fogták el?

– Kit?

– Hát az apját, ki mást? Végül mikor tartóztatták le?

– Ja, hogy őt? Soha. Mondom: mindenki felett volt valamiféle hatalma. Az emberek úgy ugráltak, ahogy ő fütyült. Számtalanszor kijöttek, hogy letartóztassák, de sosem lett az egészből semmi. Én sem tudom, hogyan csinálta. Vagy mindenkit megdumált valahogy... vagy talán megfenyegette őket? Nem tudom. Csak annyit tudok, hogy apám sosem került börtönbe.

– De hát akkor *hol* van most? Ugye nem azt akarja mondani, hogy most is szabadon kószál?

– Fogalmam sincs. De amennyire én tudom, nem. Szerintem meghalt. A bátyám, amikor kamaszok voltunk, megelégelte apám terrorizálását, és megszökött otthonról. Valószínűleg azért, mert apám vele még nálam is keményebbül bánt. Velem nem volt nehéz dolga. Én egy halk szavú, átlagos, engedelmes gyereknek számítottam, mint amilyen most is vagyok. A bátyám viszont az első pillanattól kezdve kitűnt a tömegből. Hogy úgy mondjam, ő volt az, aki a szótárban a „feltűnő" kifejezés alatt definícióként szerepelhetne. Róla szólhatna az a bekezdés. Magas volt, nagydarab, hízásra hajlamos, nagyhangú. Szeretett harsányan jókat röhögni. Szeretett kiabálni. Állandóan ordított, amikor csak tehette. Néha csak viccből, néha fájdalmában. Ha sírt, ordítva tette azt is. Ha mosolygott és örült, akkor pedig mindenkit magához ölelt végig az egész utcán. Ő ilyen volt: két kanállal falta az életet. Ordítva.

– El tudom képzelni, hogy az apja szemében, aki ennyire betegesen kerülte a feltűnést, ez milyen benyomást kelthetett.

– Halálra idegesítette! Nemcsak a bátyám temperamentuma, de a fizikuma is. Állandóan csak nőtt és nőtt. Zabált és zabált. Apám először fogyókúrára fogta, hogy ne legyen olyan feltűnő. „Senki sem fog figyelmen kívül hagyni egy kétméteres, jetiszerű embert" – mondogatta gúnyosan. Amikor a fogyókúra nem segített, éheztetni kezdte a testvéremet. Volt, hogy meg is hánytatta, hogy még gyorsabban fogyjon. Még akkor is, amikor már két napja nem engedte enni. Bár akkor persze már csak nyálat és epét volt képes kiadni magából.

– Te jó ég! Nem csodálom, hogy a testvére megszökött otthonról.

– Az éheztetés csak egy része volt a dolognak. Ami talán még rosszabbnak mondható, az a súlyok használata. Azokat kellett hurcolnia a testén, a nyakában, még a zsebeiben is. Azért, hogy ne nőjön tovább, hogy ne legyen még feltűnőbb. Apám azt gondolta, hogy ha rendesen összepréseli a fia csigolyáit, és erős gerincferdülést okoz neki, akkor talán meggörnyed annyira, hogy legalább *ne látsszon* magasnak. Vagy talán tényleg meg is áll majd a növésben. Végül is a súlyemelőknél is okoz állítólag ilyesmit a gerincre gyakorolt túlterhelés. Azok sem nőnek már egy idő után, ha minden igaz. Talán ő is onnan vette ezt a kegyetlen ötletet.

– De nem jött be.

– Nem hát. A bátyám így is hatalmasra nőtt. És megszökött. Eltűnt.

– Ki tűnt el? Mármint úgy értem, ön hogyan szólította azt a kamasz fiút? Ha nem volt nevük, akkor hogyan kommunikáltak egyáltalán egymással? Mit mondott olyankor, amikor eszébe jutott, hogy hiányzik önnek? Kije hiányzott?

– Olyankor azt mondtam, hiányzik a bátyám. Csak ennyi. Bátyámnak és öcsémnek hívtuk egymást.

– Végül is logikus. Az apjukat pedig apának.

– Pontosan. Látja? „Működik a rendszer!" Ezt apám mondta mindig így. Azt hajtogatta, hogy ez arra a bizonyíték, hogy nincs is szükség nevekre. Mert anélkül is tökéletesen megértjük egymást.

– Azok után, hogy azt mondja, sosem tartóztatták le az apját, de mégis sokakat megölt, már meg sem merem kérdezni, hogy akkor mi történt az édesanyjukkal?

– Anyánkkal? Sajnos én sem tudom. Igen, nyilván őt is megölte. Szerintem jól sejti. Apám sok embert eltüntetett. A gyermekvédelmiseket is, akik akkor jöttek ki, amikor egy szomszéd titokban figyelte, hogy a testvérem már két teljes napja súlyokkal a nyakában sétálgat a hátsókertben étlen-szomjan. Apám pedig néha még oda is megy hozzá, hogy ledugja az ujját a torkán, és meghánytassa az éhező fiút. Amikor a szomszédunk, Mr. Johnson ezt kileste, egyből fel is jelentette apámat. Ki is jöttek a hivataltól...

– És mit tett akkor az apjuk?

– Nem tudom. A férfi és a nő örökre eltűntek. Soha nem találták meg őket. Szerintem anyámmal is ugyanez történt. Apám körül sok embernek nyoma veszett.

– És végül neki, magának hogyan veszett nyoma?

– Úgy, hogy amikor a bátyám megszökött otthonról, pár hónapra rá apám utánaindult, hogy felkutassa. Azt mondta, visszahozza, és megbünteti.

– Akkor látta utoljára?

– Igen, akkor.

– Mikor történt ez pontosan, Michael?

– Hát... tudja, elég nehéz volt akkoriban eligazodnunk bármilyen szempontból is. Apám még azt sem engedte, hogy TV-t nézzünk. Egy idő után az iskolából is kivett minket. Hogy őszinte legyek, nem tudom megmondani, hogy akkoriban milyen évet írtunk. Szerintem ez olyan húsz évvel ezelőtt történhetett.

– És ön szerint sikerült az apjának megtalálni a bátyját?

– Szerintem igen. Abból is gondolom, hogy sosem tért vissza. Egyikük sem. Eltűntek. A bátyámat közben a „Hentes" nevű sorozatgyilkosként kezdték emlegetni. De egy idő után már nem lehetett róla hallani többet. Szerintem apám utolérte, és valahogy megállította a Hentest és legendáját. Viszont valószínűnek tartom, hogy azért ő is kapott rendesen a bátyámtól. Feltehetően megölték egymást. Ennyi idő alatt azért már csak hallottunk volna a Hentesről, ha még mindig szabadlábon tombolna, nem?

– De. Valóban hírhedt volt az a név. Nemcsak a kegyetlensége, de a fizikai ereje miatt is.

– Nos, apám legalább ugyanolyan „erős egyéniség" volt, hogy úgy mondjam. Csak ő másképp. Ő elmében számított erősnek. Ha életben volna, biztos vagyok benne, hogy már hallottunk volna róla is ennyi év alatt, vagy legalábbis *én* igen. Engem megkeresett volna. De eltűnt. Ezért kezdtem új életet. Ezért próbálok írni, festeni... meg még ki tudja, mi mindennel pazarlom az időmet... és másokét. Tudja, doktor, nehezen esik messze az alma a fájától. Engem névtelennek neveltek. Talán mindig is az maradok: Michael Ekelret, az eretnek, a Júdás, aki önmaga semmi jóra és szépre nem képes, csak irigyelni tudja azokat, akik viszont igen.

– Sajnálom ezt az egészet, Michael... Mondja, egyáltalán örül, ha így szólítom?

– Nekem teljesen mindegy, dr. Edinborough. Számomra egyik név olyan, mint a másik. Egyiket sem érzem jobban a magaménak.

– Értem. Szóval, Michael, megértem, hogy micsoda borzalmakon ment keresztül. De először is, semmiképp ne magát okolja a történtekért! Másodszor, a Savant-szindróma az egy dolog. Habár rendellenesség, mégis rengeteg előnye van annak, ha valaki többféle műfajban is rendkívüli teljesítményre képes. A hipergráfiáról is megoszlanak a vélemények. Habár valóban rendhagyó, hogy valaki képes megírni közel száz darab regényt, ráadásul úgy, hogy soha egyetlenegyet se adjanak ki közülük. Engem mégis inkább a skizoid hajlama aggaszt, barátom.

– A pókok?

– A pókok, bizony. A téveszméi, Michael. Az mikor is kezdődött? És mikor múlt végül el?

– Akkor kezdődött, amikor a bátyám megszökött. Egyedül maradtam, nem tudtam kihez szólni. Apám veszélyes elmebeteg volt. Egyetlen értelmes szót sem lehetett vele váltani. Bármit is mondtam neki, mindig csak valami őrült eszmefuttatást kerekített ki belőle, aminek okítás lett a vége, vagy veszekedés, ordítozás és verés. Őhozzá már nem mertem szólni. Csak akkor feleltem, ha kérdezett.

– Ezért kezdett hát másokhoz beszélni.

– Igazából nem én kezdtem el. Ők kezdték. Suttogást kezdtem hallani.

– A sarokból?

– A fényből. Suttogott a fény.

– Milyen fény? A napfény?

– Nem, a lámpák a hálószobámban és a fürdőben. Először azt hittem, hogy a fény beszél hozzám. Azt hittem, ez valami vallási révület vagy mi, egyfajta jel, mint az égő csipkebokor a Bibliában. De nem az volt. Nem a fény szólt hozzám, hanem a pókok.

– Igen, a pókok. Erre a részére már emlékszem. Ezért kérdeztem rá a sarokra, hogy onnan szólongatták-e.

– Nem. Nem hagyományos pókokra gondoltam. Ezek fényből voltak. Ezért szóltak hozzám a villanykörték.

– Tehát egy pók a *villanykörtén* ült, és magához beszélt? Michael, az *sosem* jutott eszébe, hogy milyen forrók tudnak lenni azok az égők működés közben? Egy pók ropogósra sülne, ha megpróbálna rajta csücsülni. Nem érezte, hogy mennyire irreális ez az illúzió, azaz képzelgés?

– Nem tudom. Nem éreztem én akkoriban szerintem semmit se. Örültem, hogy egyáltalán szóba áll velem valaki. De egyébként nem a villanykörtén kapaszkodott a pók. Benne volt. Benne élt. Az világított a körte belsejében. A pók adta a fényt.

– Ja, értem. Így már „*világos*", és elnézést a kis szóviccért. Így akkor logikus, hogy miért nem égett el a pók, ha egyszer saját maga is valamiféle izzó fénylény volt.

– Igen, valami olyasmi. De nem csak egy volt ám belőle. Több villanykörte is szólt hozzám.

– És miket mondtak?

– Hát... igazából nem nagyon emlékszem. Szerintem csupa sületlenséget... amiket egy gyerek unalmában elképzel és kitalál. Dudorásztak, azt hiszem. Megpróbáltak felvidítani. Néha még konkrétan vicceket is meséltek. De csak olyanokat, amiket én is ismertem. Innen jöttem rá később, hogy nem valóság. Sosem mondtak *semmi* olyat, amit én magamtól már ne tudtam volna amúgy is.

– Ez kiváló megállapítás, Michael. Büszke vagyok magára! Szerintem végül ez gyógyította meg. Az, hogy felismerte, mi a különbség az illúzió és a képzelet között. Győzött a racionalitás.

– Na meg az energiatakarékos izzók – mosolygott Michael.

– A *micsodák*?

– Tudja, azok a „ledes" izék, amiket már jó pár éve árulnak mindenfelé. Ezek sokkal kevesebb áramot fogyasztanak. És... mellesleg nem forrósodnak fel. Nem „izzanak". Mesterséges fényt adnak valahogy, nem olyat, mint a régi, valódi villanykörték, amikben még volfrámszál izzott. A régi típusú égőkkel együtt tűntek el végül a pókok is. Az új típusú ledes fényforrásokban még sosem láttam belőlük egyet sem.

– Hála a modern technológiának! – nevetett Edinborough.

– Úgy bizony! Én is imádom a modern kütyüket. Amióta ilyen izzót használok otthon, még sosem voltak hallucinációim. Először azt hittem, hogy azért, mert a fénylény nemcsak fényt ad, de valóban izzik is. Ami pedig nem ad hőt, ott a lény nem tud megjelenni... vagy akár életben maradni? Ki tudja? De aztán persze rájöttem, hogy egyszerűen csak *meggyőztem* magam arról, hogy ebben az új típusú izzóban már nem képesek megjelenni. És ekkor egyszerűen meggyógyultam. Mert elkezdtem hinni benne. Hinni abban, hogy beteg voltam. Ezért nem vagyok többé az. Amikor az ember elhiszi, hogy valóban elmebeteg, onnantól kezdve talán már nem is az, mert meggyógyult.

– Nagyon jól mondja, Michael. Ön az egyik legintelligensebb páciensem. Ezért is szeretek magával társalogni. Ezért is jöhet hozzám, akár még soron kívül is. A betegségtudat valóban a gyógyulás előszobája. Látja? Maga ezért nem veszett ügy, Michael! Aki képes ilyen szintű felismerésekre, az nem lehet vesztes. Akár van neve, akár nincs. Maga egy győztes! Legyőzte a skizofréniát teljesen egyedül! Hiszen akkoriban még nem is járt hozzám! Le fogja hát győzni a könyvkiadókat is, meglátja! Előbb-utóbb kiadják valamelyik könyvét, és akkor rendeződni kezdenek majd a dolgai anyagilag is.

– Legyen így – mosolygott Michael. – Egy szép napon talán minden rendbe jön. Hacsak Greenfieldből át nem terjed ide is a skizofrénia-járvány, és el nem kezdjük mi is halomra ölni egymást, mint az a Charlotte Morgan nevű nőszemély abban az irodaházban.

– A skizofrénia-járvány csak mesebeszéd, Michael. Valami vidéki mérgezés, amiből túlzottan nagy ügyet csinált a híradó, hogy vacsoraidőben több nézőt csalogathassanak a TV-készülékek elé. Felejtse el Greenfieldet, Michael. Itt egyébként sincs sok fa! Nem is lenne miből faragnunk, haha!

– Faragni? Mire gondol? Hogy érti, hogy *faragni*?

– Ja? Ööö... ez csak amolyan szófordulat. Tudja, mint amikor azt mondjuk, hogy „hozott anyagból dolgozik" valaki. Ezt is szokták mondani, hogy itt nincs sok fa, nem lenne miből faragnunk. Ez csak annyit jelent, hogy biztonságban vagyunk. Ahol nincs veszély, ott nem is lehetünk veszélyben.

– Á, igen? Én nem is ismertem ezt a mondást.

– Látja? Ezért is jár hozzám. Én is tudok azért néha újat mondani magának. Pedig ez a történet az apjával... ezt nehéz lenne bármivel is überelni. Tényleg, nem gondolt még arra, hogy egyszer megírja? Mármint regényben.

– Írni? A névtelenekről? Hogy jut eszébe? Azzal leleplezném őket. Nekik az a legnagyobb félelmük, hogy tudomást szereznek a létezésükről. Ha valaki regényt írna a témáról, az olyan lenne, mintha örökre lerántaná róluk a leplet. Nem tudom, hogy apám él-e még, remélem, hogy nem... de ha vannak még a világon olyan őrült fanatikusok, akik ugyanebben hisznek, akkor azok biztos, hogy megölnének engem, ha bármit is megpróbálnék leírni az egészből!

– Igaza van. Ez eszembe sem jutott. Elnézést kérek!

– Semmi gond. Nem lehet mindenki akkora szakértője ennek az egész baromságnak, mint én. Bárcsak én se lennék az. Én ugyan meglennék nélküle, nekem elhiheti.

Negyedik fejezet: Kiégés

Ez volt az a bizonyos beszélgetés dr. Edinborough-val, amit Michael még utolsó „normális" társalgásként idézhetett fel, mert még ő is viszonylag épelméjűnek tartotta magát. Ez után ugyanis fura események sorozata vette kezdetét.

Úgy kezdődött az egész, hogy hazament, és úgy döntött, megpróbálja azt tenni, amit az orvosa is javasolt: megpróbálja összeszedni magát, és kiadatni végre valamelyik könyvét! Ha egyet sikerülne, akkor egyszer talán már a többire is lenne kereslet.

El is kezdte hát átnézni a „Sugárveszély a halálos bolygón" című tudományos-fantasztikus regényét.

„Hogy ennek mekkora szar a címe!" – gondolta Michael, amikor kézbe vette, és olvasni kezdte a kéziratot. De valahogy még a bugyuta, klisés címe ellenére is, erre a regényére emlékezett úgy, hogy az egyik legjobb írása. Talán ebből még ki lehetne hozni valami értelmeset, amit még egy kiadó is eladhatónak találna.

Elkezdte olvasni, de elég nehezen haladt vele, mert pislákolni kezdett az izzó az íróasztal kislámpájában. Későre járt már, lámpa nélkül nem látott volna semmit a kinyomtatott szövegből. De azért Michael próbálta így is folytatni az olvasást.

„Hé, te rossz ember!" – mondta a főszereplő a regényben. „Állj meg, mert le foglak tartóztatni! Bűnelkövető vagy! Én pedig a rendőr vagyok. Felelned kell hát a bűneidért egy rendőrnek. Én pedig az vagyok. Én vagyok a rendőr."

„Uramatyám, ez de szar!" – szidta magát Michael. „Tényleg ennyire rossz író lennék? Ez a párbeszéd teljesen értelmetlen. Bugyuta is és hülyeség úgy, ahogy van! Ráadásul telis-tele van

Úgy tűnt, egyetlen darab új típusú, ledes izzó sincs már neki otthon E14-es foglalattal, ami belepasszol a kislámpába az íróasztalán. Még egyszer végigkotorta az egész dobozt. Sőt, belekukkantott más dobozokba is a polcon, hátha talál valahol még egy utolsó darabot. De nem volt már egy sem.

„Most akkor mi legyen? Így hogy írjak? Ne dolgozzak ma már semmit? Hát... végül is tényleg szörnyű az a regény... És ha *mégis* valahogy fel tudnám javítani? Most tényleg adjam fel egy ilyen hülyeség miatt? Mit mondjak majd, ha az orvos megkérdezi, hogy végül belevágtam-e abba, hogy segítsek magamon, és megpróbáljak végre kiadatni egy komoly, értékelhető munkát? Azt, hogy: Ja, bocs, de nem csináltam semmit, mert kiégett az izzó, és ezért sajnos munkaképtelenné váltam?! Hát nem! Elég a kifogásokból! Ilyet nem fogok mondani. Nem adom fel, és kész!"

Michael tovább folytatta a kutatást a kamrában. Letérdelt a mocsokba, és benézett még a legalsó polc alá is. Habár ott biztos, hogy nem fog új típusú izzókat találni, mivel évek óta nem tett be oda semmit – meg is látszott rajta, mert öklömnyi pormacskák hevertek szanaszét a polc alatt – de remélte, hogy akkor talán talál majd valami mást. És csodák-csodájára így is történt! Ott volt!

„Megvagy!" – Michael benyúlt a koszba, karjával undorodva ellavírozott a pormacskák serege között, hogy egyikhez se érjen hozzá (még az is lehet, hogy volt köztük néhány egér- vagy patkánytetem is), és megragadta az E14-es feliratú viharvert, megbarnult villanykörtedobozt.

„Hát te meg mióta lehetsz ott a koszban?"

Kivette, és felállt. Megnézte a kamra lámpájának fényében, hogy mi szépet talált.

„Ó, a fenébe!"

Egy régi típusú volfrámszálas izzó doboza volt az. Ahogy kivette a körtét a régi, megbarnult, némi csótányürülékkel is pettyezett dobozból, látta, hogy sértetlen benne az izzószál. Nem volt megszakadva, sem pedig kiégve. Gondolta, ha becsavarná a lámpa foglalatába, valószínűleg működne. *Működne!* De vajon biztos, hogy ki akarja próbálni?

Visszament a nappaliba, és felkapcsolta a nagyvillanyt. Leült az íróasztalhoz, és letette maga elé az izzót az asztalra. Nézte, bűvölte egy darabig.

„Most akkor mi legyen?"

Kezébe vette a regény kéziratát, és kipróbálta, nem látja-e esetleg mégis megfelelően a plafonról lógó, búra nélküli izzó fényénél. De sajnos nem látta. Nehezen, hunyorogva tudta csak nagy olvasni a szöveget. Így reggelre a szeme kifolyik, ha egész éjjel így kell kibogarásznia minden egyes mondatot! Márpedig ezt szándékozik csinálni! Valahogy gatyába rázza ezt a történetet, ha beledöglik is! De így nem fog menni.

Szüksége lenne rá, hogy világítson az asztali lámpa. Csak annak a fényénél lehet rendesen olvasni és dolgozni. Na de be merje tekerni a régi izzót a foglalatba? Eszébe jutott, amiről dr. Edinborough-val beszélgetett néhány órával korábban:

„*– A micsodák?*

– Tudja, azok a ledes izék, amiket már jó pár éve árulnak mindenfelé. Ezek sokkal kevesebb áramot fogyasztanak. És... mellesleg nem forrósodnak fel. Nem „izzanak". Mesterséges fényt adnak valahogy, nem olyat, mint a régi, valódi villanykörték, amikben még volfrámszál izzott. A régi típusú égőkkel együtt tűntek el végül a pókok is. Az új típusú ledes fényforrásokban még sosem láttam belőlük egyet sem.

– Hála a modern technológiának! – nevetett Edinborough."

„Igen, valóban akkor tűntek el a pókok is" – emlékezett vissza Michael. „Tényleg akkor. A ledes izzókban sosem láttam őket, és szerencsére elmúltak azok az őrült téveszmék..."

„Baromság!" – vitatkozott magával. „Ez a dolog *nem* az izzó típusától függ! Én egy sima skizoid vagyok, tök mindegy, hogy milyen izzó pislákol a lámpám foglalatában! Gyerekkoromban egyszerűen csak rengeteg stressz ért az őrült apám miatt. Ezért is voltam jobban bekattanva, mint most. Ezért hallottam hangokat. A stressz miatt, és azért is, mert nem volt kivel beszélgetnem. Az agyamra ment a magány. Nem ezen fog hát múlni! Ez csak hülye babona!"

Fogta magát, és dühösen elkezdte betekerni a volfrámszálas 20 Wattos körtét a foglalatba.

„Tessék! Kész! Benne van! Ez olyan nehéz volt?"

Bár egy pillanatra azért csak megtorpant, mielőtt fel is kapcsolta volna a kislámpát.

Arra gondolt, mi lesz, ha újrakezdődnek a látomások?

Mi lesz vele, ha újra megőrül?

Ha újra lesznek pszichotikus epizódjai?

Még a végén kórházba kerül!

Hogyan fog úgy regényt írni?

Vagy akár kijavítani egyet is?

„Nem! Ez csak babona! Egy buta, beteg kamaszfiú képzelgései!" – nyugtatta magát. „A villanykörtékben nem lakik semmi. Nem élnek bennük világító pókok."

Úgy döntött, ezt a valóságot fogja ezentúl magáénak tudni. Ebben fog hinni, és nem fog foglalkozni semmi mással. Mert fénypókok *nem léteznek*!

Felkapcsolta hát a lámpát, és a régi izzó megbízható módon azonnal kellemes, meleg fényt kezdett árasztani. A régiek bizony lehet, hogy nagyon sok áramot fogyasztanak, de hogy olcsóbbak és sokkal megbízhatóbbak, az biztos!

– Hehe! – nevetett Michael. – Minek költöttem én annyit azokra a drága vackokra? Ez sokkal jobban is világít! És fénypókok sem léteznek!

– *Biztos vagy benne*? – kérdezte az izzó.

– Azért látsz egyet, mert váltjuk egymást. Csak nagyon gyorsan történik. Olyan gyorsan, hogy a szemed nem érzékeli a különbséget. De valójában ketten vagyunk. Egyszer én, egyszer pedig ő.

– Marha érdekes – mondta Charlie kissé lekezelően. – Tőlem lehettek akár százan is. Akkor sem lesztek valódibbak! Nem hiszek bennetek! Annak az időszaknak már vége! Felnőttem! Normális lettem. Na jó, ha nem is teljesen.... Vannak még bizonyos problémáim, de akkor is! Nem hiszek többé mesebeli fénylényekben. Akik mellesleg soha semmi értelmeset nem mondanak, csak azt szajkózzák, amit én is ugyanolyan jól tudok! Azt már lezártam! És szükségem sincs ilyesmire, hiszen vége a borzalmaknak!

– Jártál-e a pokolban, melyet úgy nevezek: „életem"? – kérdezte az egyik pók.

– Mi ez már megint? Ez egy vers, ugye? Mikor is írtam ezt? Ez valamelyik regényem bevezetőjében volt, nem? Így kezdődött, egy verssel. És egyébként meg ne szólítsatok többé Charlie-nak! Michaelnek hívnak!

– Ja, azóta már ezt mondogatod magadnak, hogy ez a neved? Mintha lenne neked olyanod. Neked nincs neved, Michael, te is tudod. Apád nem adott neked, te pedig sosem vettél fel sajátot, mert rettegsz, hogy „apa egyszer visszajön, és megbüntet érte".

– Egy francokat rettegek én tőle! Vén barom! Jól seggbe rúgnám, ha meglátnám. Azért nem vettem fel hivatalosan a Michael Ekelret nevet, mert utálom. *Ekelret*!? Úgy, hangzik, mint a *retek*! Ez egyébként is csak egy gúnynév, ami rám ragadt, mint a kosz. A koszt sem veszi fel hivatalosan az ember, csak azért mert ráragadt. – Michael most vette csak észre, hogy azon a karján, amivel benyúlt a polc alá, még mindig mennyire fekete az inge ujja a piszoktól. Elkezdte leporolni. De ez már sajnos nem sokat segített rajta. Lehet, hogy ki sem jön még a mosásban sem, és ki kell dobnia. Ezt is.

– Hát persze, hogy nem rettegsz apádtól, Michael. Vagy hívjunk inkább „Szuperkapitánynak"? Egy időben így nevezted magad, amikor hozzánk beszéltél. *Annyira* rettegtél apádtól, hogy nem mertél még előttünk sem valódi, emberi nevet használni. Így szólíttattad magad. Tényleg is: *róla* végül írtál aztán regényt?

– Szuperkapitányról? Igen. De nem sikerült éppen a legjobban.

– És mi a címe?

– „Szuperkapitány, az űr üldözője".

– Az űr üldözője? Az meg mit jelent?

– Lényeket üldöz! Bűnözőket! Galaktikus rendőr, és bűnelkövetőket tartóztat le!

– Ne vedd rossz néven, de ez egy borzalmasan rossz cím. Úgy hangzik, mintha a kapitány az űrt üldözné. Mintha kergetné. Te egy nagyon pocsék író vagy, Szuperkapitány, már ne is haragudj!

– Mi? Most meg miért mondod ezt? Nem arról volt szó, hogy ti támogattok engem? Hogy felvidítotok? Nem azért találtalak ki titeket?

– De igen, elnézést kérünk. Mármint valóban támogatni szeretnénk, de egyébként nem te találtál ki minket. Mi valóban létezünk.

– Egy szart! Skizofrén vagyok, és ennyi! Hallucinálok. Majd holnap felhívom Edinborough-t, és felíratok vele valamit, amiket régen, kamaszkoromban szedtem. Akkor majd megint elmúlik, és jobban leszek. Edinborough majd segít.

– Eszedbe ne jusson odamenni hozzá vagy felkeresni! Soha, de soha ne keresd őt többé!

– Tessék? Miért ne? Ő az orvosom. Edinborough egy nagyon kedves ember. Nemcsak az orvosom, de tulajdonképpen még a barátom is. Az egyetlen barátom a világon.

251

– Ő *nem* a barátod! Edinborough a Halál! A sötétség követe! Egy szavát ne hidd el! Hazug. Csak azt mondja, amit hallani akarsz. Manipulál!

– Miért mondasz ilyeneket? Korábban nem ilyen voltál! Csak vidáman dudorásztál és vicceket súgtál, ha szomorú voltam. Nem vádaskodtál senkire, még apámat sem szidtad. Gyanús vagy te nekem!

– Először is, *vagyunk*. Ketten vagyunk. Másodszor pedig... nos... telik az idő. Te is felnőttél, érettebbé és intelligensebbé váltál. Velünk is ez történt. Már nem csak dudorászunk és papagájként ismétlünk dolgokat, amiket csak te tudsz egyedül. Vannak önálló gondolataink. És téged akarunk megvédeni velük, Szuperkapitány.

– Ne szólíts többé így! Úgy érzem magam tőle, mint egy értelmi fogyatékos, aki százhúsz kiló és már vagy harmincéves, de még mindig lepedőt köt a nyakába, hogy Superman köpenyét imitálja vele! És azzal ugrál otthon ordítozva, hogy a falak majd' leszakadnak tőle. Egész nap csak az anyját idegesíti és szétrombolja a berendezést.

– Rendben, Barry. A „Barry" megfelel? Egy időben így is hívattad magad.

– Ez már jobb. Legyen akkor az. Szóval „önálló gondolatok", mi? Tudjátok, ki hiszi el! Nem lehetnek önálló gondolataitok, hiszen csak a fejemben léteztek. Amit ti tudtok, azt én is tudom. Ti az én tudatom vagytok csak, semmi több.

– Semmi több? Rendben, Barry, akkor tegyél próbára minket! Kérdezz!

– Oké! Hehe! Most aztán megszívjátok! Lássuk csak... Mi Luxemburg fővárosa? Halljuk!

– Nem tudom. Te tudod?

– Én? – kérdezte Barry. – Nem! Honnan tudnám? Pont ezért kérdezem, hogy bizonyíthassatok!

– Nem tőled kérdeztem, hogy tudod-e – mondta a pók dühösen. – A társamtól!

– Ja? Na és ő tudja?

– Nem. Én sem tudom – felelte az. – De, Barry, kérdezz már végre valami értelmeset! Ki a fenét érdekel Luxemburg? Olyan neve van, mint valami kitalált helynek egy mesekönyvben! Amerikában vagyunk az Isten szerelmére! Ki tudja itt bármelyik európai országnak is a fővárosát?! Egyáltalán létezik még az a Luxemburg? Ott van még a térképen?

– Gondolom, igen. Bár manapság nem nagyon ellenőriztem.

– Kérdezz valami értelmeset! Valami alapvetőt!

– Rendben. Mennyi kettő meg kettő?

– Te is tudod, hogy négy, te marha! Megmondom én, mit kérdezz! Kérdezz apádról!

– Mi?! Apámról? Mit tudtok ti az apámról? Egyébként is... róla én is tudok. Hoppá! Ugyan mit mondhatnátok róla nekem, amit én ne tudnék? Már megint csak az agyam szórakozik velem! Olyan kérdést akartok kicsikarni belőlem, amire én magam is jól tudom a választ! Ez megint csak a jó öreg skizofrénia! Semmit sem tudhattok apámról, amit én ne tudnék amúgy is!

– Nem? Biztos, hogy nem? Akkor kérdezz meg minket, Barry, arról, hogy apád életben van-e még?

– Minek kérdezzem, ha egyszer én is tudom, hogy nincs! Meghalt! Eltűnt! Már vagy húsz éve! Akármit is akartok mondani róla, azt csak az agyam generálja. Ha azt mondjátok, hogy meghalt, azt már én is tudtam. Ha pedig azt, hogy még él, akkor azt a verziót csak a félelmem generálja, mert valóban kicsit még a mai napig is tartok tőle, hogy egyszer majd felbukkan. Tehát mondhattok akármit, úgysincs értelme!

– Abban azért ne légy olyan biztos, Barry. Először is, apád életben van. Másodszor, azt is meg tudjuk mondani neked, hogy hol látták utoljára. Na, vajon ezt is tudod? Ez is csak a te agyad szüleménye? A betegségedé?

– Rendben, halljuk: hol látták apámat utoljára? Ezt tényleg nem tudom. Most biztos kitalálok egy nemlétező helyet, vagy mondjuk, egy olyan klisét, hogy „az 516. utca sarkán látták utoljára". Senki sem tudja sem megerősíteni, sem megcáfolni! És merő véletlenségből a pókok pont ezt fogják mondani! Egy szar általánosságot, ami akár igaz is lehetne. De nem az! Mert én találom csak ki!

– Nem. Apádat nem az 516. utca sarkán látták, Barry, hanem az Edinborough 1. épületének összeomlásánál. Három ember hagyta el élve az épületet. Apád volt a harmadik!

– Mi? Ő lett volna az a bizonyos utolsó személy, aki még kijutott? „Egy barna hajú férfi. Csak ennyit tudunk." Ezt mondta Edinborough.

– Akkor hazudott! Nagyon jól tudja ő, hogy kicsoda a te apád! Vagy legalábbis ő tartotta fogságban abban a kórházban éveken át. Az csak duma volt, ha azt mondta, hogy nem tudja, ki a harmadik túlélő.

– De állítólag nem tudják az illető nevét, mert megsemmisült a kórház teljes nyilvántartása. Oda lett minden adat. Minden akta elégett!

– Egy francokat! Edinborough nagyon jól tudja, hogy kicsoda a barna hajú férfi. Az apád az! És azért nem tudják a nevét, mert nincs neki.

– Az nem lehet! Ezt csak most találom ki. Eszembe juthatott, hogy mit mondott Edinborough, és félelmemben kombinálni kezdtem. Gyártottam egy elméletet, és most előadtam magamban beszélve, mintha a képzeletbeli pókok mesélték volna a villanykörtében ücsörögve.

– Sajnáljuk, Barry, de ezt nem most találtuk ki, és te meg pláne nem. Ha így lenne, akkor arról honnan tudnánk, hogy három nappal ezelőtt megöltek egy benzinkúti dolgozót itt a közelben? Kirabolták az éjjelnappalit. Egy ismeretlen férfi volt az elkövető, de azóta sem találják. Pedig videófelvétel is készült róla. A biztonsági kamera rögzítette, ahogy a tettes meghúzza a ravaszt. Egy barna hajú férfi volt. A TV-ben be is mutatták a felvételt, és kérték a lakosságot, hogy azonnal jelentsék, ha meglátják valahol az elkövetőt. Szerinted ki volt látható azon a felvételen, Barry?

– Az nem lehet, hogy ő! Honnan tudtok ti erről? Mégis honnan tudhatnátok?!

– Már mondtuk: önálló tudattal rendelkezünk. Mi nem te vagyunk! Gyerünk! Kapcsold be a TV-t! Hátha mutatják még benne valahol apádat!

Barry felugrott az íróasztaltól, és a távirányítóért rohant. Felkapta a dohányzóasztalról, és bekapcsolta a készüléket.

Elsőre a CNN jött be. Itt csak valami unalmas politikai blabla ment... alatta pedig egy sávban tőzsdei számok futottak jobbról balra. Árfolyamok, amikről soha senki sem tudta, hogy mit jelentenek – legalábbis Barry szerint.

Átkapcsolt egy másik adóra. Újabb politikai beszélgetős vitaműsor.

– Na, ezért nem nézek TV-t! Ennyi szart! Csupa politika az egész!

Barry végigkapcsolgatott vagy harminchét csatornát, de nemhogy az apja jelenetét nem találta meg rajtuk, de még egy híradót sem, amiben bejátszhatták volna.

– Mi a francot csinálok én itt egyáltalán? Miért kapcsolgatok? Nyilvánvaló, hogy csak képzelem ezt az egészet! Apám nem volt benne a hírekben, mert már nem is él. A bátyámmal rég kicsinálták egymást valahol. A két őrült! De én nem vagyok az! Vagy legalábbis ennél jobban nem *leszek*! Én nem bántok senkit. Csak regényeket próbálok írni. Elég volt ebből a hülyeségből! – Elzárta a TV-t, és odadobta a távirányítót a kanapéra.

– Na? – kérdezték a pókok. – Mutatták a fatert valamelyik adón?

– Miért? Ti talán nem láttátok, hogy nem? Azt hittem, mindentudó zsenik vagytok, akik mindent látnak!

– Innen nem látjuk a TV-t! Csak azt, ami innen a villanykörtéből látható. Az asztali lámpa búrája azonban kitakarja előlünk a szobád legnagyobb részét. A TV-vel együtt.

– Ja, persze! Jó duma. Egy skizofrén barom képzelgései. Szórakoztató tud lenni, csak számomra kissé már unalmas.

– Ezek nem képzelgések – mondták a pókok. – Be is bizonyítjuk!

– Ja, majd talán holnap! Most viszont jóéccakát! Pápá!

– Hé! Mire készülsz?! Várj! Ne csináld!

Barry odalépett, és leoltotta a lámpát.

„Na végre! Kis szarosok! Végre csend van! Hogy ez régen miért zavart engem annyira? Miért vágytam rá olyan nagyon, hogy társalogjak ezekkel az izékkel? Igazából baromi idegesítőek!"

Barry leült a kanapéra, és azon gondolkozott, hogy mit csináljon. Az írástól már teljesen elment a kedve. A lefekvéshez pedig *még* nem jött meg.

Kínjában nem volt jobb ötlete: visszakapcsolta a TV-t.

– Esti híreink következnek – mondta a gyönyörű, vörös hajú bemondónő. – Ismét szeretnénk megkérni a lakosságot, hogy nézzék meg jól a képen látható személyt. Ha felismerik vagy látták valahol a bűntény elkövetése óta, kérjük, hívják a 911-et. Nézzék meg jól a kép bal alsó sarkában látható barna hajú, negyven körüli férfit. Ez az ember a jelenet következő pillanatában egy fegyvert fog előhúzni, és tüzet nyit a benzinkút éjjel-nappali üzletének eladójára. Mi azonban megállítottuk a lejátszást az önök érdekében, mert azok a képsorok erősen felkavaróak. Nézzék meg jól a férfit! Nem ismerős önöknek véletlenül? A felvétel, mint ahogy a képernyő jobb felső sarkában a dátumból is látható, június 1-jén készült. A tettes két nap alatt sajnos már messze járhat. De mi akkor is reménykedünk benne, hogy a nézők közül talán felismeri valaki.

– Én felismerem! – kiáltott fel Barry. – Felismerem a saját apámat! Te jó Isten! Ez nem lehet ő! Nem élhet! Megint ámokfutásba kezdett? Ismét gyilkol?! Mi lesz most?! Hová tart? Remélem, nem tudja, hogy hol lakom! Hisz be sem jelentettem a lakcímemet! Ez csak egy bérelt patkánylyuk! Az nem létezik, hogy kitalálja a címem!

– Előre is köszönjük, ha segítik a rendőrség munkáját. Kérjük, ha bárkinek információja van a hatóság számára, az sürgősen hívja a 911-et.

„Egy szart!” – zárta el Barry ismét a TV-t, és visszadobta a távirányítót a kanapéra. „Majd biztos felhívom őket! És akkor kutatni kezdenek utána. Még a végén megtalálják! Az alapján pedig majd ő is engem! Én ugyan nem avatkozom bele! Kóvályogjon, amerre csak akar, de én nem fogok senkinek szólni róla! Nincs az az isten, hogy én ebbe beleavatkozzam! Apa csak összekötné a szálakat, hogy ki köpte be, megint kijutna a sittről vagy a diliházból, és végül rám találna. De most így mit csináljak? Mi lesz, ha még így is megtalál? Egyáltalán honnan került elő? Hol volt idáig ennyi éven át? A pókok!” – jutott Barry eszébe.

Odarohant az íróasztalhoz, és visszakapcsolta a lámpát.

– Máris eltelt volna egy nap? – kérdezték. – Ilyen hamar? Sikerült kialudnod magad, Barry? Már másnap este van?

– Öt perc telt csak el, ti idióták! Ennyire nincs időérzéketek?

– Egy villanykörtébe zárva? Amit még le is oltottál az előbb? Neked mennyi időérzéked lenne ilyen állapotok között?

– Na jó... ott a pont. Sajnálom.

– Tehát még mindig ugyanaz a nap van? Akkor miért kapcsoltad vissza a lámpát? Történt valami? Mégis megpróbálod kijavítani azt a borzalmas regényt? Mi is a címe? „Szuperhekus kergeti az űrt”, vagy mi?

– „Szuperkapitány, az űr üldözője"! Lényeket üldöz benne!
Nem az űrt!

– Ja, tényleg, ne haragudj! És ezt a sztorit akarod folytatni?
Biztos, hogy érdemes időt pazarolni rá?

– Most nem írni akarok. Láttam a TV-ben! Mutatták!

– Mit? Megjelent valami új fogkrém a piacon, vagy mi? Ez
izgatott fel ennyire? Ez a fogkrém most végre *tényleg* fehérít?
Mindegyikre ezt mondják ám! Nehogy már elhidd azt a sok
baromságot!

– Nem! Nem ilyesmiről van szó! Őt mutatták! Apámat!
Igazatok volt!

– Ja? Pont elcsípted a jelenetet? Látod? Mondtam, hogy ez
jó ötlet!

– Mikor mondtad? – kérdezte Barry.

– Nem hozzád beszélek, hanem a társamhoz – mondta a pók.
– Mondtam neki, hogy ez a híradó dolog jó ötlet, mert így
bebizonyíthatjuk, hogy olyasmiről is tudunk, amiről te nem.

– De honnan tudtok erről? Hol láttátok?

– Valaki más szobájának a villanykörtéjéből, te lángész.
Mások is használnak régi típusú, volfrámszálas izzókat. Főleg az
idősek. Ők tartanak az új találmányoktól. Elbizonytalanítják
őket. Általuk még öregebbnek érzik magukat. Ezért sem
használják sokan makacsságból az ilyen új megoldásokat, mint
a led-izzó. Azt hiszik, valamiféle boszorkányság, amit csak a
tinédzserek értenek, hogy hogyan működik. Pedig csak be kell
tekerni, és világít. Ennyi. A szomszédod is ilyen, Mrs.
Rübenfeld. Két nappal ezelőtt még nem volt a lakásodban
volfrámszálas izzó üzembe helyezve. Nem tudtunk szólni
hozzád. Nála raboskodtunk már egy ideje, és a TV-t néztük.
Akkor láttuk meg apádat.

– Mi? Ti a szomszédaimhoz is *átjártok*?!

– Jár a halál! Mi inkább úgy mondanánk, hogy „megjelenünk", de igen, bárhol meg tudunk jelenni, ahol ilyen izzó van.

– És neki miket magyaráztatok eddig? Miket kotyogtatok ki *rólam*? Azt, hogy őrült vagyok? Milyen mesékkel traktáltátok a vénasszonyt? Károgtatok neki, mint a varjak, mi?

– Semmi ilyet nem tettünk. Barry, miért mondanánk neki rólad rossz dolgokat? Mi a barátaid vagyunk! Csak arra vártunk, hogy végre hozzád is szólni tudjunk. Te vagy az egyetlen, aki látsz és hallasz is minket.

– Ja, mivel én találtalak ki titeket – monda Barry epésen.

– Az lehet... de ha egyszer, *régen* így is volt, *ma* már akkor is létezünk! Hiszen a TV-ben is képesek voltunk kiszúrni egy fontos jelenetet, vagy nem? Ha még mindig nem hiszel nekünk, akkor miért kapcsoltad vissza a lámpát?

– Jó, megadom magam! Azért kapcsoltam vissza, mert erről akarlak kérdezni titeket. Mit tudtok még apámról? Ugye nem tudja, hogy hol lakom? Ugye itt nem találhat rám?!

– Ezt sajnos mi sem tudjuk. És azt sem, hogy jelenleg hol van. Mi is akkor láttuk utoljára, amikor két nappal ezelőtt először mutatták a hírekben.

– A francba! Két teljes nap alatt már akárhová eljuthatott a vén szemétláda! A vén őrült, gonosz állat!

– Valóban meglehetősen gonosz ember az apád, Barry, de sajnos mégsem annyira őrült, mint te azt hinnéd.

– Mi? Mi az, hogy nem őrült? Névtelen embernek hiszi magát, ti szerencsétlenek! Isten valamiféle ellenlábasának, Júdás öregapjának, vagy tudom is én, mi a szarnak!

– Ha annyira őrült, akkor hogy lehet, hogy mégis működik az elmélete?

– Az elmélete? Melyik? Melyik a több száz agyament, idióta hókuszpókusz közül? Az, hogy észrevétlen tud maradni? Épp a hírekben mutatták, ti tökfejek! Vagy az, hogy léteznek dimenziókapuk? Az, hogy Istennek sincs hatalma felette? Melyik működik?

– Szerintünk sajnos... talán *mindegyik*. Apád valóban észrevétlen. Lehet, hogy rögzítette az a biztonsági kamera, de szerinted talán sikerült elfogniuk? Épp most mondták be két nappal később, hogy még mindig odakint szaladgál. Senki sem telefonált be. Mert *senki sem ismerte fel*. Apád módszere *sajnos működik*, Barry. Nem lehet felismerni az arcát. Nem lehet beazonosítani. Mert nincs neve, nincs személyazonossága és valamiért nem lehet róla személyleírást sem adni.

– De akkor is rögzítette a kamera! És én felismertem! Fel lehet hát ismerni!

– De te vagy az egyetlen a világon, aki képes rá. Csak te ismered fel, mert az apád. Más nem tudja, hogy ki ő. És megjegyezni sem tudják.

– És a többi? Ne mondjátok, hogy a többi baromság is igaz! Azt már tényleg nem fogom elhinni!

– Pedig a nagy részük biztos, hogy igaz. A dimenziókapu, amit az előbb említettél, például igen. Ugyanis így szökött meg! Pont egy olyan dolog segítségével.

– Honnan szökött meg? És hol volt egész idáig?

– Kórházban. Mint ahogy mondtuk is: ő volt az a bizonyos harmadik túlélője az összeomlott Edinborough 1-nek. Zárt osztályon tartották. Végül valamiért mégis elkapták. De szerintünk lehet, hogy csak a bátyád miatt. Még az is lehet, hogy szándékosan engedte, hogy elfogják, és becsukják oda. Apád olyanokat mondott a kórházban, hogy csak azért van ott, hogy a bátyádra vigyázzon.

– A kórházból hogyan tudott volna vigyázni a testvéremre?

– Úgy, hogy a Hentes is vele volt végig, két cellával arrébb. Apád azt mondta, hogy csak azért van bent, hogy a bátyád *ki ne jöhessen*. Őt tartja bent valahogy, valami trükkel vagy erővel, mert a Hentes túl veszélyes. De hogy kire nézve, azt mi sem tudjuk pontosan.

– Nyilván az emberiségre nézve. A Hentes ismert sorozatgyilkos volt.

– Szerintünk nem az emberiséget féltette tőle apád, hanem saját magát. A „hírnevét", hogy úgy mondjam. Mármint azt, ami neki nincs, és nem is akarta, hogy legyen. A bátyád túl feltűnő volt. Fizikailag is és a tettei miatt is. Csak ráhozta volna apád fejére a bajt. A rendőröket, a hadsereget, az *egyházat*? Ki tudja, még mi mindent! Szerintünk ezért nem engedte, hogy szabadlábon legyen, mert veszélyesnek gondolta önmagára nézve.

– Végig múlt időben beszéltek róla. A bátyám ezek szerint akkor már nem él. Legalább *ő már* nem?

– Sajnáljuk, de ő valóban nem.

– Én nem sajnálom! Hála az égnek! – rogyott le Barry az íróasztal melletti székre. – Legalább egy problémával kevesebb! Az az állat engem is megölt volna előbb-utóbb. Sosem volt normális!

– Nos, ezzel nem szállnék vitába – mondta az egyik pók.

– És mi van azzal a baromsággal – kérdezte Barry –, hogy Istennek sincs hatalma felette? Abból mennyi igaz? Már ha *ti* egyáltalán igaziak vagytok, mert én még azt se nagyon hiszem el.

– Olyan értelemben biztos, hogy nincs hatalma felette Istennek, hogy apád bizony tényleg nem öregszik. Mit mondtál, mikor láttad őt utoljára?

– Úgy húsz éve.

– És most hány évesnek láttad a felvételen? Te hány éves vagy most?

– Én? Harminchét.

– És ő? Minimum hány évesnek kellene most lennie? És hány évesnek *látszik*?

Kis töprengés után Barry kifakadt:

– Az nem lehet! Nem lehet ugyanannyi, mint kamaszkoromban!

– Miért? Kicsi korodban talán fiatalabb volt? Kisgyerekkorodtól egész kamaszkorodig hány évet öregedett az apád?

– Csak jól tartotta magát!

– De *ennyire*? Hogy most pont ugyanannyi idősnek tűnik, mint a saját fia? Vagy talán még fiatalabbnak is?

– Rendben, feladom. Az apám a felvételen valóban harmincöt körülinek tűnt. Na, én végeztem! Ez a nap már amúgy is túl sok nekem. Elegem van! Talán nem is ő volt az abban a jelenetben! Lehet, hogy az csak egy régi felvétel, amivel a híradó szórakozik, hogy pánikot keltsen. Talán csak a nézettséget akarják egy álhírrel felnyomni, amit húsz évvel korábbról kotortak elő. Igen, biztos, hogy erről van szó! Az csak egy ősrégi videó valahonnan!

– Szereted a Spring Dew-t, Barry?

– A mit?

– Azt az új üdítőitalt, amit állandóan reklámoznak a TV-ben. Két napja néztük már Mrs. Rübenfeldnél megállás nélkül minden műsorszünetben: „Spring Dew az életem... Spring Dew kell nekem!" Hú, de idegesítő a reklámja! Ráadásul értelmetlen is. Miért lenne valakinek az egész élete egy hülye üdítőital?

– Nem, még nem ittam olyat. De miért érdekes ez?

– Tudod, mikor jelent meg az a termék?

– Nem. És rohadtul nem is érdekel. Mik vagytok ti, piackutatók? Nekik dolgoztok? Az üdítőgyárnak?

– Hallgass már el, Szuperkapitány! Figyelj ide, és gondolkozz el egy pillanatra! Mikor jelent meg a termék?

– Nos, egyszer mintha én is láttam volna a reklámot. Azt hiszem, azt mondták benne, hogy már kapható. *Egy hete* kapható.

– Pontosan. És tudod, hogy a videófelvételen mivel volt tele a pult melletti állvány? Az, ami mögött apád leendő áldozata ácsorgott?

– Mivel? Elképzelni sem tudom, hogy mire akartok kilyukadni!

– Spring Dew-val volt tele a polc, te pupák! Ez tehát bizonyítja, hogy a felvétel egy hétnél nem lehet régebbi! Az az üdítő csak egy hete jelent meg a boltokban. És a felvételen látható polc bizony roskadásig volt azzal a szarral! „Spring Dew az életem... Spring Dew kell nekem!" Az bizony ott mind Spring Dew volt, az a rengeteg sárga, két literes palack!

– Akkor hát tényleg itt van. Apa itt van valahol Chicagóban.

– Pontosan. Örülünk, hogy végre hajlandó vagy felfogni.

– De mit tehetek? Meneküljek? Hagyjam itt a várost? Vagy akár az egész országot? Ezért jöttetek? Hogy figyelmeztessetek?

– Először is te kapcsoltad fel a lámpát, nem mi „jöttünk".

– De honnan tudtátok, hogy ki fog égni az izzó? És azt, hogy ott van egy darab régi típusú, volfrámszálas fajta az alsó polc alatt? Honnan tudtátok, hogy megtalálom, és használni is fogom?

– Nem tudtuk. Csak reméltük. Tudod, Barry, a remény hal meg utoljára. És a közhiedelemmel ellentétben, még nem halt meg. Még él, és a mi reményünk *benned* van. Az utolsó reményünk vagy, Barry.

– Mire? Hogy elhúzzak a vérbe, és apám sose találjon rám? Ti is féltek tőle?

– Nem róla van most szó. Nem csak őróla. A sötétségről. Te vagy az egyetlen, aki legyőzheti, Barry. Te vagy *Szuperkapitány*. Valóban te vagy!

– Mi vagyok én? Valami szar, sci-fi ponyva főszereplője? Ne mondjátok már! Ezt azért nem fogom bevenni!

– Nem szó szerint kell érteni. Nem Szuperkapitány vagy, hanem egy szuperlény. Egy *kiválasztott. A* kiválasztott, nagy

„A"-val. A fény utolsó követe. Talán Jézus utolsó embere. Még akár az is lehet.

Ötödik fejezet: Régi ismerősök

– „Jézus utolsó embere"?! „Szuperléény"? „A kiválasztott"? Nem túloztad már el kissé ezt a marhaságot, Rob? Miféle kiválasztott? Ez itt nem a Mátrix vagy ilyesmi! Te tiszta hülye vagy!

– Jól van, na! De szerinted azért bevette?

– Hát... – fontolgatta Nola a választ.

– Na látod! Mondom én, hogy jó a dumám! Működött! Pontosan azt sugalltam neki, amit hallani akart! Ő a Szupertitkos Robotügynök a jövőből! A Mátrixharcos, a Keanu Reeves-univerzumból! Jézus legnagyobb FBI ügynöke! Hát nem mindenki arra vágyik, hogy ilyen marhaságokat mondjanak neki?

– Hát, ti, férfiak talán igen. Mi nők ennél azért értelmesebbek vagyunk.

– Ja! Lényegesen értelmesebbek. Ti csupa fennkölt szépirodalmat olvastok. Olyanokat, hogy fut a kockás hasú srác a mezőn, és egy unikornist üldöz. Hogy lobog az a gyönyörű, frissen mosott vállig érő, szőke haja a szélben! És a véletlenül szétnyíló hófehér inge szárnyai között épp látszik, hogy teljesen szőrtelen a mellkasa! Micsoda véletlen! Pedig már egy meglett, negyvenéves felnőtt ember az a barom! Miért nem nő akkor szőr a mellkasán? És miért üldöz unikornisokat, hogy meglovagolja, és annak a hátán menjen el megszöktetni a királylányt, akit mellesleg pont ugyanúgy hívnak, mint az olvasót? Ti talán, nők, meg nem ilyenekről álmodoztok titokban? Ez mennyivel értelmesebb dolog, mint a robotok, meg a kiválasztott ninjaharcos a jövőből?

– Jó, jó. Ott a pont. Akkor egy-egy! Néha hajlamos vagyok elfelejteni, hogy író vagy, Rob Flow. Ráadásul nem is akármilyen. Sajnos túl jól ismered, hogy ki miről fantáziál. Túl régóta kutatod már, hisz ebből éltél.

– Na látod! És nála is működött! Úgy megkajálta, mint a pinty! Vagy nem? Szerinted nem hitte el?

– De. Nekem eléggé úgy tűnt, hogy igen.

– Ez a lényeg, drágám. A cél szentesíti az eszközt. És mi szentek vagyunk, meg minden. Jogunk van összevissza hazudozni! Mi angyalok vagyunk.

– Angyalok, egy frászt! Már megmondtam neked, hogy olyasmik nem léteznek!

– Akkor én most mi vagyok? Egy fénypók egy E14-es foglalatú izzóban?

– Fénylény vagy, te észkombájn! Ezért tudunk megjelenni a villanykörtékben. Ezért tudunk így kommunikálni vele. Nem vagyunk mi angyalok. Akkor el is repülnék innen a fenébe!

– És? Te tényleg tudsz! Akkor hát miért nem teszed? Korábban engem is elragadtál, és együtt repültünk.

– Nem maradt annyi erőm, te is tudod – mondta Nola szomorúan. – A sötétség túlzottan terjed. Túl messzire elér már. És ahová csak lép, ott a fény azonnal suttogássá töpörödik. Megijed, és porszemnyi méretűre korcsosul. Elhallgat, mint egy gyerek, aki nagy verésre számít.

– De most komolyan, tényleg csak ennyire vagyunk képesek, szerelmem? Mindössze csak ennyire? Egy villanykörtéből próbálunk manipulálni valakit, hogy segítsen? Ez minden, amit tehetünk?

– Sajnos igen. Igazat mondtál tehát neki, még akaratodon kívül is: Barry, a Szuperkapitány, valóban a fény utolsó követe. Az utolsó ember, aki még segíthet visszaszorítani a terjedő sötétséget.

Hatodik fejezet: Másnap reggel

Amikor Barry felébredt, el sem tudta képzelni, hogyan álmodhatott össze annyi őrültséget előző éjjel. Beszélő pókok? Apja, a névtelen ember – aki mellesleg fiatalabb a saját fiánál –, lelőtt valakit egy benzinkútnál, és most szabadon lófrál Barry-t keresve? És a pókok pedig tudtak minderről, mert a szomszéd öregasszonynál nézték napokig a TV-t a plafonról lelógó villanykörtéből?! És utálják a Spring Dew nevű új üdítőital reklámját?

Micsoda őrültség! Még szerencse, hogy mindez csak álom volt! Barry-nek már kamaszkora óta nem voltak látomásai és hallucinációi. Ezek sem lehetettek hát azok.

„Ez csak álom volt, semmi több."

Ahogy kimondta magában, már meg is nyugodott.

Aztán, amikor nagyot ásítva nyúlt a villanykapcsolóhoz az éjjeliszekrényen hogy felkapcsolja a lámpát, hirtelen nagyon szokatlan hangra rezzent össze:

Csörgött a telefon!

Mások számára ebben lehet, hogy nincs semmi fura, és teljesen normális jelenségnek számít, ha megszólal a telefon, Barry-t viszont nagyon ritkán hívta fel bárki is. Bizonyos rosszmájú egyének akár azt is mondhatnák, hogy soha. És lehet, hogy igazuk lenne!

Végül is miért hívnának fel mások egy olyan embert, aki nem népszerű? Aki soha nem ért el semmiben komoly sikert, és gyakorlatilag annyira ismeretlen, hogy egy igazi neve-nincs senki... Hogyan hívhatna fel bárki egy olyan embert, akinek még a nevét sem tudja? Hisz valóban nincs neki! Hogy lehetne telefonszáma egy névtelen embernek? Mégis mi állna a telefonkönyvben?! Biztos az, hogy:

Telefonszám: 712-744-128...bla-bla stb...

Név: A szám tulajdonosa sajnos nem rendelkezik olyannal. De azért hívja csak fel nyugodtan, biztos nagyon jó ember lehet!

„Ja, persze!" – gondolta Barry. „Jó ember a seggem! Semmilyen épeszű emberi lény nem hívna fel egy ilyen számot. Azt hinné, valami elmebetegé! Őszinte legyek? Lehet, hogy nem is járna nagyon messze az igazságtól!" – morfondírozott magában.

Barry-nek ettől függetlenül azért volt telefonja.

És most bizony csörgött. *Idegesítően hangosan!*

Valóban nem hívta rajta soha senki. Nem is tudta, minek tartja egyáltalán a készüléket, minek fizet havonta a szolgáltatásért? Mi célból köttette be egyáltalán a vonalas telefont? Talán hívták rajta eddig?!

– I-i-igen? – vette fel Barry gyanakodva a kagylót. Valahogy rosszat sejtett. Nem szerette a váratlan dolgokat. És egy telefonhívás, ami az ő részére érkezik, na az aztán váratlan és szokatlan dolog! Még akár életveszélyes is lehet.

– Mr. Eastwood?! – szólt bele egy izgatott férfihang a vonal másik végén.

– Tessék? – kérdezte Barry. – Hogy mondja?

– Mr. Eastwoodhoz vagy szerencsém? Flint Eastwoodhoz, a híres íróhoz?

– Ja? Ööö... igen, azt hiszem... Ez az egyik írói álnevem. Miért keres? Milyen ügyben? Elkövettem valamit? Perelni akar? Vagy csak szidalmazni valamelyik művem miatt?

– Ó, Mr. Eastwood! Nem is tudja, milyen boldog vagyok, hogy sikerült önt *személyesen* elérnem! Micsoda óriási megtiszteltetés! Tom Allen vagyok a New York Books-tól. Megkaptuk a kéziratát, uram. És, Mr. Eastwood... azt kell mondjam, *kolosszális* ez a mű! Tényleg nem akarok nagy szavakat használni, de... *gigászi!*

– Maga tényleg a New York Books-tól telefonál? Most ugye csak szórakozik velem? Ki vette rá erre a hívásra? Valami konkurens író? Bár nem mintha sok konkurenssel rendelkeznék. Ahhoz először írónak kéne lennem.

– Nem, Flint, senki sem vett rá erre a hívásra. Önszántamból keresem. Ugye szólíthatom Flintnek?

– Nos, a Flint Eastwood valójában természetesen nem az igazi nevem. Ez csak egy buta írói álnév. Ráadásul egy elég idétlen fajta.

– Értem, Mr. Eastwood. És igen, valóban az NYB-től hívom. Hosszas szakértői tanulmányozás után úgy döntöttem, mindenképp ki akarom adni a regényét. Ki *kell* adnom! Mert *annyira* jó! Egyszerűen imádom! Már vagy hatszor-hétszer elolvastam, és még mindig nem unom. Sőt! *Egyre jobban* tetszik.

– Mondja csak, Mr. Allen, milyen beosztásban van ön az NYB-nél? Maga valami ügyintézőféle vagy esetleg portás? Remélem, nem takarító. Mármint, nem mintha bajom lenne velük, vagy ilyesmi... Úgy értem, egész biztos, hogy maga dönt a kiadási ügyekkel kapcsolatban?

– Viccel velem, Flint? Én a *főszerkesztő* vagyok! A kiadó tulajdonosával beszél! Itt mindenben én döntök! Az én szavam szent! Több mint szent! Én maga vagyok az Isten ennél cégnél. És ha én azt mondom, hogy ez a könyv jó, akkor azt *ember* meg nem kérdőjelezheti. Ebből sikerkönyv lesz, Flint, ugye tudja? Felfogja egyáltalán, hogy ez mit jelent?

Felfog egyáltalán *bármit* is abból, amit most mondok magának? Elég álmosnak tűnik a hangja, barátom.

– Hogy őszinte legyek, nem: semmit sem fogok fel az egészből. Tudja, eddig még nem adták ki *túl sok* művemet... Hogy felfogom-e, hogy mit jelent? Miért, *mit jelent*?

– Lóvét, Mr. Eastwood, rengeteg kápét! Maga híres lesz és gazdag. Mindene meglesz, amit csak kíván. Ismeri a híres reklámot, ugye? „Amit csak kíván, megkapja. Toyota." Na itt most maga lesz a Toyota-király, barátom! Akár meg is veheti magának. Mármint nem egy autót, hanem az egész Toyota céget. Ebből akkora sikerkönyvet fogunk csinálni, mint a Biblia! Vagy még annál is híresebbet! Ez ugyanis nagyobb szám lesz, és nem ingyen fogjuk osztogatni, mint azok a szerencsétlen hívő emberek. Mi pénzt fogunk keresni, barátom, mint a nagyok! Tudja...

– Kérem, álljon már meg egy pillanatra! – szólt közbe Barry. – Még azt sem mondta meg, hogy melyik könyvemről van szó. Melyik írásom az, amelyik *ennyire* elnyerte a tetszését?

– *Melyiik*? Hát a legnagyobb! A legnagyobb mű, amit élő ember írt a Föld keletkezése óta: „Az ijesztő gyilkos mondókája"!

– Mi?! Jesszusom! Ezt most komolyan mondja?! Arra nem is emlékszem. Az valami nagyon régi thrillerem lehet. Van bárki, akinek *az* tetszik?! Magának *tényleg* tetszik? Esküszöm, uram, azt már szinte viccből küldtem csak el kiadóknak, ha jól emlékszem. Afféle „vesztesek nyugalma" jelleggel, némely „vesztesek kaján kárörömével" vegyítve. Gondoltam, jót röhögök rajta, hogy mennyire felhúzok majd vele pár szerkesztőt és irodalmárt.

– Ezzel?! Uram, ez *világszínvonal*! Ebből mozifilm lesz! Elnézést, mozifilm trilógia! Maga, Flint, először is egy nyelvi zseni! Másodszor, a könyv minden sorában van valami titkos kis utalás elrejtve, mi?! Egyszerűen elképzelni sem tudom, hogy hogyan tudta ezt az egész koncepciót kitalálni. Micsoda egy koncepció! Imádom magát, Flint! Komolyan mondom! Thomas B. Allen ritkán mond ki ilyet egy férfitársának, de én most kimondom: szeretem magát! Megcsókolnám, ha most itt lenne! Mert annyira jó ez a könyv! Maga az egyik legnagyobb valaha élt író! És pont nekem küldte el ezt a kincset?! Hogy én mekkora egy szerencsés flótás vagyok!

– Hmm... Hát... Végül is nagyon jólesik, amiket mond. Köszönöm szépen. Ne értsen ám félre... Tényleg hálás vagyok, meg minden. Nos, tudja, mit? Rendben. Tegyük fel, hogy kolosszális az a regény. És akkor most hogyan tovább? Mik a teendőim? Ja, egyébként Barry-nek hívnak. Kérem, szólítson így. A Flint Eastwood az csak egy írói álnév, mint ahogy mondtam is. Először úgy gondoltam, nagyon amerikaiasan hangzik. De most már inkább csak úgy gondolom, hogy hülyén. Tehát igazából Barry vagyok.

– Értem, semmi gond, Harry. Ne aggódjon, mindent el fogunk intézni. Jöjjön be a kiadó szerkesztőségébe, és akkor majd aláírjuk a papírokat. Hozhat ügyvédet is, ha akar, de higgye el, nem lesz rá szüksége! *Ilyen* ajánlatot nem fog tudni visszautasítani! Nincs az a dörzsölt szarházi ügyvéd, aki ezt ne találná nagyszerű ajánlatnak!

– Rendben... *nos, ez életem leghülyébb napja eddig* – dünnyögte Barry az orra alatt –, de én bizony benne vagyok! Benne én! Diktálja a címet, Mr. Allen. Mondja, maguk valóban New York-ban vannak? Onnan hív? Nincs itt esetleg,

Chicagóban is egy irodájuk valahol? Az nekem kevésbé lenne macerás.

– *Chicagóban* irodánk? Viccel velem? Az egy falu! New York-ban vannak a valódi kiadók, barátom! De ne aggódjon, nem kell húsz órát autókáznia. Küldök magának repülőjegyet. Ugyanis már meg is vásároltam. Reméltem, hogy ide tud fáradni, úgyhogy vettem a bátorságot, és kifizettem előre az interneten. Átküldöm önnek máris e-mailben. Így röpke két óra alatt itt is lehet minálunk. Annyira várom már, hogy találkozhassak önnel, Gary! Ez lesz életem egyik legnagyobb élménye! Tudja, igazi rajongójává váltam a munkásságának!

– Nos, köszönöm. Ez valóban jólesik és jól hangzik. És mondja csak, *valóban, őszintén* tetszik magának az a könyv? – kérdezte Barry félig-meddig nevetve. – Vagy csak üzleti lehetőséget lát benne valamiért? Engem nem zavarna az sem! Nyugodtan lehet velem őszinte. Egyfajta botránykönyvet akar kerekíteni belőle, mert annyira szemétre való? Mindenki erről beszél majd, és emiatt veszik, mert nem hiszik el, hogy tényleg annyira rossz, és a saját szemükkel akarják látni? Ezért akarja kiadni? Engem nem zavar. A rossz reklám is reklám, ahogy mondani szokták. A lényeg, hogy megvegyék, nem?

– Magának, Jerry, vagy orbitálisan jó humorérzéke van, vagy borzasztóan alábecsüli a saját zsenialitását. *Persze*, hogy látok benne üzleti lehetőséget. Hiszen ez az alkotás *egy csoda*! Még hogy botránykönyv! Valóban az lesz, mert botrányosan jó! Egy szépirodalmi műremek! Ehhez képest Shakespeare-nek... gyakorlatilag *bármelyik* műve tudja, hogy micsoda?

– Tippelnék: értelmes? Összeszedett? Átgondolt?

– Nem. Ehhez képest Shakespeare, Hemingway meg az összes többi kókler firkálmánya egy nagy rakás szar! Vagy inkább fos! És ezt most tanult szakemberként mondom, uram, *irodalmárként*. Harminc évig dolgoztam könyvtárvezetőként, mialatt egyetemen tanítottam irodalmat és írástechnikát. Ha valakinek, *nekem* elhiheti, hogy értek hozzá, barátom! Én magam vagyok az irodalom.

– Ezt nem mondhatja komolyan! Mármint... higgye el, én szívesen hallanám ám ezeket bárkitől, amiket most mond, nemhogy egy *ekkora* szaktekintélytől... de valamiért egyszerűen nem tudom elhinni, hogy komolyan beszél! Én *ennyire* azért nem tartom jónak azt a regényt! Sőt... Mondja, ha már egyszer *annyira* tetszik magának... megtenné, hogy idéz belőle? Ugyanis, tudja, nem igazán szeretem, ha szórakoznak velem! Nem szeretnék New York-ba utazni teljesen feleslegesen, valami hamisított repülőjeggyel, hogy aztán jól elkapjanak, és letartóztassanak vele a reptéren! Egy jó kis testüregi motozás óvszerbe rejtett drogokat keresve, mi? „Hová bújtattad a kotonba rejtett heroint, írókám? Nézzük csak meg azt a kakilót!" Na, az kéne még csak nekem! Tehát kérem, tegye már meg, hogy felolvas a könyvemből, ha valóban ott van magánál! Hogy elhiggyem, hogy egyáltalán a birtokában van a kézirat, és tényleg ismeri. Halljuk a kedvenc részét! Amit *annyira* „imád" benne. *Bármit*! Ami őszintén, mélyen megfogta a műben! Rendben? Megtenné a kedvemért?

– Hát persze, Terry! Szíves-örömest! Máris hozom!

A férfi olyan sietve rakta félre a kagylót, hogy jó nagyot koppant valamin. Kapkodása közben talán leverte, és kárt tett a készülékben. De lehet, hogy egyszerűen csak ledobta a padlóra. Ki tudja?

Most heves zörgés közepette keresni kezdte valahol a kéziratot. Barry el sem tudta képzelni, miféle alak lehet ez.

Vagy egy nagyon komoly szakember, aki valamiért tényleg isteni képességeket vélt felfedezni őbenne. Vagy akár ördögieket... Vagy csak nagyon komolyan hülye szegény.

„Ez tényleg fel fog olvasni belőle!" – jutott el lassan Barry agyáig a meglepő valóság. Most már kezdte ugyanis elhinni, hogy ez az egész tényleg megtörténik vele. „Ez most idehozza a telefonhoz azt a szart, és felolvas belőle 'egy jó kis részt'? Volt benne egyáltalán olyan?"

– Ez az! – kiabálta Mr. Allen lelkesen a kagylóba. – Megvan a *mű*! Már halálra rémültem, hogy valamelyik barom hazavitte magával vagy ellopta! De megvan! Itt tartom a kezemben! Ez az *eredeti* kézirat! És nálam van! Nem is tudja, mekkora megtiszteltetés, hogy egyáltalán a kezemben tarthatom, uram. Olvasok is akkor belőle gyorsan, hogy ne raboljam tovább a drága idejét! De készüljön fel... ez megrázó lesz!

– Az erősen meglepne, Mr. Allen, mivel én írtam... de azért hallgatom.

– Rendben. Tehát... – És akkor Mr. Thomas B. Allen olvasni kezdte feltehetően az egyik kedvenc részét a könyvből:

„Leszállt az éj, amikor az ijesztő gyilkos újra belekezdett a hírhedt mondókájába. Mondta a magáét megint. Úgy adta ki a hangokat a szájával, mint aki sugallni akar valamit lelkileg. A gyerekek pedig követték. Mert a gyilkosok ilyenek: mondókákat mondanak, és a gyermekek pedig mennek utánuk. Nem bírnak ellenállni neki. A mondóka ugyanis mond dolgokat. Nekik szól az a mondat! A kicsiny gyermekek szeretik a mondókákat, mert még fiatalok, és nem értik.

Az ijesztő gyilkos így szólott hozzájuk serénykedve, egyfajta istenként tornyosulva föléjük, akár egy torony:

– Gyermekek, így szólok én, a gyilkos hozzátok, ez az én mondókám:

'Ijesztő gyilkos lapul lent a réten, terád vár már féken

Nem mozdul, mert nem jössz, nem áll fel, mert most sem jössz

Ijesztő gyilkos lapul az avarban, terád ugrik fent a magasban

Mert végig a fákon ült lapulva, és nem az avarban

Onnan veti rád magát a bibliai bűn! És a gyilkos is.'"

– Hát, ez még így nyolcadszorra is nagyon tetszik! Csodálatos ez a rész, Harry! Egyszerűen csodálatos! Maga egy óriási költő! Egy poéta és egy esztéta egyszemélyben. Ezek a rímek! Na meg a *gyilkos*! Egyáltalán hogyan találta ki ezt az életszerű karaktert? Szinte lemászik, leugrik a papírról, annyira él, annyira *olyan*!

– Annyira *milyen*?

– *Élő*! Szinte lélegzik, *létezik*!

– Komolyan így gondolja? Nekem így utólag visszahallva kissé erőltetettnek és gyermetegnek hangzik az egész. Nem is emlékszem már, hogy mikor írhattam ezt a könyvet. És nemcsak kissé gyerekesnek és kezdetlegesnek tűnik, de finoman szólva olvashatatlannak is. Nem igazán mondanám ijesztőnek sem.

– Dehogynem aaaz! Uram, én egészen rosszul lettem, amikor először olvastam! Hasmenést kaptam tőle! Nem viccelek! Tudom, nem illik ilyeneket elmondani, mégis megteszem, hogy higgyen nekem. Ez a könyv egy érzelmi hullámvasút. Belebetegszik az ember az izgalomba, amikor olvassa! Olyan hasmenés jött rám tőle, hogy azt ne akarja megtudni sosem! Örüljön, hogy nem látta!

– Valóban? Nos, ez... igazán „jó hír"? Nem is tudom... Ha ön mondja... én elhiszem. És melyik benne a legizgalmasabb rész egyébként? Idézne esetleg abból is? De nehogy megint rosszul legyen nekem! Ne vegye azért annyira komolyan. Ez csak szórakoztató irodalom. Vagy valami olyasmi...

– Persze! Szívesen felolvasok egy izgalmas részt is! Megtiszteltetés, hogy megengedi egyáltalán, hogy én olvassam fel önnek, Mr. Eastwood. Ez itt a kedvencem!

„Futott már az ijesztő gyilkos, mert üldözték a kopók. A rendőrök üldözték, mert azok a kopók, akár a vadászkutyák. Ezt a gyilkos pontosan tudta. Ezért is futott a lábaival, ahogy csak a lábai bírták a futást. A rendőrök pedig kérlelhetetlenül üldözték. A gyilkos egyre jobban futott a testével, és közben már erősen lihegett is a nyelvével. Teljesen kimerítette a fáradtság. A tüdeje sem bírta a sok lihegést. A rendőrök pedig csak jöttek utána! És rámutattak: 'Ő az!' És csak jöttek. A kopók sosem alszanak. Ezért nem voltak fáradtak sem. 'Egy rendőr nem liheg' – gondolta magában a gyilkos. 'Biztos mert acélból van a tüdejük! De sebaj, majd én meggyilkolom őket, és kizabálom a tüdejükből a lelket!...'"

– *Ez* maga szerint izgalmas?! – vágott közbe Barry most ismét gyanakvó hangon. Kissé már ingerülten is.

– Hogyne lenne az?! Uram, ezeknek a rendőröknek *acélból* van a tüdejük! A gyilkos ki akarja szívni a lelküket! És már a nyelvével liheg, úgy menekül előlük! Hogy a csudába ne lenne *ez* izgalmas? Én tegnap ennél a résznél lettem rosszul. A feleségem alig bírt összetakarítani utánam, annyi minden kijött odalentről. Utána meg nem bírtam abbahagyni a kényszeres hányást a stressztől.

– Ennyire izgult a könyvön? Hát, ha maga mondja... Ha tényleg nem bánja ezeket a szörnyű képzavarokat és a temérdek szóismétlést a könyvben! Lehet, hogy tényleg csak én vagyok túlzottan kritikus a műveimmel kapcsolatban. Nos, rendben, Mr. Allen. Tudja, mit? Jól van! Odamegyek. Mikor indul a gépem?

– Fél óra múlva! Közben átküldtem e-mailben a repülőjegyet. Már ott kell lennie. Első osztályra vettem! Remélem, kielégítőnek találja majd.

– Biztosan. Maga nagyon kedves. Tényleg köszönöm. Mi is a cím, mit mondott az előbb?

– Még nem mondtam. De megírtam azt is az e-mailben. Nem kell ám tudnia a címet amúgy sem! Limuzint küldetek magáért a reptérre, Harry!

Barry fejében ekkor megszólalt egy vészharang:

„Hahó! Átverés! Kamu! Marhaság! Oltári nagy baromság! Ébresztő! A fickó még a nevedet sem tudja megjegyezni. Épp most trafált mellé kb. hetedszer! Nem limuzinja van ennek, hanem egy jókora agytumora! Azért ennyire hülye, hogy képes élvezni ezt a könyvet!"

– Rendben! – mondta Barry mégis a telefonba az összes létező előítélete és aggálya ellenére. A vonal másik végén lelkes rajongója közben már várakozóan sóhajtozott, hogy ő kimondja végre a varázsszót: – Ott leszek. – És Barry ezzel lerakta a kagylót, mint valami nagymenő, akit interjúra hívnak, meg minden.

„Ez a férfi akkor is elmebeteg kell, hogy legyen" – gondolta magában. „Én sem vagyok komplett, soha nem is voltam, *de ő*! Ez az alak messze túltesz rajtam! Mi tetszik neki abban a könyvben? 'Egy rendőr sosem liheg', mi? Mert 'acélból van a tüdeje'! Minek írok le ilyen értelmetlen marhaságokat? Egyszerűen át sem gondolom, csak leírom! Ez a tipikus ostoba amatőrség ismérve! Olyankor még azt hiszem, hogy jól hangzik és borzasztó érdekes, de így utólag visszahallva... Istenem! Komolyan mondom: botrányos! Egy rendőrnek lehetnek acélból az izmai, ha nagyon erős... az idegei, ha már gyakorlott, sokat látott vén róka... vagy akár a tökei, ha nagyon bevállalós fajta, de a *tüdeje*? Mi a szar van neki odabent? Vastüdőre van kötve, vagy mi? Ettől bír olyan jól futni a gyilkos után? És a kiadós fickó szerint még én vagyok Shakespeare legnagyobb utódja vagy mije? Ez tényleg nem normális! Na mindegy... ezek szerint *neki* valamiért tényleg tetszik. De hogy miért? Pedig így visszahallva tényleg felháborítóan rossz a könyv. Még a címe is trágya. 'Az ijesztő gyilkos mondókája?' Úgy hangzik, mintha egy visszamaradott találta volna ki. Inkább lenne az a címe, hogy 'Suttog a rém', vagy esetleg 'Mit üzen a gonosz?'. Jellemző, hogy a jobbak mindig csak utólag jutnak eszembe! Amikor már rég a kiadónál van, és nem lehet visszavonni!"

Barry elkezdett összepakolni. Nem is tudta hirtelen, hogy mit vigyen. Még ha repülővel New York-ba csak kétórás is az út, akkor is messze van. Szüksége lehet erre-arra. Na de mire? Közben tekintete egy pillanatra odatévedt az íróasztalra... és a rajta álló lámpára.

Fura érzése támadt... valami olyasmi, hogy oda kéne lépnie, és felkapcsolni egy pillanatra, de aztán mégsem tette meg. Az csak egy buta álom volt! Mit szórakozzon most ilyenekkel? Nem ér rá sem visszafeküdni, hogy ismét rémálmai legyenek, és tovább álmodja azt a szörnyűséget, hallucinálni meg pláne nem fog! Az ilyesmikkel ő most egy életre leszámol! Innentől más lesz! Élete *legjobb* napjától kezdve?! Hát persze, hogy más lesz! Végül is egy valódi könyvet akar kiadni tőle egy *valódi* kiadó! Ezért hívták! Ilyen még sosem történt Barry-vel. De lehet, hogy Harry-vel! A fickó hívhatja őt úgy, ahogyan csak akarja! Akár még Rose-nak is, ha tényleg kiadja a könyvét!

Ez most tényleg megtörténik! Most már felfogta, és egyre boldogabb volt. Egyre jobban feldobta, hogy ekkora fordulatot vesz az élete.

Neki bizony jelenése van New York-ban! Ez most végre komoly. Nem téveszme, nem gyerekes álmodozás, mint holmi beszélgetés hülye, képzeletbeli pókokkal! Nem! Ez most egy valódi nagy kiadó. Még ha a fickó kissé – vagy talán nem is kissé – *különc* – az ízléséről már nem is beszélve –, akkor is *egy limuzint* fog érte küldeni a reptérre! Ez valami nagy cég. A „New York Books" név nagyon ismerősen csengett Barry-nek.

„Igen! Ez valami kurva nagy kiadó lehet!" – ujjongott szinte sokkos állapotban a boldogságtól. És ahogy ezt kimondta, most még gyorsabban kezdett verni a szíve, és még nagyobb tempóban folytatta a pakolást. Összevissza dobált mindenfélét a bőröndjébe. Kit érdekel, mit visz, csak legyen már ott!

„Végre vége a nyomornak!" – kezdett szélesen vigyorogni. „Vége a sikertelenségnek! Az ismeretlenségnek! Most aztán beintek neked, apa! Lesz nevem! Ezúttal tényleg lesz! És teszek rá, hogy mit szólsz hozzá! Akár Flint Eastwood, akár Donald Reagan vagy Ronald Kacsa, de valami most aztán lesz! Sztár leszek! Az lehet, hogy a leendő főnököm egy komplett idióta, hogy tetszik neki a könyvem, de végül is nem *minden* kiadó főnöke az? Sok szemetet kiadnak manapság, vagy nem? Azokat is kiadja valaki! Egyik sem komplett, hogy miért lát bennük lehetőséget. Akkor az enyémet miért ne adhatnák ki? Annyira az enyém is van rossz, mint másoké!"

Eddigre már mindent bedobált a bőröndbe – igazából fogalma sem volt, hogy mi mindenre lehet szüksége, csak improvizált –, és csukta is be, rákattintotta a zárakat, és a hóna alá kapta.

Barry vékony fiatalember lévén amúgy sem volt nagyétkű. Most a nagy sietségben pedig fel sem tűnt neki, hogy még nem is reggelizett. Ugyanis az egész agya lázban égett! Gondolni sem tudott olyan szánalmas, gyarló emberi igényekre, mint a táplálkozás.

Ő most bizony New York-ba megy! És sztár lesz belőle! Még ha éhen is döglik útközben!

Barry úgy volt vele, hogy még mindig jobb egy éhen döglött sztár, mint egy élő, dagadt senki!

Ám, mielőtt még éhen halhatott volna nagy jókedvében a közelgő világsztárságtól...

Amikor kilépett a lakásból, és épp zárta volna be maga után az ajtót...

Valaki hátulról jól ráijesztett!

Hetedik fejezet: Küldje el a holtat!

– Hová olyan sietősen?!

– He?! – pördült meg Barry összerezzenve a meglepetéstől. Nem is hallotta, hogy közeledik valaki feléje hátulról. – Ja, maga az, Mrs. Rübenfeld? Hű, de rám ijesztett!

– Én vagyok hát, fiam, ki más? Hová olyan sietősen, Steven?

– Steven? Én Barry vagyok, Mrs. Rübenfeld. Mármint Michael! Michael Ekelret.

– Ja? Ne haragudjon, Mr. Enternet! Mindig összekeverem Stevennel, tudja, azzal az íróval, aki szintén itt a házban lakik. Egész éjjel kopácsol azon a billentyűzeten vagy micsodán.

– Zavaró lehet... – nyelt egyet Barry. – Én nem nagyon hallom. Mély alvó vagyok ugyanis.

– Akkor nagyon szerencsés, Michael. Engem az őrületbe kerget az a kis szemét! Egész éjjel veri! Klám-klám-klám... tap-tap-tap... klám-klám-klám...! Nem tudom, mit üt-ver annyira, hogy hagyományos írógépet használ-e, vagy valami modern, számítógép-írógépet, de utálatos egy hangja van, az biztos!

– Elhiszem, Mrs. Rübenfeld, de nekem sajnos most mennem kell.

– És hová olyan sietősen? Tán csak nem a törvény elől menekül ilyen sebtében?

– A reptérre megyek. Lekésem a gépem – felelte Barry türelmetlenül.

„Nem mintha bármi közöd lenne hozzá, vén szipirtyó!" – tette hozzá magában.

– És hová repül, fiatalúr, tán csak nem Greenfieldbe?

– Greenfieldbe? Miért kérdi? Miért mennék én oda?

– Az unokám nemrég járt ott, tudja? És azt mondta, érdekes dolgok folynak ott. Hozott is magával valami szuvenírfélét. Azt hittem, most mindenki azokra az eseményekre kíváncsi, és odarohannak mint a turisták, ha tömegkatasztrófát lehet bámulni. A sok barom! Maga is olyan? Odamegy, mi?

– Én nem oda megyek.

– Maga *nem*. Hát persze, hogy nem. Mind ezt mondja. De ha nem oda, akkor hová?

„Hogy ez a vénasszony milyen kíváncsi!" – gondolta Barry. Megfordult a fejében, hogy egyszerűen kikerüli, és faképnél hagyja, de a nagydarab, idős nő teljesen elállta az útját. Csak úgy tudott volna elmenni mellette, ha egy az egyben fizikailag arrébb tolja.

– New York-ba utazom. Ugyanis a *kiadómtól* hívtak... – magyarázkodott Barry kissé azért büszkén, hogy neki van olyanja, hogy „kiadó", meg minden. De lehet, hogy mégsem kellett volna...

„A francba!" – nyilallt ekkor belé. „Most majdnem elszóltam magam, hogy író vagyok!"

– Miféle kiadótól?! – kérdezte a nő gyanakodva. – Tán csak nem maga is olyan íróféleség? Lehet, hogy mégiscsak maga az a Steven? Nekem eléggé Stevennek tűnik! Bár maguk mind egyformák. Olyan semmilyenek. Maga az a Steven, ugye? Most a bolondját járatja velem, vagy mi? Mit képzel? Azt hiszi, magának mindent szabad? A vén rohadt ribanc biztos túl hülye ahhoz, hogy észrevegye, ha átverik, ugye? Ezt gondolja most magában! Biztos ezt gondolja! Hogy egy vén dagadt szemét vagyok. Egy testi-lelki roncs!

– Dehogyis! Mi nem jut eszébe? Én sosem gondolnék ilyeneket egy ilyen kedves hölgyről. És nem is vagyok Steven!

„De Michael se!" – tette hozzá magában.

– Na azért! Ha egyszer elkapom azt szemét kis Stevent, aki egész éjjel kopog, esküszöm, megölöm! Megölöm! Mondja csak, Michael, szokott maga faragni? Mondjuk, például éjszaka?

– Faragni? Dehogy! Miért tenném? Én... – most majdnem azt mondta, hogy „csak egy író vagyok", de aztán így folytatta: – festő vagyok. De csak nappal dolgozom és hangtalanul. Nem faragok, csak festek. Halkan. Egy nagyon-nagyon puha ecsettel. Semmilyen zajt nem okoz. Csak simogatom vele a festővásznat csendben.

– És akkor meg miféle kiadója van magának? A festőknek mióta van olyanja?

„Na, ez itt a jó kérdés!" – ijedt meg Barry. „Ez a vénasszony tényleg nem hülye! Vág az esze, mint a borotva!"

– Úgy értettem, a galéria tulajdonosához megyek, akinél a képeim vannak kiállítva. A festők azokat hívják kiadónak. Ez amolyan szakkifejezés. Mert amikor a galéria tulajdonosa bérbe adja a termet, akkor tulajdonképpen „kiadja" a bérlőnek, azaz a művésznek. Ő a kiadóm, ő adja bérbe a galériát. Á, nem fontos, higgye el... ezek csak olyan szakmai dolgok.

– Hát, nekem inkább tömény baromságnak hangzik. De akkor most tényleg nem farag? Nem kopácsol?

– Én ugyan nem! Előbb halnék meg!

– Hát pedig egyszer ki kéne próbálnia a faragást! A férjem egy ideje ezt csinálja, és... Michael... azt maga el sem tudja képzelni, mire képes az én öregem a két kezével, ha egyszer igazán elszánja magát!

– A *férje*? Hogy érti, hogy a férje? Mr. Rübenfeld nem öt évvel ezelőtt halt meg?

– Meghalt, nem halt meg, nem mindegy az már? Most itt van, nem ez a lényeg? Jöjjön be, nézze meg maga is! Ott farag a hátsó szobában! Nekem elég élőnek tűnik. Bár nem mondom, hogy épp olyan, mint azelőtt, de azért majd biztos felismeri valamennyire. Hisz találkoztak is még annak idején, vagy nem?

– Az nem lehet, hogy odabent farag, Mrs. Rübenfeld. Az ön férje már öt évvel ezelőtt elhunyt. Sajnálom, de maga csak képzelődik. Együttérzek önnel a vesztesége miatt, de nekem most tényleg mennem kell.

– Pedig be kell jönnie velem oda! Ő mondta, hogy hívjam be! A holt, aki odabent farag! Kérem, próbáljon meg beszélni vele. Legalább próbálja meg! Azóta van itt, hogy kialudt az a rohadt körte a plafonon. Kiégett. Előtte nem láttam a férjemet, egészen a halála óta. Amikor viszont az a régi vacak kiégett, egyszer csak megjelent a sötétben. Hiába vettem új körtét, tudja, azt az új típusút, amelyikben led is van... akkor sem tűnt már el újra. Itt maradt velem az öregem. Megint itt van, mint amikor még élt. Ha maga rábeszélné, talán elmenne, és végre békén hagyna. Így mégsem járja, hogy egy holttal élek nappal, s hálok együtt éjszaka! Valakinek el kellene küldenie. De én nem vagyok rá képes. Túl gyenge vagyok hozzá. Kérem, küldje el, Steven! Nem akarom már ezt folytatni! Nem akarok így élni! Nem akarom látni a testét... ahogy az az eleven, rothadó, két lábon járó enyészet éjjel rám mászik, és hozzámér ott az izéjével! Azzal a meredt valamivel. Az nem olyan, mint ami neki volt. Egyébként is öreg vagyok én ahhoz. Pláne egy holttal! Azzal még fiatalon sem csináltam volna soha. Ez meg minden éjjel csak azt akarja. Aztán visszamegy faragni. Jöjjön már be, Steven! Nézze meg! És küldje el innen! Kérem! Küldje el a holtat!

Barry ekkor félrelökte az asszonyt az útból, és futásnak eredt!

Majdnem kiesett a bőrönd a kezéből, de azért csak szedte a lábát, ahogy tudta. El sem tudta képzelni, hogy mi lelte a vénasszonyt, de hogy teljesen elment a józan esze, az biztos!

És még Barry hitte magát korábban őrültnek?! Csak azért, mert pókokkal beszélgetett gyerekkorában, mivel annyira magányos volt? Na és?! Ez a vén marha pedig a férje holttestével kefél éjjelente, vagy ki tudja, mi lehet az valójában, amit a férjének hisz! Mit művelhet ez éjjelente magával?! Te jó Isten! Valószínűleg csak odaképzel valakit, és valójában senki sincs a hátsószobában.

„Remélem, hogy nincs!" – tette hozzá Barry. „Ez az ország tényleg kezd teljesen megőrülni! Nekem volt igazam! Ez a járvány tényleg Greenfieldből jön. Én megmondtam Edinborough-nak, hogy hozzánk is elér, de a doki nem hitt nekem! Mrs. Rübenfeld is azt mondta még az elején, hogy az unokája hozott neki valami szuvenírt Greenfieldből. Talán azóta látja a férje hulláját a lakásban kódorogni! És mi van, ha nemcsak ő látja? Mi van, ha a greenfieldi esetek hatására a holtak kikelnek valamiért a sírjaikból, és köztünk járnak? Ráadásul a 'meredt valamijükkel'?! Fúj! Én erről tudni sem akarok!"

Barry már odalent volt az utcán, és beugrott a kocsijába. Beletaposott, és egyből a repülőtér felé vette az irányt.

Közben eszébe jutott, hogy otthon el is felejtette kinyomtatni az online repülőjegyet, amit a kiadós fickó küldött neki. Csak a kódját írta fel siettében egy cafat papírra: #2845961FF2.

Na mindegy... gondolta, majd a reptéren is biztos kiválthatja valamilyen terminálon, vagy konzolon, vagy hogy a fenébe hívják azokat az összefogdosott, mocskos érintőképernyőket, amiket senki sem tud kezelni, mert egyik sem működik!

„Ez a világ tényleg kezd megőrülni" – gondolta. „Ma valahogy semmi sem tűnik normálisnak. Minden olyan fura. Még hozzám képest is... pedig én aztán tényleg egy igazi különc vagyok."

De vajon melyik dolog tűnt számára furábbnak? Az, hogy a szomszéd idős asszony állítólag a halott, sírból visszatért férjével él együtt, aki jó dolgában farigcsál, és éjjelente felizgul... vagy az, hogy létezik egy olyan őrült fickó a Földön, aki képes kiadni az ő egyik – valószínűleg legpocsékabb – regényét?

Bármily meglepően is hangzana ez mások számára, de neki a második még meglepőbb volt! Dilinyósokkal már korábban is találkozott. Mrs. Rübenfeld pszichózisa nem lepte meg olyan nagyon. Barry is volt régen kórházban, pszichiátrián... de ez, hogy egy ilyen tűzrevaló regényt valaki ki akarjon adni... egy olyan nagy kiadó, akik limuzint küldenek az írójukért! Na, *ez* a valóban baljós! És teljesen érthetetlen. Egy ilyen lehetőséget viszont akkor sem fog elszalasztani.

Megállt a reptér parkolójában, és egyenesen a check-in pulthoz sietett, hogy megkérdezze, hogyan válthatja ki itt helyben a jegyét, amit New York-ban már előre megvettek neki.

– Hová akar menni? – kérdezte a rövidujjú fehér inget és piros nyakkendőt viselő fekete férfi.

– Mondom, New York-ba. Már megvették nekem a jegyet. Ki lett fizetve. Itt a kódja – nyújtotta át Barry a papírt az ügyintézőnek. – Csak ki kéne váltanom, hogy a gépre szállhassak. Mi a módja? Adjak útlevelet, jogosítványt, vagy mit?

– Hová olyan sietősen?

– Időpontra megyek, uram, hivatalos ügyben! Szerződés-aláírásra sietek egy több millió dolláros üzletet nyélbe ütni – lódított kicsit, hogy már végre komolyabban vegyék. – Megtenné, hogy válaszol a kérdésre? Hol és hogyan válthatom ki a jegyemet?!

– Most ugye csak azért ordítozik itt velem, és azért néz le, mert fekete vagyok, igaz? Csak egy „nigger". Mit számít az egy ekkora fehér üzletembernek? Egy tőzsdecápának!

– Tessék? Miről beszél?

– Azt hiszi, a „niggerrel" bárhogy beszélhet, úgysem ért semmit az egészből, hisz nem is ember. Erről van itt szó! Az ilyenekkel mindegy, hogyan beszél az ember, mert mi gondolkodni sem tudunk. Csak majmok vagyunk ingbe és nyakkendőbe bújtatva. Ugye ezt gondolja?

– Uram, elnézést kérek, ha megbántottam! Én semmi ilyet nem mondtam! Még csak nem is gondoltam! Nem is értem, honnan veszi egyáltalán, hogy... Én csak szeretném kikérni a jegyemet, amit már kifizettek nekem! Kérem, ne rabolja az időmet!

– Tehát akkor most már rabolok is? Csak mert fekete vagyok?! Lövöldözök összevissza, és drogot árulok vaskos aranylánccal a nyakamban? A „niggerek" mind ilyenek, ugye? Repülőjegy kéne, haver? Azt aztán lesheted, te fajgyűlölő kis szarházi! Menj busszal! Húzz el a faszba, mert hívom a biztonságiakat! Terroristaként fogok rád hivatkozni, ha nem tűnsz el, de azonnal! Azt mondom majd, hogy bombát rejtegetsz, és hogy azt mondtad, felrobbantod, ha nem adok jegyet ingyen!

– Mi? Most meg miért csinálja ezt velem? Uram, repülőjegyem van! Már kifizették! Ez életem nagy lehetősége! *Kérem*! – fogta Barry már könyörgőre. – Nem teheti ezt velem! Nem ronthatja el nekem ezt a napot. El *kell* jutnom New York-ba! Uram, szedje össze magát! Senki sem akarja sértegetni. Csak adja már oda a jegyemet! Szépen kérem! Esedezem!

– Ja? Miért nem ezzel kezdte, hogy csak a jegyét akarja kiváltani? Tessék, itt van. Közben már kinyomtattam. Maga egyébként rendkívül szimpatikus nekem, tudja? Várjon csak... – a férfi a zsebébe nyúlt –, adok magának egy kis pénzt. Fogja! – Egy köteg bankjegyet nyomott Barry markába. Valószínűleg kis címletű volt mindegyik, de akkor is a zsebe teljes tartalmát odaadta neki. Még egy papír zsebkendő is akadt közte.

– Mi ez?! Mi akar ezzel?

– Tartsa meg, barátom! Ajándék! Most valamiért nagyon megkedveltem magát. Valahogy tetszik, ahogy beszél. Olyan viccesen formálja a szavakat. És hogy milyen magas! Mondták már magának? Fogadja el, kérem! Csak segíteni szeretnék.

– Nos, rendben... – Barry nem ért rá vitatkozni ezzel az alakkal sem. Sietve átvette tőle a közben már kinyomtatott jegyet és a köteg pénzt (meg sem számolta, csak a zsebébe gyömöszölte az egészet), majd sietősen elindult az B5-ös beszállókapuhoz.

Az enyhén szólva súlyos bipoláris tüneteket mutató fekete férfi ekkor utánaszólt Barry-nek:

– De meg ne lássalak itt még egyszer, mer' kinyírlak, geci!

Barry majdhogynem futásnak eredt. Rohanni azért nem mert, hogy nehogy a reptéri rendőrség rossz néven vegye, és rávesse magát, mint valami bombamerénylőre! Azért egy reptéren már csak nem kéne fejvesztve rohangálni úgy, hogy közben ilyeneket ordít utána egy reptéri alkalmazott. De azért csak sietett, ahogy tudott. Az a pultos nyilvánvaló, hogy súlyos elmebeteg! Minimum mániás depressziós, de lehet, hogy rosszabb! Lehet, hogy tényleg veszélyes.

Ekkor valami csattant Barry lába mellett a földön, aztán továbbcsúszott a fényes kövön. Egy adóvevő volt. A férfi vághatta hozzá.

Barry ezen már nem állt meg elgondolkodni – hogy mondjuk udvariasan visszavigye-e neki –, inkább futott az B5-ös kapuhoz! Most már valóban futott. Terrorista ide vagy oda, ő bizony eléri azt a rohadt gépet! A pultos még a végén utána jön!

– Hová ilyen lélekszakadva? – kérdezte mosolyogva a biztonsági őr, aki a fémdetektorral vizsgálta végig a beszállásra váró utasokat.

– Elnézést – lihegte Barry –, csak késésben vagyok. – Nem akartam zavart kelteni, vagy ilyesmi... csak sietek. Bocsánat.

– Semmi baj, Tim. Tudom, hogy sietsz. Gyere, átengedlek soron kívül.

– Tessék?

– Gyere már, ne kéresd magad, tesó. Ne húzd az időt, mert valaki még a végén észreveszi, hogy *csak úgy* átengedlek ellenőrzés nélkül! *Nálad van a stukker?* – súgta a nagydarab férfi Barry-nek.

– A *mi*? Istenem, dehogy! Itt mindenki megőrült? Miért lenne olyasmi nálam? Ez most valami beugratós kérdés? Miért kérdez egyáltalán ilyeneket tőlem?

– *Tim, ne játszd már a hülyét!* – suttogta a férfi. – *Megismerlek. Te vagy az, akivel tegnap álmodtam. Te fogod elhozni a világvégét. Csak vigyázz a fegyveredre, nehogy itt elejtsd nekem, vagy ilyesmi, mert akkor tényleg el kell, hogy vegyem! Most úgy teszek, mintha alaposan átnéznélek. Végigviszem rajtad mindenhol a fémdetektort. Ne ijedj meg, úgysincs bekapcsolva! Nem fog megszólalni! Hol rejtegeted egyébként?* – mosolygott a fura alak.

– Mit? Mondom: semmi sincs nálam! Csak ez a bőrönd! – mutatott Barry a röntgenes futószalagra helyezett csomagjára. – Ruhák! Meg egy fogkefe, az Isten szerelmére!

– *Jó, jó, nem kell a duma. Ha nem akarod, ne áruld el, hogy hol van, és milyen típus. A sötét nimfa álmomban azt mondta, hogy ne akadályozzalak. Menj hát utadra, én nem foglak megállítani. Bármi is van nálad, kívánom, hogy járj sikerrel. Lődd le őket mind egytől egyig! Robbantsd fel egész New York-ot. A sötét nimfa megmondta, hogy így lesz vége. Most mit nézel? Menj már! Menj!*

Barry áthaladt a fémből készült boltív alatt, és szerencsére az sem csipogott be. Végül is miért is tette volna? Valóban nem volt nála semmilyen fegyver, még fém tárgyak sem! El sem tudta képzelni, hogy a fickó mire gondolt, és hogy nem viccelődött-e vele esetleg, de ő marhára nem tartotta humorosnak ezt a kis közjátékot.

Végül nagy nehezen feljutott a repülőgépre vezető lépcsőre, és felérve a tetejére, beszálláskor örült neki, hogy

végre egy normális emberrel találkozhat. A szőke stewardess-
lány kedvesen mosolyogva nyújtotta a kezét Barry jegyéért:

– A jegyét kérem, kedves uram.

– Tessék.

– Később majd meg akarsz verni? – kérdezte a lány.

– Tessék? Ööö... elnézést, azt hiszem, rosszul hallottam.
Igen, erre a járatra szól a jegyem. Szeretnék beszállni. Ezt
kérdezte az előbb, ugye?

– Hát, ha te ezt akartad belőle kihallani, akkor igen. De
meg is verhetsz, ha akarsz. Majd útközben jelezz. Bólints
valahogy, ha arra járok az étkezőkocsival. És akkor
bemegyünk a WC-be, és rendesen helybenhagyhatsz.

– Köszönöm, de *eszem ágában* sincs ilyesmit tenni,
hölgyem! De azért nagyra értékelem az ajánlatát! Gondolom...
Mindenesetre én a maga helyében vigyáznék, hogy kinek
mondok ilyen jellegű vicceket. A végén még komolyan veszi
valaki! – mosolygott Barry. Bár mosolya nem volt teljesen
természetes.

– Én mindenkinek ezt mondom. Szeretem, ha
meggyötörnek. Apám is ezt csinálta velem. És nála jobban
senkit sem szerettem a világon. Megtennéd, hogy
meggyötörsz, mint apu? Mint régen apuci odalent, az
alagsorban?

– Elnézést, de szeretnék lassacskán beszállni – mondta
Barry. – Már csettegnek mögöttem a sorban, hogy haladjunk.
És a válaszom: nem. Sajnálom, de nem tudok segíteni. Azt
sem tudom, mit akar, de hogy őszinte legyek, nem is érdekel.
Már megbocsásson...

– Ki kell szűrni a bűnösöket – folytatta a lány
zavartalanul. – Őket keresem. Mert angyal vagyok. Apát is
azért büntettem meg. Nekem jogom van hozzá. Isten

parancsára teszem. Az ilyen gépeken ki lehet szűrni őket könnyedén. Mert bűntelen ember csak a Földön jár. Aki repül, az menekül valami elől. Az mind gonosz. Egyik sem normális. És szerintem maga sem az, uram, ha már itt tartunk. De azért rendben, szálljon csak be... ha már egyszer itt van. Én nem állom útját. Most még nem. A büntető angyal haragja most még nem csap le.

Barry szó nélkül elvette a lánytól a jegyet, és azon kezdett gondolkozni, hogy ez vajon tényleg egy valódi nap, ami úgy kezdődött, hogy felhívták egy New York-i kiadótól, hogy menjen be hozzájuk szerződést kötni... vagy ez még mindig csak a tegnapi rémálom folytatása?

Belépve az utastér első osztályára, keresni kezdte a helyét, a 28/A számú ülést.

Ahogy haladt a székek között, számolta magában a sorokat:

„24/A... 25/A...26/A...27/A... hoppá!"

Barry székén, a 28/A-n már ült valaki.

Nyolcadik fejezet: A könyvelő

– Uram, elnézését kérem, de a helyemen ül – szólította meg a szemüveges, kis termetű, arab származásúnak tűnő, könyvelő külsejű fickót. – Látja? – mutatta Barry oda neki a jegyét. – Az enyém szól ide, a 28/A ülésre.

A férfi ránézett a jegyre, aztán lassan felállt, és Barry fülébe súgott:

– *Tegyen úgy, mintha minden rendben lenne.*

– De hisz minden rendben van. Miért kéne úgy „tennem"?

– *Üljön le, és fogja már be! Tudom jól, hogy ez nem az én helyem! Mit gondol, miért ülök itt?! Maga se üljön a sajátjára! Üljön az én helyemre! Olyankor robban a szék aljára erősített bomba, ha a saját székére ül! Ha egymásra ülünk, akkor a karfába épített ujjlenyomat-leolvasó nem ismeri fel a célszemélyt, és nem következik be a detonáció. Így túlélhetjük.* – Közben odamutatta neki a „könyvelő" a saját jegyét. Az övé valóban a 28/B ülésre szólt. – *Üljön az én helyemre! Úgy túléli!*

„Rendben" – gondolta magában Barry. „Egy székkel errébb vagy arrébb, nem tök mindegy már? Akkor leülök oda. Pláne, ha attól még életben is maradok, mert a 'bomba ujjlenyomat szkennere' úgy majd, basszus, nem ismer fel!"

Ekkorra teljesen biztos volt benne, hogy itt, Chicagóban valami komoly baj van. Valami nagyon nagy baj! Itt már bizony többé senki sem normális. A legtöbb ember, akivel a mai napon találkozott, komoly skizofrén és bipoláris tüneteket mutatott, valamint ön- és közveszélyességre utaló jeleket is. Ez a fickó mellette, mondjuk, talán csak sima paranoiás, afféle összeesküvés-elmélet megszállott. Remélhetőleg azért nem veszélyes paranoid skizofréniája van. Na, egy olyan nem lenne túl kellemes útitárs, még két órán keresztül sem.

– Magát is megszólította beszálláskor? – kérdezte a „könyvelő".

– Ki? A stewardess?

– A lidérc, aki stewardess bőrt húzott magára. Azt mondta, verjem meg. Ez a módszerük. A gyanútlan áldozat, mondjuk, egy férfi, naivan elkezdené ütni őket, de nem a nőnek fáj, hanem a férfinak! A nő fájdalma a férfi fájdalma lesz! Nehogy kipróbálja! Ezek lidércek. Ebből nyernek energiát. Odaátról – bicentett a fejével valamerre, keleti irányba. Ki tudja, valójában merre. – Az ilyenek tiszta őrültek! És gonoszak is! Nehogy összeálljon egy ilyennel!

– Ígérem, nem fogok stewardesseket verni. Egyébként Michael vagyok – nyújtott kezet a szemüveges fickónak. De az nem viszonozta. – Mondja csak, ha már így egymás mellé kényszerített minket a sors erre a két órára – közben a repülőgép gurulni kezdett, és készült felszállni –, maga hová tart? Merre utazik?

– Mi dolga magának azzal? Talán a kormány embere?

– Nem, én Michael Ekelret vagyok. Csak egy író, semmi több. Épp a kiadómhoz megyek New York-ba. És maga?

– Én rendőr vagyok, úgyhogy ne nagyon szórakozzon velem, és ne is próbáljon meg tőrbe csalni. Jogász vagyok. Jogász *és rendőr*! Tudom, mik a jogaim! Nem vagyok köteles válaszolni a keresztkérdéseire, *ügynök*.

– Mondom, író vagyok, nem ügynök. Á... hagyjuk – Barry már látta, hogy a férfinek téveszméi vannak. Mindenkiben ellenséget lát. Valóban járvány van hát kitörőben az Egyesült

Államokban! Vagy már ki is tört, és épp a csúcspontján tombol? Barry remélte azért, hogy nem.

– Hagyjuk? – kérdezte a könyvelő. – Máris lemond rólam? Csak úgy, ilyen könnyedén? Ezek szerint kijelöltek már likvidálásra? Ezért van most itt? Ha netalán el találnék szundikálni a repülőúton, belém nyom valami injekciót, hogy többé sose ébredjek fel? Erről van hát szó, Ekelret ügynök? Mutassa a táskáját! Gyerünk, mutassa, mert esküszöm, hogy terroristát kezdek kiáltani! Mindenkit idehívok! És leleplezem, hogy a kormány embere!

Barry kelletlenül kinyitotta a táskáját, mert látta, hogy a fickó valóban balhét csinál, ha nem teszi meg:

– Látja?! Csak ruhák. Egy pulóver, két gatya... fogkefe meg ilyenek. Most már elégedett? Lecsillapodna végre?

– Á! *Fogkefe*! Mennyire van kihegyezve az a fogkefe?

– Tudtommal semennyire.

– De azért így is képes lenne váratlanul nyakon szúrni valakit, vagy nem? Még akár kihegyezetlenül is! Magukat kiképzik ilyesmire! Bármivel képesek gyilkolni!

– Nem. Nincsenek ilyen irányú terveim. Kérem, uram, nyugodjon meg. Nem akarom bántani, csak túlélni szeretném ezt a rohadt repülőutat! – csattant fel most már kissé Barry is. – Hallgasson inkább, és élvezze a repülést.

– Rendben. De ha nem engem akar megszúrni vele, akkor kit? Azt a nagydarab fickót ott? Mit követett el? Hazaáruló lenne? Vagy egy kém, aki államtitkokat lopott a Pentagonból?

– Semmit sem lopott. Amennyire én tudom... Mondom: senkit sem akarok leszúrni, és bántani sem. Ugyanolyan utas vagyok csak, mint maga. Senkit sem „likvidálok".

– Senkit? Maga tényleg ilyen naiv? Akkor hogyan akarja túlélni ezt az utat? Adja csak akkor ide nekem azt a fogkefét!

Majd én megteszem! Leszúrom őket, leszúrom az összes kémet!

A férfi elkapta Barry fogkefét tartó jobb kezét, és erőszakkal ki akarta csavarni belőle a műanyag nyelű, olcsó kis vackot.

– *Eressze!* – suttogta a férfi halk, ám határozott hangon. – *Megszúrom őket! Akkor mindketten biztonságban leszünk!*

A férfi egyre jobban csavarta-rángatta Barry kezét. Méretéhez képest nagyon erős volt a pasas! Biztos az őrülete hajtotta.

Még néhány másodperc, és tényleg sikerül kitépnie a kezéből!

Akkor pedig talán tényleg nekiáll egy tompa végű fogkefével véletlenszerűen utasokat szurkálni! Akárcsak az a Charlotte nevű nő a töltőtollal abban az irodaházban!

Barry ekkor olyat tett, amiről soha életében nem gondolta volna, hogy képes rá:

Bal könyökét hátrahúzta, hogy lendületet vegyen, és ököllel teljes erőből orrba verte a férfit!

Az ennek hatására abban a pillanatban elájult! Hátranyaklott a feje az ütéstől, és mozdulatlanná vált... mint aki alszik. Vagy mint, aki *halott!*

„A francba! A jó rohadt életbe!” – szitkozódott Barry. „Most mit csináljak? Remélem, nem öltem meg ezt az állatot!”

Gyorsan előkapott egy zsebkendőt a farzsebéből, és odanyomta az ájult férfi orrához. Habár még nem dőlt belőle a vér, Barry biztos volt benne, hogy hamarosan fog. Fel kell fognia a kiömlő vért, mielőtt az eláztatja a fickó világos, krémszínű öltönyét és hófehér ingét. Az a látvány aztán mindenkit ide fog vonzani!

– Mi történt? – kérdezte ekkor váratlanul egy hang Barry mögül.

– Hogy?! – pördült az meg egyből, közben még mindig a férfi orrára szorítva a zsebkendőt.

– Rosszul van a barátja? – kérdezte a lány. Barry már látta, hogy ez ugyanaz az elmebeteg, perverz utaskísérő, aki beszállásnál őrültségekkel zaklatta.

– Ööö... igen! – hebegte Barry. – Szegény nem bírja a repülést. Ilyenkor néha elájul idegességében. Amikor felébred, sokszor vérzik picit az orra. Ezért tartom ide a zsebkendőmet. Kár lenne a szép ingéért. Üzleti tárgyalásra megyünk, tudja? Mégsem állíthat oda szegény véres ruhában. Mit szólnának a New York-i fejesek? – mosolygott Barry. Próbálta viccel elütni a dolgot.

– Az előbb, beszállásnál nekem még úgy tűnt, hogy egyedül utazik, uram. Most meg azt akarja beadni nekem, hogy ez itt a barátja? Maga *megütötte* ezt az embert, vagy mi? Jól orrba vágta, ugye?

– Dehogy! Régi ismerősök vagyunk. Igen, beszálláskor még azt hittem, egyedül utazom. Dave egy régi jó barátom – blöffölte be Barry az első nevet, ami eszébe jutott. – Osztálytársak voltunk a gimiben. Most futottunk csak össze. Évek óta nem hallottam felőle. De azt tudom, hogy szegény mennyire nem bírja a repülést. Ez az orrvérzés elég zavaró tud lenni. El tudja képzelni?

– Na idehallgass, kisfiam! – mondta a szőke, meglehetősen jó külsejű, akár szexinek is mondható stewardess. – Most vagy kimondod nekem négyszemközt nyíltan és őszintén, hogy szándékosan orrba verted, vagy szétkürtölöm mindenkinek, hogy mit tettél! Ha nekem elárulod, én nem mondom el másnak. Megértem én az ilyesmit. Az embernek vannak bizonyos késztetései. Nekem is vannak. Ezek teljesen természetes dolgok. Nincs mit szégyellni rajtuk – mondta megértően. Túlzottan is megértően. Talán inkább ijesztően.

– Rendben. – Barry már azt sem tudta, hol van és mit csinál, továbbá, hogy miért kéne bármit is bevallania ennek a lánynak, de jelenleg talán tényleg ezt tűnt ebben az őrült helyzetben az egyetlen racionális megoldásnak. Azt mondta hát... vagy legalábbis azt próbálta, amit szerinte az őrült lány hallani akart: – Orrba vágtam a fickót, és elájult. Jó erősen behúztam neki. Mert egy kis tetű. Úgy kell neki. Ki nem szarja le, hogy életben van-e vagy sem? Ő kereste magának a bajt. Minek ült mellém? Lett volna esze!

– Látod, szivi? Tudtam én, hogy ilyesmiről lehet szó. Semmi baj. Mondom: én megértem. Ne aggódj, nem köplek be! Viszont a hallgatásomnak bizony ára lesz. Én most kimegyek a WC-re, és két perc múlva gyere utánam. Ott foglak várni – mondta olyan kihívóan nézve rá, mint egy utcalány.

– Hogy mondja? Mit akar tőlem?

– Majd meglátod, szivi. Csak gyere utánam. És melegen ajánlom, hogy két perc múlva te is legyél ott, mert ha nem jössz, egyenesen a kapitányhoz megyek, és mindent elmondok neki arról, hogy szándékosan meggyilkoltad ezt az ártatlan utast!

– Jó, jó, megyek! Megyek ön után, csak ne fenyegessen már!

„Miféle nap ez?!" – ordította magában Barry. „Miért történik velem mindeeez?! Ez lenne életem legjobb napja! Kiadnák egy regényemet! A kiadós azt mondta, sztárt csinál belőlem! 'Lóvét, Mr. Eastwood, rengeteg kápét jelent! Maga híres lesz és gazdag.' Ezt mondta! Miért pont ma őrül meg az egész rohadt világ?"

– Azt ajánlom is, hogy gyere! – vetette még oda neki a lány, és valóban megindult a női WC fémajtaja felé.

Miután bement a WC-be, és becsukta az ajtót, Barry-ben felmerült, hogy kereket kéne oldania.

De vajon hová?

Most látta, hogy már a levegőben vannak!

„Basszus!" – Annyira lekötötte ez az őrület, ami a gépen (sőt, előtte beszálláskor is) folyt, hogy észre sem vette, hogy a gurulásból emelkedés lett, majd a gép felszállt, és már a felhők felett haladnak New York felé.

„Nincs hová mennem!" – látta be pánikba esve. „Akkor most mi legyen? Megverjem az utaskísérőt egy repülőgép női WC-jében, vagy mit csináljak? Biztos ezt akarja! Ilyeneket mondott beszálláskor! De miért tenném? Kinek jó ez? És *utána* mi lesz? Kijövünk onnan... én leizzadva és holtsápadtan, ő meg véresen, kék-zöld foltokkal a testén?! És majd amikor leszállunk New York-ban, kétrendbeli súlyos testi sértésért letartóztatnak? Talán még gyilkosságért is, ha ezt a szegény fickót véletlenül valóban megöltem? Mindegy! Nincs más választásom. Ha nem megyek utána a WC-be, a lány szétkürtöli mindenkinek azt a hazugságot, hogy szándékosan rátámadtam erre az emberre. Pedig csak az utasokat próbáltam védeni, hogy ne tudjon rájuk támadni egy rohadt tompa végű fogkefével! Már ez is bűn?!"

Így hát Barry kicsatolta a biztonsági övét, felállt, és ő is elindult a WC-k felé. Látszólag a férfi WC irányába, mivel a két ajtó egymással szemben volt. De valójában ő is a nőibe tartott.

Amikor odaért, körülnézett, hogy épp nem nézi-e senki.

Nem, nem őt figyelték.

Inkább egymást.

Az utasok nagy része gyanakodva egymást méregette.

„Ezek egyike sem normális" – látta be Barry. „Ez valóban járvány. Nekem volt igazam! Azzal a nővel kezdődött ott, az irodaházban, Charlotte Morgannel, aki egy töltőtollal szurkált meg embereket. Ő lehetett az első fertőzött Chicagóban! Még hogy nem létezik fertőző skizofrénia! De hisz itt már mindenkinek elszállt az agya! Te jó ég, mi lesz itt még ezen az úton? Hogyan fogok New York-ba érni ezzel az elcseszett haláljárattal?"

Barry halkan bekopogott a női WC-be:

– *Bent van, hölgyem?* – suttogta óvatosan. – *Most tényleg azt akarja, hogy bemenjek én is? Nem fog segítségért kiáltani, ha magára nyitok?*

– Persze, hogy nem, te butus. Gyere már be, apu! Mindig ezt játszod! De hisz tudod, hogy a gyerekszobám ajtaja előtted mindig nyitva áll.

„Apa? Gyerekszoba? Ez a lány súlyos beteg. Valószínűleg bántalmazták kiskorában."

Ettől függetlenül Barry óvatosan benyitott, mert nem nagyon volt más választása.

Meglepő látvány fogadta:

Az utaskísérő teljesen meztelenül várta odabent. Mire Barry ideért, a lány már ledobálta magáról a ruháit földre. Látva a férfi meglepődöttségét, megkérdezte:

– Ugye nem vagy buzi? – Most megint felnőtt nőnek tűnt. Egy olyan felnőtt nőnek, aki épp rendesen fel van húzva szexuálisan.

– Miért, akkor már nem akarod, hogy megverjelek? – váltott dühében Barry is tegezésre. – Tudod, mit? Az vagyok!

Meleg vagyok. Mindig is tudtam, hogy az vagyok. Úgyhogy sajnos így nem tudok segíteni. Elmehetek végre, vissza a helyemre? Az a fickó valószínűleg úgyis csak elájult. Nincs jogod engem semmivel zsarolni. És egyébként is meleg vagyok, mint mondtam. Nem érdekelnek az ajánlataid. Sem a szex, sem a perverz bántalmazás. Egyik sem.

– Te tényleg homo vagy? Pedig csak blöfföltem. Nem is látszol annak! De tudod, mit? Így még jobb! Akkor gyere, és dugj meg mielőtt elversz. Eredetileg csak verést akartam, de így még érdekesebb lesz, hogy tudom, hogy te sem élvezed. De ne bánj ám velem finoman, ne légy gyengéd, vagy ilyesmi. Azt akarom, hogy fájjon. Üss közben ököllel. Apa is úgy csinálta. Elsőnek ezt a két fogamat verd ki itt, elöl – mutatott a lány az első két hófehér, gyönyörű metszőfogára. – Aztán utána majd a többit is egymás után. A végén jöhet egy csonttörés. Ezt a részét rád bízom, hogy melyiket választod. Légy kreatív.

– Te teljesen megőrültél. Én *nem* fogok ilyeneket művelni veled! Sőt, s*enkivel!* Még egy hagyományos szeretkezésben talán-talán benne lettem volna... valami őrült, hormonok által vezérelt, kanos állapotban... mégiscsak férfi volnék vagy mi... még ha meleg is vagyok – tette hozzá gyorsan –, de *ez*! Ez az agyrém?! Egyáltalán hogyan jut ilyen eszedbe? Ha valaki kiveri a fogaidat, hogyan fogsz utána enni? És hogyan leszel majd gyönyörű utaskísérő fogatlan bányarémként? Kérlek, gondolkozz már el csak egy pillanatra! Nem vagy beszámítható állapotban! Neked orvosi segítség kell, mégpedig sürgősen!

– Rendben, homárkám, idáig még finom voltam és nőies – mondta a lány –, de mostantól határozottabb leszek. – Lehajolt, és elővett valamit a földre dobott ruhái közül.

Egy tapétavágó sniccer volt az! Aminek le lehet törni előre perforált darabokat a pengéjéből, hogy újra éles és hegyes legyen. A lány felálltában már ki is tolta a pengét a markolatból, és bekattintotta a biztonsági kapcsolót, hogy a penge ne csússzon vissza vágás közben.

– Miért csinálod ezt? Mit akarsz elérni ezzel az egésszel? – kérdezte Barry remegő hangon.

– Azt, amit csak akarok! Bármit! Most szépen azt teszed, amit mondok, mert különben beléd vágok! De jó mélyen! Ha nem dugsz meg és versz össze rendesen most azonnal, akkor innen nem jutsz ki élve! Elvágom ezzel a nyakadat! Gyerünk! – kiabálta egyre hangosabban. Lehet, hogy már az utasok is hallották odakint, hogy miről társalognak. – Vedd elő! Ha nem veszed elő azonnal, én rángatom ki a gatyádból, de akkor le is vágom egyből! Bár lehet, hogy még akkor is levágom, ha magadtól veszed elő! Hihi! – nevetett a lány elborult arccal. Nem volt teljesen magánál. Képtelenség lett volna megítélni, mennyire gondolta komolyan mindazt, amit mondott. De Barry nem is próbálta meg kideríteni, nem várt ő már semmire! Nekitámadt a stewardessnek!

Elkapta, és lefogta azt a csuklóját, amelyik kezében a sniccert szorongatta, és másik kezével megpróbálta kicsavarni belőle a vágószerszámot.

De a lány sajnos erősebbnek bizonyult annál, mint amit Barry kinézett volna belőle. Nem adta olyan könnyen magát. Hirtelen rándult egyet a lány jobb lába....

Barry periférikus látással csak ennyit érzékelt. Utána viszont már valami mást is: azt, hogy iszonyatosan tökön térdelték!

Csillagokat látott. Ordítani tudott volna fájdalmában. Olyan érzése volt, mintha heréi felmentek volna egészen a köldökéig, és most ott próbálnának erőszakkal kitörni, kibuggyanni törött, kipukkadt állapotban.

Mégsem engedhetett a fájdalomnak. Nagy nehezen legyűrte a már közelgő ájulást, ami bármelyik pillanatban ledönthette volna a lábáról... és még erősebben csavarni, rángatni kezdte a lány kezét.

Az csak nem engedte el a vágóeszközt! Közben valami érthetetlen módon mintha még ismét nevetni is kezdett volna.

– Apa! – vihogta. – Apa, ne már! – De közben mosolygott. Olyan boldognak látszott, mintha épp virágcsokrot kapott volna egy híres filmszínésztől.

– *Dobd el*! – kiáltott rá Barry fojtott hangon, hogy odakint azért mégse hallják meg. – *Ereszd el azt a szart! Nem hagyom, hogy megvágj vele.*

– Jól van! – kiáltotta a lány mosolyogva, és gyakorlatilag rávetette magát a férfire meztelenül, úgy, ahogy volt.

Barry először nem értette, mit akar. Azt hitte, megint a szexszel próbálkozik, vagy arra akarja rákényszeríteni. De nem így történt. A lány váratlanul beleharapott a vállába! Olyan agresszíven, mint ahogy egy kutya tette volna, amit a végtelenségig hergeltek.

Mélyen Barry vállába mélyesztette a fogait, és rázta a fejét, mint egy veszett kutya. Talán ki akart tépni magának egy darab húst, ki tudja...

A férfi ekkor megtántorodott. A hirtelen ránehezedő súlytól, továbbá a meglepetés okozta sokktól és az iszonyatos fájdalomtól is, ahogy a heréit ért rúgás éles, sajgó érzése most a harapás zsibogó lüktetésével keveredett.

– Ne! – nyögte Barry nagy nehezen. Már csak ennyire futotta az erejéből. Bármelyik pillanatban bekövetkezhetett az ájulás. – Ne csináld!

A lányt nem igazán érdekelték az áldozata érvei. Csak rázta és rázta a fejét egyre jobban, ahogy fogai még mindig Barry húsába mélyedtek. A jelek szerint eltökélt szándéka volt, hogy kitép onnan egy darabot.

A férfi ekkor viszont minden maradék erejét összeszedve, még egy utolsó szánalmas kísérlet gyanánt mielőtt elájul, előreiramodott, és nekivágta a rajta csimpaszkodó lányt a szemközti falnak!

Valami iszonyatosat reccsent a lány háta mögött!

Barry azt hitte, hogy a lámpabúra, mert ahogy falhoz csapta a meztelen, őrjöngő stewardesst, az beverte a fejét a téglalap alakú, fehér, műanyag lámpabúrába, és az egyből megrepedt az ütéstől. De nem az adta a reccsenő hangot. A búra csak megrepedt. Az nem szólt volna akkorát.

Barry sajnos már tudta, hogy akkor viszont mi reccsent.

Ugyanis a lány egy pillanat alatt elernyedt, és úgy esett le róla, mint egy rongybaba. A férfi még utánakapott volna, hogy nehogy így ájultan érjen földet, és megüsse magát. Még azok után se, hogy tökön rúgta őt, és beléharapott...

De már a mozdulat közben tudta, hogy úgysem számítana...

Így engedte hát leesni, és nem nyúlt utána.

Nem csak ájult volt a lány.

Hanem halott is...

Mikor már a földön feküdt, Barry látta, hogy minek vágta neki véletlenül. A lámpa alatti kéztörlő papíradagolóból egy vaskos acélfogantyú állt ki. Azzal kellett kinyitni, ha új papírhengert helyezett bele a személyzet. A stewardess háta egy az egyben annak vágódott neki valahol a tarkója alatt. A papíradagoló fogantyúja sértetlen volt. Nem az tört el.

A lány gerince ugyanis gyengébbnek bizonyult sajnos.

A stewardess élettelenül hevert a padlón. A férfi le akart hajolni, hogy megnézze a pulzusát, de tudta, hogy nem lenne értelme. Az ember nem elájulni szokott a gerinctöréstől, hanem meghalni. Ráadásul a nyaka alatt érte az ütés-szúrás.

„Még ha a derekánál történik, akkor lehet, hogy csak lebénult volna" – gondolta Barry. „*Csak* lebénult volna?! Az talán jobb?! Mennyivel?"

Inkább nem hajolt le hozzá. Csak állt felette.

A második áldozata holtteste felett. És ez most még meztelen is volt, hogy egyből kéjgyilkosnak nézzék.

– Mit csináljak most? – fakadt ki belőle hangosan. Többé az sem érdekelte, hogy meghallják-e odakint. – Istenem, mit tettem már megint?!

– Hát mi tagadás, ez aztán szép munka volt, Szuperkapitány! – szólalt meg hirtelen egy hang valahonnan.

Kilencedik fejezet: Balrog

– Mi?? Ki beszél? – forgolódott Barry. – Honnan jön ez a hang?

– Innen, te észkombájn. A lámpából, aminek eltörted a búráját.

– Micsoda?! Az nem lehet! Már megint ti!? Az nem történt meg. Az az egész csak álom volt!

– Akkor ez egy elég hosszú álom. Úgy tűnik, nem nagyon tudsz felébredni belőle. De a viccet félretéve: nem. Sajnos ez nem álom, Szuperkapitány. Ez itt a keserű valóság. Megöltél valakit. Vagy legalábbis az a lány nekünk innen nagyon halottnak tűnik. Megtennéd, hogy leveszed a búrát? Ha már úgyis eltörted? Így nem látjuk rendesen.

Barry a holttesten átlépve odament a lámpabúrához, és megpróbálta leemelni a helyéről. Nem akart mozdulni, így hát rángatni kezdte.

– Meg se moccan! – nyögte a férfi. – Nem tudom leszedni. A végén még teljesen összetöröm!

– Te jó Isten, mi lesz akkor! – mondta a fény a megrepedt lámpabúrából. – Az valóban sokkal rosszabb, mint megölni egy pucér stewardesst egy repülőgép WC-jében. Barry, ne szórakozz már! Törd össze, vagy tépd le a falról. Így nem tudunk tanácsot sem adni, ha nem látjuk, mi történt. Alig látni valamit ezen a repedésen keresztül.

Barry most már erőből rángatni kezdte a lámpabúrát. Nem finomkodott vele többé.

Az ekkor hangos pattanó-csattanó hangot adva el is vált végre a faltól!

Egy csavar tartotta hátul, ami körül most összetört a műanyag foglalat. Az pattant olyan nagyot. Barry letette a törött búrát a földre a holttest mellé.

– Ezt most tutira meghallották odakint! – aggodalmaskodott.

– Ugyan! – mondta a fény. – Az előbb ennél sokkal hangosabbak voltatok.

– Tényleg te vagy az? Ti vagytok azok?

Barry közelebb hajolt a most már búra nélküli fényforráshoz, és meglepő dolgot látott: A búra alatt egy régi típusú volfrámszálas izzó világított. Azaz két darab egymás mellett.

– Repülőgépeken még mindig használnak ilyen régi szart? – fakadt ki belőle önkéntelenül.

– Ezek szerint! – mondta a fénypók a baloldali körte belsejében. A jobboldali izzó csak hétköznapi módon világított. Abban nem volt semmilyen „élőlény". – Inkább örülnél neki! Így legalább itt lehetünk veled a bajban. Akár még segíthetünk is.

– Hogyan? Talán el tudtok tüntetni két hullát, vagy mi?

– Micsodaaa? *Két* hullát? Barry, mit művelsz te ezen a repülőgépen? Ámokfutásba kezdtél?! – kérdezte a pók elborzadva.

– Baleset volt! Mind a kettő az volt! Ezek nem normálisak! Az emberek már mind megőrültek a Földön. És... úgy látszik, itt a levegőben is. Mindkét esetben csak védeni próbáltam magam.

– Jó, jó, hiszünk neked. Tudjuk, hogy mi folyik most a világban. Ne aggódj, mi a te oldaladon állunk.

– Kösz. Bár nem tudom, mennyit fog ez számítani, mondjuk, a bíróságon, ahol kétrendbeli szándékos emberölésért fognak halálraítélni. Majd tanúskodtok mellettem, mi? A pókok a villanykörtéből? Tényleg is: itt két körte is van! Miért csak az egyikben vagytok? A másik pók miért nem a másikban van?

– Most tényleg ez a legnagyobb gondod, Barry? Egy pucér hulla fekszik a lábadnál törött gerinccel. A másik meg ki tudja, hol és milyen állapotban van... Na jó, ha mindenképp tudni akarod, mi egy pár vagyunk. Együtt utazunk dimenziókon és világokon át. Főleg a párom, Nola.

– Á, tehát neve is van.

– Van neki. Az enyém pedig Robag.

– Mibag? Balrog?

– Hagyd már a Gyűrűk Ura baromságot! Más is próbálkozott ezzel, és akkor sem nevettem! Mondom: *Robag*! Mint a robot, csak ag-gal a végén!

– Rendben, robot-Balrog – gúnyolódott Barry. – Akkor tehát ti egy pár vagytok. Na és akkor mi van? Miért nem tudtok külön-külön körtékben megjelenni?

– Mert a párom, Nola a valódi fénylény. Engem csak elragadt egyszer a Földről. Ugyanis egyszer régen... még ha nem is hinnéd, én is ember voltam. Én csak egy elveszett holtlélek vagyok. Nem tudom, leszek-e valaha is fénylény. Bár valamennyire egyedül is képes vagyok fényként létezni, de utazni nem. Csak vele együtt. Ezért jelenleg körtéből körtébe ugrálunk itt a Földön. Együtt.

– Marha érdekes – reagálta le Barry szokásos cinikus módján a dolgot. – Tehát akkor tényleg léteztek. Nem csak álmodtam előző éjjel. És most akkor mi legyen? Hogyan tudtok segíteni? El tudjátok tüntetni valahogy ezt a két hullát?

– Hol van a másik?

– Kint, az első osztályon. A székében ül törött orral. Valószínűleg betörtem az orrcsontját egészen az agyáig.

– Te tényleg nem vagy normális, Barry, ugye tudod?! Miért ütötted meg ennyire azt a nyomorultat?

– Mert a kihegyezetlen, tompa végű fogkefémmel akarta összeszurkálni a gép utasait! Tessék! Így már érthető? A fickó közveszélyes volt. Csak le akartam ütni, hogy leállítsa magát.

– Hát most aztán le lett állítva – mondta Rob. – És most csak úgy ül ott kint a hulla a többiek között, és senki észre sem veszi?

– Nem tudom. Odakint mindenki furán viselkedik az utasok közül. Mondom: az egész világ megőrült! Lehet, hogy észrevették, csak magasról tesznek rá. Lehet, hogy épp a hulláját zabálják. Mit tudom én?!

– Nyugi, tudjuk, mi az ábra... Ne aggódj, mi tényleg veled vagyunk. Mi is tisztában vagyunk vele, hogy rosszul állnak a dolgok. Mondd csak, mi a fenét keresel itt egyáltalán?

– A WC-ben? Ez az őrült ribanc invitált be, hogy elverjem!

– És te ilyenekre simán rábólintasz? Miféle alak tesz olyat?

– Megzsarolt, te hülye pók! Leleplezett. Észrevette, hogy megöltem véletlenül a mellettem ülő utast. Azt mondta, ha nem teszem, amit mond, kikürtöli a dolgot mindenkinek.

– És mit mondott, mit csinálj? Mik voltak a feltételei? Szexelni akart, vagy mi?

– Mit tudom én! Talán azt is. De előtte azt akarta, hogy verjem meg. Aztán meg verjem ki egyenként a fogait, és törjem el valamelyik csontját. Azt mondta, rám bízza, hogy melyiket. Legyek „kreatív".

– Mi a véleményed erről?

– Nekem?! – kérdezte Barry szinte már ordítva. – Ezt most komolyan kérded?!

– Nolától kérdeztem, a páromtól.

– És mi a véleménye? Eddig nem nagyon szólalt meg.

– Mert elborzaszt ez az egész – mondta Nola. – Sajnálom, egyszerűen nem találok szavakat. Én még ott tartok, hogy egy meztelen női holttest hever a padlón.

– Sajnálom – mondta Barry. – Hidd el, nem szándékosan csináltam. Csak azért jöttem be ide, mert megzsarolt. És csak azért vágtam a falhoz, mert iszonyatosan belém harapott. Itt! – Odafordult vállával a lámpa felé, hogy a pókok láthassák a sérülését. A pólója már jó tenyérnyi foltban átvérzett. – Remélem, nem fertőz ez a szar! Mármint nem így, nyál vagy vér útján!

– Nem így fertőz – mondta Nola –, ne aggódj. Az írott szó által terjed. Úgyhogy ne nagyon olvass mostanában. Főleg a közelmúltban megírt és kiadott könyveket ne!

– Ajjaj...

– Mi a baj? – kérdezte Rob. – Rosszul érzed magad?

– Én már olvastam olyan könyvet.

– Mi? Milyen könyvet?

– Három napja jelent meg. Az volt a címe, hogy „Hogyan ölök gyerekeket". Először azt hittem, hogy valami durva horrorkönyv lesz. Gondoltam, jó lesz inspirációnak az íráshoz. Vagy talán csak valami agyament paródiaregény. Ilyen címmel?!... De kiderült, hogy a könyv halálosan komoly. Szó szerint. A fickót, aki írta, másnap letartóztatták sorozatgyilkosság vádjával. Huszonhárom kiskorú gyereket mészárolt le a lakásában. Állítólag bútorokat és dísztárgyakat faragott a csontjaikból. Még árulta is őket a saját webáruházában. Így bukott le. A webáruház neve az volt, hogy „Gyerekholmik".

– Mennyit olvastál abból a szemétből? – kérdezte Rob.

– Az egészet. Sajnálom! Egyszerűen nem bírtam letenni! Valahogy annyira hiteles volt.

– Mert igaz volt, te ostoba! Ezért olvassák.

– De én akkor még nem tudtam!

– Egyikük sem tudja. Így terjed a járvány. Mindenki azt hiszi, hogy élete leghitelesebb thriller-horrorkönyvét tartja a kezében, pedig csak a valóságról olvas „élménybeszámolót". Ez pedig megőrjíti az embereket. Az igazság néha sokkal többet árt, mint a hazugság.

– Mi lesz akkor most velem? – kérdezte Barry. – Én is egy leszek közülük? Hamarosan vérengzésbe kezdek?

– Szerintem nem. Mi sem értjük pontosan az okát, de van egy elméletünk, miszerint rád nem hat ez a fertőzés.

– Komolyan mondjátok?! Lehet, hogy megúszom?

– Van rá némi esélyed. Mikor olvastad a könyvet?

– Három napja. Rögtön, amikor megjelent. Nagyon tuti volt a borítója! Valami vörös, hegyesfogú ízé vigyorgott az elején, az író neve meg fémes betűkkel volt szedve. Egyből megragadta a tekintetem.

– *Három teljes napja* elolvastad?!

– Igen. Miért, az sok?

– És faragtál már valamit? Belekezdtél bármibe is? Hol tartasz a faragásban?

– Miért jön mindenki ezzel az asztalos baromsággal? Mindenki ilyeneket kérdez! Edinborough is említett valamit erről. Mrs. Rübenfeld állítólagos sírból visszatért férje is farag a hátsószobában... amíg kanos nem lesz, és rá nem mászik a vénasszonyra. Mi ez a faragás nonszensz?

– Te nem is tudsz a rönkgyermekekről?

– A mikről? Azok mik? Visszamaradottak? Hülyék, mint egy tuskó?

– Nem. Az egész dolog így kezdődött. A faragással... és a rönkgyermekekkel. Néhány hónappal ezelőtt egy író víkendházának kertjében megfeketedett egy fa. Ő csak fabetegségre gyanakodott, ezért kivágta, és feldarabolta. Az egyik rönk viszont meglepő módon beszélni kezdett hozzá. Később bábut faragott belőle, az pedig az ölében ülve segített neki munkájában, azaz a regényírásban. Egyre többet segített...

Amikor a gyanús körülmények között eltűnt író utolsó könyvét kiadták... melyet, mint utólag kiderült, teljes egészében a bábu írt helyette... fura, baljós események sorozata rázta meg a világot. Ebben élünk most, Barry. Ez itt a szomorú valóság. Tömegével kezdtek megfeketedni a fák az emberek kertjeiben. Azokéban, akik a regényt elolvasták. Mivel az író népszerű volt, így emberek ezrei olvasták el... és kezdtek faragni... faragni és gyilkolni. Állítólag *a sötétség mondta* nekik, hogy ölniük kell. Egy évvel később, most, 2018-ban járvány tört ki a Földön, amit nem vírus terjeszt, hanem az írott szó. Nem lázat okoz, hanem súlyos paranoid skizofréniát. Aki egy ilyen őrült regényét elolvassa, mint ez az általad említett „Hogyan ölök gyerekeket" című borzalom, az az olvasó is egy lesz közülük... közülük, akik faragásba kezdenek. Rönkből faragott gyermekük először csak olvasni segít nekik, később már írni is. Így terjed a járvány. Mindenki ugyanazt írja... A fekete fák gyermekeinek történetét, azt, hogy:

Mit üzen a sír, ha sír az éj?

– De ti honnan tudtok minderről? Mióta figyelitek már az eseményeket? És miért nem tettetek ellene semmit?!

– Nem tudtam – mondta a férfihang. – Mert én is meghaltam a sötétség ellen folytatott harcban. Hogy honnan tudok róla? Hát... onnan, hogy én is író voltam. Én írtam azt a bizonyos... első könyvet. A történet rólam szól. Én Robag Flow lelke vagyok, az eltűnt íróé.

– Mi? Te atyaisten! Tudtam, hogy ismerős a neved valahonnan! Először azt hittem, hogy a Gyűrűk Urából, de nem! Tényleg így hívták azt a faszit, aki nagyon durva horrorkönyveket írt, aztán megölt egy rakás embert, és nyoma veszett. Még beszéltünk is rólad Edinborough-val! Szerinte te robbantottad fel a kórházát! És még te akarsz *nekem* tanácsokat adni, hogy hogyan harcoljak a sötétség ellen? De hisz te is közülük való vagy! Te is gyilkos vagy! Te indítottad el az egészet! Tudod te, hogy hányan kattantak be a könyvedtől? Ha te nem írod meg azt a mocskot, ez az egész el sem kezdődött volna!

– Nem én írtam! – kiabálta Rob. A villanykörte most egy pillanatra felizzott, és sokkal erősebben világított. Teljesen elvakította Barry-t. – Egy bábu írta helyettem. Az, amelyiket én magam faragtam ki. Épp most meséltem el a történetét! Azok az izék a sötétség követei, gyermekei. Gyilkolásra buzdítják és ösztökélik az emberiséget. Nem én tehetek róla. Ha én nem faragom ki az elsőt, kifaragta volna más! Vagy nem így van, Nola?

– De – felelte az. – Azt hiszem, így van. Nem ő tehet róla. Ne okold őt, Barry. Egyébként sem ő robbantotta fel a kórházat sem, hanem az apád. Vagy legalábbis ő okozta valahogy az épület vesztét. Mindegy... a lényeg, hogy most már nincs hatalma a sötétségnek Rob felett. Ezért van velünk. Ezért segít. Ezért tudunk mindketten segíteni neked.

– Ja – mondta Barry rezignáltan –, az arctalan fénypókasszony és a barátja, „Robot, csak ag-gal a végén". Sokra megyek veletek! Hogyan akartok segíteni? Először is elmondhatnátok, hogy miért nem kezdtem még gyilkolásba? Mármint ezt a kettőt leszámítva itt a gépen. Ez még nem számít annak, ugye? Ugye nem?

– Nem – mondta Rob. – Ez önvédelem volt, a másik pedig baleset. Te tényleg nem vagy őrült, Barry. Szóval az előbb azt kezdtem el magyarázni, hogy van egy elméletünk veled és azzal kapcsolatban, hogy miért nem kaphatod el a skizofrénia-vírust. Szerintünk egy őrült... már ne is haragudj... nem tud még őrültebb lenni. Tudod, ez olyan, mint hogy a bárányhimlőt sem kaphatod el kétszer. Ugyanis immunissá válsz rá!

– Tehát azért nem hat rám a skizofrénia-vírus, mert eleve elmebeteg vagyok? Ezt akarjátok mondani? Kösz szépen! Igazán jó ilyet hallani.

– Nézd... gyerekkorodban hallucináltál, vagy nem? Te magad mondod, hogy hipergráfiában szenvedsz. Minek ír valaki hetven regényt úgy, hogy egyik sem tetszik senkinek? Még neked sem, aki írtad őket, Mr. Szuperűrhekus, aki az űrt hajtja maga előtt vagy mi a rákot csinál vele! Tehát a válaszom: igen, gyermekkorodban valóban elmebetegségben szenvedtél, Barry. Ezért váltál immunissá rá. Mondom: ez olyan, mint a gyerekkori bárányhimlő. Neked már megvolt. Túlélted. Ellen tudsz neki állni. Ennyi. Érezd hát magad szerencsésnek!

– Ja... *hát persze*... – mondta Barry meglehetősen vészjósló hangsúllyal.

– Valami probléma van? Nem érted az elmélet lényegét?

– Deee. Nagyon is értem. Csak sajnos *hazudsz*, te kis rohadék!

– Tessék? Miért hazudnék? Ez a teljes igazság.

– Fogalmi dugóba keveredtél, barátocskám! Az előbb jól elszóltad magad, és észre sem vetted! Ennyit rólad, Robot, Balroggal a végén!

– Mikor szóltam el magam? Miről beszélsz?

– Azt mondtad, idézem „igen, gyermekkorodban valóban elmebetegségben szenvedtél, Barry. Ezért váltál rá immunissá." Na de! És itt jön a nagy DE: Ha gyermekkoromban elmebeteg voltam, mi volt a skizofréniám első számú tünete? Ki ne mondd! Majd én! A hallucináció! Pókokat hallucináltam villanykörték belsejében. Ők világítottak nekem, ha féltem apámtól. Dudorásztak nekem, hogy szórakoztassanak. Ha akkor beteg voltam... hisz épp most mondtad, hogy így volt... akkor most is az vagyok! Most is látlak benneteket! Hallom a hangotokat. Épp veletek társalgok. Ha akkor beteg voltam, és hallucináltam, akkor most is! Ennyi betegségtudat azért van bennem, Edinborough is megmondta!

– Értjük, értjük, de hová akarsz kilyukadni ezzel? – kérdezte Nola.

– Arra, hogy ha a gyermekkori pókok nem voltak valódiak, mert csak a beteg elmém szülte őket, akkor most ti sem léteztek! Hisz ugyanazok vagytok most is! Beszélő pókok egy hülye villanykörtében! Miért kéne hinnem nektek? Csak újraindult a pszichózisom. Megint bedurrant az agybajom, ennyi. Ez az egész valószínűleg meg sem történik. Hallucinálok. Ezt a nőt sem öltem hát meg. Lehet, hogy itt sincs. Ez logikus! Nem mondhatjátok, hogy nem! Ha akkor csak betegség miatt képzeltelek benneteket, akkor most is ugyanerről van szó. Hogyan tudnátok segíteni? Hisz nem is léteztek!

– Nos... Erre elég egyszerű a magyarázat, Barry – mondta Nola. – Mi nem ugyanazok vagyunk. Nem tűnt még fel, hogy saját akaratunk van? Mi nem azt szajkózzuk, amit magadtól is tudsz. Olyanokat mondunk, amit nem tudsz. Tehát mi nem a te agyszüleményeid vagyunk, hanem önálló, gondolkodó lények.

– Akkor meg mi volt az a szar duma arról, még az elején, hogy sok év telt el, és ti is fejlődtetek? Megtanultatok beszélni, meg ilyenek?!

– Sajnálom – mondta Nola. – Azt csak úgy mondtam. Úgy könnyebbnek tűnt dűlőre jutni. Néha egy apró hazugság sokkal hihetőbb, mint bármilyen nehezen érthető, zavaros megfogalmazása a teljes valóságnak.

– Mi akkor a valóság? *Kérdem én* – dünnyögte Barry az orra alatt – *egy repülőn New York-ba utazva, egy pucér hullával a lábam előtt, és egy másikkal odakint egy széken.... úgy, hogy közben fénypókokkal társalgok.*

– A valóság az – mondta Rob –, hogy régen valóban súlyos állapotban voltál gyerekkorodban. Nem is csoda azok után, amiket apád művelt veled. Pókokat képzeltél a szobádba, hogy legyen kihez szólnod, hogy legyenek barátaid. Az képzelgés volt, betegség. Ez itt viszont nem az. Mi fénylények vagyunk. Azért jöttünk el hozzád, és azért ilyen formában, mert azt gondoltuk, így könnyebben tudunk veled majd kommunikálni. Ismerősként... A pókokat kedvelted. Bíztál bennük. De mi akkor sem azok a kitalált lények vagyunk, akikre emlékszel.

– Á, értem. És akkor mik vagytok valójában? Mik azok a fénylények? Miért nem jöttök akkor ki onnan? Miért nyomjátok még mindig ezt a hülye pókimitátor marhaságot?

– Rendben – mondta Nola...

És ekkor megváltozott a fény formája a villanykörte belsejében. Hirtelen már nem pókot formázott, hanem...

Tizedik fejezet: Szuperkapitány

...Egy *emberi lényt!* Barry egy gyönyörű lányt látott a körte belsejében! Mellette pedig egy férfit. Fel is ismerte! Tényleg Rob Flow volt az, a híres horroríró!

– Aztakurva! – fakadt ki belőle. – És miért nem jöttök ki onnan?

– Nem tudunk – mondta Nola. – Azazhogy nem nagyon merünk. Nem lenne értelme. A sötétség már túl erős ezen a világon. A fény veszélyben van. Így csak világítótestként, lámpaként merünk mutatkozni itt-ott. Reméljük, hogy tudunk segíteni valamit, de sajnos ennek elég kicsi az esélye. Ha valódi fénylényként repkednénk ide-oda, azonnal ránk támadnának. Talán el is pusztítanának. Ezúttal örökre.

– Titeket is el lehet pusztítani?

– A fény és a sötétség kioltják egymást, akár a tűz és a víz.

– Valóban így van – támasztotta alá Rob. – Én már láttam egyszer ezt a jelenséget. Nola és Edinborough egyszer így kioltották egymást. Csodálom is, hogy Edinborough még életben van egyáltalán. Nola azóta elvesztette az emberi testét.

– Hát, nem tudom... – hajtotta le Barry a fejét. – Hinnék én nektek szívesen. Hiszen látlak is titeket. De nekem már akkor is sok ez az egész. Nem tudom, hogy mit gondoljak. Lehet, hogy csak simán őrült vagyok. Nem vagyok én immunis lószarra se! Régen is képzeltelek titeket, és talán most is. Miért, mekkora annak a valószínűsége, hogy egy horrorírót látok megjelenni kicsiben egy villanykörte belsejében? Ez menyivel valószínűbb, mint gyerekkoromban a pókok? Ugyan már! Ez hülyeség. Ti nem lehettek itt.

– Megint bizonyítékot akarsz? Tegnap nem volt elég a TV-ben a jelenet, amikor apád lelőtte a benzinkúti shop eladóját?

– Azt véletlenül is láthattam! Talán csak épp akkor kapcsoltam oda a TV-t!

– Rendben – mondta Rob. – Akkor most bebizonyítom. Megmondom, mi van a halott stewardess bal zsebében. Azt te nem tudhatod, jól mondom? Ha olyat mondok, amit te biztos nem tudhatsz, akkor elhiszed, hogy létezünk?

– Mégis mi lenne a zsebében? – kérdezte Barry. – Egy rohadt sniccert tartogatott magánál! Azzal akart kiherélni. Ezt én is tudom, Robalrog!

– Én nem arra a zsebére gondolok. Azt a blúzából vette elő, amikor lehajolt érte. Én a szoknyája hátsózsebére gondolok. Tudod, mi van benne, Barry?

– Mi?

– Ha megmondom, és igazam lesz, elhiszed már végre, hogy létezünk?

– Talán... Halljuk! Mi van ott? Egy rugós kés? Egy zsilettpenge? Nem! Várj! Hadd találjam ki! Egy injekciós tű teletöltve hipóval!

– Nem, Barry. Az apja fényképe van a zsebében.

Barry sietve lehajolt, és kotorni kezdett a ledobált ruhák között. Felvette a földről a szoknyát, és belenyúlt a zsebébe.

– Itt semmi sincs! – mondta dühösen. – Már megint hazudsz! Csak képzellek titeket!

– Mondom, a *bal* zsebében! Tudod, ott, amelyik a jobb *mellett* van.

– Ja... bocs.

Barry előhúzott onnan egy papírdarabot. Egy régi, megviselt, vaskos lap volt, fehér papírkerettel: egy polaroid fotó.

Egy negyven körüli férfi mosolygott a képen. Az volt az aljára, a fehér sávba írva, hogy „Apu, 2012. március".

– Honnan a francból tudtad? – kérdezte Barry.

– Onnan, hogy mielőtt bejöttél, mi már itt voltunk!

– De hisz nem is láthattátok! Azt mondtátok, hogy csak annyit láttok, amennyit a körtéből kitekintve látni lehet a külvilágból. Én repesztettem meg a búrát, én szedtem le, vagy nem?!

– Nem láttuk, csak hallottuk. Mielőtt bejöttél, hallottuk, hogy a lány levetkőzik. Cipzár hangja zizegett, ahogy levette a szoknyáját, ruhagombok koppantak halkan, ahogy a blúzát is a földre dobta. Aztán azt mondta: „Leteszlek téged is, apa. Itt biztonságban leszel, a szoknyám bal zsebében". Gondoltuk, hogy egy fényképre gondol. Még akkor is, ha nem láttuk.

– Rendben. Ott a pont. Hiszek nektek. Tényleg előbb voltatok itt bent, mint én. Ezt nem tudhattam. Jó, akkor mi a teendő? Mit csináljak? Mit tehetne egy névtelen senki az egész világot beborító sötétség ellen? Egy járvány ellen, ami az egész bolygóra kiterjedt?

– Nézd, Szuperkapitány... ugyanis innentől már jogosan hívlak így... te először is immunis vagy rá! Te vagy az egyetlen, aki tehetsz valamit, mert te *látod*, hogy mi folyik körülötted. Így tenni is tudsz ellene. Mert te felismered a rosszat. A többiek nem. Nem képesek többé különbséget tenni jó és rossz között. A legtöbbjüknek már vége. Ebben a világban legalábbis biztos. De te talán még vissza tudod hozni némelyiküket az őrületből. A sötétségből.

– Mit kell tennem? – Barry most tényleg olyan hangon kérdezte ezt, mint Szuperkapitány. Az a kitalált személy, akinek viccből utánozta a hangját még gyerekkorában, amikor arról álmodozott, hogy egyszer ő is olyan hősies lesz. Most már értette, hogy miért akart annyira regényt írni erről a karakterről. Nem író ő! Ezért nem jók a könyvei sem! Ő nem az író, aki megírja egy hős történetét. *Ő maga* a hős személyesen! Neki nem kell regényeket írnia. Mert világokat ment meg és hoz vissza a végromlás széléről. Legalábbis most így érezte. Ki is húzta magát, amolyan Szuperkapitányosan.

– Azért ennyire ne éld bele magad, Barry. Ez csak egy elmélet. Nem tudunk neked semmit ígérni, csak ötleteket és tanácsokat adhatunk. Mi csak javasolhatunk. Te pedig elfogadhatod, ha jó ötletnek tartod. De ezek egyike sem ígéret. És pláne nem garancia.

– Nem baj. Megértem. Végül is ennél már hogyan lehetne szarabb ez az egész? Két embert öltem ma meg önhibámon kívül, vagy legalábbis nem szándékosan. A világon mindenki egyre őrültebb. Valószínűleg engem is megölnek előbb-utóbb. Még ha immunis is vagyok erre az egészre, a golyó azért csak fog rajtam. Vagy a sniccer! Mondjatok bármilyen ötletet vagy tanácsot, és én megfogadom. Meg fogom tenni!

– Ez a beszéd, Kapitány – mosolygott Rob. – Látod, Nola, tudtam én, hogy őrá számíthatunk! Az írók fasza gyerekek. Mi összetartó népség vagyunk. Szóval megmondom, mi a nagy ötletünk – intézte szavait ismét Barry-hez. – Először is éld túl valahogy ezt az átkozott repülőutat.

– Az még talán menni fog. De hogyan jutok le a gépről? Két hullát hagyva magam mögött...

– Nézd, az egész világ már a feje tetején áll. Kis szerencsével talán rákenheted valaki másra. Vagy lehet, hogy történik még más gyilkosság is ezen a repülőúton. Akkor majd nem csak veled lesznek elfoglalva.

– De kedves vagy! Kösz! Most megnyugtattál! „Lehet, hogy történik még más gyilkosság is ezen a repülőúton!" Hogy szakadnál meg! Muszáj a falra festeni az ördögöt?! Én épp túlélni akarok itt, nem meghalni... a félelemtől.

– Én csak őszinte vagyok. Tehát húzd meg magad. Hazudj. Légy észrevétlen. Ahogy apád tanította! Most jól fog jönni. Juss le valahogy a gépről!

– És utána? Szerezzek egy kardot, amit fényből kovácsolok, és vívjak meg magával az Ördöggel, vagy mi?

– Nem... bááár... az egy *érdekes* jelenet lenne... hmm...

– Rob! – szólt rá Nola. – Ne kalandozz el!

– Elnézést. Tudod, én is író vagyok. Azaz *voltam*. Néha elragad a fantáziám. Szóval: nem. Semmilyen fizikai harcot nem kell produkálnod. Mentálisan kell. Ha lejutsz erről a gépről, menj el a kiadóhoz. Egyezz meg velük. Tök mindegy hogyan, *bárhogyan*! Akkor is írd alá a szerződést, ha neked kell fizetned érte. Akkor is, ha le kell feküdnöd a főszerkesztővel, aki egy hetvenéves férfi! Bármi áron! Érted?!

– Értem. Sajnos... És utána?

– Írj egy könyvet.

– Ennyi? Ezt most komolyan mondod? Már hetven rohadt könyvet írtam! És mire mentem velük? Hány olyan hulladékot írjak még? Írjak egy „Szuperkapitány, az űr üldözője" remake-reboot folytatást? Vagy esetleg a „Sugárveszély a halálos bolygón 2." előzményeit? A címe pedig legyen „Sugárveszély a még halálosabb bolygón 4.?" Vagy mit szólnátok az „Az ijesztő gyilkos baromságai 2."-höz? Most komolyan írjak még egy *ilyet*?

– *Olyat*? Isten ments! Nem, Barry, ez most egy valódi könyv lesz. Egy olyan könyv, ami mindent megváltoztathat.

– Amolyan lelkizős, önismereti trutymó, amit a feleségek olvasnak főzés közben?

– Ez már kicsit közelebb van a valósághoz, de azért nem egészen erre gondolok. Nem. Írj egy könyvet, Barry, a fényről. A többiek a sötétségről írnak, a belső gonosz énjükről. Ez kezdett el terjedni. Ez fertőz. A gonoszság valóban ott lapul mindenkiben. És ez most sajnos győzedelmeskedni látszik. De nemcsak a gonosz van meg bennünk, hanem a jó is! Neked pedig erről kell írnod!

– De kit fog az érdekelni? Az csak egyetlen árva könyv!

– Az enyém is az volt. Csak egyetlen könyv, ami járványt indított el az emberek agyában. Ami tönkretette az egész világot. Ha nekem sikerült, neked is sikerülhet.

– De te híres író vagy... vagy voltál... én viszont egy neve-nincs senki! Szó szerint! Mr. Michael „Nézd, ott megy Júdás" Ekelret. Egy dilis marha, aki segélyekből tartja fenn magát! Ki fogja elolvasni az én könyvemet?

– Majd talán este a mi fényünknél elolvassák. Ha mi világítunk a lámpáikból, talán jobban hajlanak majd a jóra, és látják is, amit olvasnak. Akkor lehet, hogy megértik. Talán együtt, közös erővel még meggyőzhetjük őket. Legalább csak pár embert. Már az is valami. Ha más nem, akkor egy kezdet. Aminek lehetne akár folytatása is. Hinnünk kell. Hinnünk kell önmagunkban és egymásban.

– Ez a legőrültebb terv, amit életemben hallottam – nevetett Barry. – És miről írjak?

– A jóságról. Az élet szeretetéről. Arról, hogy nem szabad bántani egymást, mert az élet értékes, az élet szent. Arról, hogy szeressünk élni.

– De még én sem szeretek élni! Utálom az életem. Apám tönkretette!

– Azt az életedet régen igen. De ezt a mostani, felnőtt életedet már nem ő irányítja. Most te vagy az úr! Nálad van a kormány. Használd. Irányíts. Vezesd a világot egy jobb útra.

– Rendben – törődött bele Barry. – Megpróbálom. Jobb ötletem úgysincs. És veletek mi lesz? Te, Rob, ezek szerint meghaltál? Rajtatok már nem lehet segíteni?

– Nem tudom. Talán lehetne. De te biztos, hogy nem tudnál. Emiatt most ne fájjon a fejed.

– És tudok még beszélni veletek?

– Persze. Csavard ki ezt a körtét. Tudod, hogy milyen ritkák már manapság. Sehol sem kapni ilyet, pedig még olcsóbbak is voltak, mint az újak. Vidd el ezt a biztonság kedvéért, és legyen nálad. Ha valahol betekered egy foglalatba, és felkapcsolod a lámpát, ismét fogunk tudni kommunikálni.

– Rendben... Ááá!

– Vigyázz, te szerencsétlen! Ez nem ledes izzó! Ezek forrók, mint a fene! Ne kézzel fogd meg! Fogj egy rongyot vagy valamit.

Barry hallgatott Robra, és zsebkendőjét elővéve azzal fogta meg az izzót, és kicsavarta, majd a zsebébe helyezte.

„Na, eddig megvolnánk a világmegváltás rögös útján. De most innen hogyan tovább?" – kérdezte most csak önmagától, mivel barátai már a zsebében hallgattak szótlanul... fénytelenül...

Barry úgy döntött, nem maradhat itt, a WC-ben az örökkévalóságig.

Egyik az, hogy valakire előbb-utóbb csak rájönne a hasmars, és kopogtatni kezdene, a másik, hogy az is feltűnhetne némelyeknek, hogy egy utas már nagyon régen eltűnt a helyéről, sőt egy légikísérő is. Előbb-utóbb valaki biztos, hogy szóvá tenné.

Akkor legalább az utas üljön vissza a helyére. Egy gyanús körülménnyel legalább kevesebb lesz.

Na jó, de mit csináljon most a holttesttel? Vigye ki a vállára vetve, és dugja el valahová? Ja, az biztos nem lesz feltűnő!

Senki sem fogja észrevenni, hogy egy szűk, alacsony repülőgép-WC fülkéjéből egy magas férfi szuszakolja ki magát – aki befelé is csak lehajtott fejjel jutott be – kifelé pedig egy halott nővel a vállán bukkan elő, és megfelelő helyet keres neki, hogy titokban eldughassa. Miközben százan nézik tátott szájjal, hogy mit csinál.

Az ilyesmi valóban teljesen megszokott jelenség egy Chicago-New York járaton. Miért is lenne ebben bármi rendkívüli?

„Elnézést!" – mondaná Barry. – „Csak felteszem a hullám a többi poggyászom közé, és máris visszaülök a helyemre. Senkit sem akarok feltartani. De sajnos muszáj feltennem. Idelent az utasok között csak útban lennének a pucér mellei."

Barry majdnem elröhögte magát ezen a jeleneten, ahogy elképzelte.

„Hogy miért nem ilyeneket írok inkább a regényeimbe?" – korholta magát. „Ezt még talán ki is adnák."

De sajnos hamar elszállt a jókedve. Ugyanis ahogy szépen, lassan, óvatosan nyitni kezdte a WC-ajtót, hogy kikémleljen rajta, tiszta-e a terep, abban a pillanatban fegyverdördülést hallott!

Mint a villám, úgy visszaugrott, és becsapta az ajtót!

„Ezek rám lőttek? De kik? És egyáltalán mivel? Tilos lőfegyvert hozni a repülőgépekre! Még az első sorban ülő biztonsági ember sem hordhat magánál, hogy nehogy elvegyék tőle. Ki a francnál van pisztoly egy New York-i járaton? És miért rám lődöz? De vajon biztos, hogy énrám lőtt?" – Amint kimondta ezt magában, már jött is a válasz odakintről, mintha csak az ő ki nem mondott kérdésére érkezett volna:

– Hé, maga ott, a klotyón! Jöjjön csak ki szépen! Eleget szart már! Na, húzzon onnan kifelé, mert én megyek be! Akkor viszont előbb belelövök párat az ajtóba, mielőtt benyitok! Úgyhogy higgye el, jobban jár, ha magától jön ki! Akkor nem esik bántódása!... egyelőre. – tette hozzá röhögve a férfihang.

„A jó kurva mindenit!" – esett pánikba Barry. „Ez valami rendőr! Megtalálták a halott könyvelőt odakint! Biztos, hogy megtalálták! Tudják, hogy én öltem meg! Most mi lesz? Kimegyek felemelt kézzel, utána a rendőr bejön ide, és meglátja, hogy még egy embert megöltem? Le fog lőni! Vagy iszonyatosan elver! Minimum tarkón vág a pisztolya markolatával, hogy az út hátralévő részére ártalmatlanná tegyen!"

– Gyere már ki, te bevándorló! – ordította a férfi. – Te is az vagy, mi? Arab vagy? Vagy pakisztáni? Azért szarsz olyan régóta odabent? Azok sokat zabálnak, ugye? A mi rohadt pénzünkből! Mert elszedik a munkát az orrunk elől! Gyere ki, te mocsok!

„Hát ez mégsem a könyvelő miatt reklamál" – konstatálta Barry. „Itt valami egész másról lesz szó. Nem mintha így nem lenne majdnem ugyanolyan veszélyes kimerészkednem innen. De legalább a fickó nem szőke hajú, fehérbőrű embereket keres. Ez már egy jó kiindulási pont! A végén még jóban leszünk! Vagy legalábbis talán engem nem nyír ki."

Barry szép lassan újra nyitni kezdte az ajtót...

– Ez az! Csak szépen, lassan! Lássam a kezedet, hogy mennyire fekete! Dugd ki szépen az ajtón!

Barry engedelmeskedett. Kidugta a bal kezét. Gondolta, inkább azt lőjék el csuklóból. Ugyanis ő jobbkezes. A bal kevésbé fog hiányozni neki.

De a fickó most nem tüzelt.

– Á! Szóval fehér vagy? Akkor gyere ki nyugodtan, hadd lássalak!

Barry óvatosan kilépett a WC-ből.

– Ülj vissza a helyedre, szőkeség! – utasította az egyenruhás fickó. ...akit jobban megnézve, Barry rájött, hogy nem más, mint *maga a kapitány*!

„Mit művel ez?!"

– Ülj vissza, és élvezd a műsort! Én épp nagytakarítást végzek! Tudod, kikkel van tele ez az ország, szőkeség? Ingyenélőkkel! Bevándorolnak ide, elszedik előlünk a munkát, megzabálják előlünk a kaját, és arra megyünk haza, hogy egy fekete fickó döngeti a feleségünket, csak azért, mert nagyobb farka van! Hát most itt, ezen a kurva repülőn nem lesz! Vagy legalábbis használni nem fogja többé.

Durrrrr! – dördült el ismét a pisztoly a kapitány kezében. Egy teljesen nyugodtan ülő, senkinek sem ártó, rövid hajú, öltönyös fekete férfit egyszerűen közvetlen közelről fejbe lőtt!

– Eggyel kevesebb! – röhögött a kapitány. – Ez is eredmény. Most szépen kitakarítunk. Ha ebben a rohadt országban már nem lehet, akkor legalább a saját gépemen hadd végezzem el azt, amit el kell, ha egyszer más úgysem teszi meg!

Barry ekkor már látta, hogy a kapitányt is megfertőzte a skizofrénia-vírus. Ennek az alaknak valami fajgyűlölettel kevert vagy abból eredő paranoid fajtája van. Mindenkit veszélyforrásnak értékel, aki nem fehér.

„Hála Istennek, hogy nekem szőke hajam van!" – gondolta.

Durrrrr! – dördült ismét a fegyver.

– Egyéb kérdés? – kérdezte a kapitány vérben forgó szemekkel. Pedig senki sem kérdezett semmit eddig sem. Csak nyomorult módon, halkan könnyezve, összeszorított, remegő szájjal próbálták túlélni az utazást. Más egyebet nem nagyon csinált egyikük sem. Most legutóbb egy arabnak látszó férfit lőtt meg. A nyakán találta el. Nem halt meg egyből, hanem kiesett oldalra a székéből, és most a földön vergődött, ahogy szerteszét spriccelt nyakából a vér. – Ó, elnézést! – folytatta a kapitány. – Rosszul célzok! Megsérült, uram? – Az emberek egy pillanatra azt hitték, valóban nem akarta eltalálni a fickót, de sajnos tévedtek. A kapitány ismét célzott, és most lehajolva, egyenesen a halántékára nyomta a csövet, és közvetlen közelről húzta meg a ravaszt:

Durrrrr!

– Keres még valaki munkát önök közül? – kérdezte. – Esetleg kapitányit? Ki szeretné vezetni ezt a gépet úgy, hogy engem kirúgjanak miatta?

Nem jött válasz.

De a kapitányt valamiért ez nem igazán nyugtatta meg:

– Senki sem vállalja fel, hogy el akarja lopni a munkámat? Akkor majd megmondom én! Maga ott! Maga akarja ellopni, a hülye turbánjában!

Valóban ült egy török férfi a gépen. Barry már korábban is észrevette. Gyönyörű, díszes, lila színű turbánt viselt. Talán valami nemesi családból származhat. Barry még nem is látott az övéhez hasonló fejfedőt.

És most sem látta többé...

Durrrrr! – Repült is már a turbán a férfi fejéről kisebb koponyadarabkák által kísérve útján. Jókora lyuk keletkezett ott a fején, ahol utat tört magának a golyó.

– Ki más szeretne még kapitánykodni? Van, aki esetleg átmászott valahol egy szögesdrót alatt, hogy ebben az országban szívja a levegőmet? Ki lógott be? Halljuk! Hé, te ott! Szőkeség! Igen, te, szarógép, aki vagy fél órát ücsörögtél odabent!

Barry-ben megfagyott a vér. Őt nem bánthatja! Miért tenné? Ő nem tűnik bevándorlónak! Még ennek az őrült fajgyűlölő, mindenért a bevándorlókat okoló náci állatnak sem lehet vele baja. Mit akar tőle?

– Igen, te! Jól hallod! Neked ugatok! Mondd csak, miért olyan görbe az orrod, szőkeség? Mi a neved? Tán csak nem Goldstein? Vagy esetleg Rübenfeld? Nagyon kampós az orrod, hallod-e!

– Nem vagyok bevándorló! – kiabálta Barry. – Itt születtem! Író vagyok. Amerikai állampolgár!

A kapitány már épp tüzelésre emelte a fegyvert, ám erre most lejjebb engedte pár centivel.

– Író, mi? És miket írsz? Drámákat? Háborús drámát? „Hogyan ölték meg a szüleimet a náci-Németországban" címmel? Mi a neved? Halljuk! Esetleg Weinberg?

– Ekelret! – kiabálta Barry. – Michael Ekelret, író!

– Az meg miféle hülye név?! Senkit sem hívnak úgy! Hazudsz! Na várj csak, te mocsok! Megnézem az utaslistát! Belőlem nem csinálsz hülyét! Most jól figyelj rám, Michael Ekelbaum! Ha meglátom az utaslistán, hogy valamilyen steinre vagy feld-re végződik a neved, neked annyi! És mivel hazudtál, nem fejbe foglak lőni, hanem tökön! Azzal elleszel egy darabig, nekem elhiheted! Már a Közel-Keleten is ezzel szórakoztunk a fiúkkal! Volt amelyik terrorista tetvet direkt nem fejbe, hanem golyón lőttük! Hogy meddig tudnak olyankor fetrengeni! Mint a bogár, aminek egy gyerek kitépi a szárnyát és a lábait, de nem tapos rá, hanem csak ott hagyja! Haaaha! Ne tudd meg, öregem! Azaz bocs: mégis meg fogod tudni! Máris, csak előbb megnézlek az utaslistán.

A kapitány hátrált néhány lépést úgy, hogy közben szemét és fegyverét továbbra is az utasokon tartotta.

„Ki a franc vezeti most a gépet egyáltalán?" – merült fel Barry-ben.

– Jim! Légy oly drága, passzold már ki az utaslistát, hogy leellenőrizzem ezt a hazug bibsit.

„Ja, tényleg..." – jött rá Barry. „A másodpilóta tartja odabent a frontot, amíg a haverja halomra öli az utasokat. De vajon miért hagyja? Az is őrült? Az is benne van ebben a..." – De végig sem tudta gondolni, máris megtudta a választ erre a kérdésre:

– Tessék, itt van – nyújtotta hátra az utaslistát a válla felett a másodpilóta –, de minek szarakodsz annyit? Lődd le! Úgyis közülük való! Kamuzik csak. Mindegyik kamuzik, százados! Tüzelj már!

– Na, csak ne olyan gyorsan, hadnagy! – humorizált a kapitány, mintha tényleg háborúban lennének. Vagy lehet, hogy nem is viccelt? – Mi nem bántalmazunk ártatlan civileket! Először meg kell bizonyosodnunk róla, hogy ellenség! Majd aztán durrantjuk csak le! Vagy tán nem így csináljuk?

Barry rájött, hogy tényleg nem humorizál. Együtt szolgálhattak valamikor a seregben, együtt öltek parancsra. És az eddig talán enyhe poszt-traumatikus stressz-szindrómájuk most a skizofrénia által továbbturbózva már mindenkire életveszélyessé vált a repülő fedélzetén.

– Civilekre nem lövünk, hadnagy! – ismételte a kapitány. – Kivéve, ha „stein"-re végződik a nevük! – röhögött. – Na, lássuk csak... Ki lesz a hunyó? Ki a kakukktojás? 25/A... Rockwell. Szép amerikai név. 26/A... Mustafa?! Ja, csak a turbános fickó. Ennek már lőttek, hehe. 27/A... Hutchinson. Határeset, de elfogadom. De azért csak húzza meg magát! – ordított a kapitány a túlsúlyos, szőke hajú harmincas nőre. – És helyben is vagyunk! 28/B: Abdul!

– Mi?! – hörrent fel Barry.

– Hát én is pont ezt akartam kérdezni, Abdul! Hogy a jó életbe vagy te Abdul, szőkeség?

– Én nem!

– Dehogynem! Tán nem a 28/B-n mereszted a segged?

És akkor jutott Barry eszébe az életmentő tény:

– Helyet cseréltünk! *Helyet cseréltünk*!! Ez a fickó az Abdul itt, mellettem! Nézze csak meg!

A kapitány közelebb lépett.

– Tényleg elég arabosnak látszik. Miért cseréltetek helyet?

– Nem tudom. Azt mondta, nem ülhetek a 28/A-ra! Valami bombát emlegetett. Azt mondta, rossz helyen ülök! Hisz tudja, milyenek ezek... – próbálkozott be Barry, hátha hatni tud egy kicsit a kapitány tomboló paranoiájára.

– Bomba?! Az én gépemen? Hallod ezt, Jim?! – kiabált a másodpilótának. – Na, akkor pattanj fel, kampós orrú! Szépen állj négykézlábra, mint egy jó kutya, és légy oly jó, nézz be az ülésed alá! Sőt, ha már ott vagy, a haverod ülése alá is!

Barry engedelmeskedett.

– Semmi nincs az ülések alatt, uram! – jelentette Barry „közlegény". – Talán a raktérben lesz a csomagjai között! – Gondolta, hátha leszereli vele az ürgét egy időre. Hátha lemegy kotorni egy kicsit a bőröndök közé. Lövöldözzön inkább azokra.

– Á, ott biztos, hogy nincs! – mondta a kapitány. – A csomagokat most már nagyon alaposan átvilágítják. Ha itt nincs, akkor csak kamuzott. Rendben, ülj vissza, szőkeség. Tehát mondd csak, mit műveltél Abdullal? Miért ül ott ájultan, vérző orral? Vagy talán nem is él? Mit tettél vele?

– Uram! Leszereltem a terroristát, uram! Én is a seregben voltam régen! Felismerem a fajtáját! Ezek mind ilyenek! Nem tudom, él-e még, uram, de mindenesetre harcképtelenné tettem.

– Szép munka, katona! Kap érte egy jó pontot! Na de várjunk csak! Még nem zártuk le azt a témát, hogy hogy is hívják magát! Tőlem aztán lehet akármilyen hazafias, ha Lichtenweltensteinnek hívják, akkor magának kicsöngettek, most szólok! Lássuk csak... 28/B... Abdul. Igen, Abdul barátunk most szunyókál. 28/A... akkor ezek szerint nem más, mint...

A kapitány hatásszünetet tartott.

Valószínűleg élvezte a helyzetet.

Élvezte, hogy élet és halál ura.

Talán már a seregben is így volt.

Lehet, hogy ott is élvezte a gyilkolást. Talán még titkon hiányzott is neki, és *alig várta,* hogy ismét csinálhassa!

Barry eközben elsorolta volna magában az összes létező imát, ha tudott volna egyet is. De ha imádkozni nem is tudott, azért erősen reménykedett, hogy Michael Ekelret fog állni a papíron. Vagy valami annál némileg amerikaiasabban hangzó név.

Egyáltalán miféle névre foglalhatott neki jegyet az a barom a könyvkiadónál?!

Hiszen a pasas nem is tudta, hogy Michael Ekelret a neve! (Mármint, hogy azt használja legtöbbször.) De akkor milyen névre foglalt jegyet neki? Hogy is szólította őt?

Hogyan is szólította?...

Flint!

Flint Eastwood! Ezen a hülye néven adta be az „Ijesztő gyilkos mondókáját" az NYB kiadónak! Ez fog állni a jegyen! Az aztán amerikaias hangzású név, vagy nem!? Barry direkt ezért is találta ki! Ez működni fog! Talán...

Ekkor szólalt meg ismét a kapitány. Fennhangon olvasta:

– A 28/A-ra tehát, úgy tűnik, nem másnak szól a jegye, mint... dobpergést kérek! ... John Smith! Ön nyert! Nahát! Ez egy nagyon szép, egyszerű, hétköznapi, unalmas amerikai név. Gratulálok, Mr. Smith! Ön most tényleg nyert! Nyert még egy napot a nyüves életéből. Ebben a világban ugyanis sosem lehet tudni. Nem is értem, minek mondta be azt a kamunevet? Azt a Székretket vagy mit! A John Smith egy kiváló név! Vigyázzon magára odakint, fiam, ha leszálltunk. További jó utat. Remélem, eddig élvezte az utazást.

Ezzel a kapitány leengedte a fegyverét, és visszasétált a pilótafülkébe.

– Látod, Jim? – mondta a másodpilótának, ahogy belépett. – Mondom, hogy nagyon türelmetlen vagy. Állandóan kapkodsz! Képes lettél volna lelövetni velem egy valódi amerikait. Mondtam, hogy nem lődözünk civilekre! Te tiszta őrült vagy, öregem! Egyszer még hadbíróság elé állítanak! Mindkettőnket! Bajba fogsz sodorni minket egyszer, meglásd! Sőt, az egész szakaszt! Te egy igazi barom vagy, másodpilóta!

– Ja – felelte az dühösen –, mert te talán egy akkora *szuperkapitány* vagy! Még vezetni sem tudod ezt a gépet rendesen!

Tizenegyedik fejezet: New York Books

A repülőút hátralévő része eseménytelenül telt. Már amennyire az utasok féktelen zokogását és jajveszékelését annak lehet venni.

John Smith annak vette. Mert boldog volt! De még milyen boldog!

Egyáltalán hogyan juthatott eszébe annak a kiadós fickónak, hogy ilyen néven foglaljon neki repülőjegyet? Pedig Mr. Allen azt hitte, hogy őt Flint Eastwoodnak hívják. Így is szólította telefonon.

John Smith? Lehet, hogy ezt csak valami viccnek szánta? Hát, ha így van, akkor állati jó humora van a hapsinak! Ugyanis most Barry életét mentette meg vele! Egy „Ekelret" szintű hülye névvel már lehet, hogy ő is golyóval a fejében ülné végig az út hátralévő részét. Ki tudja, miféle származásúnak gondolta volna akkor őt a kapitány! John Smith viszont egy vérbeli amerikai! Egy amerikai, aki még egy terroristát is leszerelt, amelyik bombával fenyegetőzött!

Na jó, lehet, hogy Abdul valójában csak egy kis paranoiás könyvelőforma fickó volt, de akkor is! Egyik terroristán sem látszik, hogy az! Nincs a homlokukra írva!

John Smith tehát egy igazi hazafi! Így is fogja hívni magát ezentúl! Lehet, hogy egyszerű név, tipikus és unalmas, de pont ezért jó.

Ezzel a névvel talán még egy könyvét is kiadják majd egyszer. John el is döntötte, hogy ezentúl csak ilyen néven publikál. Thomas Allen, az NYB főnöke nem is hinné, hogy mekkora szolgálatot tett neki azzal, hogy nekiajándékozta ezt a nevet! Ez lesz ezentúl John kabalája! A neve! Ugyanis most már van neki.

*****

A repülőgép fél órával később rendben leszállt, és az utasok elkezdték rendezett sorokban elhagyni az utasteret. A gyilkosságokról senki sem beszélt. Mert nem mertek. Örültek, hogy ők megúszták.

Mivel az egyetlen stewardessnek egy ideje nyoma veszett, így a kapitány búcsúzott el a gép ajtajában a kiszálló utasoktól:

– A viszontlátásra. Remélem, élvezte az utazást.

És ismét:

– A viszontlátásra. Remélem, ön is élvezte. Azért így már mégiscsak nyugodtabban alszik maga is éjjel, nem? – tette hozzá. – Hogy legalább párat kiirtottam közülük?

Az ötvenes nő, akihez a kapitány épp a szavait intézte, erősen bólogatott. Igen, ő borzasztó jól fog aludni ma éjjel!

Hát persze, hogy jól fog... *Soha többé* nem fog! Ezek után?! Vagy ha igen, akkor csak ezzel az őrülttel fog álmodni, és erről a repülőútról egészen halála napjáig. Ami lehet, hogy nem is lesz olyan sokára... tekintve a világ jelenlegi helyzetét.

– Smith! – köszönt el a kapitány John-tól. – Örülök, hogy elintézte azt a rohadt terroristát. Szép munka, fiam. Mondja, nem látta az utaskísérőt? Szőrén-szálán eltűnt az a lusta liba! Ilyenkor neki kéne ám itt köszöngetnie, nem pedig nekem!

– Sajnálom, kapitány, de nem láttam – hazudta John. – Ezek a lusta népek mind ilyenek. Biztos elaludt valahol... talán a raktérben.

– Valószínűleg – mondta a kapitány. – Viszlát, Smith! Legyen máskor is szerencsénk!

„Sohanapján, te rohadt náci!" – válaszolta John, de csak magában.

John meglepetésére itt, New York-ban egyelőre nyugodtabbak voltak a kedélyek, mint Chicagóban. Ide látszólag még nem terjedt át annyira az őrület. Egy-két fura, gyanakvó pillantáson kívül semmilyen atrocitás nem érte a reptéren.

Amikor pedig kiért az utcára...

Valóban egy fekete limuzin várta az épület előtt. A hosszú, elegáns autó mellett egy sofőregyenruhás férfi állt. Kezében egy kartonpapír, rajta a név: „Smith".

„Ezt nem hiszem el" – gondolta John. „Ez a fickó tényleg egy állat! De stílusa és humora is van, azt meg kell hagyni, hogy a sofőrt is egy ilyen felirattal küldte ide."

– John Smith vagyok, az író – lépett oda a táblát szorongató férfihez. – Thomas Allen küldte magát értem, ha minden igaz. Jól mondom?

– Ahogy mondja, uram. Kérem, szálljon be – nyitotta neki a sofőr előzékenyen az ajtót. – Milyen volt az útja? Kellemesen telt?

– Túl lehetett élni – mosolygott John. – És ez részben a főnökének köszönhető!

A férfi nem kérdezett vissza, hogy mire célzott. Valószínűleg udvariasságból. Becsukta John után az ajtót, és előrement, hogy beszálljon.

Beült, és beindította a motort. Az óriási autó méretéhez képest nagyon halkan dorombolt. Alig lehetett hallani, hogy jár a motor.

A sofőr ekkor egy gomb megnyomásával felhúzta az átláthatatlan falat a vezető- és az utastér között. Valószínűleg szintén udvariasságból, hogy ne zavarja őt.

Így John egyedül maradt a gondolataival. Elindultak, és nézte menet közben New York utcáit. Boldog volt. Örült, hogy még él.

Még mindig nem hitte el, hogy túlélte azt a repülőutat!

Azon töprengett, hogy valószínűleg még a két gyilkosságot is meg fogja úszni! A kapitány annyi embert kivégzett összevissza, hogy egy orrba vert Abdul már igazán nem oszt, nem szoroz annyi áldozat között!

„A pucér utaskísérő, mondjuk, a törött gerincével azért az más tészta! De vegyük úgy, hogy a kapitány szeretője volt, és az rajta kapta valaki mással. Sőt, szinte biztos, hogy rajtakapta! Ezen kattant be, és ezért kezdett lövöldözni! Mert megcsalták. Micsoda emberek vannak!" – John megnyugodott erre a gondolatra. Talán tényleg van esély rá, hogy ezt gondolják majd, és őt ne csukják le. Lehet, hogy még nyomozni sem kezdenek utána.

Most, hogy jobban belegondolt... végül is ki után kezdenének nyomozni?

Ki egyáltalán az a John Smith? Hiszen Mr. Allen a jegyet nem Ekelret névre vette! És Johnnak sem ez a valódi neve. Sőt, a Michael sem volt az. Nincs hivatalos neve. Hogyan tudnának így nyomozni utána?

Lehet, hogy az apjának mégiscsak igaza volt néhány dologban ezzel az egész névtelenséggel kapcsolatban? Lehet, hogy tényleg könnyebb így az élet?

Bárhogy is, de lehet, hogy apja őrülete és a kiadós fickó fura humora – vagy ki tudja, mije – most az életét fogja megmenteni a véletlenül elkövetett kettős-gyilkossággal kapcsolatban. Még ha gyanakodni is fognak rá – minimum a stewardess miatt –, akkor sem lesz kit keresniük. John Smith nem létezik.

Csak egy átlagos, magas, szőke fickóra fognak emlékezni, akinek kicsit görbe az orra. De azért annyira nem feltűnően.

Johnban igazából semmi sem *annyira* feltűnő. Magasnak sem *annyira* magas. Csak kicsit. Apja talán ezért is szerette őt mindig jobban a két fia közül. Ő jobb alanya volt annak az őrült tervnek, amin apja munkálkodott. Hogy pontosan micsodán, azt

John a mai napig nem tudta pontosan. Valamit tervezett, de az is lehet, hogy semmit.

Az őrülteknél ezt a két dolgot néha csak egy hajszál választja el egymástól.

*****

Húsz perccel később a limuzin megállt egy felhőkarcoló előtt. A forgóajtós bejárat felett fényes NYB logó díszelgett. Vörös egyenruhás, fehér kesztyűs köszönőember állt az épület előtt.

„Nahát! Ezeknek aztán jól megy!" – gondolta magában John. – „Ez valóban egy nagy kiadó. Itt tényleg karriert csinálhatok. Bár... éppen most? A világvégén? Amikor már senki sem normális? Az emberek ok nélkül halomra ölik egymást? Gyilkosságok történnek szinte minden második percben? Mit számít már egy ilyen világban a karrier? Vagy akár a pénz? Hát, nem tudom... de inkább döglök meg gazdagon és híresen, mint úgy, ahogy eddig az egész életemet leéltem."

John felment lifttel a hetedik emeletre, miután a portás eligazította odalent a recepción. Kiderült, hogy azért mégsem az egész épület az NYB tulajdona. Csak ők a legnagyobb cég az irodaépületben, ezért van az a hatalmas logó a bejárat felett. Biztos ők perkáltak a legtöbbet, hogy kiírják a cég kezdőbetűit a bejárat fölé.

„Na és ha nem az övék az egész felhőkarcoló?" – töprengett John. „Azért így se rossz. Akkor is jól megy nekik. Mondom én, hogy nagy kiadó ez. Ebből karrier lesz! Lehet, hogy botránykarrier... ilyen szar könyvekkel, amiket én írok... de az is sok pénzt hoz!" – mosolygott, ahogy a lift tükrében nézegette magát. Megigazította a haját, és megnézte, nincs-e vér a ruháján a kissé túlzottan eseménydús repülőút következtében.

Nem volt.

Szerencsére egy-két gyűrődésen kívül nem látszott a ruházatán semmi abból, hogy miket élt át az elmúlt órákban.

Teljesen átlagos volt a külseje: Farmerdzseki, póló és farmernadrág. A dzsekije sem vérzett át, csak a pólója volt alatta véres a lány harapásától. John levette a kabátját, amikor bement a WC-be. Nagyon leizzadt az idegességtől. Nem tudta, hogy mit akar tőle az az őrült tyúk. Később visszavéve a dzsekit, el tudta takarni a véres foltot, és a harapás sem volt olyan mély, mint elsőre hitte. Már elállt a vérzés.

Teljesen szokványosnak tűnt most a külseje így a lift tükrében nézve.

Olyan átlagos, sportosan elegáns, hogy az szinte már unalmas.

Apja most biztos büszke lenne rá, ha látná.

– Apa?!

Tizenkettedik fejezet: Mr. Thomas Allen

Amikor a hetedik emeleten kinyílt a lift ajtaja, John az apjával találta magát szemben!

Apja karba tett kézzel, nyugodt arckifejezéssel várta őt a lift előtt. Valóban ő volt az! Ha más senki nem is ismerte volna fel a világon ezt az embert, de John igen! Hiszen ő nevelte fel! Ő egyedül volt csak képes felismerni a névtelen embert.

– Apa, te hogy kerülsz ide?! Énrám vársz? Te tőrbe csaltál engem, ugye? Tudtad, hogy idejövök!

– Persze, hogy tudtam, te buta. Én hívtalak ide.

– Mikor? Ne viccelj már! Vagy húsz éve nem láttalak! A hangodat sem hallottam azóta! Mikor hívtál te engem bárhová is? Azt hittem, meghaltál!

– Nekem olyasmi nem szokásom, fiam – mondta John apja mosolyogva. – Én állandó vagyok, mint az Isten. Ezért sem hiszek benne. Mert nem áll felettem. Emlékszel, fiam? Emlékszel azokra, amikre tanítottalak?

– Sajnos igen... – lépett ki John óvatosan a liftből. Igazából nem tudta, mire számítson az apjától. Ölelésre? Kézfogásra? Támadásra? Verésre? Késszúrásra?!

Ám a férfi nem viselkedett támadóan. Sőt, félreállt John útjából, hogy ki tudjon szállni.

– Gyere – mondta –, beszélgessünk kicsit. Van mit bepótolnunk. Rég láttalak, fiam. Ugye tudod, hogy nem öregedtél sokat? Vagy legalábbis nem annyit, amennyit ennyi év alatt kellett volna. Harminchét éves vagy, de inkább tűnsz huszonévesnek. Tisztában vagy vele egyáltalán? Ez szép teljesítmény, meg kell mondjam. Ebből látom, hogy a tanításaim szerint élsz. Akár tudatosan, akár nem, de aszerint élsz.

– Én ugyan nem – mondta John, és lassan elindultak valamerre az apjával a hetedik emelet folyosóján. – Talán csak jól tartom magam. Nevem is van. Én nem élek névtelenként!

– Ó, valóban? És hogyan szólíthatom, uram? – gúnyolódott az apja.

– Mindegy... téged úgysem tudlak meggyőzni semmiről. Soha nem is tudtalak. Maradhatunk a John Smith-nél, amit ezek szerint te találtál ki, ugye? Ugye a te ötleted volt?

– Persze, hogy az enyém. Ennél nincs szokványosabb és unalmasabb név. A repülőgépeken viszont sajnos mindig kérnek valami nevet, ha jegyet akar venni az ember. Valamit muszáj volt mondanom nekik. És hogyan utaztál? Történt valami említésre méltó?

– Nem. – John nem akarta elárulni apjának, hogy az az életét mentette meg ezzel az unalmas „névtelen névvel". Sőt, valószínűleg még attól is megóvta, hogy később nyomozást indítsanak ellene a két véletlenül megölt áldozata miatt. Nem akarta megadni apjának azt az örömöt, hogy igaza legyen. Pedig néha sajnos igaza volt. Néha sajnos elég gyakran.

– Az a jó – mondta az apja. – Ha nem történt említésre méltó, akkor te sem keltettél feltűnést. Ez a hosszú élet titka, fiam. Én mindig mondtam nektek. De ti nem nagyon akartatok rám hallgatni.

– Ezért ölted meg a bátyámat az Edinborough 1-ben? – kérdezett egyből rá John merészen.

– Honnan tudsz te arról? Honnan tudhatsz róla egyáltalán?! – Apját most komolyan sikerült meglepnie. Talán életében először.

– Ez egy hosszú történet. Mondjuk úgy, hogy a „madarak csiripelték" – mosolygott John.

– Nos, meglepően jók az értesüléseid, fiam, de azt tudnod kell, hogy nem tehettem mást. Nem azért neveltelek titeket, hogy megöljelek. A bátyád viszont nem hagyott nekem mást választást. Pusztított maga körül, feltűnősködött, gyilkolt, *nevet szerzett* magának. „A Hentes." Így nevezték. Mint valami primitív vadbarmot! Te tudtál erről?

– Persze. Elég hírhedt sorozatgyilkos volt.

– Sajnos.

– Mármint, hogy gyilkos volt? Ez meglep, apa, hogy sajnálod. Te is az vagy.

– A sajnost a hírhedtre mondtam. A hírhedt is híres, csak rossz értelemben. Egyikük sem névtelen.

– Ja, értem. Már meglepődtem, hogy megbotránkoztattak a tettei.

– Nem helyeseltem őket, ha erre vagy kíváncsi. Én nem esztelenül gyilkolok, fiam. Ezt te is nagyon jól tudod. Vagy láttál erre valaha is ellenpéldát? Láttál engem magamból kikelve ordítani és vagdalkozni egy késsel, vagy egy bottal hadonászni, akár a bátyádat?

– Nem. De akkor is gyilkos vagy.

– Az ember megteszi, amit meg kell tennie, azért, hogy továbbjuthasson az életben. Saját túlélése érdekében. Egy farkas szerinted miért tép szét egy másik farkast? Mert annyira gonosz? Nem. Nyilván fenyegetve érzi magát általa. Hatalmi harc, élelmen való marakodás vagy akár egy nőstény is lehet a dolog hátterében. Ki tudja... sok oka lehet, de egyik sem a gonoszság.

– Tehát te egyfajta ragadozónak tartod magad? Nem pedig gyilkos bűnözőnek?

– Túlélőnek. Egy túlélőnek, aki halhatatlan. Ne beszélj olyan magas lóról, fiam. Senki sem bűntelen ezen a világon, ezt én mondom neked. Mondj egyetlen embert a világon, aki nem ölne a saját életben maradásáért akár azonnal, egy szempillantás alatt! Te talán nem tennéd meg?

John nem válaszolt. Azért, mert már gyilkolt is. Épp ma. Kétszer is! Apjának tehát igaza van. Már megint.

– Látom, erre nem tudsz mit felelni. A hallgatás pedig beleegyezés, fiam. Mindannyian gyilkosok vagyunk. A különbség köztünk csak az ok, hogy ki miért teszi. Azért lépek rá egy bogárra, mert nem vettem észre? Azért ölök meg valakit, mert le akar leplezni és tönkre akar tenni? Vagy azért, mert perverz örömöt okoz a szenvedése? Ez a harmadik énrám nem igaz, ezt te is jól tudod. Ez csak a bátyádra volt igaz. Ezért állítottam félre. Mindkettőnk érdekében. A tiédben is, nemcsak az enyémben.

Ekkor értek el a folyosón a „Thomas B. Allen főszerkesztő" feliratú ajtóhoz.

– Gyere be az irodámba. Beszélgessünk. Hallgass végig. Csak ennyit kérek tőled – mondta az apja.

– Hol van Mr. Allen? – kérdezte John, amikor beléptek a kihalt, bőrfotelekkel és elegáns antik íróasztallal berendezett szobába. – Őt is „félreállítottad"? Neki mi volt a perverziója? Hogyan veszélyeztette az életben maradásodat? Hol van a főszerkesztő?! Ki vele!

– A főszerkesztő? Itt áll előtted, fiam.

– Tehát őt is megölted, és átvetted a helyét! Csak azért, hogy engem idecsalj, és tovább manipulálhass! Hogy újra megőrjíts a hülyeségeiddel! Kamaszkoromban már kórházba kerültem miattad! Még hányszor kerüljek, hogy végre leszállj rólam?!

– Többé nem fogsz kórházba kerülni. Önmagában a tény, hogy most ennyi idősen itt állsz, bizonyítja a rátermettségedet. Továbbá az is, hogy sok éven át egyedül voltál, mégsem szereztél magadnak nevet. Megtehetted volna. De nem tetted!

– Mert nem tudtam! Én próbáltam! Próbáltam vinni valamire. Híres író akartam lenni! Publikálni. De nem vagyok elég tehetséges. Ezért vagyok névtelen! Nem azért, mert az akarnék lenni. Egyszerűen csak nem vagyok elég érdekes ahhoz, hogy nevet szerezzek. Ezért nem vittem soha semmire.

– És ezért vagy te a kedvenc fiam. Ugyanis épp most írtad körül azt, amire születtél. Te vagy a született névtelen, fiam! Te vagy az első és az egyetlen. Azt hiszed magadról, hogy ügyetlen vagy és tehetségtelen, pedig valójában te vagy, és te leszel a legnagyobb mestere annak, amit én valaha is tanítani próbáltam neked. Ezért kellett, hogy ismét találkozzunk. Tudnod kell, hogy valójában ki vagy. Jogod van hozzá. És szükséges is, hogy tudd. Ugyanis szükségem van rád. Sőt, az egész világnak.

– Micsoda nagy szavak! Te jó ég! Te semmit sem változtál! Egy árva szavadat nem hiszem el! Mit tettél a főszerkesztővel? Mikor ölted meg? És miért? Mit tettél Mr. Thomas Allennel?

– Fiam, te még mindig nem érted? *Én vagyok* Thomas Allen. Én vagyok a főszerkesztő. Te tényleg ilyen buta vagy? Komolyan nem jutott még eddig eszedbe ez a lehetőség?

– Te nem lehetsz ő! Beszéltem vele telefonon!

– És? Milyen volt a hangja? Mennyire volt jellegzetes? Milyen hanglejtésben vagy tájszólásban beszélt? Mennyire különbözött a hangja, mondjuk, az enyémtől? Vagy úgy is mondhatnám, hogy: mennyire volt *pontosan ugyanolyan*?

– ...

– Látom, zavarba hoztalak. Lehet, fiam, hogy te erre születtél, de egyelőre még mindig én vagyok a mestered! Nálam jobban senki sem tud másokat manipulálni és csillapítani a gyanakvásukat. Velem beszéltél telefonon. Én hívtalak ide.

– Az nem lehet. Más volt a hangja!

– Húsz éve nem beszéltünk, fiam. Nem emlékeztél már teljesen a hangomra. Egyébként pedig nem volt más. Még csak el sem változtattam. Pontosan ugyanúgy beszéltem, mint most. Mint bármikor máskor. Erről szól a névtelenség. Arról, hogy jellegtelen vagy. Nem lehet felismerni, mert nincs semmilyen ismertetőjeled. Én hosszú életem során már a beszédemben is megtanultam használni ezt a módszert.

– De akkor hogyan olvastál fel a könyvemből? Honnan szerezted meg egy kéziratomat? Mindegyik kiadatlan! Azok csak valódi kiadóknál heverhetnek itt-ott. Neked nem lehet belőle példányod. Pedig felolvastál belőle!

– Dehogy olvastam!

– De igen! Hallottam!

– Csak improvizáltam az egészet. Fiam, te sosem írtál olyan marhaságot, hogy „Az ijesztő gyilkos mondókája". Egyszerűen csak kikövetkeztettem, hogy milyen stílusban és körülbelül milyen színvonalon írhatsz, aztán előadtam egy jelenetet. Ennyi. Ez még önmagában nem művészet. A művészet az, hogy te *elhitted*, hogy te írtad, és az, hogy fel sem ismerted, hogy a saját apáddal beszélsz telefonon. Egy nap majd talán te is képes leszel minderre.

– Pedig én írtam! Biztos vagyok benne. Hisz el is küldtem a kéziratot!

– Hány regényt írtál eddig? Tudom, hogy enyhe hipergráfiában szenvedsz, fiam. Mondd csak, hány könyvet írtál már?

– Nem tudom... úgy hetven körül.

– Van az százhatvan is, nekem elhiheted. És azt is hidd el, hogy ennyit már képtelenség számon tartani. Nem emlékezhetsz mindegyikre. És arra sem, hogy hány és hány helyre próbáltad meg beküldeni őket kiadatási céllal. Egyszerűen csak ráhibáztam, ennyi. Tudtam, hogy mivel foglalkozol, hiszen már gyerekkorodban is ez érdekelt. El tudtam képzelni, hogy most hol tartasz a dologban. Tudtam, hogy mire ugrasz majd. Csak azt mondtam, amit hallani akartál.

– Azért, hogy aljas módon idecsalj. Aztán megölj!

– Dehogy akarlak én megölni! Már rég megtehettem volna. Akár gyerekkorodban is. Nem, fiam, nem azért hívtalak ide, hogy megöljelek. Azért hívtalak, hogy megoldjunk dolgokat. Mi ketten, apa és fia.

– Mit? Kövessünk el együtt gyilkosságokat? Hú, de jó lesz! Már alig várom! Felejtsd el! Én elhúzok innen!

– Várj! Csak hallgass meg. Utána hazamehetsz, ha akarsz. Hazamehetsz meghalni. Ugyanis ott az vár rád. A sötétség eddigre elképzelhetetlen méreteket öltött. Fiam, te azt el sem tudod képzelni, hogy hol tart jelenleg ez a világ. Tudom, hogy hazudtál a repülőúttal kapcsolatban. Tudom, hogy már ott is történtek dolgok. Nem igaz?

– Talán – hajtotta le a fejét John.

– Ezért vettem neked John Smith néven jegyet. Hogy beleolvadj a tömegbe. Azért, hogy megúszd, és egy darabban ideérj. Látod? Ha ártani akarnék neked, nem segítettem volna élve eljutnod idáig.

– De minek ez az egész színjáték, ez a könyvkiadós marhaság? Mi ez, hogy te vagy a főszerkesztő?! Kinek a helyét vetted itt át? Csak azért képes voltál beállni ide dolgozni egy irodába, hogy engem egyszer majd beszélgetésre invitálj? Te tényleg nem vagy normális!

– Nem minden körülötted forog, és nem minden miattad történik, fiam. Először is, igen, én vagyok a főszerkesztő. Nincs más Thomas Allen. Én használom ezt a nevet, de hivatalosan senkit sem hívnak úgy. Senkit sem öltem meg ezért a posztért, mert valóban én vagyok a főszerkesztő.

– De mióta? Tegnap még a híradóban mutattak, hogy lelőttél valakit egy benzinkútnál két nappal azelőtt!

– Á! Hát felismertél a felvételen? Ezt díjazom! Kiváló megfigyelő vagy! Viszont a hangomat már nem ismerted meg a telefonban. Úgyhogy van még mit tanulnod. Igen, három nappal ezelőtt szökésben voltam. Pénzre volt szükségem. Megszöktem egy kórházból, és ruhákat kellett szereznem valahonnan, hogy normális külsővel mehessek el a bankba. Ezért kellett rabolnom. A benzinkutas fegyvert tartott a pult alatt, és láttam, hogy ránézett. A következő pillanatban már nyúlt volna érte. Gyorsabbnak kellett lennem, és lelőnöm, mert különben ő ölt volna meg engem. Eredetileg meg sem akartam ölni, csak kirabolni, hogy vegyek egy öltönyt, elmenjek egy bankba, és kivegyek annyi pénzt, hogy kibéreljem ezt az irodát. Van saját pénzem. Csak el kellett mennem érte rendezett külsővel, emberhez méltó öltözékben, és nem rabruhában. Utána béreltem ki ezt az emeletet.

– Mindezt három nap alatt elintézted?

– Sok mindenre képes az ember, ha igazán akar valamit.

– És azt az óriási NYB logót is három nap alatt faragtattad oda rézből a bejárat fölé?

– Az egy régi New York Banks logó. A cég már évtizedek óta nem létezik. Így gondoltam, felhasználom a kezdőbetűit a saját kiadómhoz.

– Tehát valóban kiadót akarsz nyitni?

– Már meg is tettem.

– És mi a francot akarsz kiadni? Tán csak nem az én szánalmas irományaimat? Ugye csak viccelsz? Ezért hívtál ide? Hogy lekenyerezz?

– Nem. Sajnálom, de nem ezért hívtalak. Tudom... azaz nagyjából el tudom képzelni, hogy hogyan írsz. Sajnálom, de nem akarom kiadni. Nem ezért hoztam létre ezt a céget. Hanem azért, hogy idecsaljam.

– Kit?

– Őt. Őket. A gyermekeket.

– Miféle gyermekeket?

– A sötétség szülötteit. Ez az oka mindennek. Te még tényleg nem hallottál a rönkgyermekekről, a fekete fák gyermekeiről? Hol éltél te egyáltalán idáig, fiam? Burokban? Az egész világ a feje tetején áll, ha nem tudnád!

– Ja, igen, a rönkgyermekek. Most már beugrott. Egy barátom mesélt róluk. Állítólag járvány tört ki a Földön, amit nem vírus terjeszt, hanem az írott szó. Nem lázat okoz, hanem súlyos paranoid skizofréniát... bla-bla. Aki az egyik beteg írását elolvassa, az is egy lesz közülük... közülük, akik faragásba kezdenek. Ismerem ezt a sztorit. És te mit akarsz ezzel az egésszel? Még több ilyen mocskot kiadni? Hogy még több gyilkos legyen? Erre kell a kiadó?

– Dehogy! Pont ellenkezőleg! Fiam, miért gondolod, hogy én a sötétség szövetségese lennék?

– Mert gonosz vagy. És kegyetlen.

– Kegyetlen vagyok, mert túlélő vagyok, de nem vagyok gonosz. Nekem sincs ínyemre, sem hasznomra az, ami a világon történik körülöttünk. Nem segíteni akarom őket, hanem eltüntetni! Ezért hívtalak ide! Meg akarom állítani őket!

– Itt? New York-ban? Nem valahol Greenfieldben kezdődött az az egész állítólagos járvány? Én még Chicagóban is közelebb voltam a kiindulóponthoz. Miért nem *te* jöttél inkább oda? Nem úgy lett volna logikus? Vagy ott már túlzottan forró volt a talaj a lábad alatt, mi? Üldöztek a zsernyákok!

– Engem senki sem üldöz. Aki nem létezik, annak nincsenek üldözői. Nincsenek haragosaim, nincsenek ellenségeim. Azért vagyunk most itt, mert ez a dolog sokkal kiterjedtebb, mint hinnéd. A sötétség már mindenhol ott van! Azt hiszed, csak nyomtatott könyvek léteznek? Vannak e-könyvek is! Tele van velük az internet! Mindenki ír és ír. Mindenkinek, aki azt a sok szemetet elolvassa, megfeketedik egy fa a kertjében. Kivágja, és faragni kezd. Bábut kezd faragni. Saját apró hasonmását, saját gonosz alteregóját. Az internetes e-könyvkereskedelem világméretűre dagasztotta ezt a jelenséget, fiam. Ez már mindenhol ott van. Európában is. Japánban is. Itt, New York-ban is. Itt van az egyik új gócpontja. Ezért vagyunk itt.

– Te ide hívtál engem a sötétség kellős közepébe? A legnagyobb veszélybe?

– Nem lehet előle hová menekülni, sajnálom. Nem tehettem mást. A magam módján én így védelek. Mert te ugyanis ki fogsz jutni innen! Te *egyedül*.

– Hogy érted ezt? Most már semmit sem értek!

– Ennek a világnak vége van, fiam. A sötétség tönkretette. Az emberiségnek és a kultúrának vége. Semmi sem állíthatja meg. Még én sem. Te vagy az egyetlen, aki tehetsz valamit. Ezért is kell megtenned. Akkor is, ha nehéz lesz.

– Hol van ez a gócpont? Hová akarsz vinni?

– Nem kell messzire mennünk. A felettünk lévő emeleten van. Gyere. Menjünk fel, és megmutatom.

Tizenharmadik fejezet: Hit

– Mi van odafent, apa? Miért akarnék felmenni veled oda?

– Azért, hogy segíts. Segíts megállítani őket. Csak te vagy rá képes. Hosszú ideig tartott, míg rájöttem, de most már biztosan tudom, hogy ez az egyetlen megoldás. Te fogod megállítani ezt az egészet. Sőt, jóvátenni, megváltoztatni a dolgokat.

– Nem válaszoltál a kérdésemre. Mi van odafent?

– Nem az a lényeg, hogy minek látszik, hanem hogy mi az *valójában*.

– Miért, minek látszik?

– Rengeteg rönkből faragott bábunak. Több százan vannak. Vagy még többen. De nekünk nem fognak ártani. Ne aggódj miattuk. Azaz ne *miattuk* aggódj.

– Hanem mi miatt?

– Nem lesz könnyű a rád váró feladat. Nehezebb lesz, mint bármi, amit ember el tud képzelni. Nehezebb még annál is, amit én valaha meg mertem volna tenni. Ezért leszel *te* ezentúl a mester. Mert a mai napon túlszárnyalsz még engem is. Így fogjuk legyőzni őket. Azaz, én csak segítek. Elmondom, amit tudnod kell, és amit nekik tudniuk kell, de te *egyedül* fogod legyőzni őket. És nemcsak őket, hanem egy náluk sokkal nagyobb jelentőségű dolgot is. Majd mindjárt elmondom azt is.

– Tehát egy rakás élő, gyilkos bábu vár minket a nyolcadikon? Ezt most komolyan mondod?! És én önszántamból menjek fel oda hozzájuk?

– Tudom, fiam, hogy hogyan hangzik. Hidd el, szörnyűségből nekem is gazdagon kijutott az életem során. De hidd el, vannak rosszabbak is, mint néhány fekete fabáb.

– Éspedig?

– A világvége. Ami akkor következik be, ha most nem megyünk fel oda. Így hát a két rosszból a kevésbé rosszat kell választanunk.

– Hogyan akarod legyőzni őket? Felgyújtod az épületet, vagy mi? Egyáltalán minek indítottál kiadót?

– Mert most ez a legnagyobb hatalom. A sötétség és a betegség az írott szó által szaporodik. Táptalajra van szüksége. Az pedig az emberek hiszékenysége, fantáziája. A papír, a könyv, az e-könyv. És kinek a kezében összpontosul az egész hatalom? A kiadóéban! Erre jöttem rá még ott a kórházban. Ez lesz a megoldás. A kiadókat árasztják el. Minden nagy kiadónál nyüzsögnek. Befolyásolják az írókat, a szerkesztőket, terjesztik a mocskot, szaporodnak. Ezért nyitottam kiadót. Ezért hagytam meg a méretes, látványos logót a bejárat felett. Tudtam, hogy jönni fognak rá, mint legyek a szarra. Hát jöttek is. Itt vannak a nyolcadik emeleten. Azt ígértem nekik, hogy valami óriási ajánlatom van a számukra. És van is. Én nem szoktam hazudni.

– Kiadod a mocskukat? És majd én írjam le? Ezért kellenek írók?

– Dehogy! Már mondtam, hogy nem mellettük állok. Manipulálok, ráveszek embereket dolgokra, sőt félre is állítok embereket, ha szükséges, de hazudozni nem szoktam. Kedvtelésből pláne nem. Tehát nekik sem hazudtam. Óriási lehetőségem van a számukra: Te.

– Mi? Mit akarsz te tulajdonképpen tőlem? Megölni? Odadobni nekik?

– Mondtam, hogy nem foglak bántani. És ők sem. Ez a dolog nem erről szól. Nem fognak bántani téged. *Te* fogod bántani őket. Legyőzöd őket. Egyszer s mindenkorra. És akkor megint rend lesz ezen a világon. Vagy ha nem is ugyanezen, de egy ehhez hasonlón.

– És mi volt az a duma, hogy csak én jutok ki?

– Ez az igazság. Ebből az épületből csak te fogsz kijutni, fiam. Ez a világ ugyanis megsemmisül. Te fogod elpusztítani. Mert képes vagy rá. Amúgy is elpusztulna, így nincs is más választási lehetőségünk. Viszont nem mindegy, hogy amikor le kell engedni a vizet, akkor ki az, aki kihúzza a dugót. Te fogod megtenni. És minden lemegy a lefolyón! Nemcsak ők, de én is. Az egész épület. A város. Az egész világ.

– Te őrült vagy, apa. Ne haragudj, de mindig is az voltál.

– Akkor gyere fel, és nézd meg őket a saját szemeddel. Bizonyosság kell? Hát most megadom: itt a lehetőség. Most végre látni fogod, hogy nem vagyok őrült. Sosem beszéltem mellé. Sosem tettem semmit ok nélkül. Csak egyetlen emelet. Ennyit kell jönnöd velem. Pár lépcső az egész.

– Pár lépcső vezet talán a pokolba is.

– Valóban oda megyünk. Kiváló ez a hasonlat.

– Tudod, mit? Rendben. Nekem végül is majdnem mindegy. Húsz éve élek sikertelenségben a legkisebb elismertség nélkül. Még nős sem vagyok, barátnőm sincs, csak egy nulla vagyok. Most pedig épp az utolsó remény szőnyegét rántottad ki alólam azzal, hogy közölted, Thomas Allen, az *egyetlen* ember, aki tehetségesnek tartott engem, valójában nem is létezik. Azt hittem, fel akar karolni! Hogy *tényleg* hisz bennem!

– Hiszek is. Nem hazudtam. Sosem hazudtam neked, fiam. De a te sorsod és rendeltetésed nem az, hogy buta science fiction és horrorregényeket írj. A te helyed itt van velem most, ebben az épületben.

– Lehet. Vagy lehet, hogy nem. Nekem most már majdnem mindegy. Úgysincs hová mennem. Két órával ezelőtt

Chicagóban még azt hittem, hogy meg fog változni az életem. Azt hittem, minden jóra fordul. Most már tudom, hogy nem fog. Menjünk hát fel a pokolba. Ennél rosszabb ott sem lesz. Viszont előtte hadd menjek be WC-re. Gondolom, a háromezer gyilkos bábu kibír még nélkülem három percet, amíg rendesen kihugyozom magam. A repülőn bizonyos okokból nem mehettem ki a WC-re. Ott jobb volt a helyemen maradni. Már órák óta tartogatom.

– Rendben. Annyira nem sürgős. Menj csak. Arra van – mutatta az apja.

John besétált a WC-be, és becsukta maga után az ajtót.

Odabent viszont már nem viselkedett olyan nyugodtan és beletörődötten.

Odarohant az egyik mosdóhoz, és az afölött lévő lámpa búráját kezdte el feszegetni. Először megpróbálta oldalirányban leemelni valahogy, de nem sikerült.

„Nem igaz, hogy ezek a szarok mindig kifognak rajtam! Hogy a faszba rakják fel őket? Hátulról csavarozzák fel a szomszéd helyiségből, vagy mi? Miért nem lehet elölről levenni?"

John körbetapogatta az egész búrát, de nem volt rajta semmi kallantyú, sem pedig csavar.

„Szívjál gázt!" – szitkozódott, és egy jó nagy köhögést imitálva, hogy leplezze a törés zaját, ököllel teljes erőből belevágott a búrába.

Az most könnyebben megadta magát, mint a repülő WC-jében felszerelt példány. Ez az itteni talán régebbi gyártmány volt. Régi ház, régi berendezések. A búra ripityára tört. Egy szép, nagy háromcentis műanyagszilánk bele is fúródott John öklébe a középső és a gyűrűs ujja bütykei között.

– Sssssszzzz! – kapta oda a kezét, hogy csillapítsa a fájdalmat. De mielőtt rászoríthatta volna a kezét, előbb még ki is kellett húznia belőle a szilánkot.

– Asssztakurr....! – Most sajnos még jobban fájt, ahogy eltávolította. Egyből el is eredt a vére a kis lyukon keresztül, amit a szilánk hagyott maga után.

„Hogy én mekkora kétbalkezes egy barom vagyok! Nemcsak írónak vagyok 'kiváló', de azt hiszem, a villanyszerelésben is csodákra lennék képes. Ja, gondoltam!" – mondta magában John a szétzúzott lámpabúra mögött világító égő láttán – „Új típusú."

Elővette hát zsebéből „Aladdin csodalámpáját", azaz a régi volfrámszálas égőt, amit a repülőgép WC-jéből hozott magával. Kitekerte a foglalatból a ledes fajtát – azok szerencsére nem forrók működés közben –, és szakszerűen beinstallálta helyette a volfrámszálasat. Legalábbis az ő villanyszerelési és elektronikai ismereteihez képest az már szakszerű installálásnak számít, ha becsavar valamit a helyére. Az izzó egyből világítani kezdett.

– Hallotok engem? Itt vagytok? – kérdezte John.

– Igen. Hallunk.

– Mit szóltok ehhez az egészhez? Mit szóltok ehhez az oltári mennyiségű baromsághoz?

– Sajnálom, Barry, de mi jelenleg ott tartunk, hogy a lábadnál egy pucér stewardess fekszik. Amikor kivetted az izzót, utána már nem mentél ilyen típusú égők közelébe. Még jó, hogy végül ezt magaddal hoztad. Nem láttunk semmit abból, ami azóta történt. Ezek szerint lejutottál a gépről? Hogyan szállt végül le? Nem volt már mindenki teljesen őrült a fedélzeten?

– Ó, dehogynem! Mindenki garantáltan az volt. A kapitány halomra lődözte az embereket. Azt hitte, Vietnámban van, vagy tudom is én, hol a szarban. Nem hinnétek el, hogy mi mentett meg, és hogyan jutottam le onnan élve. Azaz, hogy ki mentett meg.

– Ki?

– Úgy történt, hogy a fickó... a kapitány... mindenkire haragudott, az egész világra. Teljesen bekattant. Fajgyűlölő egy barom is volt mellesleg, és ez a skizofréniával keverve nem igazán nyerő párosítás, ugye. A bevándorlókat okolta mindenért. Pedig itt, Amerikában mindenki bevándorló, aki nem „indián", azaz őslakos... na de mindegy. Szóval a kapitány elkezdte lelődözni azokat, akiknek más volt a bőrszíne, mint az övé. Aztán azokat, akiknek nem volt elég amerikaiasan hangzó a neve.

– Sajnálom – mondta Nola. – Örülök, hogy te túlélted.

– És mit szólt az Ekelrethez? – kérdezte Rob. – Elfogadta hiteles, tősgyökeres amerikai névnek? Ezek szerint igen, mivel itt vagy!

– Nem. Az a név nem igazán jött szóba. Ugyanis a könyvkiadó főnöke nem ilyen névre vett nekem jegyet. Annyira siettem, hogy otthonról csak a jegy azonosítószámát vittem magammal papíron. Nem néztem meg, hogy kinek a nevére szól. Utána pedig a fickó a check-in pultnál kis híján nekem támadt ok nélkül, úgyhogy elvettem tőle, és egyből zsebre vágtam. Ott sem volt időm megnézni.

– És mi volt ráírva? Milyen név mentette meg ezek szerint az életedet? Valami klasszikus, amerikai hangzású?

– John Smith. A kiadó főnöke erre a névre vette. A kapitány elfogadta, és megkímélte az életem. El is határoztam, hogy ezentúl ezt a nevet használom. Ez legalább tett is értem valamit. Megmentett. Mert átlagos név. Szokványos. Szinte már unalmas.

– Tényleg az – mondta Rob.

– És ez a dolog nektek nem ismerős valahonnan? – kérdezte John. – Kinek a módszere ez? Hogy mindenáron kerüljük a feltűnést?

– Ajjaj. Apád keze van a dologban? Kinyírta a kiadós fickót? Ő intézte el, hogy ide gyere?

– Sajnos úgy tűnik, Rob, neked gyorsabb a felfogásod, mint az enyém. Egyből összekötötted a szálakat. Nekem nem esett le ilyen gyorsan – ismerte be John szomorúan. – Én ott, a repülőn csak arra tudtam gondolni, hogy mekkora szerencse, hogy az a Thomas Allen ilyen névre vett jegyet. Mert az életemet mentette meg vele. De az eszembe sem jutott, hogy milyen okból tette, és hogy vajon kicsoda ő valójában?

– Hadd találjam ki – mondta Rob. – Ő valójában egy hulla. Apád kicsinálta, és a helyébe lépett. Jól mondom?

– Majdnem. Először én is erre gondoltam. De nem így történt. Thomas Allen sosem létezett. Apám hívott. Vele beszéltem telefonon.

– Tehát kamu volt az egész? Nincs semmilyen kiadó? Csak azt hazudta, hogy egy kiadótól hív? Hol van most az apád?

– Nos, valójában létezik éppen kiadó. Nem hazudott. Sőt, abban sem, hogy itt valóban Thomas Allen néven ismerik. Ilyen néven nyitott valódi kiadót. Tehát igazából semmiben sem hazudott, csak azt nem mondta meg, hogy ő az apám, akivel beszélek.

– Tehát ezek szerint itt vagyunk? Ez az az hely? Az apád által vett vagy bérelt kiadó épülete?! John, el kell tűnnöd innen, de azonnal! – figyelmeztette Rob.

– Igen, John, Robnak igaza van – helyeselt Nola. – Apád egy manipulátor. Senki sem tudja, hogy valójában mire képes. De ő az egyik legveszélyesebb ember a Földön. Tűnj el a közeléből, ha kedves az életed! Mellette egy percig sem vagy biztonságban.

– Nos, ő épp fordítva mondta. Állítása szerint, ha vele tartok, és találkozom valakikkel, akkor én képes leszek megállítani a sötétséget. Azt mondta, hisz bennem. Még ő sem lenne képes legyőzni azt a dolgot, de én igen. Szerinte innen, ebből az épületből én leszek az egyetlen, aki élve kijut. Minden el fog pusztulni, még ő is. A sötétség is. De a világ már amúgy is véget érne. Ezért nincs más választásunk. Ezért kell megtennem azt, amit kérni akar tőlem. Ha nem teszem meg, mindenki meghal, köztük én is. Ha megteszem, akkor is meghal mindenki, de *én egyedül* viszont túlélem. Végül is akkor tényleg nincs más választásom, vagy igen?

– John, az apád egy manipulátor! Egy kígyó! És egyébként sem biztos, hogy épelméjű.

– Jó, jó, de ti nem ismeritek őt! Tudom, hogy manipulátor, de főleg másokkal csinálta gyerekkorunkban azért, hogy minket úgy nevelhessen, ahogy ő jónak látta. Embereket tüntetett el, és valószínűleg ölt meg, de csak olyankor, ha el akartak minket venni tőle. Ott, azt a férfit is azért lőtte le a benzinkútnál, mert annak is fegyvere volt. Neki pedig azonnal ruha és pénz kellett, hogy elmehessen a bankba, és hozzáférhessen a saját régóta gyűjtött pénzéhez, hogy kibérelje ezt az irodát. Azért, hogy a sötétséget idecsalja, és leszámoljon vele! Erre nem mondhatjátok, hogy nem a jó cél érdekében cselekedett!

– Talán. De, idefigyelj, John! Először is a cél nem mindig szentesíti az eszközt. Nem lőhetsz le valakit csak azért, mert ruhára van szükséged, hogy bankba menj! – mondta Nola.

– Még akkor se, ha azzal az egész világot megmentem és megszabadítom a terjedő sötétségtől?

– Nem tudom – felelte Nola. – Vannak olyan kérdések, amikre képtelenség megfelelően válaszolni.

– Apám is ilyen – mondta John. – Az egész ember egy nagy kérdőjel. De én most... életemben talán először hajlok rá, hogy higgyek neki. Szerintem tényleg azért csinálja ezt, mert le akar számolni a sötétséggel. Tényleg hisz benne, hogy segíteni tudok. Akkor meg miért ne tegyem? Miért futamodjak meg gyáván? Nem én vagyok Szuperkapitány? A kiválasztott? Nem ti mondtátok?

– Az biztos, hogy nem így értettük – mondta Rob. – John, ennek nem hiszem, hogy ez lenne a módja. A mi ötletünknek volt értelme. Lehet, hogy kicsi az esély a sikerre, de legalább nem öngyilkos-küldetés. Ha írnál a segítségemmel egy olyan regényt, ami utat mutat a fénybe, akkor még minden megváltozhatna! Mondd el inkább *ezt* az apádnak! Ha szerinted tényleg hihetsz neki és segíteni akar! Ebből nem lehet baj. Ez egy értelmes lépés lenne. Megindítani egy olyan folyamatot, ami eredetileg a rosszat is kiváltotta, csak most visszafelé.

– Rendben, elmondom neki, ha tudom. De szerintem nem leszek képes hatni rá. Nagyon konok ember. Már kitalált valamit, és szerintem eltántoríthatatlan a saját eredeti tervétől.

– Akkor meg miért csavartad be ezt a körtét? Mit vársz tőlünk, John?

– Azt akartam megkérdezni, hogy nem tudtok-e valahogy kijönni onnan? Nem tudtok segíteni? Nem jönnétek velem? Apám tárgyalni akar velük. Jó lenne, ha mellettem lennétek.

– John – mondta Nola szomorúan –, mi csak fénylények vagyunk. Nincs fizikai, emberi testünk. Mindkettőnknek volt. Rob még valóban igazi ember is volt. De már egyikünk sem az. Valójában még itt a villanykörtében sem vagyunk jelen. Egy másik dimenzióból szólunk ilyenkor hozzád a fényen keresztül. Sajnálom, de nem tudunk kijutni innen.

– És ha valahogy magammal vinnék egy kisebb körtét? Egy zseblámpát?

– Manapság már nehezen találnál bárhol is hagyományos izzóval működő zseblámpát, John. És még ha találnál is... ha valóban oda készül apád, ahová gondoljuk... hogy a sötétséggel tárgyaljon, mi ott azonnal elpusztulnánk. Nemcsak kihunynánk, de meg is semmisülnénk. Még itt a saját dimenziónkban is. Ezért kell eltűnnöd innen! Mi így nem tudunk segíteni! Fizikailag biztos nem. Legfeljebb tanácsokkal.

– Értem. Akkor viszont nincs más választásom. Vagy az is lehet, hogy nem akarom, hogy legyen. Nem akarok állandóan menni és menekülni valami elől, amikor végre egyszer szembe is nézhetek vele! Most nem fogok megfutamodni. Az az igazság, hogy apám valóban egy manipulátor, valóban őrült, sőt, szerintem gonosz is. De véleményem szerint most igazat beszélt. Hiszek abban, hogy *hisz bennem*. Úgyhogy viszlát, barátaim.

– John, várj...

– Egyszer még talán találkozunk.

– John, mit csinálsz?! Várj már!...

John a zsebkendőjével kitekerte a forró izzót, és rögtön kihunyt a fénye. Barátai is elhallgattak.

John nem tette vissza az izzót a zsebébe. Lerakta inkább a mosdó peremére. Valahogy úgy érezte, hogyha itt hagyja, akkor nagyobb biztonságban lesz. Tudta, hogy valójában nincsenek benne fizikailag a barátai, de akkor sem akarta, hogy eltörjön. Volt egy olyan érzése, hogy ha most magával viszi, akkor el fog.

Inkább visszajön érte később. Apja szerint úgyis ő lesz az egyetlen, aki kijut innen. Majd akkor, kifelé menet bejön érte ide, és magával viszi.

John sajnos számított rá, hogy barátai nem fognak tudni segíteni neki. Csak meg akart róla bizonyosodni. Tőlük akarta hallani a nemleges választ.

Talán Rob ötlete is működhetne.

Talán...

De Rob életében csak egy nagyon tehetséges író volt...

John apja viszont... épp maga Rob mondta, hogy az egyik legveszélyesebb ember *az egész Földön.*

Mások kinek az oldalán szállnának harcba a világ legnagyobb sötét serege ellen, mondjuk, a középkorban?

Egy tehetséges költővel vagy írnokkal, aki jól bánik a szavakkal, és kiváló ötletei vannak?

Vagy a legveszélyesebb hegyi óriással, aki valaha élt?

John már tudta erre a kérdésre a választ.

Apja hitt őbenne. És ő is hitt az apjában.

Hiszen mégiscsak az apja...

Tizennegyedik fejezet: Az alku

– Meglelted odabent a választ a kérdéseidre? – kérdezte az apja, amikor John kilépett a WC-ből. – Hallottam, hogy eltörtél valamit, de gondoltam, biztos tudod, mit csinálsz. Kaptál választ?

– Mennyit tudsz te a barátaimról?

– Barátokról? Semmit. Nekem sosem voltak. De azt sejtem, hogy van valamilyen információforrásod, amit segítségül tudsz hívni. Észrevettem, hogy sok mindennel kapcsolatban valóban jók az értesüléseid. Egyértelmű, hogy van segítséged.

– Most nem sokra mentem vele – fogta rövidre John. Nem látta értelmét, hogy hosszasan belemenjen apjával a beszélő pókokba, a fénylényekbe, egy Nola és egy Rob nevű lény történetébe, akik most egy másik dimenzióból szólnak hozzá volfrámszálas izzókon keresztül. – Nem tudtak tanácsot adni.

– Mert a barátaid nem is hittek neked – mondta ki az apja, mintha csak olvasna a fia gondolataiban. Pedig nem volt képes rá. Arra azért nem.

– Nem hittek – mondta John szomorúan. Szerinte is így volt.

– Semmi baj. Én ezt anélkül is megmondtam volna, hogy megkérdezed őket. A barátok már csak ilyenek. Sosem lehet számítani rájuk. Ezért nincsenek nekem sem. Ez az, amit többek között, fiam, meg kell még tanulnod az életben: nincsenek barátok. Egyedül vagy. Egyedül születsz és egyedül halsz meg. Ez a sír bölcsessége, a sír üzenete. Az, hogy nem a remény hal meg utoljára, hanem te. És teljesen egyedül. Amikor meghalunk, senki sem lesz ott, hogy elkísérjen a nagy útra. A barátok pedig legkevésbé. Azok már várják az örökségedet. Várják, hogy az asszonyoddal hálhassanak. Várják, hogy ellopják azt, amit életedben megszereztél, amiért te dolgoztál meg, és nem ők. Ha rám hallgatsz, fiam, kerülni fogod a barátokat egész életedben.

– Te tényleg hiszel benne, hogy én élve kijutok innen. Most már látom. Különben nem adnál tanácsokat a jövőre nézve.

– Igen, hiszek benne, hogy kijutsz innen. Ki kell jutnod. Csak így hozhatod helyre azt, amit mások elrontottak. Kerüld tehát a barátokat. És akkor a bajt is elkerülöd. Kerüld a csoportosulást. Ugyanis azok nem a testvéreid és nem a barátaid, hanem csak egy birkacsorda. Ők fognak rajtad először áttaposni, ha hirtelen kell elindulni. Ez az élet törvénye. Egyedül születtünk, s azért halunk meg szintén egyedül, mert az ember nem társas lény. A történelem ismétli önmagát, és az ember újra és újra elköveti ugyanazt a hibát, hogy társakat gyűjt maga köré. Jézus is elkövette ezt a hibát, fiam. Egyedül sokkal többre jutott volna.

Közben már megindultak felfelé a lépcsőn.

Johnnak fogalma sem volt, hogy mi vár rájuk odafent, de az apja csak tudja, hogy mit csinál. Muszáj, hogy tudja! Mégiscsak a legveszélyesebb ember a Földön!

– *Ő lenne hát a fiad?* – kérdezte a sötétség, amikor felértek.

John nem volt benne biztos, hogy pontosan mit is lát.

Egy óriási vaksötét terembe érkeztek. Itt, ezen az emeleten nem volt annyi válaszfal, mint a hetediken. Majdhogynem csak egyetlen nagy terem volt az egész emelet. Emiatt óriásinak tűnt. Majdnem akkorának, mint egy futballpálya.

Egy koromsötét futballpálya, amin ezer és ezer vörösen világító kis gyertyaláng pislákol.

– Igen, ő az – mondta a névtelen ember. – Elhoztam ígéretemhez híven. Jelenleg ő az egyetlen megoldás mindannyiunk számára.

– *Ezek szerint az én számomra is?* – kérdezte a sötétség. – *Te akarsz megoldást találni nekem, ember?!*

– Sajnos kénytelen vagyok – mondta a névtelen ember az ijedtség leghalványabb jele nélkül. – Túl messzire mentél. Tönkretetted ezt a világot. Túl sok embert fertőztél meg. Így csak elpusztul. Sőt, *már* elpusztult, múlt időben. Az emberiség romokban hever. Ezt te sem akarhattad. Ha csak a semmire vágynál, miért nem az űrben élsz odakint? Ott is van sötét és üresség. Te emberekre vágytál, társaságra, gonoszságra, hogy legyen kit kínoznod, hogy legyen kire hatnod. Így nem lesz kire, mert ez a világ a végét járja. Elfogynak az erőforrásai.

A sötétség nem felelt.

Egyik sem.

Ugyanis több ezren lehettek.

John, ahogy a szeme kezdett hozzászokni a sötéthez, és pupillái kitágultak, már jobban ki tudta venni, hogy mit lát:

Nem vörös gyertyalángokat egy óriási sötét teremben, hanem szemeket! Vörösen izzó szemek ezrei figyelték őket!

Apró lények voltak körülöttük mindenhol. Először, amikor felértek, még csak előttük, de mostanra már minden irányból körbevették őket. Nehéz volt kivenni a sötétben, hogy hogy néznek ki, már csak azért is, mert ők maguk is sötétek voltak. Viszont vörös, izzó repedések futottak végig a testükön. Szemeik is vörösen világítottak. Azokról hitte John eleinte, hogy gyertyalángok.

– Honnan veszed a bátorságot, hogy te adj nekem tanácsot? – kérdezték a bábuk. Egyszerre az összes. Együtt mozgott a szájuk. Nem is külön-külön személyiségek voltak, hanem valóban egy egész. Ezért is beszélt egyes szám első személyben.

– Onnan, hogy én vagyok a legveszélyesebb és legöregebb ember ezen a Földön – mondta John apja. – Én a Névtelen vagyok. Felettem nincs sem neked, sem Istennek hatalma. Innen veszem a bátorságot. Én nem állok veled harcban. Sőt, ha őszinte akarok lenni, Istent még kevésbé kedvelem, mint téged. Nincs okunk hát háborúzni egymással. Megoldást szeretnék, kompromisszumot.

John ekkor már tudta, hogy apja nem őrült. Vagy legalábbis nem olyan értelemben, ahogy mindig is gondolták róla a testvérével. Mégiscsak létezik a névtelen emberek fogalma. Az az egész mégsem mesebeszéd volt! A sötétség ugyanis hallgatott rá! Meghallgatta őt. És komolyan vette!

– Alkut ajánlasz?

– Nevezhetjük annak. Kölcsönös segítséget ajánlok és kérek. És akkor mindenki jól jár.

– Ki vagy te valójában? – kérdezte a sötétség. – Eddig még nem találkoztam hozzád hasonlóval. Te nem vagy olyan, mint a többi. Nem látok a gondolataidba.

– Azért nem vagyok olyan, mint a többi, mert nem vagyok közülük való. Egyedül vagyok. Nem egy csoport része vagy tagja vagyok, hanem önálló. Egyedi. Egy senki. Én a Névtelen vagyok, aki előtted áll, és mégsem látod.

– Igen, hallottam már erről. De azt hittem, legenda.

– Mert rám senki nem emlékszik, és nem is tudnak rólam. Isten sem és te sem. Nem állhattok felettem, mert én sem állhatok alattatok. Nem érvényesek rám a szabályaitok, mert megtagadtam őket... nagyon régen.

John egy pillanatig azt hitte, hogy most már talán még a sötétség is fél az apjától. Egy pillanatra talán félt is. Mert belátta, hogy igaza van, és igazat mond. Apja valóban nem szokott hazudni. Ezt érezte meg rajta a sötétség is. De az is lehet, hogy csak érdeklődött iránta. Nagyon erősen érdeklődött.

– Miért nincs hatalma feletted a teremtőnek? Tudni akarom! Először erre felelj! A többi várhat!

– Rendben – ment bele a névtelen ember. – Létezett egy eretnekcsoport még Jézus idejében, akik nem voltak hajlandóak megkeresztelkedni. Szerintük az egyház nem befogadni akarta őket a keresztelési szertartással, hanem rabszolgává tenni, megbillogozni, mint a bikákat, amikor a gazda saját tulajdonává nyilvánítja őket. Ők nemhogy nem hittek Isten mindenhatóságában, de egyenesen azt állították, hogy csaló. Egy ember, vagy egy ahhoz hasonló humanoid lény, akinek habár lehetnek különleges képességei, akkor sem legyőzhetetlen.

– Ezt elég jól gondolták – konstatálta a sötétség.

– Azt mondták – folytatta a névtelen –, hogy ők aztán nem lesznek egy ilyen lény szolgái és alattvalói. Szerintünk azzal, hogy bizonyos emberek megkeresztelkedtek, rabszolgasorba állították magukat. Feleslegesen behódoltak egy olyan hatalomnak, ami valójában nem akkora, mint sokan hiszik. A dolog lényege az volt, hogy aki szándékosan nem keresztelkedik meg, sőt egy életen át kerüli, hogy bárki is nevet aggathasson rá, arra nem fognak vonatkozni Isten szabályai. Halhatatlan lesz, és bármilyen bűnt elkövethet, Isten nem fog tudni bosszút állni érte. Ugyanis a névtelenek kívül állnak Isten hatáskörén. Kívül állnak mindenki hatáskörén. A tiéden is. A névtelenek bármit megtehenek. Gyilkolhatnak, rabolhatnak, hazudhatnak, mégsem fognak érte pokolra jutni. Sőt! Meg sem halnak.

– *Micsoda*?! – hörrent fel a sötétség. Ez már számára is meglepő volt. – *Az nem lehet! A halál mindenkin fog.*

– Rajtam nem. Ugyanis az is csak Isten egy újabb „trükkje" a sok közül, amivel az emberiséget fenyegeti és kordában próbálja tartani. Maga a halál is csak átverés. Ugyanis, akinek nincs neve, az sosem hal meg. Emlékszel, fiam, mit mondtam mindig gyerekkorodban? – fordult John felé az apja. – „Nézz meg bármilyen sírkövet egy temetőben! Mindegyiken ott a név! Látsz olyat köztük, ami üres és vésetlen? Amire semmi sincs írva?! Nem! Mert azok az emberek most is élnek! Nem haltak meg sosem! És nem is fognak." És nem hazudtam neked, fiam. Az mind igaz volt.

– *Ez hát a bölcsességed?* – kérdezte a sötétség. – *A névtelenség? A dolgok állandó megkerülése? Csak ennyi lenne?*

– „Csak" annyi, hogy örökké élek általa.

– *Az nem lehetséges! Ti, emberek halandók vagytok! Hány esztendős vagy, emberlény?*

– Hát ezt manapság már sokféleképpen számolják. De a legegyszerűbben úgy tudom összegezni, hogy kétezer-huszonkettő.

– *Nem lehetséges. Emberlény nem él addig.*

– Névvel nem. Csakhogy, amikor harmincnégy éves voltam, Krisztus akkoriban harminc volt. Ugyanott éltem én is, ugyanabban a korban. Habár sosem beszéltem vele személyesen, messziről azért láttam. De nem ez a lényeg, hanem az, hogy abban a korban találkoztam valakivel... valaki sokkal érdekesebbel. Egy emberrel, akit az Iskarióti Júdásnak hívtak. Ő beszélt nekem először a névtelenekről. Összebarátkoztunk, mert nekem sem tetszett abból minden, amiket Jézus mondott. Gyanúsnak találtam. És ő is. Ő vitt be abba az eretnekcsoportba, akikből később a névtelenek lettek. Júdás már akkor is névtelen volt. Az Iskarióti Júdás csak egy kitalált név, semmi több. Így mutatkozott be Jézusnak, de a valódi nevét sosem árulta el a Messiásnak. Ugyanis neki nem volt. Ő és a csoportja mondta el nekem mindazt, amit az előbb röviden összefoglaltam. Azt, hogy a teremtőben való hit és a hozzá való imádkozás valójában a szabadságunkról való lemondással egyenlő. Elmondták nekem, hogy hogyan kell névtelenül élni, elkerülni a kutakodó tekinteteket, átsiklani úgy a tömegen, hogy még akkor se vegyenek észre, ha te vagy köztük a legmagasabb. Júdás is csinálta. Ő is magasabb termetű volt az átlagnál. De még Jézus sem gyanakodott rá soha. Az erről szóló történetek ezt a részét mindig rosszul mesélik. Jézus sosem gyanakodott Júdásra. Fogalma sem volt, hogy ki ő. Pedig az végig el akarta árulni. Végig ellene volt. Júdás később azt is elmondta nekem, hogy a halál is átverés, mint ahogy az előbb már említettem. Aki olyan névtelenül él, hogy többé a saját nevére sem emlékszik, az megáll az öregedésben. Én akkor harmincnégy éves voltam. Hittem Júdásnak, és elkezdtem a tanításai szerint élni. A bizonyíték rá, hogy igaza volt, az, hogy most itt állok, és most is harmincnégy éves vagyok. Még akkor is, ha kétezer-huszonkét éve születtem.

– *Igazat beszélsz* – jelentette ki a sötétség. Nem kérdezte, hanem mondta. – *Ha beléd nem is látok teljesen, és nem vagyok képes olvasni a gondolataidban... pedig mindenki máséban igen... de azt egyértelműen érzem, hogy nem hazudsz.*

– Jól érzed. Nem hazudok, mert nem szorulok rá.

John azt hitte, nem jól hallotta az imént elhangzottakat. Ezek itt miről beszélnek? Máris a pokolban lennének? Meghaltak volna? Ez itt a túlvilág? Most, ahogy körülnézett, Johnnak eléggé pokolnak tűnt a látvány, ami őt és az apját fenyegetően körbevette: Izzó repedésekkel borított bábuk százai-ezrei figyelték őket vicsorogva-vigyorogva. És amikor a sötétség szólt, egyszerre mozgott a szája az összesnek.

Ám valahogy még ennek a pokoli látványnak a hatása sem tudta felülmúlni John számára azt, amit az apja mondott az előbb. Valóban kétezer-huszonkét éves lenne?

– Akkor én hány éves vagyok?! – szólt közbe John. Egyszerűen csak úgy kimondta, mielőtt végiggondolta volna. Még akkor is, ha a „gyereknek" nem igazán illik bizonyos pillanatokban közbeszólnia, amikor a „nagyok" beszélgetnek.

– Harminchét – felelte az apja. – Három évvel fiatalabb vagyok nálad, ha úgy vesszük.

– De miért csak kétezerakárhány évesen csináltál gyereket? És mindjárt kettőt? Mi volt azelőtt?

– Nem ti vagytok az első gyerekeim. Sokszor próbálkoztam. Nagyon sokszor. Rengetegszer megnősültem, és temérdek gyermekem is volt. De a családok, amelyeket alapítottam, soha nem végződtek jól. Pont ez volt a baj: hogy *véget értek*. Mindannyian halottak már. A legtöbbjük nem hitt nekem. Nem voltak hajlandóak követni a példámat. Megöregedtek és meghaltak. Némelyikük őrültnek tartott, és elmenekült a közelemből. Ők is meghaltak ugyanúgy, szintén öregségben. Én nem bántottam őket. Némelyeknek megbetegedett az elméje a tanaimtól, és esztelen pusztításba kezdtek, akárcsak a bátyád. Tehát sajnos nem ő volt az első ilyen eset. Te viszont más vagy. Te vagy az első, aki *olyan, mint én.*

– Honnan tudod? Miért lennék olyan?

– Mert képes vagy beleolvadni a környezetedbe. Ösztönösen. Amit én tanultam, azt te egyszerűen csak tudod. Rengeteg dologban láttam már ezt nálad. Még te magad sem voltál tisztában azzal, hogy mit csinálsz, de én észrevettem. Te egy kaméleon vagy, fiam. Úgy váltogatod az arcaidat és a neveidet, mint senki más. Úgy még én sem tudom. Te, fiam, nem tanulod a névtelenséget, te annak *születtél*. De hisz ezt már mondtam is neked. Te nemcsak egy tehetségtelen író vagy. Nem azért nem váltál soha ismertté, mert nem vagy elég okos, hanem azért, mert senki vagy. És ezt most nem rossz értelemben mondom, hanem rajongással. Te vagy a legnagyobb valaha élt névtelen ember. Olyan vagy, mint Júdás. Tudod, hogy mennyire? Azt nem is hinnéd! Hasonlítasz is rá. Ezért tudom már régóta, hogy mire vagy képes, és mit fogunk csinálni. Ez az, ami innentől rád is tartozik – intézte most ismét a sötétség felé szavait.

– *Halljuk hát az ajánlatot!* – mondta az. – *Bevallom, kíváncsivá tettél, névtelen. És engem már elég nehéz meglepni, nekem elhiheted.*

– Rendben. Az ajánlatom a következő: Te, sötétség, segítesz a fiamnak egy olyan küldetésben, ami neked is jövedelmező lesz. Sőt, nemcsak neked, tulajdonképpen nekem is. Az egész világnak.

– *És vajon miben lehetek a szolgálatára?* – gúnyolódtak a bábok egy emberként. Némelyikük még meg is hajolt.

– Kétezer év névtelenség, és ennek az életmódnak, tudománynak a tanulmányozása közben sok mindenre rájöttem. Kitanultam, hogy hogyan úszhat meg az ember dolgokat. Akár a legnagyobb büntetéseket. Sőt, még a halált is. Rájöttem, hogyan kell úgy viselkedni, hogy ne emlékezzenek rád. Hogyan beszélj, hogyan öltözz, hogyan mozogj. Egy dologra viszont sosem voltam képes, pedig tudom, hogy lehetséges.

– *Mi lenne az?*

– Az időutazás.

– *Arra ti, emberek nem vagytok képesek.*

– Dehogynem. Ha a halál csak átverés, és valójában nem vagyunk kötelesek meghalni... én vagyok rá itt az élő bizonyíték, hogy így van... Akkor vajon az idő mennyire köt bármelyikünket is? Ha egyszer velem nem végzett több mint kétezer év alatt az idő, és nem tud megöregíteni sem, akkor miért ne tudnék kedvemre utazni is benne? Nincs felettem hatalma olyan értelemben, hogy korosodnék, akkor máshogy miért lenne? Engem ugyan nem köt. A névteleneket nem.

– *Akkor hát miért nem utazgatsz különféle korokban?*

– Mert sosem mertem kipróbálni azt, amire szükség van hozzá. De a fiam viszont ki fogja próbálni. Itt és most.

– Mi?! – kérdezte John. – Mit fogok én kipróbálni?

– Mi az, ami engem életben tart kétezer-huszonkét éve? – felelte az apja kérdéssel a kérdésre. – Az, hogy kikerülöm Isten szabályait. Elutasítom őket, és nem veszek róluk tudomást. Ezért nem is tud rólam. Ezzel ellehet az ember évezredekig. De vajon mi a *legnagyobb* szabály, amit még szintén meg lehetne szegni?

– Nem tudom. A gyilkosság. Az az egyik legnagyobb főbűn, vagy nem? De, apa, te már egy rakás embert elintéztél! Mi ebben az új?

– Egy valakit még sosem.

A névtelen ember intett a bábuk sokaságának, hogy engedjenek nekik utat. Azok szétnyíltak előtte, mint a fekete, nyüzsgő csótányok serege. Utat engedtek neki a terem közepe felé. John apja elindult, és intett fiának is, hogy kövesse.

Az nem túl készségesen, de azért ment utána.

– Tudtam! – kiáltotta John, amikor meglátta, hogy apja mit helyezett oda korábban a terem közepére. – Tudtam, hogy a vesztemre törsz! Meg akarsz ölni, te őrült vén gazember!

– Nem öllek meg, fiam. Egy ujjal sem nyúlok hozzád. És a bábuk sem fognak.

– Akkor miért van egy rozzant sámli a szoba közepén egy rohadt akasztófakötéllel felette? Csupán viccből, mi? Fel akarsz lógatni, te rohadék? Ezért csaltál ide?

– Nem lógatlak fel, fiam. Senki sem fog bántatni. Ugyanis te fogod magadat felakasztani önszántadból.

Tizenötödik fejezet: Örökre

– Ez most valami vicc?! Te teljesen hülye vagy?! Tudod, mikor akasztom én fel magam! Sohanapján! Inkább tépjenek szét ezek a dögök, de én fel nem állok oda, hogy a nyakamba vegyem a kötelet, és te meg jól kirúgd alólam a sámlit!

– Nem rúgom ki alólad. Neked kell megtenned, fiam. Egyedül. Ez ugyanis a végső bölcsesség. Ez a sír üzenete. És ezt még talán te sem tudod – mondta a névtelen ember a sötétségnek. Az erre most nem válaszolt. – A sír üzenete az, fiam, hogy a remény hal meg utoljára. Ez nem csak üzenet, hanem bölcsesség. Egy nagyon régi bölcsesség. Több ezer éves. A remény hal meg utoljára. Te vagy az emberiség utolsó reménye, fiam. Te vagy a remény. A sír üzenete rólad szól.

– Nem értem, miért akarod a halálomat! Azt hazudtad, hogy kijutok innen! Hogy én leszek az egyetlen, aki kijut!

– Így is van. Élni fogsz. De nem itt, és nem ebben a korban. Ez a végső határ, amit én már sosem mertem kipróbálni: az időutazás tudománya. A névtelenséggel élhetsz örökké, de nem utazhatsz az időben. Ahhoz át kell lépned az utolsó, legvégső határt, megszegned Isten legutolsó szabályát, amivel az embereket kordában tartja: a halálfélelmet, azaz, az *öngyilkosságot*. Én sosem mertem megtenni. Kétezer évem veszett volna oda. Túl régóta élek már ahhoz, hogy önkezemmel vessek véget szenvedéseimnek. Ráadásul ez nem az én dolgom. Nem nekem kell visszamennem oda.

– Hová?! Hová mennék vissza azáltal, hogy itt felkötöm magam, mint valami depressziós senkiházi vesztes?

– Oda, ahol egyszer már találkoztunk, fiam.

– Hová?

– Emlékszel, milyen színdarabban játszottál az iskolában? Emlékszel, mennyire utáltad? Még gúnynevet is aggattak rád miatta. És emlékszel, én mennyire erőltettem, hogy akkor is játssz a darabban, és tanuld meg alaposan a történetet?

– Persze, hogy emlékszem. „Ott megy Júdás, az ekelret!" Évekig gúnyoltak a miatt a hülyeség miatt. De hogy jön ezt most ide?

– Azért kellett annyira alaposan megtanulnod a szerepet és a hozzá kapcsolódó eseményeket a Bibliából, mert most felnőttként ismét el kell játszanod.

– Te teljesen elmeháborodott vagy! Azt akarod velem elhitetni, hogy ha most kinyírom magam, akkor óriási időutazó leszek, visszamegyek vagy kétezer évet az időben, és eljátszhatom újra a gyerekkori szerepet? Játsszam el, mintha én lennék Júdás? Csak mert hasonlítok rá? Hogyan lenne ez lehetséges? És mi a francra lenne jó egy imitátor? Még ha létezne is olyan, hogy időutazás... mire mennél egy olcsó Júdás-imitátorral? Vagy mire menne vele a sötétség?

– Megmondom. Te nem Júdás-imitátor leszel, fiam, hanem az *igazi*. És nem leszel, hanem már *vagy*. Ugyanis te vagy Júdás. Felismerlek! Gyerekkorodban is majdnem biztos voltam benne, mert ahogy nőttél, egyre jobban kezdtél rá hasonlítani. De így, ahogy már felnőttként állsz itt előttem, teljesen egyértelmű, hogy te ő vagy. Megismerlek. Régen találkoztunk már... de akkor is. Egy ilyen arcot nem felejt el az ember. *Innen* tudom, hogy sikerülni fog. Nem hazudtam neked, fiam. Sosem tettem. Ezért tudom, hogy kijutsz innen, mert már találkoztunk! Ha nem sikerülne, nem jutottál volna el oda. Te nem ott születtél. Innen mentél vissza oda! Valószínűleg akkor is én küldtelek. Lehet, hogy már akkor is azért, amiért most akarlak. De valami hiba csúszhatott a számításaimba. Elárultad Jézust. Többször is. Utána pedig felakasztottad magad. De biztos vagyok benne, hogy nem ez lett volna a feladatod. Most, másodszorra már el fogod végezni a küldetést, mégpedig pontosan úgy, ahogy mondom. Visszamész, eljutsz Jézus közvetlen közelébe, a bizalmába férkőzöl, eléred, hogy a tanítványává fogadjon... És a megfelelő pillanatban nem *elárulod*... hanem elteszed az útból! Megölöd! Ez a küldetés! Végzel vele egyszer s mindenkorra. Utána eltünteted a testét, hogy sose találják meg. És akkor majd szépen elfelejtik. A tanítványok szétszélednek, a hírből legenda lesz, a legendából pedig mese... a meséből pedig már csak egy emlék, amit egy idő után majd el is felejtenek. Nem lesz újszövetség a Bibliában. Nem lesz keresztre feszítés. Ezáltal nem fog létezni a kereszténység fogalma sem. Valamint... és itt jön a lényeg... a megkeresztelkedés fogalma sem. Ha Jézust kivesszük a történelemből, akkor bárki lehet névtelen. Akkor nekem sem kell egyedül leélnem ezt a kétezer évet. Mindenki szabadon dönt majd, hogy meg akar-e halni, vagy sem. Az ember élhet végre majd emberként, nem pedig rabszolgaként, aki láncra verve születik, és végül úgy is hal meg, akkor és ott, amikor az Isten akarja. Én *ezt* akarom. Egy ilyen világot. Szabadságot Isten törvényei alól. Örök életet annak, aki csak akar. Ha nekem sikerült, másnak miért ne sikerülhetne? De akkor viszont Jézus nem terjesztheti tovább a kereszténység és a megkeresztelkedés hírét. Ezt kell megváltoztatni. És tudom, hogy te képes vagy rá, Júdás. Ha nem is ez az igazi neved, de ez a legigazibb, ami valaha is lesz. Júdás, a névtelen. Nem Iskarióti Júdás, Jézus árulója, hanem a halhatatlan Júdás, a névtelen, Jézus gyilkosa. De ezt rajtunk kívül senki sem fogja tudni. Mert utána szépen eltűnsz onnan. Nem kötöd fel magad! Akkor már nem! Hanem éled az életed úgy, ahogy csak akarod. Sőt! Az időutazás tudásának birtokában is leszel. Bármit megtehetsz onnantól fogva! Elmehetsz akár a távoli jövőbe is. Utazhatsz akár az űrben is, a jövőben. Ki mondana nemet egy ilyen lehetőségre? Ki mondhatna?

– *Érdekes egy terv* – értett egyet a sötétség. – *Bár nem egészen világos, hogy ez nekem miért olyan jövedelmező. Azon kívül mit eredményez ez, hogy a fiadból időutazót csinálsz?*

– Neked azért jó, mert nem leszel ennyire elnyomva. Isten évezredeken át gúzsba kötött a szabályaival. Ezért jöttél vissza hadsereggel, karddal, buzogánnyal. Ezért mentél túl messzire. Erre már nem lett volna szükség. Ha Isten nem tart ilyen rövid pórázon, akkor most nem tetted volna tönkre az egész világot. Innen már nincs visszaút. Mostanra a Föld lakosságának nagy része halott. Vagy aki még nem, az ezekben a pillanatokban is épp egymást darabolja. Ennek így semmi értelme. Én élni akarok. Több mint kétezer év alatt megszerettem élni. Meg is utáltam, de meg is szerettem. Nem akarok lemondani róla azért, mert egy visszafojtott erő kitört, és túlzásba vitte a pusztítást. Ez tehát az ajánlatom neked, sötétség. Segíts a fiamnak, és cserébe neked is más lesz a sorsod. Nem leszel elnyomva és visszaszorítva. A világ új verziójában senki sem hall majd Jézusról. Szabadabban befolyásolhatod az eseményeket. Több ezer évig!

– *És hogyan segítsek a fiadnak?*

– Iránymutatással. Az önmagában, ha megöli magát, valószínűleg csak átemeli egy olyan állapotba, amiben képes lesz az időutazásra. De attól még nem biztos, hogy tudni fogja, mi merre van, hogy úgy mondjam. Te viszont, sötétség, tisztában vagy az idő valódi tulajdonságaival és fogalmával. Te látod a teljes képet, amit az emberiség nem. Kiigazodsz a történelemben. Meg tudod mutatni neki, hogy halála után merre menjen az új életbe. Pontosan kell érkeznie. Oda és akkor, amikor Júdás először találkozott Jézussal.

– *Megoldható.* – A sötétség csak ennyit mondott lekezelően. És John ebből tudta, hogy valóban nem kér tőle az apja lehetetlent. – *Tetszik az ajánlatod, névtelen ember. Ha a fiad megteszi, én megmutatom neki az irányt.*

– Hazudtam én neked valaha? – kérdezte ekkor Johntól az apja.

– Nem tudom. Talán nem. Tényleg nem tudom.

– Elhiszed, hogy fizikailag, biológiailag harmincnégy éves vagyok?

– Azt igen. Látom rajtad. Vak azért nem vagyok.

– És azt, hogy létezik a névtelenség, amivel megúszhatsz dolgokat?

– John Smith végül is megúszta, hogy lelőjék a repülőn.

– Tehát mégsem volt olyan eseménytelen az az utazás? – kérdezte az apja.

– Nem. Valóban nem. Hiszek neked, apa.

– Hiszed, hogy ha megölöd magad, akkor utána ismét élni fogsz? És hogy a sötétség megmutatja, merre menj?

– Elhiszem, hogy talán lehetséges, de benne nem bízom! Miért segítene? Nem a barátom!

– Fiam, akkor ezt itt és most tanuld meg egy életre, mert utoljára mondom el: Olyasmi nem létezik. Nincsenek barátaid, és nem is lesznek. Üzletet és egyezséget viszont köthetsz. Ha tudod, hogy a másiknak is megéri, akkor belemehetsz, mert tudod, hogy nincs oka visszatáncolni. Most bízhatsz a sötétségben, mert ezzel neki is jót teszünk. Neki is jobb egy másik kétezer éves történelem, ahol szabadabban létezhet. Egy olyan világ helyett itt, ahol napok alatt kipusztul az egész emberiség. Innen tudom, hogy bízhatunk benne. Mert neki sincs más választása. Tedd hát meg. Ne gondolkozz, csak tedd meg. Ne ess abba a hibába, amibe én... én kétezer évig gondolkodtam rajta, és mindig csak oda jutottam, hogy nem merem megtenni. Azért sem, mert nem tudtam, hogy hol lyukadnék ki, és mikor. Neked viszont a sötétség utat mutat. Ezért hívtam ide. És tudom, hogy te túl fogod élni... mármint bizonyos értelemben. Hiszen találkoztunk. Te voltál az, Júdás! Tudom, hogy te vagy az. Ne gondolkozz hát, csak menj, és tedd a dolgod. Önmagadért. Értem. A világért, ami itt már megsemmisülőben van. Menj vissza, és férkőzz Jézus bizalmába. Állj be a tanítványai közé. De a kellő pillanatban ne csak eláruld, hanem öld is meg! Tüntesd el. És te is tűnj el arról a helyről. Ennyire egyszerű.

– Ja. Marhára egyszerűnek hangzik.

– Fiam, akkor még nem létezett rendőrség! Még annyira sem lesz nehéz eltűnnöd, mint ma, amikor álnéven utaztál egy repülőn. Akkoriban még okiratok sem léteztek, és ujjlenyomatokat sem vettek senkitől. Oda mész, azt csinálsz, amit csak akarsz. Csak szemtanúk ne legyenek, erre az egyre vigyázz!

Júdás engedelmeskedett apjának. Odalépett a sámlihoz. Már emelte a lábát, hogy fellépjen rá, de egy pillanatra mégis megtorpant:

– Tisztában vagy vele, hogy mire kérsz? Tényleg arra kéred a fiadat, hogy akassza fel magát?

– Semmivel nem vagyok olyan józanul tisztában, mint ezzel, fiam. Tudom, hogy mire kérlek. Tudom, hogy borzalmasan hangzik, de komoly okom van rá. És komoly eredménye is lesz. Hasznos eredménye.

Júdás ekkor fellépett a sámlira, és a nyakába vette a kötelet.

– Azt hiszem, nem leszek rá képes, apa. Egy dolog felállni ide, még akár a nyakamba is vehetek egy hurkot, de... nem fogom tudni kirúgni magam alól a sámlit! Félek. El sem tudod képzelni, hogy mennyire! – mondta Júdás könnyes szemekkel.

– Pontosan el tudom képzelni, hogy mennyire félsz. Én kétezer éve gondolkozom rajta, hogy milyen lenne. Mégsem mertem soha megpróbálni. Te máris tovább jutottál. Én még a székre sem álltam fel *soha* ennyi idő alatt! El tudod ezt képzelni? *Kétezer* év alatt egyszer sem! Te pedig tíz perc rábeszélés után már ott állsz! Ezért vagy te az igazi névtelen! Te vagy a *valódi* Júdás, aki névtelennek született. Én csak tanultam. Sosem mertem meglépni az igazi, legnagyobb lépést. Az utolsó lépést: le egy olyan sámliról. Te viszont képes vagy rá. Már most ott állsz. Sokkal bátrabb vagy, mint én valaha is leszek, fiam. *Büszke* vagyok rád.

Júdásnak sosem mondott még ilyet az apja harminchét év alatt. Soha, egyetlenegyszer sem. Talán ezért is próbált meg annak idején a skizofréniába menekülni. Ezért kezdett már a végén kitalált pókokkal társalogni. Igen, *kitalált* pókokkal, akik sajnos csak azok. Ugyanis most sem tudtak segíteni semmi érdemlegesben, csak sületlenségeket hordtak össze. Júdás ezért keresett magának kitalált barátokat, mert nem érezte, hogy szeretné őt az, akinek a szeretete igazán fontos lett volna neki: az apjáé.

De most érezte. És úgy döntött, megtiszteli apját annyira a szeretetéért cserébe, hogy eleget tesz a kérésének.

Júdás kirúgta maga alól a széket.

Vergődött egy ideig.

Nem hitte volna, hogy olyan sokáig fog tartani.

Apja sem hitte volna. Még kétezer év sem volt elég rá, hogy felkészüljön erre a pillanatra. Sem a saját halálára, sem a fiáéra.

Egy idő után Júdás elcsendesedett, és megnyugodott.

Örökre.

Júdás meghalt.

Felakasztotta magát újra. Mert a történelem ismétli önmagát.

– VÉGE –

Epilógus

– *Gratulálok, névtelen ember!* – röhögött a sötétség. – *Zseniális előadás volt! Komolyan mondom, magam sem csinálhattam volna jobban. Én még sosem mondtam ilyet halandónak... vagy a te esetedben névtelennek... de tisztellek. Komolyan mondom! Így rábeszélni a saját fiadat az öngyilkosságra, hogy pokolra kerüljön! Ez mesteri volt. Ilyet még maga az Ördög se tenne... már ha létezne ilyen nevű személy.*

– Nem gonoszságból tettem – mondta a névtelen.

– *Nekem bizony eléggé annak tűnt, barátom. A fiad ott lóg holtan egy kötélen. És te dumáltad rá. Magától nem csinált volna ilyet. Na jó, kicsit zakkant volt a gyerek, valljuk be, de azért mégsem szuicid alkat. Szépen beadtad neki ezt az egész mesét.*

– Nem volt mese.

– *Ugyan már! Ember nem utazik időben! Pláne nem holtan! Ezt te sem gondolhattad komolyan! Én ugyan nem akartam közbeszólni. Szórakoztatott az előadásod, de azért most már hadd jegyezzem meg, hogy ez az egész elmélet marhaság! Senki sem utazik azért az időben, mert felköti magát, mint egy kolbász, amikor szárítják!*

– Egy átlagos halandó valóban nem. De ő nem átlagos. Ő az én fiam. A Született Névtelen. Akit egyszer régen Júdásnak hívtak. Azaz fognak hívni megint, ha odaér.

– *Te akkor tényleg komolyan gondoltad azt a rakás marhaságot?*

– Komolyan. Ugyanis igaz. Szóról-szóra.

– *Nem hiszek neked. Sajnos nem látok bele abba a csökönyös fejedbe, és ettől tény, hogy különleges vagy, de akkor sem hiszek!*

– Nem? Szerinted nem létezik időutazás? Nem létezik végső határ? Isten utolsó szabálya, amit még a névtelenek sem mertek eddig megszegni?

– *Nem hát!*

– Akkor miért tűnik el most a fiam onnan a kötélről?

– *Mi?! Mi történik? Ez valami bűvésztrükk?*

– Nem. Ez az, amiről beszéltem. A teste megszűnik létezni ebben a korban. Valahol máshol fog előbukkanni. És neked kell megmutatnod, hogy hol! Megegyeztünk! Már nem vonhatod vissza!

– *Nos, rendben van. Te aztán valóban a meglepetések embere vagy, névtelen. Igen, a fiad valóban eltűnt. Igazat szóltál hát. Rendben van. Akkor én is betartom az egyezség rám eső részét. Megmutatom neki az irányt. Megmutatom neki, merre van Júda déli része. A Biblia szerint Júdás onnan származott. Ha onnan érkezik Názáretbe, akkor találkozhat Jézussal. Megmutatom neki, hogy pontosan mikor érjen oda. Bár szerintem meglepetésben lesz része. Lehet, hogy találkozni fog ugyanis a valódi Júdással, és adódhat egy-két komikus szituáció a dologból.*

– Nem fog adódni. Mert ő az. Tényleg nem hazudtam neki. Ő az Iskarióti Júdás. Tudom, mert ismertem. A barátom volt. És most is az. A barátom és a fiam, akit szeretek. Tudom, hogy ő az, és hiszek benne, hogy képes elvégezni a küldetést. Ezúttal elvégzi. *Hiszek* benne, hogy megöli a Megváltót.

– *Érdekes egy hited van neked, névtelen ember.*

– Itt most nem az én hitem a fontos, hanem az, hogy tartsd magad az egyezségünkhöz. Te is tudod, hogy jól jársz, ha Júdás sikerrel jár. Te csak mutasd neki az utat. Ne pazarold itt rám több idődet. Menj, és mutasd neki, hogy mikor és hol érkezzen meg! Menj!

– *Nem kell nekem ahhoz sehová mennem. Már most is mutatom neki az utat. Teljesítettem is az ígéretemet. A fiad pontosan oda és akkor megy, amikor akartad. De szerintem semmire nem jut vele. És te sem. Ez az egész egy „őrültség", hogy földi kifejezéssel éljek. Nagyon szórakoztató és érdekes ötlet, de akkor is őrültség. Nem fog működni.*

– Valóban? Akkor miért remeg az épület? Te nem érzed? A bábuk nem érzik a fizikai behatásokat? Tényleg nem érzékeled? Nem hallod a föld morajlásást?

– *De igen! Mi történik? Mi ez, földrengés?*

– Nem. Ezt úgy hívják, hogy a Vég. A történelemnek ez a verziója, amelyben mi élünk, most megsemmisül. Itt van hát a bizonyíték. Júdás sikerrel járt, ugyanis meg fog változni a világ! Már *most* változik. Te nem érzed? A történelemnek ez a változata teljesen eltűnik. És mi is vele együtt. Talán egyszer, majd egy másik történelemben még találkozunk mi ketten. Bár én remélem, hogy nem.

– *Én viszont remélem, hogy igen! Mert szórakoztatónak talállak. De attól még akkor is végezni fogok veled. Senki sem élhet örökké. Egy emberlény biztos, hogy nem. Ha Isten figyelmét el is kerülted ennyi éven át, az enyémet akkor sem fogod. Én már tudok rólad, Simon, Júdás apja! Innentől neved is van! Épp most adtam neked! Ezentúl így hívlak. Tudom hát, hogy ki vagy. Meg foglak találni, és akkor majd végzek veled.*

– Meg lehet próbálni. De engem nem olyan könnyű ám megtalálni. Sem ebben, sem bármilyen más történelemben. Igen, egyszer valóban ez volt a nevem állítólag. Nem lesz, csak volt. Egyébként sem biztos. A Biblia adatai sok mindenben tévednek. És még ha ez is volt a nevem, már nagyon régen elfelejtettem. Most hiába emlékeztetsz rá, mert megint el fogom felejteni, és akkor csak hűlt helyemet találod majd mindenhol és mindenkor.

Úgyhogy viszlát, sötétség... ez a világ pár másodperc múlva el fog tűnni örökre... Viszlát *sohanapján*!

Epilógus 2.

– Sietnünk kell! – sürgette barátját Leir. – Érzed, hogy remeg az épület? G szerint ez az egész világ meg fog semmisülni! Előtte gyorsan meg kell még találnunk őket!

– Jó, de hol lehetnek? – kérdezte Ronny.

– Vajon hol, te zombiangyal? – vigyorgott Leir – Nem láttál még WC-t? Azt mondta, a WC-ben lesz.

– Tudom, de melyikben? És melyik lámpában?

– Ronny, te tényleg nem ebben a világban élsz! Hát sosem figyelsz? G azt mondta, hogy a WC-ben, a hetedik emeleten. Ott lesz az a villanykörte, amit Júdás a mosdó peremén hagyott.

– Ja, tényleg! Erre a részére nem emlékeztem. De most már igen! Van itt gógyi – mutatott a fiú vigyorogva a fejére. – Akkor hát mire várunk? Futás!

– Az lenne az, ott? – kérdezte Ronny lihegve, amikor beértek a WC-be.

– Annak kell lennie. Csak egyetlen izzót látok a mosdó peremén. Ebben kell lenniük.

– De hogyan lehet benne az a Robag és Nola? Te értetted, amiket G mondott erről?

– Nincsenek benne fizikailag, Ronny. Jelenleg mindketten fénylények. De valahogy kötődnek ehhez a villanykörtéhez. Így G könnyebben át tudja őket hozni, vissza a fizikai életbe. Ezért kell megszereznünk.

– Akkor hozom! – rohant oda érte a szertelen, kapkodós fiú.

– Vigyázz! Nehogy elejtsd, mert összetörik! Ronny, kinyírlak, ha eltöröd!

– Engem már nem tudsz – mosolygott Ronny kezében a volfrámszálas izzóval. – Vagy ha igen, G úgyis megint visszahoz!

– Mondom én, hogy zombi vagy, te marha! – vigyorgott Leir is. – És ha valaki, én értek hozzá, hogy mit jelent a „zombi" kifejezés, nekem elhiheted.

– Engem nem zavar, ha annak hívsz. Végül is tényleg sokáig halott voltam – mondta a fiú. – De most akkor mi legyen? Melyik tükrön keresztül menjünk vissza?

– Teljesen mindegy. Tudjuk az irányt. G vár már minket odaát. Csak állj oda az elé, ott – mutatott Leir a legközelebbi tükörre egy mosdó felett –, és tedd rá a kezed. Induljunk vissza, mielőtt nemcsak az épület, de ez az egész világ megsemmisül!

Epilógus 3.

Valahol... valamikor... egy másik, Új világban:

– Min dolgozol, drágám?

– A kedvenc regényeden, Nola, amivel már évezredek óta nyaggatsz.

– Rob, tényleg elkezdted írni?! Komolyan? Ó, de drága vagy! Imádlak! És mi lesz a címe?

– Hisz már eldöntöttük, nem? Bocsánat: *eldöntötted*, mivel ugye *megváltoztattad*. Egyedül. A címe: „Kellünk a sötétségnek".

– Hú, de jó! – lelkendezett Nola. Körbe-körbe szaladgált a szobában, mint egy gyerek. Gyönyörű, csillogó fekete, derékig érő haja úgy lobogott utána, mint egy menyasszonyi uszály. Egy olyan sötét uszály, melyet az éjszaka királynője viselne menyegzőjén.

– Most mit vagy úgy meglepve? – kérdezte Rob nevetve. – Mondtam, hogy megírom egyszer, nem?

– Igen, de akkor is! Ez tök jó! És lesz benne FBI-os Nola Darxley ügynök is?

– Persze. Ő a főszereplő, nem?

– És az az időutazó báró a kockás hasával? Tudod, az az „Abe" nevű pasi!

– Olyan kockás lesz a hasa, mint egy rakodómunkásnak.

– Nana! Azért ne legyen műveletlen! Tudod, hogy kifinomultnak kell lennie. Mégiscsak báró!

– Ki lesz finomulva teljesen – nevetett Robag. – Akár a finomított kókuszolaj! De hogy kinek fog tetszeni ez a regény rajtunk kívül, azt még nem tudom. És azt sem, hogy kiadják-e majd.

– Kit érdekel? – nevetett Nola, mint egy angyal. – A lényeg, hogy létezni fog! Gondolj bele... létezni fog egy *ilyen szintű* regény! Nem elég ez már önmagában is? Én, ha megírod, tényleg megváltoztatom a nevem Nola Smith-ről Nola Darxley-ra!

– Meg sem várod, hogy befusson a könyv, és bestseller legyen?

– Én nem várok semmire! Nekem már most bestseller! Tudom, hogy ha te írod meg, drágám, akkor az lesz. Nekem biztosan. De tudod, mi jutott eszembe?

– Halljuk! Bááár... valahogy rosszat sejtek.

– Eszembe jutott egy sokkal jobb cím!

– Mi? Tudtam! Tudtaam! Már megint át akarod nevezni önhatalmúlag!

– Jól van, na! De ez tényleg jobb. Másrészről pedig... arra gondoltam, hogy miért adjunk egy ennyire jó regénynek egy olyan mocsok címet, amit Edinborough mondott, azaz, amit tőle hallottunk? Nehogy már ő inspirálja a művészetedet! Nem vagyok én jobb múzsának, mint ő? – perdült körbe Nola, akár egy kis balerina egy zenélő dobozban.

– Dehogynem! – mondta Rob mosolyogva. – És mellesleg mondasz is valamit Edinborough-val kapcsolatban. Talán tényleg nem kéne semmilyen idézetet felhasználnunk tőle. A végén még megint terjeszteni kezdjük a sötétséget írott formában. Ez túl veszélyes. Nem adhatjuk hát neki ezt a címet.

– Na látod!

– És akkor mi lenne az a jobb cím? Ami teljesen veszélytelen?

– A feledés fátyla!

– Hmm... Nem rossz. Elég misztikus. De miért pont az? Mi köze ennek a sztorihoz?

– Hát az először is úgy kezdődne, hogy...

Utószó

Abe (az időutazó báró) és Nola Darxley FBI ügynök történetéről Gabriel Wolf „A feledés fátyla" című misztikus horrorregényében olvashat.

Leirről, aki pontosan tudja, mit jelent a „zombi" kifejezés, Gabriel Wolf „Pszichokalipszis" című horrorregényében olvashat.

Ronny-ról, aki, ha ugyan kissé kapkodós és figyelmetlen is, de mégiscsak egy halálból visszatért angyal, Gabriel Wolf „Új világ" című regényében olvashat újra.
És nemcsak róla, de Robagról és az ő Nolájáról is, akik G-nek köszönhetően ismét emberi testben élve többé nem szorulnak rá, hogy fénylényként izzók belsejében várják, hogy valaki végre felkapcsolja a villanyt. Most már ismét van saját életük. De vajon hol? És mikor?

Az pedig, aki Leirt és Ronny-t elküldte a mosdó peremén hagyott villanykörtéért, hogy az utolsó pillanatban, még a világ megsemmisülése előtt elhozzák onnan Robagot és Nolát... őt úgy hívják, hogy G. Őróla Gabriel Wolf „Gépisten" című sci-fi regényében olvashat.

Az összes szereplő együttes harcáról pedig, ahol már mindegyikük vállvetve küzd majd a világvége, a pusztulás, a névtelen, halhatatlan Júdás és „Comato, a kegyetlen" ellen... szintén Gabriel Wolf „Új világ" című regényében (vagy inkább új sorozatában?) olvashat, ami 2018-ban várható!

A szerzőről

Gabriel Wolf (többszörös bestseller) író, zeneszerző, énekes és borítótervező.

Íróként művészetének fő témái a Tükör Mögötti Világ, az időhurkok és a hit. Wolfnak íróként az a szokása, hogy valamilyen módon beleírja magát és feleségét minden írásába. Pozitív és negatív szereplőként egyaránt előfordulnak a történetekben. Arra a kérdésre, hogy mi ennek az oka, azt válaszolta, hogy szerinte sokkal érdekesebb valódi emberekről olvasni és velük együtt izgulni, mint nem létező személyekkel. Mivel ezekben a történetekben mindkét szereplő más és más külső és belső tulajdonságaikat tekintve is, felmerülhet a kérdés, hogy melyik ezek közül a valódi Gabriel és Nola? Erre a szerző azt válaszolta, hogy konkrétan egyet-egyet kiragadva egyik sem. Az összes írást kellene egyszerre elolvasni és azokból már valóban összeállhatna, hogy a leírt karakterek mennyire hasonlítanak rájuk.

A Tükörvilágban játszódó történetek mindegyike összefügg valamennyire: majdnem mindegyik írásban említve van egy másik írás Wolftól. Van, amelyikben szereplők találkoznak össze, sőt olyan is van, ahol a két (korábban nem összekapcsolódó) történet együtt fog tovább folytatódni.

Wolfnak több mint 50 írása van. Van, amelyiken jelenleg is dolgozik.

Zenészként általa alapított együttesek: Finnugor (szimfonikus black metal), Ywolf (sötét, gótikus szimfonikus zene), Infra Black (terror EBM) és Aconitum Vulparia (dark ambient).
1977-ben született és 24 éve zenél.

Több mint 30 stúdió albumot készített ez idő alatt és 4 külföldi kiadóval van/volt állandó szerződése. Sok országban kaphatók a lemezei a mai napig is.

Gabriel Wolf többnyire Budapesten él feleségével, Nolával. Néha pedig a „Tükör Mögött". Olyankor nem öregszenek…

Gabriel Wolf Tükörvilága

A következő táblázatból kiderül, hogy milyen összefüggések vannak a Tükörvilágban játszódó regényekben. (A táblázatban nem szerepel olyan információ, ami spoilernek minősülne, azaz bármelyik regényben is meglepetést lőne le. Ez inkább csak egyfajta „publikus nyilvántartása" a szereplőknek.)

Szereplők	Mit üzen a sír?	Gépisten	Kellünk a sötétségnek	Pszichokalips zis	Hit
Leir Flow, az író	szerepel	szerepel	említik	főszereplő	szerepel
Abe, az időutazó báró	-	szerepel	szerepel	említik	szerepel
Robag Flow, az író	főszereplő	említik	-	-	említik
G, a "robot"	említik	főszereplő	említik	-	szerepel
Ronny, a térhajlító	szerepel	említik	-	-	említik
Nola*	szerepel (nővér)	szerepel (nővér)	főszereplő (FBI ügynök)	szerepel (feleség)	szerepel (feleség)
Jim, az istengyilkos	-	említik	említik	-	főszereplő/sze repel
A névtelen ember**	főszereplő/sze repel	szerepel	szerepel	-	főszereplő/sze repel

*A Nola nevű női szereplő egyik könyvben sem ugyanaz a személy. Ők más-más alteregók más dimenziókban.

**A névtelen emberekből több is van, de hogy melyikük kicsoda és melyik regényben szerepelnek, az csak a könyvek elolvasásával deríthető ki!

A 2018 vége felé megjelenő „Új világ" című könyvben a következő karakterek fognak szerepelni:

Leir Flow, Abe, Robag, „Jim, az istengyilkos", G, Ronny, „Comato, a kegyetlen" és Júdás, továbbá Nola (négyen is ...egy kivételével), és az utolsó két névtelen ember.

Az „Új világ" nemcsak a fenti öt regény együttes folytatása lesz... de az öt műfaj keveredése is.

Kapcsolat

Weboldal
www.artetenebrarum.hu

Facebook
www.facebook.com/GabrielWolf.iro

Twitter
www.twitter.com/GabrielWolf_iro

Instagram
www.instagram.com/gabrielwolf_iro

Email
artetenebrarum.konyvkiado@gmail.com

Egyéb kiadványaink

Szemán Zoltán:
A Link (sci-fi regény)
Múlt idő (sci-fi regény)

Anne Grant:
Mira vagyok (thrillersorozat)
1. Mira vagyok... és magányos
2. Mira vagyok... és veszélyes [hamarosan]
3. Mira vagyok... és menyasszony [hamarosan]

David Adamovsky:
A halhatatlanság hullámhosszán (sci-fi sorozat)
1. Tudatküszöb (írta: David Adamovsky)
2. Túl a valóságon (írta: Gabriel Wolf és David Adamovsky)
3. A hazugok tévedése (írta: Gabriel Wolf)
1-3. A halhatatlanság hullámhosszán (teljes regény)

Gabriel Wolf:
(*A szerző bestseller írásai csillaggal vannak jelölve.)

Tükörvilág:

Pszichopata apokalipszis (horrorsorozat)
1. Táncolj a holtakkal *
2. Játék a holtakkal
3. Élet a holtakkal
4. Halál a Holtakkal
1-4. Pszichokalipszis (teljes regény) *

Mit üzen a sír? (horrorsorozat)
1. A sötétség mondja... *
2. A fekete fák gyermekei
3. Suttog a fény
1-3. Mit üzen a sír? (teljes regény) *

Kellünk a sötétségnek (horrorsorozat)
1. A legsötétebb szabadság ura
2. A hajléktalanok felemelkedése
3. Az elmúlás ősi fészke
4. Rothadás a csillagokon túlról
1-4. Kellünk a sötétségnek (teljes regény) *

Gépisten (science fiction sorozat)
1. Egy robot naplója
2. Egy pszichiáter-szerelő naplója
3. Egy ember és egy isten naplója
1-3. Gépisten (teljes regény)

Hit (science fiction sorozat)
1. Soylentville
2. Isten-klón (Vallás 2.0) [hamarosan] *
3. Jézus-merénylet (A Hazugok Harca) [hamarosan]
1-3. Hit (teljes regény) [hamarosan]

Valami betegesen más (thrillerparódia sorozat)
1. Az éjféli fojtogató!
2. A kibertéri gyilkos
3. A hegyi stoppos
4. A pap
1-4. Valami betegesen más (regény)
5. A merénylő [hamarosan]
6. Aki utoljára nevet [hamarosan]

7. A jégtáncos [hamarosan]

8. A csöves [hamarosan]

9. A szomszéd [hamarosan]

10. A fogorvosok [hamarosan]

1-10. Ősérv (dupla regény) [hamarosan]

Dimenziók Kulcsa (okkult horrornovella)

Egy élet a tükör mögött (dalszövegek és versek)

Tükörvilágtól független történetek:

A napisten háborúja (fantasy/sci-fi sorozat)

1. Idegen Mágia

2. A keselyűk hava

3. A jövő vándora

4. Jeges halál

5. Bolygótörés

1-5. A napisten háborúja (teljes regény)

Ahová sose menj (horrorparódia sorozat)

1. A borzalmak szigete *

2. A borzalmak városa

Odalent (young adult sci-fi sorozat)

1. A bunker

2. A titok

3. Búvóhely

1-3. Odalent (teljes regény)

Humor vagy szerelem (humoros romantikus sorozat)

1. Gyógymód: Szerelem

2. A kezelés [hamarosan]

Álomharcos (fantasy novella)

Gyűjtemények:
Sci-fi 2017
Horror 2017
Humor 2017

Lightning Source UK Ltd.
Milton Keynes UK
UKHW021456070620
364500UK00002B/118

9 780464 543886